KB051855

가시꽃의
이주주 1

가시꽃의 이중주 1

나자혜 장편소설

A song of spineflower

가하)

가시꽃의 이중주 1

지은이 나자혜
펴낸이 이형기
펴낸곳 도서출판 가하

초판인쇄 2016년 1월 7일
초판발행 2016년 1월 11일
출판등록 2008년 10월 15일 제 318-2008-00100호

주소 서울 영등포구 양평로 67, 1209 (당산동5가, 한강포스빌)
전화 02-2631-2846 **팩스** 02-2631-1846

www.ixbook.co.kr

ISBN 979-11-295-9559-1 04810
      979-11-295-9558-4 04810(set)

값 10,000원

Table of contents

바다는 가장 순수하고 가장 더러운 물이다.

헤라클레이토스

• '가시꽃의 이중주'는 픽션입니다. 인명, 인물, 장소, 기업명과 사건들은 작가의 상상력의 산물입니다. 실제 사건이나 인물과 유사한 부분이 본문에 등장한다면 전적으로 우연의 일치임을 밝힙니다.

• 본문에서 " "는 한국어, 『 』는 영어 대화입니다.

01

장미를 닮은 여인

　도시에 스며드는 밤의 겹들 사이로 안개비가 흩뿌렸다. 하진은 머리에 쓴 재킷의 후드를 넘겨 내리고 카페 문을 밀쳤다. 쟁그랑 종소리를 내는 유리문 안으로 들어서자 어둑한 카페 바닥에 불꽃들의 춤이 펼쳐졌다.

　별의 형상으로 늘어선 양초들을 지나 고요한 카페 안쪽으로 걸은 하진은 작은 사각 나무 테이블과 의자를 보았다. 오로지 그만을 위해 준비된 듯한 테이블 가운데서 물고기 모양 티캔들이 타올랐고, 캔들 앞에 머그컵과 장미 두 송이가 놓여 있었다.

　머그컵에는 막 내린 듯한 따뜻한 커피가 절반쯤 차 있었다. 수마트라. 그가 좋아하는 커피의 향기를 들이마시며 하진은 단정히 엇갈린 장미 두 송이를 어루만졌다. 어둠에 물든 꽃봉오리와 가시가 초야의 신부를 연상시켰다. 반려의 손길을 기다리는 다소곳한 자태와 삐주룩한 수줍음. 초를 녹이며 일렁이는 불꽃의 그림자를 안고, 붉음과 초록이 매혹과 애련의 이중주를 소리 없이 연주했다.

　보드라운 꽃잎이 손끝을 간질였을 때, 바닥이 울렸다. 또각또각. 하진은 소리가 나는 테이블 맞은편을 주시했다. 천장 조명이 켜지고 카페 바닥보다 높은 무대가 모습을 드러냈다.

　또각또각. 검은 스틸레토를 신은 여자가 무대로 걸어 나왔다. 매끈한 다리 선을 드러내는 블랙진에 블랙 탱크톱을 입은 젊은 여자였다. 희고 갸름한 얼굴을 타고 흘러내린 머리카락이 맵시 있는 어깨 위에서 찰랑거렸다.

여자가 무대 가운데에 설치된 마이크 앞에 섰다.

"안녕하세요? 좋은 밤 보내고 계신가요?"

여자의 붉은 입술이 움직일 때 장미향이 났다.

하진은 의자를 빼서 테이블 앞에 앉았다. 여자가 마이크를 양손으로 붙들고 붉은 입술 너머 미지의 공간에서 노래를 흘려냈다.

먼 옛날 어느 별에서 내가 세상에 나올 때
사랑을 주고 오라는 작은 음성 하나 들었지.
사랑을 할 때만 피는 꽃 백만 송이 피워 오라는
진실한 사랑을 할 때만 피어나는 사랑의 장미…….

고혹적인 음색이 아득한 시간 너머에서 추억을 불러들였다.

봄날의 미풍과 여름의 산들바람. 가을의 소슬바람과 한겨울의 삭풍. 바람 한 점 없는 날에도 내게로 불어들던 너.

진실한 사랑은 뭔가. 괴로운 눈물 흘렸네.
헤어져간 사람 많았던 너무나 슬픈 세상이었기에.
수많은 세월 흐른 뒤 자기의 생명까지 모두 다 준
빛처럼 홀연히 나타난 그런 사랑 나를 안았네.

"권하진 씨."

유혹적으로 울리는 속삭임에 하진은 전율했다.

너의 입술에서, 너의 숨결로, 나는 다시 태어나지.

젊음의 이름으로.

사랑의 이름으로.

희망의 이름으로.

하진은 자리에서 일어나 테이블에서 장미를 집어 들었다. 무대로 올라가 장미를 여자에게 바쳤을 때 여자의 얼굴에 화사한 미소가 피어났다.

하진은 여자의 얼굴을 양손으로 감싸고 고개를 숙였다.

기억하니, 그 봄밤을?

그 노을과 그 꽃비를.

달빛보다 애틋했던 키스를.

평생보다 깊었던 우리의 순간, 순간, 순간들을.

슬픔이 무성했던 계절에도 빛나던 너는.

여자의 장미향 배인 입술이 그의 입술 사이에 갇혔다.

나의 꽃, 나의 가시.

나의 가시, 나의⋯⋯.

02
바늘을 품은 물고기

짙푸른 물속에서 물고기가 몸부림쳤다. 담홍색 등과 허연 배를 격하게 뒤치는 물고기의 입에 낚싯바늘이 걸려 있었다. 낚싯줄이 팽팽해질수록 은회색 갈고리가 고기의 속살을 꿰뚫어 잡아당겼다. 살을 찢는 압박에 맞서 물고기는 타원형의 몸을 반동했다. 등지느러미의 가시가 번득이고 청록 반점들이 타오를 듯 빛났다.

낚싯줄이 느슨해졌다. 몸을 움츠린 물고기는 눈동자에서 섬광을 터트리며 튕겨 올랐다. 물살을 가르며 가라앉는 물고기의 몸에서 긴장이 빠져나갈 무렵, 끊겨진 낚싯줄이 부유하다 수초에 휘감겼다. 표적을 잃은 낚싯대를 향해 눈을 슴벅이다 물고기는 몸을 돌렸다. 자유의 대가로 입에 박은 바늘의 이물감을 견디며, 검은 꼬리지느러미를 초연히 흔들었다. 포획자의 무기를 제 살처럼 품고 살아낼 수많은 날들이 물살 너머에서 뻐끔거렸다.

하진은 눈을 뜨며 침대에서 벌떡 일어났다. 유리창 너머에 새벽이 가득했다. 희부연 하늘이 시야를 메운 것도 잠시, 벌건 빛이 하늘을 갈랐다. 핏줄기처럼 시붉고 액상적인 빛이었다.

하진은 거실로 나가 테이블 위에 있는 전화기를 집어 들었다. 전화기 옆 메모 패드에 추자도의 민박집 번호가 적혀 있었다.

아버지가 업무에 지친 머리를 식히겠다며 낚시 여행을 떠난 참이었다. 여느 때처럼 엄마와 동행하지 않고 홀로 떠난 여행. 아버지의 휴대전화가 먹통일 때가 있어, 엄마는 숙소인 민박집의 번호를 적어 전화기 옆에 두었다. 꿈자리가 사나운 것이, 아버지께 사고라도 난 걸까?

네 번째 신호 만에 걸쭉한 남자 목소리가 들려왔다.

─ 여보세요.

하진은 민박집임을 확인하고 아버지의 이름을 댔다.

"손님 중에 권민욱 씨와 통화할 수 있을까요?"

민박집 주인 남자가 잠깐 기다리라 하더니 전화기를 놓았다. 잠시 후, 달그락거리는 소리가 들리고 아버지의 음성이 전해졌다.

─ 하진이냐?

"아빠, 별일 없으시죠?"

─ 별일?

"어디 다치신 건 아닌가 싶어서요."

─ 새벽부터 뜬금없기는. 너, 사서 걱정하는 거 너희 엄마 닮았어. 사내 녀석이.

핀잔을 들은 하진은 억울해졌다.

"사실은 이상한 꿈을 꿨다고요."

물고기 꿈 이야기를 듣고 난 아버지가 물었다.

─ 어떤 물고기였지?

아버지 걱정에 전화했는데, 물고기 테스트라니.

"연홍색 몸에 배는 하얀색이었어요. 꼬리지느러미는 검었고요. 등에 청록색 반점이 있었는데⋯⋯."

하진은 꿈을 되새기다 확신 없이 추측했다.

"참돔?"

– 실력이 꽤 늘었구나.

아버지가 흡족하게 웃었다.

– 네가 좋은 대학에 붙으려나 보다. 참돔은 길어(吉魚)거든.

"그래요?"

– 예로부터 참돔이 행운과 복을 부른다는 설이 있어. 원서 쓸 즈음에 참돔을 봤다니, 길조야. 그러니까 쓸데없는 걱정 하지 말고 등교 준비나 해.

"아빠는 언제 올라오세요?"

– 손맛 좋은 물고기가 많이 걸린다. 사나흘 더 있다 갈까 해.

"좋은 고기 많이 잡으세요."

– 녀석, 몇 번이나 말해. 정말로 좋은 고기는 놓아주는 거라니까. 서울 올라가면 보자.

"네."

하진은 아버지가 전화를 끊을 때까지 기다렸다.

– 우리 아들. 내 생각 났다고…….

주인이 묻는지 대답하는 아버지의 목소리가 멀게 들리다 사라졌다.

하진은 한결 가벼워진 마음으로 수화기를 내려놓았다. 고개를 돌리는데 거실 장식장에 놓인 액자 속 사진이 눈길을 잡았다. 대어를 들고 호쾌하게 웃는 아버지였다. 3년 전 추자도로 낚시를 가셨을 때 찍은 사진.

저 고기 가지고 올라왔다가 엄마한테 한소리 들으셨지. 이번엔 가볍게 빈손으로 오세요. 사진 속 아버지에게 부탁하는데, 거실과 주방 사이에 있는 서재 문이 열리고 서재에서 모친 미정이 나왔다.

"아침부터 서재 청소하셨어요?"

하진은 미정에게 다가가며 물었다. 호리호리한 몸에 올이 성긴 니트 스웨터를 걸친 미정은 일어난 지 얼마 안 됐는지 머리카락이 부스스하고 얼굴에 부기가 있었다.

"아니. 수산 신문에 우리 회사 기사가 실렸잖니. 오려서 스크랩했어."

미정이 손에 든 스크랩북을 보여주었다. 표지가 검정 가죽인 대형 스크랩북은 이내 거실 책장 중간 칸에 꽂혔다. 미정이 결혼 후 20여 년 동안 민욱과 관련된 잡지나 신문 기사를 오려 정리한 스크랩북들을 모은 칸이었다.

"무슨 기사였는데요?"

"키코인가 뭔가 때문에 회사 주식 가격이 말이 아니래. 반 토막에 반 토막이 났다네."

민욱은 중견 수산물업체 해명수산의 사장이었다. 해명수산은 원양 조업으로 잡은 물고기를 가공하여 국내외 시장에 판매했다. 미주에 지사를 두고 상장까지 한 기업체로 내수 시장 점유율이 높고 수출 실적이 뛰어났다. 탄탄한 직원 복지와 지속적인 기부 활동으로 사회적 이미지가 좋은 회사이기도 했다. 그런데 최근 암초를 만나 고전 중이었다. 환율 변동에 대비해 가입한 금융 상품에 발목을 잡혀 주가가 폭락한 것이다. 투자자들의 항의가 빗발쳤지만, 경기의 흐름이란 일시에 반등시킬 수 있는 것이 아니었다. 해명수산은 뾰족한 해결책을 제시하지 못한 채, 주주들을 달래는 형편이었다.

"좋은 기사도 아닌데, 뭐 하러 스크랩해요?"

"살다 보면 좋은 일만 있니? 힘든 순간도 다 간직해둬야 하는 거야. 그래야 빡빡한 시절에도 변함없이 충성했다고 내가 너희 아버지한테 큰소리치지."

큰소리는. 아빠 앞에서 살살 녹으시면서. 하진은 고개를 절레절레 젓고 책장 앞으로 갔다. 낡은 원목 책장에 빼곡히 꽂힌 스크랩북은 아버지가 평생을 바쳐 일군 회사의 역사이자 아버지와 동고동락한 어머니의 역사였다. 무수한 그늘과 시련으로 점철된, 그래서 아버지는 미안해하고 어머니는 자랑스러워하는 역사.

"참, 하진아. 나 간밤에 좋은 꿈 꿨다."

"어떤 꿈?"

"해가 떠오르는데 물고기가 바다로 뛰어드는 거야. 물살을 가르는 태가 어찌나 씩씩한지 마음이 뻥 뚫리더라."

손으로 허공을 휘이 쓴 미정이 눈을 빛냈다.

"너, 서울대 경영 가기에 점수가 애매하댔지? 한번 넣어보자."

"엄마는 내가 서울대 갔으면 좋겠어?"

하진은 대답을 짐작하면서도 물었다.

"좋지. 명품 백 하나 못 사게 하는 남편 때문에 강남 사는 친구들 만나면 얼마나 기가 죽는데. 서울대 간 아들 자랑이라도 하면서 목에 힘주고 싶어."

"콜! 엄마 목에 힘 팍팍 넣고 다닐 수 있게 내가 서울대에 떡하니 붙어드릴게."

"어구, 우리 아들. 제 아버지 닮아 약속 하나는 잘도 하지."

"아빠하고 난 다르지. 난 한번 한 약속은 꼭 지키잖아."

"그래, 그래. 남편보다 아들이야."

하진의 엉덩이를 토닥거린 미정이 콧노래를 흥얼거리며 욕실로 들어갔다.

"이런 대학 다니면 어떠하고 저런 대학 다니면 어떠하리. 착하고 번듯한 아들이랑 천년만년 붙어살리."

헤어밴드로 머리를 올리는 미정에게 하진은 외쳤다.

"엄마, 그 노래는 나중에 내 여자친구 앞에서 부르면 절대 안 돼. 알지?"

클렌징 폼을 손에 짜 거품을 내면서 미정은 콧노래에 흥을 실었다.

"착한 아들이 골라 온 고운 며느리랑 찰떡궁합 평생토록 붙어살리."

"엄마마앗!"

"어구, 놔둬. 이런 노래 부를 날도 얼마 안 남았다는 거 알어. 부를 수 있을 때 실컷 부를 거야."

엄마와 아들의 실랑이가 곰살가운 12월 초의 아침이었다.

오전 10시가 조금 넘은 시각. 물고기들을 깨운다는 초들물, 절벽 주위에 해무가 짙게 깔려 있었다. 절경을 삼킨 안개를 원망하며 민욱은 낚싯대에 참갯지렁이를 끼웠다. 동틀 무렵 거세던 바람이 잦아들고, 가랑비가 내린다는 일기예보도 엇나갔다. 조황이 좋을 거란 예감에 미끼를 다루는 손놀림이 분주해졌다.

민욱이 채비를 마친 낚싯대를 들고 바위 끝으로 가 자리를 잡는데 어깨 너머에서 발소리가 들렸다. 빨간 파카를 입고 까만 야구 모자를 깊이 눌러쓴 남자가 안개를 헤치고 나타났다. 일부러 후미진

절벽을 찾아왔건만. 한 사람이 서기에도 비좁다 싶은 바위에 내려서는 남자에게 한마디 하려다가 민욱은 마음을 바꾸었다. 먼저 차지한 자리라고 하여 그의 소유일 수는 없는 낚시터. 편협한 인색함이 물고기들을 내칠까 저어되었다.

키가 크고 얼굴이 가무잡잡한 사내는 무덤덤한 표정을 가면처럼 쓰고 있었다. 남자와 눈이 마주치자 민욱은 고개를 까딱했다. 남자가 검은 가죽 장갑을 낀 손을 들어 보였다. 낚시터에 어울리지 않는 차림이라 생각하면서도, 민욱은 말없이 돌아서 그의 낚싯대를 물에 던졌다.

절벽 가장자리로 온 남자가 가방에서 낚싯대를 꺼내들더니 장갑을 낀 채로 앞그립을 잡고 바다에 투척했다.

미끼도 끼우지 않은 낚싯대를 물속에 드리우다니.

"세월이라도 낚으시오?"

"낚으러 온 게 아니라 보내러 왔습니다."

"예?"

민욱이 얼굴을 찡그렸을 때, 남자가 탄식을 쏟아냈다.

"어이쿠!"

"왜 그러시오?"

"낚싯대가 뭐에 걸린 것 같아요."

"여밭이어서 밑걸림이 좀 있지요."

남자가 멀뚱히 민욱을 바라보았다. 여밭은 뭐고 밑걸림은 뭐냐는 표정이었다. 차림새로 보나, 새것임이 분명한 낚싯대를 들고 강태공 놀음을 하는 것으로 보나, 바다낚시의 천국이라는 추자도의 명성만 듣고 무작정 찾아든 초보 낚시꾼이었다.

"바위가 많은 곳을 여밭이라 하지요. 낚싯대가 바위틈에 끼기라도 했나 봅니다."

민욱은 자신의 낚싯대를 거두고 남자에게로 다가갔다.

"이럴 때 빠져나오는 방법이 몇 가지 있는데. 어디 보자. 라인을 풀어주면서 위로 튕기세요. 여기를 이렇게 검지에 걸고 베일을 열어서 총 쏘듯이 튕겨내면 됩니다."

남자의 낚싯대가 매끄럽게 수면을 빠져나왔다.

"재주 좋으시네요."

감탄한 남자가 가방에서 보온병을 꺼내더니 연갈색 액체를 뚜껑에 따라 건넸다.

"날도 추운데 커피 한잔 하시죠."

달콤한 향에 끌려 민욱은 보온병 뚜껑을 받아들었다. 입안으로 들이켠 커피가 몸에 온기를 불어넣었다. 커피를 두어 모금 더 홀짝인 민욱은 남자를 향해 웃음 지었다.

"뜨끈하니 좋네요."

남자가 미동도 하지 않은 채 부옇고 아득한 눈동자로 그를 바라보았다. 숨소리도 내지 않고 서 있는 남자의 모습에 쌩한 한기가 들었다.

"형씨, 뭐가 잘못……?"

불길한 예감이 등줄기를 타고 흘렀을 때, 남자의 억센 손이 그의 어깨를 떠밀었다.

민욱은 중심을 잃고 팔을 허위대다 절벽 아래로 미끄러졌다.

"아악!"

그의 비명이 두꺼운 안개에 내리덮여 침묵의 바다로 추락했다.

절벽을 에워싼 해무 사이로 선득한 바람이 지나갔다. 그가 안개 너머를 볼 수 없듯, 안개 너머의 어떤 눈도 이쪽에서 벌어지는 일들을 목격할 수 없으리라.

남자는 파카 주머니에서 휴대전화를 꺼냈다.

"물고기를 바다로 보냈습니다."

― 갖고 간 물건은 썼나?

"커피에 탔습니다. 곧 의식을 잃을 테니, 살아남을 가능성은 없습니다."

― 수고했어.

"잔금은 어떻게 주실 겁니까?"

― 선금 건넨 식당에서 보지.

통화를 끝낸 남자는 휴대전화를 바다로 던지고 민욱과 그의 낚싯대를 거둬들였다. 낚싯대를 들고 가방을 어깨에 들쳐 멘 남자가 떠난 바위에 안개만 자우룩했다.

추자도 우체국을 지나 길모퉁이를 돈 남자는 조그만 마트 맞은편에 있는 식당으로 들어섰다. 낡은 식당 문을 밀어젖혀 열 때 삐거덕 소리가 났다. 검은 털모자와 같은 색 뿔테 안경을 쓴 깡마른 사내가 안쪽 방 앞에서 서성이다 들어오라는 눈짓을 했다.

잠시 후, 남자는 삼치회가 차려진 상 앞에 앉아 있었다.

"잔금은요?"

"자, 자, 한잔 받기부터 하라고."

상 건너편에 자리한 상대가 소주병을 들어 그의 잔을 채웠다. 소주는 회와 함께 그가 도착하기 전 상대가 주문해놓은 것이었다.

남자는 잔을 들어 소주를 입에 들이부었다. 술기운이 목구멍을 적시는 동안 가슴이 울렁댔다. 이번 일은 위험 부담이 컸던 만큼 수고비도 두둑했다. 공기 좋고 인심 좋은 곳으로 식구들을 데리고 가 정직한 삶을 시작하기에 충분한 금액이었다.

"고기도 들고."

상대가 회가 담긴 접시를 그의 앞으로 밀었다. 남자는 젓가락으로 회를 한 점 집었다. 말캉한 생선이 입안에서 씹히는 동안 시야가 핑그르르 어지러웠다. 역한 기운이 속에서 치솟자 남자는 젓가락을 놓았다.

"잔금 주시죠."

상대가 상 옆으로 허름한 검은 배낭을 건넸다. 배낭의 무게를 가늠해본 남자는 배낭을 들고 일어섰다.

"사람 성미 하고는. 식사나 마치고 갈 것이지."

등 뒤에서 상대가 퉁을 놓았다. 남자는 대꾸 없이 방턱에 앉아 운동화 끈을 조여 맸다. 옆에 둔 배낭을 한쪽 어깨에 걸치고 일어서는데 현기가 일었다. 어지러움이 가라앉길 기다렸다가 식당을 나서는내내 속이 메슥거렸다.

골목길 귀퉁이를 차지한 식당은 점심때를 맞아 손님들로 붐볐다. 인파에 섞여 갈지자걸음을 내딛던 남자는 가슴을 옥죄는 극심한 통증을 느끼고 길바닥에 쓰러졌다.

"서주. 서주……."

가슴을 움켜쥐고 뒹구는 그를 내려다보며 지나가던 노인 둘이 한소리씩 했다.

"작작 좀 마시지."

"정신줄 놓고도 소주 타령하는 꼬락서니 좀 보게."

남자는 무거운 고개를 움직여 하늘을 보았다. 맑은 하늘에 높이 뜬 해가 흐물거렸다. 눈이 감기면서 의식이 암흑에 잠겨갈 무렵, 끼기기긱 소리가 멀게 들렸다.

식당 문이 삐거덕거리며 열리고 낡은 등산화가 남자에게로 다가왔다. 두툼한 장갑을 낀 손이 남자 옆에 나뒹구는 배낭을 잽싸게 집어 들고 멀어졌다. 인파에 섞여 골목길을 빠져나가는 검은 털모자에 노오란 햇살이 얹혔다.

[추자도 인근에서 발견된 변사체가 해명수산 사장 권민욱 씨인 것으로 밝혀졌습니다. 최근 자금난 악화를 겪고 있는 해명수산은 경영자의 사망 소식을 접하고 충격에 빠졌습니다. 시신은 곧 유족에게 인계될 것으로 보이며……]

남자는 리모컨으로 TV를 껐다. 화면 속 여자 앵커가 사라지고 까만 화면이 남았다.

똑똑, 문에서 노크 소리가 났다.

"들어와."

서재의 묵중한 문을 열고 비서가 들어섰다.

"회장님."

"조의금 준비해야겠다."

"직접 조문하시려고요?"

"그러는 게 도리가 아니겠어? 권 사장이 갔는데."

"얼마나 준비할까요?"

"현재 해명 주가에 맞춰."

"알겠습니다."

"일꾼은 어떻게 됐어?"

"심장마비로 처리됐습니다."

"야쿠자 쪽은?"

"조직원이 무단 이탈했다가 사고사한 걸로 처리될 겁니다."

"알았어. 오늘 일정은 어떻게 되지?"

"경제인 연합회 오찬이 있습니다."

"차 준비시켜."

"네."

고개를 조아리고 비서가 물러갔다.

남자는 소파 옆 테이블에 있는 시가 상자를 열었다. 시가에 불을 붙여 빨아들이자 맵싸한 향이 입안으로 밀려들었다. 앓던 이가 빠져나간 덕분에 시가 맛이 입에 착착 감겼다.

허공으로 번지는 연기를 감상하며 시가를 마저 태운 남자는 손을 등 뒤로 지고 걸어 서재를 나섰다. 서재 문이 닫히자 정적이 흐른 것도 잠시, 정적의 틈새로 인기척이 고무락거렸다.

창가에 놓인 마호가니 책상 아래서 검은 뿔테 안경을 쓴 양복 차림의 남자가 엉금엉금 기어 나왔다. 그의 손에는 빨간 불이 깜박거리는 녹음기가 들려 있었다. 서재가 비어 있음을 확인한 남자는 녹음기를 끄고 재킷 안주머니에 넣었다. 그가 살쾡이처럼 서재를 빠져나오는 동안 미처 닫히지 못한 문 사이로 매캐한 시가 향이 흘러나왔다.

권민욱이 생전에 거주하던 아파트 거실에 유족이 둘러앉아 있었다. 소파 한 자리를 차지한 깡마른 중년 남자가 밀봉된 대봉투를 뜯었다. 남자는 해명수산 법률 고문 정신율 변호사로, 지금 민욱의 유언장을 공개하려는 참이었다.

"아파트를 아내 유미정에게 남긴다. 개인 명의의 예금과 적금도 아내 몫이다. 선친에게 물려받은 청송 생가는 동생 권기욱에게 부탁한다. 오랜 벗 모덕재에게는 청송의 사과밭을 남긴다. 사랑하는 아들 권하진에게 낚시 도구 일체를 맡긴다. 회사를 경영하며 적었던 일기 또한 아들에게 사후 처리를 일임한다."

정 변호사가 한 문장씩 낭독할 때마다 소파에 둘러앉은 이들의 면면에 슬픔과 불신이 교차했다.

정 변호사의 맞은편에 권기욱이 앉아 있었다. 열일곱에 선친을 여읜 민욱이 홀어머니를 봉양하며 아들처럼 키워낸 열두 살 아래 남동생. 소리 없이 눈물을 떨구던 기욱은 생가 이야기에 소매 끝으로 억실억실한 눈을 닦았다. 민욱의 보살핌 아래 보낸 유년 시절을 떠올린 탓이었을까? 골격이 튼실하고 체구가 건장한 사내답지 않게 그의 몸짓엔 어쩐지 소년스러운 구석이 있었다.

기욱의 옆에 민욱의 죽마고우 모덕재가 있었다. 동향 출신 동갑내기로 민욱과 같이 자란 덕재는 민욱이 원양 어선을 타고 해외를 유랑하다 해명수산을 설립했을 때 가장 먼저 달려와 궂은일을 떠안았다. 배움이 짧아 회사 일에 큰 도움은 못 되었어도 운전기사 겸 개인비서로 민욱을 보좌한 지가 20년. 친동기처럼 의지하며 지난한 청춘을 함께 건넌 민욱의 급작스러운 죽음이 믿기지 않아 덕재는 연신 주먹을 떨었다.

정 변호사 옆에 앉은 미정은 눈물조차 마른 초췌한 얼굴로 넋을 놓은 채였다. 민욱의 사고 소식을 들은 후부터 식음을 전폐하고 죽은 듯 살아 있는 그녀였다. 유언장의 내용 따위는 귀에 들어오지 않는 듯 흐리멍덩한 눈을 하고 "하신 아버지, 하진 아버지."만 웅얼댔다.

소파 끄트머리에서 미정의 손을 잡고 유언을 되새기는 이는 하진이었다. 퀭한 눈동자를 동물적으로 빛내며, 하진은 정 변호사가 뱉어내는 단어 하나하나에 집중했다.

"해명수산의 지분은 다음과 같이 처리한다. 내 지분 62% 중 10%는 전 직원에게 분배한다. 생산직과 사무직, 직위 고하에 차등을 두지 않고 공평하게 분배하도록 한다. 아내 유미정과 아들 권하진에게 1%씩 상속한다. 나머지 50%는……."

정 변호사가 유언장을 한 장 넘겼다.

"서주그룹 서국철 회장에게 매각한다."

"말도 안 돼요!"

하진은 벌떡 일어나며 외쳤다.

"그게 아버지 뜻일 리가 없어요."

정 변호사가 무거운 숨을 밭아냈다.

"사장님 뜻이 맞다."

"서주에게 해명은 눈엣가시였어요. 대기업의 힘으로 누르려 해도 해명이 업계 1위 자리를 지켰으니까요. 서 회장이 아버지더러 회사를 팔라고 회유한 것도 수차례였죠. 그때마다 아버지는 거절하셨고요."

"사장님께선 해명의 정신을 서주가 계승해주길 바라셨던 것 같다."

하진은 실소했다.

"아버진 서주그룹처럼 돈 벌면 안 된다고 하셨어요. 온갖 꼼수 다 부리고 로비로 비리를 덮는 회사라 어떤 금액을 불러도 서주엔 해명을 팔 수 없다셨어요. 그런데 서 회장에게 주식 50%를 넘긴다고요?"

"이건 사장님의 자필이 맞다. 양식 요건도 모두 갖추었고."

정 변호사가 유언장을 하진에게 보였다. 하진은 펜으로 또박또박 적힌 글자들을 살폈다. 필체는 분명 아버지의 것이었지만, 의심이 가시지 않았다.

"아버지가 자의로 작성하셨을 리 없어요. 음모가 있는 거예요. 협박이든, 조작이든."

눈물을 닦던 기욱이 흠칫 놀라 고개를 들었다.

"하진아, 말을 가려 해라."

"숙부! 생각을 해보세요. 지금 회사 주가가 바닥이라고요. 이게 해명의 실제 가치라고는 아무도 생각 안 할걸요. 그런데 마침 아버지가 돌아가셨고, 서주는 헐값에 해명을 낚아챌 수 있게 되었어요. 돌아가는 상황이 너무 딱딱 들어맞잖아요."

상기된 얼굴로 목소리를 높이는 하진을 힐긋 본 정 변호사가 유언장을 테이블에 내려놓았다.

"하진이 너도 기억할 거다. 사장님께서 생전에 회사와 개인의 재산은 구분해야 한다고 하신 거. 회사 경영으로 축적한 부는 사회에 환원하겠다고 누누이 말씀하셨지."

"그 양반이 그런 양반이었어."

미정이 몽롱한 목소리를 흘려내고 허망히 웃었다.

"엄마! 정신 차려요! 이게 어떻게 사회 환원이야? 서주에서 손을 쓴 거라니까! 서 회장이 그동안 갖고 있던 우리 회사 지분까지 생각하면 경영권이 넘어가는 거라고."

하진은 유언장에 증인으로 기재된 정 변호사의 이름을 가리키며 물었다.

"변호사님, 혹시 서주와 접촉하신 적 있어요?"

"듣자듣자 하니 괘씸하구나. 내가 10년 넘게 사장님 모셨다. 으리으리한 법무 팀을 둔 대기업 회장들과 달리 중소기업 사장들은 법이 바뀔 때마다 고시 공부하듯 머리 싸매야 한다는 말씀에, 로펌 자리도 마다하고 해명에 내 젊음을 쏟았어. 해명이 발전할 때마다 내 자식이 크는 것처럼 뿌듯했다. 그런데 사장님 가셨다고 네게 이런 의심이나 받고. 난 이만 가볼 테니, 나머지 내용은 똑똑한 네가 알아서 읽고 처리해라."

정 변호사가 벌떡 일어나 서류 가방을 집어 들었다. 자리를 뜨려는 정 변호사를 기욱이 만류했다.

"변호사님, 이리 가시면 어떡합니까? 아버지 보낸 충격에 아이가 한 말을 가지고. 유언장 내용이 내 귀에도 이상한데, 하진이 속은 오죽하겠어요? 유언장이 진짜가 맞는지 확인도 해보고, 대책을 세워봐야지요."

"정 의심이 가시거든 소송을 하시든가요."

정 변호사가 빈정대자 덕재가 슬그머니 제안했다.

"소송하면 몇 년씩 걸리는 거 아녀요? 그냥 이 유언장 없애면 안 될까요?"

기욱과 하진이 덕재 쪽으로 고개를 홱 돌렸다. 덕재는 하진과 미정, 기욱과 정 변호사를 차례로 바라보면서 혀로 입술을 축였다.

"우리만 입 다물면 주식이 서주그룹에 갈 일은 없을 건데. 유언장이 따로 없으면 형수님이랑 하진이가 제일 많이 받게 되는 거 아니냐고요? 그리 되는 게 맞제. 안 그래요, 변호사님?"

기발한 생각을 했다고 여기는 듯한 덕재를 보고 정 변호사가 한숨을 내쉬었다.

"그러다 하진이와 사모님이 거리에 나앉는 수가 있어요."

덕재는 정 변호사의 대답이 이해되지 않아 눈을 껌벅거렸다.

"유언장이 있다는 것을 알고도 숨기는 건 범죕니다. 유언장을 위조, 변조, 파기, 또는 은닉하는 자는 상속인이 되지 못한다는 법 조항이 있어요. 이 유언장을 없앴다가는 여기 있는 사람들 모두 한 푼도 못 받는다는 얘기예요. 이 유언장대로 하면 주식 매각해서 얻은 현금은 가질 수 있습니다. 잘들 생각해서 결정하세요."

정 변호사가 훈계조로 이르고 돌아섰다. 거실을 지나 현관을 나선 정 변호사 뒤로 아파트 문이 닫히고 무거운 정적이 내려앉았다.

하진은 테이블 위의 유언장을 내려다보며 주먹을 쥐었다.

"누군지 찾아내서 죽여버리겠어요."

놀란 미정이 하진의 팔을 덥석 잡았다.

"하진아, 나쁜 마음 먹지 마."

하진은 미정 앞에 무릎을 세우고 앉으며 울먹였다.

"엄마, 아빠가 평생을 바쳐 키운 회사가 양아치 같은 놈들 손에 넘어간다고. 저게 아빠의 진짜 유언일 리가 없어. 어떤 놈들이 무슨 짓을 했는지 밝혀야 해."

"밝히면? 너희 아빠가 세상에 없는데 그런 거 밝혀서 뭐해?"

"밝혀서 죽여버려야지."

"하진아, 그러지 마."

미정은 하진을 끌어안았다.

"이제 엄마한테는 너밖에 없어. 그러니까 나쁜 맘 먹지도 말고, 엇나가지도 마."

"엄마."

"엄마는 너 잘되기만 바라면서 살 거야. 그거 말고는 이 세상에 아무 미련 없어."

"왜 그런 소리를 해, 엄마! 아빠 안 계시니까 우리 둘이 더 씩씩하게 살아야지."

"미안해. 네가 원하면 씩씩해질게. 널 위해서라면 이 엄마는 뭐든 해."

오열하는 미정의 품에 하진은 얼굴을 묻었다.

"나도, 엄마. 엄마 위해서라면 나도 뭐든 해. 그러니까 마음 단단히 먹어. 알았지?"

"그래."

한 덩이가 되어 눈물을 쏟아내는 두 사람을 차마 바라보지 못하고, 기욱과 덕재는 고개를 숙인 채 피눈물을 삼켰다.

제일병원 장례식장의 빈소 주변에 침통함이 가득했다. 죽은 자는 영정 사진 속에서 말없이 웃고, 문상객들은 소리 죽여 눈물을 훔쳤다. 검은 정장 차림의 남녀 문상객들 가운데 연회색 점퍼를 걸친 사내들이 기십 명 있었다. 가슴팍에 해명수산 로고가 박힌 점퍼를 입은 40~50대의 사내들은 삼삼오오 모여 이상하다, 라든가 이럴 수는 없다든가, 라는 탄식을 터트렸다. 울분에 찬 얼굴로 가슴팍을 두드리거나 핏발 선 눈을 하고 한숨을 토해내는 이들도 있었다.

눈물과 한숨이 애통하게 뒤엉킬 무렵이었다.

"저게 누구여!"

빈소로 향하는 통로 구석이 어수선해졌다. 말쑥한 정장을 입은 초로의 남자가 문상객들을 헤치고 나타났다. 훤칠한 풍모에 군데군데 희끗한 머리카락을 세련되게 빗어 넘긴 남자의 얼굴빛이 기고만장했다. 검은 양복 차림의 경호원들을 수명 동행한 남자는 자선 행사장에라도 온 듯한 표정이었고, 문상객들은 역겨운 향수 냄새를 맡은 듯 눈살을 찌푸렸다.

"서주그룹 서국철 회장 아니야?"

누군가가 소곤댔다.

"여기가 어디라고 와."

"주식을 준다고 먹어?"

"뒤로 무슨 꿍꿍이를 깠는지 알 게 뭐여. 서주가 중소기업들 꿀꺽한 게 하루 이틀 일이여?"

"우리 회사에도 눈독 들이고 있었지."

웅성거림이 들불처럼 일었다.

"길 좀 내주시죠."

경호원들이 해명수산 직원들을 헤치며 서 회장의 진로를 텄다. 서 회장은 허리를 꼿꼿이 세운 채 얇은 입술을 비틀어 올렸다.

"이보쇼!"

직원들 중 하나가 서 회장을 향해 일갈했다.

"문상을 와서 어찌 웃을 수 있소?"

"차라리 오지를 말든가."

누군가가 동조했고, 장례식장이 순식간에 아수라장으로 변했다.

"그동안 우리 회사 영업 훼방 놓은 걸로 부족해!"

"누가 저 면상 좀 치워!"

그때 빈소 쪽에서 준엄한 목소리가 날아들었다.

"그만들 하세요."

상주 하진이었다.

초췌한 얼굴을 하고도 하진은 위엄 서린 눈빛으로 장례식장 주변을 훑었다. 웅성거림이 일순간 잦아들었다. 팽팽한 침묵 속에서 조문객들의 시선이 서 회장과 하진에게 집중됐다.

해명수산 직원들과 함께 있던 덕재가 하진에게 다가갔다.

"하진아, 서 회장이 왔구나."

"그러네요."

"너, 괜찮으냐?"

"오늘은 참을 거예요, 아저씨. 애도하는 자리잖아요."

"서 회장을 들였다간 분위기가 더 소란스러워질 텐데. 내가 가서 막아볼까?"

"저한테 맡겨주세요."

하진은 덕재에게 의연한 눈빛을 던지고 서 회장에게로 갔다.

"와주셔서 고맙습니다, 회장님."

"권 사장께서 가셨는데, 당연히 와서 배웅해드려야지."

"회장님의 호의를 기억하겠습니다. 하지만 상황이 좋지 않으니 그냥 돌아가시는 게 좋겠습니다."

해명수산 직원들을 곁눈질로 살핀 서 회장이 재킷 주머니에서 흰 봉투를 꺼내 내밀었다.

"고인의 명복을 빈다."

눈물이 왈칵 치솟아 봉투가 흐릿해지자 하진은 떨리는 손을 말았다. 아버지, 당신을 죽음으로 떠민 그 섬에도 이렇게 새하얀 안개가 끼어 있었습니까? 지금 저도 안개에 둘러싸여 한 치 앞을 볼 수 없습니다. 어떤 계략이 담겨 있을지 모르는 이 봉투를 과연 받아도 좋을까요?

서 회장이 어색한 헛기침을 했다.

"받지 않을 거냐?"

하진은 눈물을 삼키고 봉투를 받았다. 보는 눈들이 많은 날, 가십거리를 만들어 아버지 영전을 어지럽히고 싶지 않았다.

"고맙습니다."

"마음을 잘 다독여라."

"네, 회장님."

"내 도움이 필요하거든 언제든 연락하고."

"회장님의 말씀을 오래 기억하겠습니다. 건강하세요."

"그래. 난 이만 가보마."

서 회장이 하진의 어깨를 툭툭 치고 돌아섰다. 하진은 당당한 걸음으로 멀어지는 서 회장을 보면서 봉투를 움켜쥐었다. 해명수산은 그저 회사가 아니었습니다. 내 아버지의 영혼이었습니다. 내 아버지의 영혼을 헐값에 날름 삼킨 당신. 당신은 이제 해명에 무슨 짓을 할 작정입니까?

네, 마음을 잘 다독일 겁니다. 언젠가는 반드시 당신이 해명을 차지한 내막을 밝힐 겁니다. 만약 당신이 해명을 음모로 강탈한 것이라면, 당신을 단죄하고 해명을 되찾을 겁니다. 오늘 나와 내 어머니가 겪는 이 고통을 당신과 당신의 가족들에게 고스란히 돌려주겠습니다. 그러니 그날까지 부디 건강하셔야 합니다. 서국철 회장님.

시근거리던 눈가에서 눈물이 흘렀다. 하진은 눈물이 흐르게 두면서 빈소로 돌아갔다. 근조 화환과 조문객들을 지나 민욱의 영정 사진 앞에 섰을 때서야 하진은 젖은 뺨을 훔쳤다.

아버지, 지켜보세요. 오늘까지입니다. 우는 것도, 아파하는 것도, 믿지 못하는 자의 적선을 받아들이는 굴욕도, 오늘까지만입니다. 다시는 울지 않겠습니다. 아파하지 않겠습니다. 누군가의 알량한 동정 앞에 저를 숙이는 일 따위는 절대 하지 않겠습니다.

하진은 눈물이 파고든 부르튼 입술을 깨물었다. 아릿한 핏기가 혀끝에 감길 때 물고기의 환영이 아른거렸다. 아버지와 마지막 통화를 했던 새벽, 꿈에서 보았던 물고기였다.

살기 위해 몸부림치던 물고기. 살기 위해 포획자가 던진 바늘을 삼킨 물고기. 날카로운 바늘을 품고도, 오로지 살기 위해, 초연히 물살을 가르던 물고기.

오늘 그가 의심과 복수의 바늘을 심장에 박은 물고기였다. 그의 앞에 넓고 거친 바다가 펼쳐져 있었다. 고단하고 외로워도, 홀로, 기필코 헤쳐 나가야 할 바다였다.

03

운명의 소용돌이

7개월 후.

세정초등학교 대강당에 고풍스러운 클래식 음악 선율이 울려 퍼졌다. 무대에서 재학생들로 구성된 현악 4중주단이 모차르트를 연주했고, 객석을 메운 학부모들이 뿌듯한 눈길을 무대로 보냈다.

객석 맨 앞줄에 앉은 차연은 무대 오른쪽에 자리한 첼리스트를 눈여겨보았다. 호리호리한 체형에 조숙한 외모의 여학생은 6학년에 재학 중인, 막내 영채였다. 다른 연주자들과 함께 맞춘 검정색 원피스를 입었는데도 영채는 도드라졌다. 활을 다루는 팔의 각도는 우아했고, 보얀 얼굴엔 귀티가 흘렀다. 섬세한 어깨선과 가는 팔, 반듯하게 뻗은 등과 치맛자락 아래로 드러난 매끈한 종아리까지, 흠잡을 데 없이 완벽한 작품이었다.

절정을 넘어선 연주가 최후의 하모니로 치달았다. 활들의 움직임이 느려지고 음악이 잦아들었다. 마지막 음의 여운이 가시기도 전에 객석에서 박수 소리가 터져 나왔다. 무대의 연주자들이 일어서 인사하자 박수 소리에 환호성이 섞였다. 세정초등학교 1학기 말 학예회는 그렇게 막을 내렸다.

차연은 꽃다발을 가지고 무대로 올라갔다. 연주에 진이 빠졌는지, 영채가 파리한 표정으로 꽃다발을 받아들었다.

"오늘, 최고였어."

차연은 목소리를 한 톤 높여 칭찬했다.

"정말요?"

영채가 눈을 반짝 치떴다.

"나무랄 데 없었어."

차연이 영채의 코끝을 톡 칠 때 크림색 매니큐어가 발린 손이 영채의 말간 피부를 스쳤다.

"초반에 박자 살짝 놓쳤는데요."

영채는 혀를 날름 내밀었다. 차연이 눈을 내리깔았다가 올리는 것을 보고 얼른 입을 다물었지만, 엄마의 깐깐한 눈빛에 담긴 무언의 꾸지람은 이미 머릿속을 울리고 있었다.

혀 내미는 버릇 고치랬지!

"죄송해요."

어깨를 움츠리며 웅얼대자 차연의 눈길이 이번엔 어깨에 내려앉았다. 서늘한 차연의 눈길에 영채는 의식적으로 어깨를 폈다.

"강 교수님!"

경쾌한 여자 목소리가 날아들었다. 차연은 영채에게서 시선을 거두고 옆을 살폈다. 머리를 쪽지고 금테 안경을 쓴 50대 초반의 여자가 고상한 미소를 머금고 다가왔다. 세정초등학교 교장 한교연이었다.

"안녕하셨어요?"

차연은 한 교장을 향해 가슴을 굽혔다.

"바쁘신 분께서 어려운 걸음 하셨어요."

한 교장이 황송한 표정으로 인사치레했다. 세정은 내로라하는 집

안의 아이들이 다니는 사립 초등학교였다. 학부모들은 이름만 대면 알 만한 인사들이었는데, 그 대단한 학부모들 중에서도 강차연은 독보적이었다. 명문 한강대학교 미술대 교수. 서주미술관 관장. 기고와 TV 출연으로 얻은 대중적 인지도. 미모와 실력을 겸비한 미술계의 스타인데다, 재계 5위권으로 꼽히는 서주그룹의 안주인이었다. 직접 대면하기 힘든 사람, 기회가 왔을 때 눈도장을 확실히 찍어둬야 했다.

"아무리 바빠도 딸 공연엔 와야죠."

연보라색 원피스에 플로럴 프린트 스카프로 포인트를 준 차연은 화보 속 모델 같았다. 세련된 단발과 고혹적인 화장. 맵시 있는 몸매와 가지런한 치아를 드러내는 미소까지. 우아와 관능을 완벽히 조화시킨 차연은 50대 초반이라 믿기 어려울 만큼 화사했다.

"영채 실력이 일취월장하는데, 음악을 계속 시키실 거죠? 예술 중학교는 어떻습니까?"

한 교장은 영채를 내려다보았다가 물었다.

"저희는 영국 유학을 생각하고 있답니다."

차연이 말꼬리를 살짝 말았다.

"어릴 때 넓은 곳으로 보내는 게 좋을 듯해서요."

차연의 귓불에서 달랑이는 다이아몬드 귀고리의 광채에 감탄하다가 한 교장은 과장스럽게 고개를 끄덕거렸다.

"현명한 선택을 하셨네요. 역시, 강 교수님 안목은 탁월해요."

한 교장과 차연의 대화를 듣고 있던 영채는 침을 삼켰다. 돌연, 가슴이 답답해졌다. 무대 조명을 너무 오래 받아서인지 머리에서 열이 나는 것 같기도 했다.

4중주를 함께 연주했던 아이들이 엄마나 아빠의 손을 잡고 무대를 떠나갔다. 신명난 표정으로 재잘거리는 친구들을 보면서 영채는 숨을 후우 내쉬었다.

"자식 일이라 신경이 쓰이네요."

우아한 곡선을 그리는 엄마의 입술이 평소보다 더 붉었다.

교정을 빠져나온 영채와 차연은 승용차에 올라 집으로 향했다. 차가 한남대교에 이르렀을 때 영채는 조심스럽게 입을 열었다.

"엄마, 저 기타 배우고 싶어요."

차연은 창 밖의 풍경을 내다볼 뿐, 아무 말도 하지 않았다.

"엄마."

영채는 모아 쥔 손에 힘을 넣었다. 침묵이 불길하게 부풀어 오를 무렵, 차연이 몸을 돌렸다.

"기타는 배워서 뭐 하게?"

"같은 반 친구 중에 일렉기타 잘 치는 친구가 있는데요, 연주 동영상을 유튜브에 올렸더니 조회수가 엄청났대요. 음반 낼 수도 있대요."

"그게, 부러웠니?"

영채는 한 마디씩 끊는 차연을 마주 보며 고개를 끄덕거렸다. 차연이 조수석을 향해 지시했다.

"집사님, 스튜디오랑 피아노 반주자 알아보세요."

"알겠습니다."

집안일을 도맡아하는 집사 전경선이 공손히 답했다.

"학생 말고 정식 오케스트라 단원이면 좋겠어요. 영채가 너무 어려워하지 않을 만한 나이대 여자로요."

"네, 교수님."

흡족한 눈빛을 한 차연이 영채의 손을 잡았다.

"뭘 연주하고 싶은지 레슨 선생님이랑 의논해봐. 녹음 준비는 엄마가 다 할 테니까. 유튜브에 올리는 엉성한 동영상 말고, 제대로 녹음 해서 기념 음반 만들자."

영채는 차연에게 잡힌 손을 고무락거렸다.

"엄마, 저는 기타가 배우고 싶은 건데요."

"영채, 첼로 배우는 거 싫어?"

차연의 손에 힘이 들어갔다.

"모르겠어요."

영채는 기어들어가는 목소리로 웅얼거렸다. 거짓말이 아니었다. 싫다거나 좋다거나 생각해볼 겨를도 없이, 엄마가 권하는 대로 첼로를 잡은 거였으니까. 일단 레슨을 시작하고 나선 선생님이 짠 프로그램을 따랐고, 프로그램을 관리하는 사람이 엄마라는 걸 알았을 때 자신에겐 선택의 여지가 없다는 걸 직감했으니까.

"졸업하면 영국으로 가야 하니, 그전에 추억거리 만드는 것도 나쁘지 않아."

차연이 손을 다독이자 영채는 고개를 끄덕였다. 엄마의 엄격한 눈빛 앞에서 고개를 끄덕이는 것 말고 할 수 있는 일은 없었다.

영채는 잡힌 손을 슬며시 빼고 차창 쪽으로 돌아앉았다. 창 밖에 강변 풍경이 펼쳐졌다. 흘러 흘러 언젠가는 바다와 한 몸이 된다는 강. 영채는 서울에서 한강이 제일 좋았다. 햇살 받고 바람 받으며 흐르는 강물이 예쁘고, 강변에서 마음껏 뛰노는 아이들이 부러웠다.

엄마 말에 의하면 자신은 내년 2월 초등학교를 졸업하는 대로 영국으로 간다고 했다. 아빠의 먼 친척 된다는 어떤 할머니 집에 머물다 런던 근교에 있는 중학교에 입학할 거라고 했다. 기숙사가 딸려 있어 수업이 끝나도 학교 밖으로 나올 필요가 없는 곳이라고 했다.

"엄마."

영채는 창에 손가락을 갖다댔다.

"왜?"

차연의 목소리가 아득했다.

"저요, 여기서 중학교 다니면 안 돼요?"

"엄마가 얼마나 열심히 고른 학곤데. 영채는 가기 싫어?"

코끝이 시린 게 꼭 눈물이 나올 것 같아서 영채는 창에 이마를 기댔다.

"그냥 갈게요."

울면서 가기 싫다고 뻗대봤자 달라질 것은 없을 것이다. 그냥 가거나, 엄마에게 야단을 맞고 가거나 둘 중 하나일 것이다.

"클래스랑 기숙사가 최고 수준인 학교야. 거기 가면 세계 각지에서 온 좋은 집안 친구들을 사귈 수 있어. 아무 걱정 말고 영채는 엄마가 시키는 대로 준비만 해."

영채는 시큰해진 숨결을 가시처럼 삼켰다. 거기. 낯설고 아득한 세계. 여기와 아주 멀리 떨어진 세계. 그곳에 혼자 내팽개쳐진다는 것이 두려웠다.

"엄마, 영국에도 강 있어요?"

"그럼."

"학교에서 가까워요?"

차연이 대답하지 않았다. 학교에서 강이 멀다는 걸 영채는 직감했다. 강이 있다는 말에 잦아들었던 두려움이 뾰족 솟아올랐다.

차가 다리를 건넜다. 집에 가까워진다는 사실이 영채는 조금도 기쁘지 않았다.

집에 도착한 차연은 영채를 2층 방으로 올려 보내고 옷을 갈아입었다. 샤워를 하고 침실에서 홍차를 들이켜고 있는데 남편 서국철 회장이 들어왔다.

"해수부 차관이랑 저녁 하신다지 않았어요?"

차연은 찻잔을 내려놓으며 눈썹을 찌푸렸다. 모처럼 혼자 여유를 즐기나 했더니, 저 양반이 협조를 안 해주네.

"김 차관이 빙모상을 당했어. 나랑 저녁 할 정신이 있겠어?"

서 회장이 혀를 차며 재킷을 벗었다. 차연은 해양수산부 차관의 가계도와 조의금 액수를 따져보다가 물었다.

"참, 해명수산 유족들은 어떻게 지낸대요?"

"현금 받은 걸로 그럭저럭 살겠지."

"너무 안일한 거 아니에요? 사후 관리를 해야죠."

"이제는 회사하고 상관없는 사람들이야."

서 회장의 대꾸가 심드렁했다. 차연은 다리를 꼬아 앉으며 서 회장을 쳐다보았다.

"주식 매수 대금을 조의금으로 가져간 건 현명한 결정이었어요."

"보험이라고 그랬잖아, 내가. 그 많은 사람들이 보는 앞에서 봉투를 받았으니, 나중에 딴 말은 않겠지."

"그래도 이런저런 말이 도나 봐요. 우리한테 안 들리는 곳에선."

"누가 그래?"

"인권변호사로 이름 날리는 연문규 있죠? 그 집 아들이 해명수산 아들하고 단짝 친구래요."

"그래서?"

"연 변호사 부인이 우리 학교 식품영양학과 교수예요. 지난주에 여교수 협의회가 있었는데, 모임 끝나고 차 마시면서 그러더라고요. 어렸을 때부터 두 아이가 형제처럼 자랐다고. 우리가 해명수산 가져온 걸 탐탁지 않아하는 눈치였어요."

"당신 입장이 곤란했겠네."

"사회생활 하다 보면 그 정도 껄끄러운 상황이야 다반사죠. 뒷정리 잘했으니 걱정 마요."

서 회장이 차연의 어깨에 슬그머니 손을 얹었다.

"당신 수완은 정말 못 당하겠어. 참, 오늘 영채 연주는 어땠어?"

"비싼 레슨 시킨 효과 봤어요. 첼로 솜씨는 어디 내놔도 손색없겠더라고요. 지금부턴 승마 레슨을 더 늘려야겠어요."

"그거야 당신이 알아서 하는데 말이야……. 영채, 중학교 여기서 보내면 안 될까?"

"왜요? 영채가 당신더러 뭐라고 해요?"

차연이 눈꼬리를 올렸다.

"그런 건 아니고. 요즘 애가 시무룩한 거 같아서. 중학교 졸업할 때까진 데리고 있다가 고등학교부터 외국으로 보내는 것도 나쁘지 않잖소? 너무 어릴 때 떼어놓으면 부모 정을 모를 테고."

"꽤나 자상하시네요. 영채한테 쏟는 그 마음 절반이라도 재익이랑 영빈이한테 줘봐요, 어디."

차연이 장남과 장녀를 언급하며 비꼬았다. 차연의 눈빛이 싸늘해지자 서 회장은 얼른 의견을 접었다.

"말하자면 그렇다는 거지. 간만에 둘 다 일찍 들어왔는데, 저녁 같이 어때?"

"다음 강의 준비하려면 바빠요. 알아서 저녁 드시고, 당신 일 보세요."

차연이 서 회장의 손길을 피하며 일어섰다. 냉랭한 표정으로 침실을 나서는 차연을 바라보던 서 회장은 문이 닫히자 침대 앞 테이블을 발로 걷어찼다. 테이블이 넘어지면서 차연이 두고 간 찻잔이 산산조각 났다.

화를 가라앉히고 서재로 간 서 회장은 비서 구승조를 호출했다. 시가에 불을 붙여 한 모금 빨고 있는데, 노크를 하고 들어온 승조가 책상 앞에 섰다. 훤칠한 키에 운동으로 단련된 몸의 승조는 여느 때처럼 깔끔한 정장 차림이었지만, 타이를 매지 않고 셔츠 단추를 하나 끄른 채였다. 서 회장은 승조의 열린 셔츠 앞섶을 흘끗 쳐다보고는 시가를 입에서 뺐다.

"해명수산 아들한테 사람 붙이라고 했지. 그동안 알아낸 거 보고 좀 해봐."

"지금 일본에 있습니다."

"대학은 갔고?"

"지원조차 안 했습니다."

아비를 보낸 충격이 컸나 보군.

"일본 어디에 있어?"

"나라에 있습니다. 이모 내외가 여관을 운영하는데 장사나 배울 모양입니다."

"이모네가 일본에 자리를 잡았어?"

"네. 이모가 재일한인 3세와 결혼했답니다."

"알았어. 수고했어."

물러가라는 눈짓에 승조가 고개를 숙이고 돌아섰다. 양탄자를 소리도 없이 밟아 문을 여는 승조를 보면서 서 회장은 시가를 깊이 빨고 연기를 내뿜었다.

"구 비서."

"네, 회장님."

승조가 열렸던 문을 닫고 돌아섰다.

"예전에 권 사장이 물고기에 대해 한 말이 있어."

서 회장은 자욱한 연기 사이로 승조를 바라보았다.

"무슨 말씀을 들으셨습니까?"

"바늘을 입에 걸고 달아난 물고기가 죽지 않고 말짱하게 살아간다고 하더군."

승조의 낯빛이 어두워졌다. 허공에서 따리를 트는 연기를 지켜보다가 서 회장은 나직이 덧붙였다.

"입에 걸린 바늘은 그 물고기에게 평생 고통이겠지. 자네가 아픈 물고기 한 마리 구해야겠네. 어린 물고기가 평생 고통 속에 살게 둘 수는 없지 않겠어? 조용히, 고통을 끝내주게."

"무슨 말씀이신지 알겠습니다만, 회장님."

승조가 말을 흐렸다.

"뭔가?"

"물고기는 아픈 걸 못 느낀답니다."

"누가 그래?"

"회장님께서 그러셨습니다."

"내가 언제?"

"작년 봄 환경단체 시위 현장에 가셔서 하신 말씀입니다. 서주그룹이 잔인한 방식으로 물고기를 잡는다고 시위자들이 비판하자 물고기는 아픔을 느끼지 못하니 문제 될 것 없다고 그러셨습니다, 회장님께서."

"내가 그랬어?"

"네."

"그러니까 이 물고기도 문제 될 것이 없을 거다?"

"네."

저놈이 뭘 잘못 먹었나? 감히 내 뜻에 브레이크를 걸어? 한소리 하려다가 서 회장은 마음을 바꾸었다. 서주그룹 비서였던 아버지를 보고 자란 놈. 서주그룹 일가에 충성하는 것을 존재의 의미로 알고 있는 놈. 똑똑하고 강직해서 가끔 골치 아프긴 해도, 믿고 궂은 일 시키기에 구승조만 한 인물도 없었다. 함께해온 세월의 정리로 보아 이 정도 조언쯤이야 너그러이 받아들여야지. 그래.

"알았네. 나가보게. 일본에 있는 아이들도 철수시키고."

"해명수산 유족 감시를 중단하라는 말씀입니까?"

"그래."

"지시대로 하겠습니다."

정중하게 고개를 숙이고 승조가 물러갔다.

혼자 남은 서 회장은 시가를 물었다. 권하진이라 했던가? 제 아비 닮아 눈빛이 유순한 아이였어. 봉투를 덥석 받은 것을 보면 배알도 없고. 그래, 이쯤에서 놓아주자. 해초나 뜯으며 목숨 부지하는 물고기처럼 살라고 해.

매캐한 시가 맛이 오늘따라 입에 착 감겼다.

일본 나라.

하진은 호숫가 나무 벤치에 앉아 석양이 깔리는 하늘을 바라보았다. 호숫가 너머로 오렌지빛 잔광을 받은 진청색 기와지붕 건물이 아련했다. 이모 부부가 운영하는 일본식 여관 '료코'가 오래된 영화 속 장면처럼 서 있었다.

여관 앞 아스팔트 포장길 위로 아기 사슴 한 마리가 걸었다. 길게 늘어진 햇살을 받으며 걸은 사슴이 호숫가로 들어와 벤치 옆에서 멈췄다. 사람에 대한 두려움도 없이, 사슴은 벤치 옆 풀밭에 서서 고개를 늘어뜨렸다.

두두둑. 두두둑. 사슴이 풀 뜯는 소리가 고즈넉한 풍광 속으로 스며들었다. 해가 기울고 주위가 고요해지면서 호수의 물 찰랑이는 소리가 귀에 들어왔다. 조금만 더 집중하면 거북이들이 헤엄치는 소리를 들을 수 있을지도 모르지.

하진은 냉소하듯 입꼬리를 비틀었다.

"대학 안 갈 거야?"

시비조의 목소리에 물소리가 멀어졌다. 하진은 옆 자리에 앉은 석영에게로 고개를 돌렸다. 유치원 시절부터 같이 자란 죽마고우 석영은 어제 일본으로 건너온 참인데, 얼굴을 맞댄 순간부터 시작한 대학 타령을 종일 해대고 있었다.

"갈지 말지 고민 중이야."

"뭘 해도 대학 간판은 있어야지."

"엄마가 보내셨어?"

"어머니 부탁도 있었지만, 나도 와야 한다고 생각했어."

하진은 과천에 있는 미정을 떠올렸다. 집 팔고 새로운 곳에서 새 삶을 시작하자고 할 때마다 미정은 아버지의 추억이 담긴 집을 어찌 떠나느냐고 했다. 아마도 엄마는 아버지의 기억만 되새기며 여생을 보낼 것이다. 바보같이. 가족보다 바다에 더 미쳤었던 사람이 뭐가 그리 좋다고.

"하진아."

석영이 조심스럽게 운을 뗐다.

"형편이 어려워 대학 안 가기로 한 거면, 내가 해결해볼게."

하진은 석영을 물끄러미 바라보았다.

"나한테까지 자존심 세울 필요 없잖아. 우리 아버지, 네 일이라면 등록금 정도는 내놓으실 거야."

석영의 아버지 연문규 변호사는 만석꾼 집안의 장손으로 물려받은 유산이 꽤 되었다. 그리고 그분은 정말, 도움을 청하기만 하면 도와주실 분이었다.

"자존심 상하지 않았어."

하진은 석영의 어깨를 턱턱 두드렸다. 돈은 그에게도 있었다. 아버지 빈소에 온 서 회장이 건넨 봉투에 10억 원짜리 수표가 들어 있었으니까. 그것이 해명수산의 주식 값이란 걸 알았다면 받지 않았을 텐데. 서 회장은 주식 매입을 완료한 직후 통장으로 잔금 40억

원을 입금했다. 아버지가 일생을 바쳐 일군 기업의 가치가 고작 50억 원이라는 것을 믿을 수 없었다. 조문객들이 지켜보는 데서 봉투를 덥석 받다니. 서 회장의 손에 놀아난 것을 깨달았지만 때늦은 후회였다.

"지금 이 상태로는 대학 가봤자 공부가 안 될 것 같아서 그래."

아버지의 죽음에 얽힌 의문을 풀기 전에는 그의 삶을 제대로 살수 없을 것 같았다. 사랑하고 존경했던 아버지. 언제나 든든한 울타리일 거라 믿었던 아버지. 그런 아버지의 급작스러운 죽음. 하진은 징체 모를 바늘에 입을 꿰인 물고기가 된 것 같았다.

"그래서 어쩌자는 건데?"

석영이 답답하다는 듯 물었다.

"아버지 일기를 읽고 있어."

"유언장 관련해서 뭐 찾아낸 단서라도 있어?"

"아버진 내가 회사를 이어받길 원하셨어. 일기가 내가 해명을 경영할 위치에 섰을 때를 대비한 아버지의 조언처럼 읽히거든."

"어떤 내용이었는데?"

"탈세하지 말고, 이중장부 만들지 말라고. 지위 고하 막론하고 사람을 신의로 대하고, 환경을 생각하라고. 직원 복지에 힘쓰고, 국익에 도움 되는 사업을 해서 후대에……."

하진은 벌떡 일어나 벤치 앞에 뒹구는 돌멩이를 호수에 내던졌다.

"울화가 치밀어서, 진짜. 그딴 식으로 사업하셨으니 가진 게 고작 그것뿐이었지. 코딱지만 한 아파트에 털어봤자 얼마 나오지도 않는 통장 몇 개. 고생은 다 했으면서 회사는 헐값에 날아가고. 남들 다

하는 탈세, 투기 안 하는 사람이 바보지. 석영아, 난 아버지가 밉다. 도덕군자처럼 사업했던 것도 밉고, 갑작스럽게 혼자만 간 것도 밉고, 뼈 빠지게 일해놓고 남 좋은 꼴 만든 것도 밉고, 생각할수록 미워 죽겠어!"

"그만해라, 권하진."

석영은 일어나 하진을 만류했다.

"이렇게 쏟아내면 너 나중에 후회한다."

하진이 비장한 눈빛으로 석영을 마주했다.

"석영아, 나는 이곳이 싫어. 한국 떠나면 괜찮을 줄 알았는데, 여기도 사람 미치게 하기는 마찬가지야. 어딜 봐도 욕심 없이 사는 인간들뿐이야. 뜯어 먹을 풀만 있으면 만족하는 사슴들처럼 말이지. 호수에 사는 거북이들은 아무 걱정 없이 헤엄을 치고, 물고기들은 서로를 잡아먹지도 않아. 새벽마다 절에서 종이 울리고 사람들이 불공을 해. 길바닥에 널브러져 밤을 새워도 누가 손가락 하나 안 건드려. 여기서 더 오래 있다간 돌아버리겠어. 다른 곳으로 가야겠어."

"어디로?"

"어디든 독해질 수 있는 곳으로. 출근길 사람들 발소리가 총탄 소리처럼 들리는 곳. 누구와 부딪치면 언쟁이 붙고 살인이 나는 곳. 그런 곳으로 가서 독해지고 싶어, 석영아."

"독해지면! 네가 독해지면 아버님이 좋아하실 것 같아? 어머니는?"

석영은 화를 벌컥 냈다.

"좋아하지 않으셔도 어쩔 수 없어. 최소한 내 안의 울분은 풀릴 거야."

하진이 호수를 향해 한 걸음 다가섰다. 해가 진 호숫가에서 어둠과 하나 되어가는 하진을 바라보다 석영은 운명과 내기를 했다.

"하진아, 정 독해지고 싶으면, 그전에 내 소원 하나만 들어주라."

"뭔데?"

"후지 산에 올라보자."

"산에 올라 뭐 하게?"

"이맘때쯤 후지 산에서 보는 일출이 기가 막힌단다. 정상에 올랐는데 날이 좋아서 해 뜨는 걸 보면 나랑 같이 서울 가자. 가서 대학가고 공부하자."

"날이 나쁘면?"

"해를 못 보면 너 가고 싶은 데로 가라. 어디로 가서 어떻게 살건, 말리지 않을게."

하진이 한결 차분해진 표정으로 그를 바라보았다.

"석영아, 너도 한 가지만 약속해줘. 내가 앞으로 어떤 삶을 살건 나를 응원해주겠다고."

"자식, 그게 무슨 소원씩이나."

석영은 하진의 어깨에 팔을 둘렀다.

"맹세한다. 네가 어떤 모습이든 너랑 함께하겠다고, 내 친구 권하진의 이름을 걸고 맹세한다. 됐지?"

"날 응원하겠다는 맹세를 하는데 내 이름을 거냐?"

하진이 핀잔을 놓았다.

그럼 어떡해? 별 실없는 짓을 해서라도 너 웃는 거 한 번 보고 싶은걸. 석영은 하진의 어깨를 안은 팔에 힘을 넣으며 목청을 키웠다.

"나, 연석영은 세상이 두 쪽 나도 권하진을 응원하겠다고, 사슴들과 거북이들과 서로를 잡아먹지 않는 착한 물고기들에게 양심을 걸고 맹세합니다!"

하진이 어깨를 펴더니 세상을 다 얻은 듯 큰 숨을 내쉬었다. 악다구니를 쏟을 때보다 한결 순해진 숨결이었다.

별들이 어두운 호수에 빛을 드리우고 바람이 신의 입김처럼 불어들었다. 물결을 따라 일렁이는 빛들의 춤사위가 물고기들이 유영하는 소리와 어우러졌다. 젊은 두 친구들이 더 이상 젊지 않을 어느 날에도, 따스한 마음으로 함께 기억할 빛이었다.

그날 밤, 하진은 석영이 건네는 비행기 표를 받았다. 사흘 후 오사카 간사이 공항에서 출발해 하네다 공항에 도착하는 표였다. 오사카까지 기차로 이동한 다음 1박을 하고 도쿄로 갈 거라고 석영이 말했다. 오사카 중심가에 위치한 비즈니스호텔에는 두 사람 이름으로 방이 예약된 상태였고, 오사카 맛집도 알아두었다고 했다.

하진은 석영이 서울을 출발할 때 이미 모든 일정을 짠 것을 알아차리고 묵묵히 짐을 꾸렸다. 명소나 맛집을 기웃거릴 기분이 아니었지만, 석영의 정성을 무시할 수 없었다.

"이모님, 이모부님, 그동안 하진이 돌봐주셔서 감사합니다. 이제부터 이 녀석은 제가 책임질게요."

다음 날 아침 석영은 하진의 이모 부부에게 넙죽 인사하고 '료코' 여관을 나섰다. 석영은 여행 내내 소풍 처음 가는 아이처럼 수다를 떨었다. 석영의 경쾌함에 숨은 호의는 가상했으나, 삶이 장밋빛이었던 시절을 상기시키는 회고담이 하진에겐 가슴을 찌르는 가시였다.

간사이 공항에서 비행기에 탑승했을 때 하진은 석영의 수다를 자르기로 했다.

"연석영, 그만 실실거리지."

"하진아, 그거 아냐?"

"뭐?"

"내가 널 무지 사랑한다."

"연석영, 입 안 다물면 뽀뽀해버린다."

석영이 경악하여 입을 떡 벌렸다. 하진은 씩 웃고 돌아앉아 좌석에 등을 기댔다. 극약 처방을 했으니, 녀석의 수다도 잠잠해지겠지.

석영은 하진과 정말로 입술을 맞대기라도 한 것처럼 당황하여 중얼거렸다.

"권하진의 필살기, 멘탈붕괴 뜬금술을 깜박했어."

평정을 회복한 석영이 그래도 하진을 웃게 했다고 뿌듯해하는 동안 하진은 도쿄에 도착하기까지 잠을 잤다. 깊고 달콤한 잠이었다. 아버지의 죽음 이후 물고기의 악몽에 시달리지 않은 첫 잠이기도 했다.

오사카를 거쳐 도쿄에 도착한 석영과 하진은 JR선을 탔다. 후지급행으로 갈아타고 가와구치코 역에서 내려 버스로 이동하고서야 후지 산 고고메에 이를 수 있었다. 야간 등반을 해 정상에서 일출을 보는 일정에 맞추었기에, 후지 산에 도착했을 때 해는 이미 진 후였다.

버스에서 내리자마자 사방을 에워싼 어둠에서 냉기가 덮쳐왔다.

석영이 화장실에 가야겠다며 휴게소로 들어갔다. 석영이 용변을 보는 동안 하진은 기념품과 비상 구호품을 둘러보았다. 비상식으로 챙겨 온 에너지 바와 초콜릿. 생수. 플래시라이트. 기온이 떨어졌을 때 껴입을 두툼한 재킷. 만반의 준비를 갖췄다 여겼는데, 산소통을 생각하지 못했다.

산소통의 가격은 만만치 않았다. 가진 현금과 내일 아침 일정을 되짚으며 망설이다가 하진은 결국 산소통을 집어 들었다. 두 개를 집고 나서 돌아서려다 두 개를 더 챙겼다. 화장실에서 나온 석영에게 두 개를 건네고, 그의 몫으로 두 개를 배낭에 넣고 나니 마음이 한결 든든했다.

등반이 시작될 즈음 울렁증이 일었다. 하진은 심호흡을 반복하며 네 자리 숫자를 되새겼다. 3776. 미터법으로 계산한 후지 산의 높이. 고고메까지의 높이가 2,300여 미터라고 했으니 정상의 고도는 1,500미터 정도 더 높을 것이다.

등산로는 GPS 산출 거리로 14킬로미터가 조금 넘었다. 14킬로미터만 걸어 오르면 되었다. 산꼭대기에서 떠오르는 해를 보고 오른 길을 내려오기만 하면 되었다. 그에게 고소공포증 따윈 없었고, 어떤 상황에서도 믿을 수 있는 석영이 곁에 있다. 겁먹을 것도, 불안해 할 것도 없다. 그런데도 뭔가 큰일이 터질 것 같다는 예감이 자꾸 들었다. 이 산을 오르면 그의 인생이 격한 소용돌이에 휘말릴 것 같다는 예감이었다. 어떤 이성적 근거도 없는 예감이 쌀쌀한 어둠 속에서 그의 목덜미에 끈끈하게 들러붙었다.

야간 등반은 낯설고 위태로웠다. 차가운 어둠이 깔린 등산로를 따라 수십 명의 사람들이 걸었다. 고도가 높아지며 노폭이 좁아져

군데군데 병목 현상이 일어났다. 플래시에 의지해 느리게 걷던 하진은 하늘을 올려다보았다. 휘영청 뜬 달이 가까워 보였다. 손을 한껏 뻗어 올리면 처연한 자태를 어루만질 수 있을 것 같은 착각이 들 정도였다. 환각으로 정신을 혼미하게 하는 것은 산도 마찬가지였다. 금방 도착할 것처럼 보이던 정상이었건만, 걸어도 걸어도 아득하게 멀었다.

숨을 가쁘게 내쉬던 석영이 배낭에서 산소통을 꺼냈다.

"하산할 때를 대비해서 하나는 아껴둬."

하진은 바람에 감기는 물기를 감지했다. 일기에보는 별다른 경고를 하지 않았지만 바람에 깃든 비 냄새가 확연히 짙어지고 있었다.

"내려가는 건 더 쉽겠지."

석영이 헉헉대면서 장담했다. 하진은 석영의 생래적인 긍정을 공유할 수 없었다. 비가 내려 젖은 산길을 내려와야 하는 상황이 닥치면 어떡하나? 그때 체력이 얼마나 남아 있을지, 빗속에서 체온이 얼마나 떨어질지, 예측할 수 없는 일들이 두려웠다.

"하산이 더 어려울 수도 있어."

거듭 날린 경고에도 불구하고 석영은 갖고 있던 산소통 두 개를 모두 써버리고 말았다.

새벽 1시가 조금 못 되어 정상에 올랐을 때, 어둠 속에서 칼바람이 휘몰아치고 있었다. 바람이 비를 몰고 와 굵고 냉랭한 빗줄기가 떨어졌다. 비라기보다 얼음덩이가 하늘에서 쏟아지는 것 같았다.

쉼터 개장 시각은 새벽 3시라고 했다. 그때까지 등산객들이 비를 피할 수 있는 곳은 서너 평 남짓 되는 화장실뿐. 비좁은 공간에 들어갈 수 있는 인원이 한정되어 대다수의 사람들은 얼음비에 고스란히 노출되었다.

석영은 배낭에서 재킷을 꺼내 걸쳤다. 지퍼를 올리고 후드까지 썼지만 냉기가 뼛속 깊이 파고들었다. 이가 달달 떨리고, 빗줄기에 한 치 앞을 가늠하기 힘들어 두려움이 쌓여갔다.

석영은 하진을 부둥켜안고 감각이 없는 얼굴을 하진의 얼굴에 비볐다. 하진도 차갑기는 마찬가지였다. 제 몸이 사람 몸인지 얼음덩이인지 분간할 수 없는 채로, 그래도 하진과 함께라는 사실에 의지해 석영은 버텼다. 그렇게 두 시간이 흘렀다.

마침내 쉼터가 개방됐다. 사람들이 안도의 함성을 내지르며 쉼터로 몰려 들어갔다.

"하진아."

석영은 하진의 어깨를 붙들었다. 하진이 심연의 눈빛으로 빗줄기 너머를 응시하고 있었다.

"쉼터 열렸다. 들어가자."

석영은 하진을 이끌고 쉼터 쪽으로 몸을 틀었다.

"해 뜨는 거 봐야지."

빗속에서 하진의 메마른 목소리가 갈라졌다.

"지금 해가 문제야?"

"날이 안 좋아 해 뜨는 거 못 보면 독해져도 좋다며."

"그래서?"

"내가 정말로 독해질 것 같단 말이야."

석영은 움칠했다. 하진의 팔이 떨리고 있었는데, 녀석을 떨게 하는 건 추위가 아닌 듯했다.

"사실은 겁난다, 석영아. 정말로 내가 독해질까 봐. 독해져서 무슨 짓을 해댈지 알 수 없어서."

"짜식, 센 척하더니. 걱정 마, 네가 양아치 될 일 없게 내가 지킬 테니까. 여기서 해 못 보면 내가 오늘 해를 만들기라도 한다. 됐지?"

석영은 죽은 나무처럼 그에게 기대오는 하진을 부축해 쉼터로 들어갔다.

쉼터는 사람들로 발 디딜 틈이 없었다. 석영은 구석에 빈자리를 겨우 찾아 하진을 앉히고 미소시루를 사 왔다. 따끈한 미소시루를 받아든 하진이 그릇을 뚫어지게 바라보았다.

"왜?"

석영은 하진 옆에 털썩 앉으며 물었다.

"아버지가 된장국 좋아하셨는데."

"그러셨다, 참. 안 내키면 딴 걸로 사다줘? 핫코코아?"

"됐어."

덤덤히 대꾸한 하진이 미소시루를 들이켰다. 병든 물고기처럼 입을 뻐끔거리다 후끈한 김을 내뿜는 하진을 보고서야 석영은 그의 미소시루 그릇을 입에 갖다댔다.

미소시루가 뭐라고. 하진은 시큰해진 콧등을 훔쳤다. 엄마의 된장국을 좋아했던 아버지와 매일 다른 된장국을 준비하느라 분주했던 엄마가 떠올랐다.

「엄마, 그냥 한꺼번에 많이 끓였다가 데우면 안 돼?」

「얘가. 어제 두부 넣었으면 오늘은 감자 넣고 내일은 애호박 넣고 그런 거야. 너는 나중에 결혼해서 힘들게 일하고 집에 왔는데, 마누라가 매일 같은 밥에 같은 국 차려내면 좋겠니?」

「부인이 예쁘면 매일 같은 거라도 맛있게 먹는 거지.」

「난 안 예쁜 마누라라 매일 메뉴 개발에 바쁘다. 네가 인생을 알겠니? 부부 생활을 알겠니?」

된장국을 끓일 때 엄마는 아빠와 연애하던 시절 이야기를 곧잘 들려주었다.

「너희 아빠가 인상은 상남자여도 얼마나 섬세했는지 아니? 손편지며, 손수 접은 종이학이며, 시 적은 종이에 낙엽 넣어서 코팅한 책갈피 하며. 바다에서 본 물고기 그림도 그려주고. 내가 금고에 다 모셔놨잖아. 누가 보면 침실 금고에 현금 뭉치 잔뜩 든 줄 알 거야, 응? 유미정이 만든 권민욱 박물관인지도 모르고. 호호호.」

엄마의 웃음소리가 귀에 쟁쟁했다.

「너희 엄마가 끓인 된장국이 세상에서 제일 맛있어.」

저녁 식탁에서 아버지가 칭찬하면 엄마는 세상을 얻은 듯 웃었다. 그러면 아버지는 "너희 엄마는 웃을 때가 제일 예뻐."라고 아부성 발언을 했다가, "엄마를 웃게 하는 건 권씨 남자들의 넘버원 사명." 같은 낯간지러운 구호를 내놓고서야 식사를 마쳤다.

눈가가 젖어들자 하진은 이를 악물었다. 아버지 영정 앞에서 맹세했으니까. 다시는 울지 않겠다고. 아파하지 않고, 씩씩하게 살아가겠다고.

『도와주세요.』

어디선가 영어로 남자가 울먹이는 소리가 들렸다.

하진은 주위를 둘러보았다. 일본인으로 보이는 대부분의 등산객들 사이에 갈색 머리 젊은 남녀가 있었다. 같은 디자인의 재킷을 입고 어깨를 맞댄 남녀가 독일어처럼 들리는 말로 속닥였다. 남자에게 뭐라고 하는 여자의 시선을 따라가자 초로의 동양인 남자가 눈에 들어왔다. 시퍼렇게 질린 얼굴을 하고 퀭한 눈을 허둥지둥 굴리는 그의 옆에 젊은 여자가 누워 있었다. 두툼한 초록 재킷에 파묻힌 몸이 마르고 왜소한 것이, 여자라기보다는 소녀였다. 창백한 얼굴을 하고 헐떡이는 것으로 보아 고산병을 앓는 듯했다.

『제 딸이 숨쉬는 게 힘든가 봐요. 내려가야 하는데 제가 발목을 다쳤어요. 저희를 도와 같이 하산해주실 분 안 계십니까?』

남자의 애원에 수군거림이 일었다. 하지만 남자의 눈을 마주치면 모두들 시선을 외면했고, 수군거림이 어색한 침묵으로 변했다.

『부탁입니다. 사례는 얼마든지 하겠습니다.』

남자는 영어와 일어를 번갈아 쓰며 구조를 청했다. 남자의 표정이 절박해질수록 그를 외면하는 얼굴들에 죄책감이 짙어졌다. 하지만 누구 하나 돕겠다고 나서는 이는 없었다.

"애 상태가 심각한 거 같은데."

석영이 미소시루 그릇을 입에서 뗐다. 작은 웅얼거림이 남자의 귀에 들어갔을까?

"거기 한국분들이십니까?"

남자가 한국어로 물어오자 석영이 순간 얼어붙었다.

"도와주십시오. 산 중턱까지만 저희랑 내려가주시면 안 될까요? 날씨가 너무 안 좋아 헬기가 못 뜬답니다. 제가 올라올 때 발목을 삐끗하는 바람에, 제발……. 사례는 얼마든지 하겠습니다."

금세라도 울음을 터트릴 것 같은 남자를 보면서 하진은 코끝이 매웠다. 남자의 얼굴 위로 어린 시절의 기억이 아른거렸다.

초등학교에 입학하고 얼마 되지 않았던 때였다. 어느 날 저녁, 아버지가 회사에서 가져온 참치 캔을 따다가 손을 베였다. 오른손 엄지손가락 살이 고통도 없이 갈라지고 살 사이로 허연 것이 내비쳤다. 붉은 피가 배어나오기도 전에 아버지의 손에서 숟가락이 떨어졌다. 아버지는 그대로 일어나 그를 업고 병원으로 내달렸다.

동네 외과 의사에게 갔을 때 아버지는 흥분한 사자처럼 굴었다.

「큰 병원으로 가서 수술을 해야 합니까? 손가락 못 쓰게 되는 건 아니겠죠?」

의사가 몇 바늘 꿰매기만 하면 될 거라고 했다. 바늘이 어린 살을 들고 나기를 반복하는 동안에 아이는 두렵지 않았다. 마취라는 걸 했다고 의사가 설명해주었다. 상황 파악을 하지 못해 멍한 아들 대신 아버지가 아파했다.

「하진아, 조금만 참아.」

「네.」

아들은 얌전했고, 의사는 무사히 봉합을 마무리했다.

「다 끝났다. 울지도 않고 잘 참았네.」

그 상황을 정작 견디지 못한 것은 아버지였다.

「얼마나 아팠어? 아이고, 내 새끼.」

아버지가 그를 왈칵 안았을 때, 아버지의 발이 눈에 들어왔다. 낡은 슬리퍼를 신은 발과 까맣게 먼지가 타고 생채기가 난 맨발이었다. 아버지의 맨발이 아파 보여서였을까? 아들은 앙, 울음을 터트렸다.

「하진아, 울지 마. 아빠가 미안해. 아빠가 캔 따줬어야 하는데. 정말 미안해.」

미안해. 미안해. 집 안팎에서 사고가 터졌을 때마다 아버지는 그랬다. 미안해. 엄마에게 그랬고, 그에게 그랬다. 세상의 무게를 다 짊어질 수 있을 것처럼 굳세 보였던 아버지는 아내와 아들 앞에서 언제나 작았고 약했다.

아버지, 당신은 무엇이 그토록 늘 미안했습니까?

"약한 아인데, 제가 산에 오자고 괜한 고집을 부려서 이렇게 됐습니다. 도와주세요. 부탁합니다."

물기 그렁한 남자의 눈동자에 아버지의 눈빛이 겹쳤다. 그와 상관없이 살아왔고 이 산을 내려가면 또 그와 상관없이 살아갈 한 남자. 그런데 지금 이 순간, 저 남자가 바로 아버지였다.

하진은 미소시루 그릇을 내려놓고 일어나 배낭을 집어 들었다.

"선생님, 가시죠."

남자의 때꾼한 눈에 생기가 번쩍 돌았다. 남자에게 다가가 소녀를 살핀 하진은 석영을 돌아보았다.

"너, 산소통 몇 개 있어?"

덩달아 벌떡 일어선 석영이 머리를 긁적였다.

"없어. 네가 두 개 준 거 올라오면서 다 썼잖아."

연석영, 이 자식. 하산이 더 어려울 거라고 말했잖아. 하진은 눈을 감고 생각을 가다듬었다. 건강한 사람 둘. 건강하지 못한 사람 둘. 여분의 산소통 둘. 폭우와 강풍은 얼마나 더 계속될까? 산을 얼마나 내려가야 이 아이는 숨을 쉴 수 있을까? 그와 석영의 체력은 비바람 앞에 얼마나 버틸 수 있을까?

「너 사서 걱정하는 거 너희 엄마 닮았어, 사내 녀석이.」

아버지의 목소리가 귓가에 울렸다.

「날 닮았으면 뭐해요. 결정적인 순간엔 당신 아들인걸.」

엄마는 언제나 그렇게 투정했다.

그래요, 아버지. 전 결국 당신 아들인가 봅니다. 독하게 살겠다고 핏대를 세워놓고, 제 목숨부터 챙겨야 할 이 극한 상황에서, 이 남자가 미안한 아버지가 되지 않게 도와주고 싶은 저는, 어쩔 수 없이, 당신의 아들입니다.

눈을 뜬 하진은 남자에게 배낭을 안겼다. 어리둥절해하는 남자에게 고개를 결연히 끄덕이고 소녀를 들쳐 업었다.

"고마워요, 젊은이. 정말 고마워요."

남자가 일어나 하진의 배낭을 들었고, 절뚝이는 남자를 석영이 부축했다.

하진은 쉼터의 문을 열어젖히며 외쳤다.

"내려가보죠."

거센 바람 사이로 굵은 빗줄기가 여전히 쏟아지고 있었다. 쉼터에서 나온 하진은 남자를 돌아봤다.

"선생님, 제 배낭에서 산소통 하나 꺼내서 아이에게 주세요."

배낭을 연 남자가 산소통을 꺼내 소녀의 입에 댔다. 소녀가 산소를 들이마시는 것을 보다 하진은 남자에게 물었다.

"선생님, 혹시 산소통 있으세요?"

남자가 암울한 표정으로 고개를 저었다.

"몇 개 샀는데, 올라올 때 다 써버렸어요. 날씨가 이렇게 나쁠 거라곤 생각을 못 했거든요."

일기예보는 늘 결정적일 때 엇나가지. 아버지랑 마지막 통화를 하던 날에도 그랬어. 그날, 안개 예보가 있었더라면 아버진 낚시를 나가지 않으셨을 거야. 낚시를 나가지 않으셨으면 사고가 나지 않았을 테고, 지금 내가 이 꼴로 여기 서 있지도 않겠지.

하진은 사위를 살폈다. 해는 아직 떠오르지 않았지만, 쉼터로 들어가기 전보다 빛이 더 밀려들고 있었다. 플래시라이트 없이도 길을 읽을 수 있을 정도였다.

하진은 등에 업힌 소녀에게 물었다.

"이름이 뭐야?"

"지…… 수요."

뻑뻑한 숨결 사이로 힘없는 목소리기 흘러나왔다. 하진은 불안감을 쫓기 위해 목청을 높였다.

"지수야, 만나서 반갑다. 난 하진이라고 해. 춥고 불편해도 참아. 할 수 있지?"

"네…… 에."

소녀가 고개를 끄덕이는 것이 느껴졌다.

하진은 소녀를 들쳐 업은 손을 깍지 끼며 빌었다. 고도가 낮아질 때까지 소녀가 버텨주기를. 소녀의 아버지와 석영이 산소통을 필요로 하는 일이 없기를. 위급한 상황이 닥치면 하나 남은 산소통을 그를 위해 쓸 생각이니까. 누군가를 돕다가 목숨 버리는 미련한 짓은 절대 하지 않을 테니까.

얼마나 걸어 내려왔을까? 폭우와 강풍은 여전히 모질었다. 젖은 흙에 걸음이 자주 미끄러졌고, 바람에 몸이 휘청이면 눈앞이 아찔했다. 등에 업은 소녀의 체중이 버거워지자 하진은 배낭 속의 산소통을 떠올렸다. 유사시 그를 위해, 오로지 그만을 위해 쓸 작정인 비상품. 하지만 아직은 아니었다. 다리는 후들거리면서도 움직여 주었고, 가쁜 숨도 스스로 들고 났다. 게다가 그 산소통을 써버리면 최후의 보루를 잃을 것이다. 어떤 일이 닥쳐도 산소통만 입에 갖다 대면 살아남을 수 있으리라는 믿음. 폭우와 강풍을 헤치고 나아가게 하는 힘이 쓰지 않은 그 산소통에서 나왔다.

"쉬었다 가자."

하진은 소녀를 내려 바위에 앉히고 옆에 주저앉았다. 젖은 몸은 오슬오슬 떨리는데 목구멍은 바짝바짝 말랐다. 허기조차 느끼지 못할 정도로 몸은 탈진 상태였다.

뒤따라오던 석영과 남자가 내쉬는 가쁜 숨이 빗줄기를 뚫고 전해졌다.

"선생님, 제 배낭 좀……."

하진은 석영의 부축을 받는 남자를 향해 팔을 뻗었다. 남자가 배낭을 건네고 바닥에 철퍼덕 무너졌다. 참혹한 몰골이었다. 푸르뎅뎅한 얼굴로 떨면서, 재킷 후드로 감싼 머리카락조차 들이친 비에 흠뻑 젖은 채, 남자가 콧등을 타고 흐르는 빗줄기를 손등으로 부질없이 훔쳤다.

남자 옆에 쪼그려 앉은 석영이 고개를 수그리고 침을 탁탁 뱉어 냈다. 빗물과 섞인 침에 벌건 모래가 섞여 나왔다. 한참을 퉤퉤거리던 석영이 이마에 들러붙은 젖은 머리카락을 쓸어 넘기며 뇌까렸다.

"씨발. 존나 힘드네."

배낭에서 초콜릿을 꺼내던 하진은 고개를 치켜들어 석영을 봤다.

"뭘 봐. 힘드니까 힘들다고 하는데."

석영이 더러운 빗물에 범벅된 얼굴을 하고 외쳤다. 뭐라 대꾸할
틈도 없이, 굵직한 목소리가 날아들었다.

"에이, 씨발. 나도 존나 힘드네."

석영 옆에 있는 남자가 하는 소리였다.

조금 전까지만 해도 병든 소처럼 골골대던 사람이 저리 우렁차게
상소리를 외치나. 하진은 어이가 없어 남자를 바라보았다. 너도 한
번 해봐, 라고 말하듯 남자가 턱 끝을 치켜들었다. 구정물 범벅인
그의 얼굴에 의뭉스러운 미소가 번져갔다.

하진은 미간을 찌푸렸다가 웅얼거렸다.

"에이, 씨발."

옆에서 킥, 소리가 났다. 바위에 앉은 소녀가 흘린 웃음이었다.
이제는 살 만한 모양인지, 소녀는 제법 핏기가 도는 얼굴을 하고 입
술을 옴찔거렸다.

하진은 소녀를 보고 설핏 미소 지었다. 소녀가 까르르, 더 큰 웃
음을 터트렸다. 남자가 벌떡 일어나 소녀에게 다가갔다.

"지수야. 다행이다, 정말."

소녀의 얼굴을 어루만지는 남자를 보다가 석영도 고개를 뒤로 젖
히며 웃었다. 얼굴에 웃음꽃을 피운 세 사람을 보면서 하진은 안도
의 한숨을 내쉬었다. 아아, 살았구나.

석영이 배낭에서 물통을 꺼내 돌렸다. 물을 나누어 마신 네 사람
은 각자의 배낭에서 비상식량을 내놓았다. 하진은 초콜릿을 쪼개
소녀에게 건넸고, 남자가 그의 배낭에서 바나나칩을 꺼내 하진과
석영에게 나누어주었다.

"바나나칩이 이렇게 맛있는 줄 몰랐네. 이 산을 내려가면 바나나

칩이 바나나칩으로 안 보일 거 같아."

바나나칩을 뚝뚝 잘라 먹던 석영이 너스레를 떨었다. 저놈의 넉살은 비에 젖지도 않아. 하진은 배낭을 다시 남자에게 넘기면서 말했다.

"가시죠. 너무 오래 앉아 있으면 일어나기 힘들어져요."

"그럼 어여 갑시다."

남자가 배낭을 챙겨 일어나려다 휘청했다. 석영이 재빨리 남자를 부축했고, 남자가 고맙다고 인사했다.

하진은 소녀를 향해 등을 돌렸다. 소녀가 처음보다 훨씬 자연스럽게 그에게 업혔다. 하진은 소녀의 다리를 붙든 손에 힘을 넣고 일어났다. 숨을 가다듬고 몇 걸음 떼는데, 석영이 뒤에서 조잘거렸다.

"선생님, 제가 걱정 마시라고 했잖아요. 저 녀석하고 저하고 같이 한 프로젝트치고 실패한 게 없다고요. 딸을 걱정하는 선생님 간절한 마음까지 더해졌으니, 우리 모두 무사히 산을 내려갈 거예요."

석영에게 인생은 여전히 장밋빛이었다. 똥 비를 맞아도 실실거릴 놈. 하진은 고개를 저으며 핏 웃었다. 여태껏 등 뒤에 숨어 있던 소녀의 조그만 손이 그의 목덜미에 감겼다.

"정말 고맙네, 젊은이. 내가 두 사람 은혜는 절대 잊지 않겠어."

"잊으시면 안 되죠."

친구와 더 이상 타인이 아닌 남자의 대화를 들으며 하진은 내리막길을 걸었다. 목을 안은 소녀의 손에 온기가 돌 무렵, 빗줄기가 잦아들었다.

젖은 흙 위로 발을 조심스럽게 내딛으며 등산로의 모퉁이를 돌때, 소녀가 외쳤다.

"저기 봐요."

하진은 걸음을 멈추고 하늘을 바라보았다. 해가 떠오르고 있었다. 비가 씻어내린 청명한 하늘에서 구름을 헤치고 나오는 태양이 상엄했다.

"우후!"

석영이 휘파람을 불었다.

남자가 다가와 등에 업힌 소녀를 안아 내렸다.

"와와."

해돋이에 감탄하는 소녀의 머리를 쓰다듬으며 하진은 빛으로 물들어가는 하늘을 마주 보았다. 뜨겁고 말캉한 기운이 가슴 깊은 곳에서 치솟았다. 하나의 생명을 짊어지고, 죽을 듯이 폭우와 강풍을 헤친 끝에 마주한 광명의 새날. 이것은 그가 태어나 목격한 가장 거룩하고 아름다운 해돋이였다.

석영이 다가와 그의 어깨에 손을 얹었다.

"어쨌든 해를 본 거다?"

하진은 석영을 향해 힘차게 고개를 끄덕였다. 석영이 그를 와락 안았다.

"이제 나쁜 마음 먹지 않는 거다."

하진은 석영의 등을 두드렸다. 고맙다. 다행이다. 사랑한다. 석영에게 해주고 싶은 말들이 심장에서 소용돌이쳤다. 이 벅찬 가슴으로, 어떻게든, 어둠 아닌 빛을 품고, 살아갈 수 있으리란 확신이 샘솟았다.

네 사람은 함께 산을 마저 내려왔다. 등반을 시작했던 고고메에 이르렀을 때 남자가 하진에게 악수를 청했다.

"이것도 인연인데, 통성명이나 하세. 나는 김인태라고 하네. 여기는 내 딸 지수고."

"권하진입니다."

하진은 남자의 손을 맞잡으며 고개를 숙였다. 악수를 푼 남자가 배낭에서 지갑을 꺼냈다.

"내 마음이니 받아주게."

남자의 손에 수십 장은 되어 보이는 만 엔짜리 지폐 뭉치가 들려 있었다.

하진은 단호히 고개를 저었다.

"사례를 바라고 한 일이 아닙니다."

"나는 사례를 하겠다고 약속했고, 약속을 지키고 싶네. 부족하지만 여행 경비에 보태게. 좋은 날을 잡아 정식으로 사례하겠네."

"저는 돈으로 살 수 없는 귀한 것을 이미 얻었습니다. 오늘 선생님을 만나지 않았으면 얻을 수 없는 것이었습니다. 그러니 사례는 하신 거나 다름없습니다."

"자네 마음은 가상하네만, 은혜를 입은 사람 입장도 헤아려주어야지."

"인연이 닿아 또 만나게 되면 식사 한 번 같이 하시죠. 전 그걸로 충분합니다."

어쩔 수 없다는 듯 남자가 지폐를 지갑에 도로 넣었다.

"자네에게 세상에서 가장 비싼 식사 한 끼 빚졌네."

하진은 한결 편한 마음으로 남자를 마주 보았다.

"음식이 비쌀 필요는 없습니다. 그저 오늘보다 편한 상황에서 마른 옷 입고 밥 먹었으면 좋겠습니다."

그를 찬찬히 바라보던 남자가 지갑에서 또 뭔가를 꺼내 건넸다. 전화번호와 메일 주소가 금박으로 박힌 명함이었다. 하진은 명함을 받아들어 앞뒷면을 살폈다. 통상 명함에 찍혀 있어야 할 직함이나 회사명 따위는 없었다. 김인태. 남자가 말했던 이름조차 생략된 명함이었다.

고개를 갸웃하는데, 남자가 말했다.

"언젠가 내 도움이 필요한 일이 있거든 연락하게."

뭐라 대답하기도 전에 석영의 볼멘소리가 날아들었다.

"선생님, 너무하시는 거 아닙니까? 선생님을 부축하고 내려온 건 저라고요. 비바람 속에서 하나 둘 발걸음 맞춘 거, 잊으셨어요?"

"잊을 리가 있나?"

남자가 석영을 향해 돌아섰다.

"그런데 어쩌 저 친구만 눈에 보이시나 봅니다."

서운해하는 석영을 보며 껄껄 웃다가 남자가 지갑에서 같은 명함을 한 장 더 꺼냈다.

"미안하게 됐네. 자네에게도 큰 빚을 졌네."

명함을 받아든 석영이 얼굴을 펴고 씨익 웃었다.

"저는 연석영입니다. 바나나칩 먹을 때마다 선생님 생각날 것 같은데요."

"생각나면 연락하게. 바나나칩 원 없이 먹도록 해주겠네."

인태와 석영이 웃음을 나누는 동안 지수가 커다란 눈망울로 하진을 바라보았다. 눈이 마주치자 하진은 엷은 미소를 지었다.

"버텨줘서 고맙다."

지수의 입술이 곱게 휘어 오르고, 창백했던 볼에 발그레한 꽃물이 들었다.

이틀 후, 서울.

잠실에 위치한 호텔 오아시스 로비로 들어서는 서 회장의 발걸음이 초조했다. 호텔 한식당에서 투자자와 점심을 하기로 약속이 잡혀 있었다.

원양 어업에서 출발해 수산물 가공 식품으로 입지를 다진 서주는 국내 시장 점유율 1위 해명수산을 얻음으로써 대한민국 수산물 시장의 절대 강자로 등극했다. 축산 분야로 사업을 확장하는 것이 다음 목표였다. 적대적으로 인수할 축산 회사도 점찍어두었다. 건실한 기업이라 낚아채려면 현금을 끌어와야 한다는 것이 문제일 뿐.

예약을 해둔 한식당 '정'의 내실에 투자자가 먼저 와 있었다.

"김 회장님, 그간 소원했습니다."

서 회장은 방으로 들어서며 미국 월가의 큰손 김 회장에게 인사했다. 상 앞에 앉아 있던 김 회장이 일어서며 반색했다.

"작년에 막내따님 데리고 뉴욕에 오셨을 때가 마지막이었지요? 영채가 이제 초등학교 졸업반이겠네요."

"뭘 먹고 그리 빨리 크는지. 한 살 더 먹었다고 해달라는 것도 늘었어요. 첼로를 가르쳤더니 이젠 기타가 배우고 싶다고 합니다."

"애들이 다 그렇지요. 세발자전거 사주면 조랑말 사달라고 하고, 조랑말 사주고 나면 금세 차 빼줘야 할 나이가 되는 겁니다."

의례적인 인사를 주고받고 두 사람은 자리에 앉았다. 정갈한 유니폼 차림의 종업원들이 음식을 들여왔다.

상이 차려지고 둘만 방에 남자 비즈니스가 시작되었다.

"축산업에 진출하면 수산업의 리스크를 보완할 수 있다는 말씀이지요? 방사능 때문에 수산업이 주춤하면 축산에서 메우고, 조류독감이 터져 닭, 오리 소비가 떨어지면 물고기를 더 팔고."

김 회장은 서 회장이 설명한 내용을 요약했다.

"단순히 보면 그렇지요. 하지만 제가 정말 관심을 갖는 건 축산업에서 나오는 부산물입니다. 지금까지야 닭발로 술안주 만들고 오리털로 이불 만들었지만 말입니다. 축산 부산물을 바이오산업과 연계해보려고 합니다."

서 회장의 눈빛이 야망으로 이글거렸다.

"바이오산업이요?"

"축산 부산물을 가지고 연구를 잘만 하면 신개념 친환경 성분들을 만들 수 있답니다. 신약 개발도 가능하고요. 의료 민영화 시대가 열릴 때를 대비해 건강식품과 제약 분야를 키울 겁니다."

"미래지향적이긴 한데, 단기적으로 이익 내긴 어렵겠습니다."

"그래서 김 회장님께 도움을 청하는 거 아닙니까? 잭팟을 터트리려면 베팅할 돈이 있어야 하니까요."

"얼마나 필요하십니까?"

"잘나가는 닭오리 가공 업체가 하나 있는데, 흔들어서 채 오는 데 1000억 정도 예상하고 있습니다. 절반 정도는 그룹 내에서 충당이 가능하고, 나머지 절반을 김 회장님께 부탁드리려 합니다."

"500억이군요."

김 회장은 차를 마시면서 액수를 곱씹었다.

"그 정도면 충분할 겁니다."

서 회장이 몸을 앞으로 바짝 기울이며 그의 눈치를 살폈다.

김 회장은 찻잔을 상에 내려놓았다.

"좋습니다."

너무나 빠른 답변에 놀랐는지, 서 회장이 말을 잊었다. 김 회장은 서 회장과 눈을 맞추며 미소를 머금었다.

"물론 자금을 거저 드릴 수는 없지요."

"어떤 담보를 원하시는지요?"

"해명수산이라고, 중견 기업을 하나 얻으셨더군요. 그 정황이 드라마틱하다고 들었습니다만."

서 회장은 목구멍에 가시가 걸린 느낌이었다. '드라마틱'이라 말하는 김 회장의 어조가 거슬렸다. 권민욱이 사고사하고 경쟁 업체의 오너인 그가 주식을 넘겨받은 상황이 미심쩍다는 의미일 것이다.

"예, 예. 해명수산 사장, 그 양반이 혜안이 있었지요."

서 회장은 껄껄, 애써 웃음을 밀어냈다.

"유사시에 해명이 주인을 잃고 표류하면 그건 한 기업만의 문제가 아니지요. 대한민국 수산업계에 큰 타격이에요. 뚜렷한 후계자 없고 아들은 어리니, 제가 회사를 책임지도록 조치를 해놓은 것 아니겠습니까? 경쟁자였지만 서로를 인정하는 호적수였으니까요. 권민욱, 참으로 국익을 생각하는 친구였어요. 그 친구 뜻을 받들어 해명을 세계적인 수산 회사로 키워볼 생각입니다. 애국해야지요."

김 회장의 차분한 목소리가 서 회장의 웃음을 갈랐다.

"보유하신 해명수산 주식의 절반을 주십시오."

서 회장은 웃음을 뚝 그쳤다.

"뭐라고 하셨습니까?"

"해명 지분 25퍼센트, 제게 500억 원에 주십시오."

진지하게 통보한 김 회장이 정색한 서 회장을 보고 허허 웃었다.

"저도 애국에 동참하고 싶어서요."

서 회장과 헤어져 숙소인 호텔 오아시스 스위트룸으로 돌아온 김 회장은 비서를 호출했다. 서 회장과 면담 약속을 잡기 전 비서에게 서 회장에 대한 조사를 지시한 참이었다.

"서 회장, 건강이 나쁘다는 소문이 있던데, 오늘 보니 확실히 안색이 어둡더군."

"술담배와 여자를 밝힌답니다. 건강이 좋을 리 없지요."

"서 회장 슬하에 1남 2녀라고 했지?"

"네. 장남과 장녀는 경영 수업을 받고 있고, 막내딸은 아직 어립니다."

"장남은 어떻다고 하던가?"

"야망이 크지만 신중하지 못하다는 평입니다. 사생활도 문란하고요. 경영 자질에 의문을 품은 사람들이 많은가 봅니다."

"장녀는?"

"유능하답니다. 원칙을 중시하는 일중독이라 불편해하는 직원들도 있지만요. 서 회장이 장남과 장녀를 경쟁시키는 구도인데 지금까지는 큰딸이 실적으로 능력을 증명하고 있습니다. 큰딸에게 그룹 경영권을 넘길 가능성도 배제할 순 없습니다."

생각에 잠겼던 김 회장은 비서에게 지시했다.

"서주그룹 주식을 조금씩 매입하게."

"염두에 두신 계열사가 있으십니까?"

"수산 쪽과 식음료 유통 전반에 걸쳐 골고루 매입하게. 우리가 주식을 매입하는 사실이 드러나지 않게."

그동안 살펴본 여러 수치와 비서의 보고를 종합할 때, 서주그룹은 외관만 번쩍이는 부실기업이었다. 길어야 10년. 서 회장의 건강에 이상이라도 생긴다면 그보다 더 빨리 붕괴할 가능성도 다분했다. 준비 작업을 차근히 했다가 때가 되면 먹을 수도 있을 것이다. 문어발처럼 뻗은 계열사들을 잘라 나누어 팔면, 손 안대고 코 푸는 격이겠지. 서 회장의 야심작인 바이오산업 분야가 제대로 자라준다면 가시덤불 속 황금 알이 될 수도 있고.

"회장님."

비서가 부르는 소리에 김 회장은 상념을 접었다.

"말해보게."

"오늘 어째서 담보로 해명의 주식을 요구하셨습니까? 다른 계열사를 제쳐두고 말입니다."

오랜 세월 그를 보좌한 비서의 눈에 호기심이 가득했다.

"아, 그거. 회사 이름이 마음에 들어서 말일세."

"네?"

"바다 해. 울음 명. 해명이 바다의 울음이란 뜻이라네. 10년 전쯤이었나? 무역협회가 인솔해서 한국 중소기업 대표들이 뉴욕을 방문한 적이 있는데, 한인회 주최 만찬 자리가 있었지. 그때 옆에 앉은 이가 전 해명수산 사장이었어. 물고기 한 마리를 잡을 때마다 바다가 운다고 하더구만. 그러니까 물고기를 마구잡이로 죽여서 바다를 노하게 하면 안 된다고, 바다를 울리면 언젠가는 사람들이 울게 된다고. 그런 마음가짐으로 사업을 한다는 게 인상 깊었지. 오늘 식사하는데 그때 생각이 나서 해명 주식을 달라고 했네. 바다의 울음이라니, 얼마나 낭만적인가. 자고로 인생엔 낭만이 있어야 해.”

“정말 그게 이유입니까?”

“그래. 그게 다야. 그러니까 머리 그만 굴리고 퇴근하게. 오랜만에 한국 왔는데 부인이랑 관광도 하고 그래. 나는 딸이랑 놀 시간이야.”

김 회장은 소파에서 일어나 침실 쪽으로 걸었다. 농담인지 진담인지 모를 소리를 남기고 멀어지는 그를 비서가 물끄러미 바라보았다.

침실로 들어온 인태를 지수가 맞았다.

“아빠! 회의 다 끝났어요?”

“그래, 오늘 아빠 스케줄 끝이다. 몸은 괜찮으니?”

“이젠 말짱해요. 일본에선 비실대서 죄송해요.”

인태는 지수를 꼭 안았다. 열다섯이라는 것이 믿기지 않게 작고 유약한 아이였다.

“아빠가 미안하다. 산에 올라가자고 고집 부려서.”

“제가 더 건강해지길 바라서였잖아요. 이젠 정말 괜찮아요. 덕분에 그 명함도 보고.”

지수가 진귀한 걸 구경했다는 듯 생글거렸다.

“아빠.”

“왜?”

“금박 명함은 특별한 사람들한테만 준다고 하셨죠?”

"그랬지."

"그러니까 그 오빠들은 특별한 사람들이었단 거죠?"

"그렇지."

"그럼요, 아빠, 사람들 시켜서 그 오빠들 연락처 알아봐주세요."

"왜?"

인태는 지수를 밀쳐내며 깐깐하게 물었다.

"매년 그제 날짜에 네 사람이 모여서 같이 밥 먹으면 좋잖아요. 기념일 축하하는 것처럼."

스스로 낸 아이디어에 지수는 흥분해 있었다.

"지수야, 널 업어준 오빠가 한 이야기 기억해?"

인태는 지엄해진 목소리로 물었다. 지수가 고개를 끄덕거렸다.

"또 만나게 되면 밥 같이 먹자고."

"그래. 또 만나게 되면이라고 했잖아. 그런데 우리 쪽에서 불쑥 연락하면 그 오빠들이 불편해 할 수도 있잖아. 더구나 아빠가 사람들 써서 찾아낸 걸 알면 기분 상할 수도 있고."

"그렇지만…… 아빠."

"다른 사람 의사를 존중해야지. 뭐든 네 마음대로 하고 살 수는 없잖니?"

"안 만나도 좋으니까 연락처만 알아내면 안 돼요? 오빠들한테 감사 편지 쓰고 싶어요. 산에서는 너무 지쳐서 아무 말도 못 했어, 바보같이. 고맙다고 하고, 매년 같은 날짜에 모이면 어떻겠냐고 내가 물어볼게요. 네, 아빠?"

"그 오빠들이 마음에 들었나 보구나?"

"네. 초콜릿 오빠는 친절하고 바나나칩 오빠는 재미있었어요. 꼭 꼭 소식 주고받고 싶어요. 아빠가 허락 안 하면 아빠가 누군지 말 안 할게요."

인태는 막무가내로 조르는 지수를 안았다. 엄마를 일찍 여의어 정에 굶주린 아이. 김지수가 아닌 김인태의 딸로 살아가는 아이. 그런데 제 아비가 아무것도 아니었을 때 낯선 이들의 은혜를 입었으니, 그 젊은이들에 대한 애착을 쉬이 저버리지 못할 것이다.

"인연을 이어갈 수 있는 방법을 찾아보자."

사흘 후, 도쿄.

[가와이, 가와이.]

TV 속에서 여자가 외쳐댔다. 금발로 염색한 머리카락을 양 갈래로 묶고 미니마우스 인형이 솟은 머리띠를 한 앳된 여자였다. 빨간 립스틱이 발린 입술을 벌릴 때마다 비뚤어진 앞니가 언뜻언뜻 보였다.

"그게 재밌냐?"

책상에 앉아 노트북으로 인터넷 검색을 하던 하진은 침대에 앉아 TV에 시선을 고정한 석영에게 물었다. 후지 산에서의 극적인 경험을 뒤로하고 둘은 도쿄 여행을 계속하는 참이었다. 긴자와 황거를 둘러보고 신주쿠에 위치한 호텔방으로 돌아온 것이 두어 시간쯤 전. 샤워를 한 석영은 침대에 드러눕더니 줄곧 TV 시청 중이었다. 한 손엔 바나나칩 봉지를, 한 손엔 리모컨을 들고 채널을 돌리던 녀석이 10분 전쯤 고정시킨 채널은 정체불명의 예능 프로그램이었다.

"재미보다는 일어 공부를 위해서."

석영이 근처 편의점에서 사 온 바나나칩을 잘라 먹으며 웅얼댔다. 화면 속엔 만화영화 캐릭터들로 분장한 예닐곱 명의 남녀들이 일렬로 서 있었다. 누구는 소리를 지르고, 누구는 발을 구르고, 또 누구는 깔깔대며 박수를 치고. 뭔가에 열광해 요란을 떠는 모습이 섬뜩할 지경이었다.

"핑계가 좋다. 그런 프로 들어서 일어가 늘겠냐?"

"잘난 척은. 너는 NHK 뉴스 듣는다는 녀석이 일어가 그게 뭐냐? 어떻게 아시타하고 아나타를 구분 못 해? 아시타는 내일. 아나타는 너. 어떻게 그걸 헷갈려? DNA 문젠가?"

"됐다. 입 다물고 그냥 봐라."

하진은 고개를 저어버렸다.

TV 카메라가 출연진들 앞에 놓인 긴 테이블을 잡았다. 테이블 가운데 검은 플라스틱 상자가 있었다. 한 면에 빗살 모양으로 구멍이 뚫린 상자였다.

카메라 앵글이 바뀌고 화면이 어두컴컴해졌다. 야광 초록색으로 '상자 안'이라는 자막이 깔리고 화면에서 움직임이 감지됐다. 화면 구석에서 비추는 빛줄기에 드러난 생물체를 보고 하진은 얼굴을 찡그렸다.

"쥐 아니냐, 저거?"

"음, 쥐덫에 갇힌 쥐."

"쥐덫에 들어간 쥐 보는 게 재밌냐?"

"쥐를 보는 사람들 보는 게 재미지."

"퍽도 재미있겠다."

바나나칩을 다 먹었는지 빈 봉지를 쓰레기통에 던진 석영이 침대 맡 테이블에서 바나나칩 봉지를 들어 뜯었다. 몇 봉지를 산 거야?

핏 웃은 하진은 포털 사이트에 들어가 경제 섹션을 클릭했다.

우두둑, 우두둑, 바나나칩을 잘라 먹으며 석영이 구시렁거렸다.

"독하게 살겠다고 마음먹으면 뭐하냐? 눈앞의 거금을 거절하는데. 넌 독종이나 양아치로 살기엔 그른 놈이야. 산에서 그 아저씨가 내민 돈뭉치. 만 엔짜리 최소 스무 장이었을 거야. 20만 엔. 20만 엔이면 얼마야? 그걸 탐내는 DNA가 네 안에 없었던 거야."

"아버지 생각나서 도와준 사람이야."

하진은 경제면 뉴스 머릿기사를 훑으며 말을 받았다.

"아버님이랑 닮은 인상 아니었는데."

"쉼터에서의 모습이 너무 간절했어. 만약 내 아버지가 살아 계셨고, 내 목숨이 위험하면 그분도 낯선 사람들에게 저렇게 애원하셨겠지 싶었어. 아버지 생각하고 도와준 사람한테서 돈 받기 싫었어."

바나나칩 소리가 사라졌다. 하진은 침대 쪽을 바라보았다. 석영과 눈이 마주치자 석영이 엄지를 치켜세웠다.

"권하진 짱. 하늘에서 아버님이 널 자랑스러워하실 거다."

"채널이나 돌려. 귀 아파."

머쓱해진 하진은 석영을 타박하고 노트북으로 시선을 돌렸다.

"하진아, 진짜 웃기지 않냐? 먹이에 혹해서 덫에 제 발로 들어가는 쥐. 죽을 자리인지도 모르고."

"모르니까 들어가는 거지."

"사람은 어떨까?"

"사람이 뭐?"

"사람은 더 어리석은 것 같지 않냐고? 떡밥이 크면 리스크가 크다는 걸 알면서도 마음이 붕 떠서 뛰어드는 게…….”

　[서주그룹, 월가의 큰 손 오디세이와 협력 투자]

　‘서주’라는 두 글자가 눈을 파고들어 석영의 목소리가 아득해졌다.

　하진은 기사를 클릭했다. 기사 중간쯤에 손을 맞잡은 두 남자를 찍은 사진이 있었다. 왼쪽에 선 것은 서국철. 진회색 슈트를 입은 그는 아버지 빈소에서 보았던 때보다 조금 더 나이 들어 보였다. 오른쪽 남자가 오디세이 관계자일 것이다. 무테안경을 쓴 초로의 남자. 꼿꼿하지만 후덕한 인상이었다.

　그런데…….

　남자의 얼굴을 한참 바라보던 하진은 한기가 들었다.

　“석영아, 이것 좀 봐봐.”

　“뭔데?”

　석영이 부스스 일어나 책상으로 왔다. 하진은 노트북 속 사진을 가리켰다. 고개를 숙이고 사진을 들여다본 석영이 조잘거렸다.

　“서국철이네. 월가에서 투자를 받아 사업 확장? 우리나라 대기업의 문어발식 경영, 이거 문제다.”

　“서국철 말고. 그 옆 사람.”

　하진은 석영의 팔을 잡았다.

　“오디세이 회장이겠지. 데이비드 김. 한국계라는 거야 이미 유명한 사실이고…… 어? 야, 야, 이 사람…….”

　“맞지, 후지 산에서 만난 아저씨?”

　“그러네. 저 안경 벗기고, 머리카락 헝클어트리고, 등산 재킷 입히면 딱 그 아저씨네.”

석영이 흥분하다가 인터넷 검색을 했다. 데이비드 김. 언론 보도와 블로그 포스팅이 좌르르 떴다. 마우스를 클릭하던 석영이 숨넘어가는 소리를 쏟아냈다.

"데이비드 김의 아명이 인태였네. 이민 가면서 미국식으로 개명. 데이비드 김! 미국 대통령이랑 골프 치고 워렌 버핏이랑 식사한다는 월스트리트의 큰손! 한인 아메리칸 드림의 신화! 그런 사람이랑 우리가 후지 산에서 해 뜨는 걸 같이 본 거야? 와우, 우리가 데이비드 김 딸 목숨을 구한 거야? 어, 어?"

"그러네."

하진은 멍하니 중얼거렸다.

"그러네? 야, 지금 이 상황에서 고작 하는 말이 그러네냐?"

방구석으로 달려가 배낭에서 지갑을 꺼낸 석영이 금박 명함을 찾아 입을 쪽 맞췄다.

"네가 매직 카드였구나. 음하하. 조만간 너를 유용하게 써주마."

하진은 노트북 데스크톱에서 폴더 하나를 열었다. 해명수산 관련 기사 파일을 담은 폴더였다.

[서주그룹의 계열사로 새출발하는 해명수산]

[해명수산, 서주해명으로 사명 변경]

[서주해명의 직원들 대거 정리해고. 전 해명수산 핵심 임원들 다수 포함.]

정말 좋은 고기는 놓아주는 거라던 아버지. 물고기를 잡는 사람은 바다의 울음에 귀 기울여야 한다던 아버지. 아버지가 평생을 바처 일군 기업이 흉물스러운 가시덤불로 변해가고 있었다.

「하진아, 나쁜 맘 먹지도 말고 엇나가지도 마. 엄마는 너 잘되기만을 바라면서 살 거야.」

「넌 독종이나 양아치로 살기엔 애초에 그른 놈이야.」

사랑하는 사람들의 목소리가 귓가에 쟁쟁댔다.

하진은 유령처럼 팔을 뻗어 책상 구석의 지갑을 집었다. 인태에게서 받은 명함이 잘려진 비행기표와 기차표 사이에 있었다.

하진은 책상의 유선 전화를 들고 명함에 박힌 번호를 눌렀다. 다섯. 열. 계속되는 신호에도 응답이 없자 연결을 끊으려 하기 직전이었다. 신호가 멎고 중후한 남자 목소리가 들렸다.

─ 여보세요.

"김인태 선생님 되십니까?"

하진은 떨리는 목소리로 물었다.

─ 권하진 군.

상대가 이쪽의 정체를 단박에 파악했다.

"도움이 필요하면 연락하라고 하셨죠?"

─ 그랬네. 어떤 도움이 필요한가?

깔깔깔. 요란한 웃음소리가 날아들었다. 하진은 가슴이 덜컹해 돌아섰다. TV 화면에 쥐가 클로즈업되어 있었다. 나갈 수 없는 곳에 들어온 줄도 모르고 치즈덩이에 취한 쥐. 그런 쥐를 보며 웃어대는 사람들. 정말로, 쥐보다 더 어리석은 것은 사람일지도. 떡밥이 크면 리스크가 크리라는 것을 알면서도, 떡밥에만 눈이 멀어 온몸을 내던지는.

전쟁터로 가는 거야. 서국철을 잡으려면.

웃음소리가 아득해지고 쿵쿵, 제 심장 뛰는 소리가 포탄 소리처럼 들렸다.

동요하는 마음을 다잡으며 하진은 수화기를 움켜쥐었다.

"사업을 배우고 싶습니다."

　　9년 후. 미국 케임브리지.

　　"후후."

　　"후후."

　　태권도복을 입은 두 청년이 사각 매트 위에서 기민한 스텝을 밟았다. 빨간 몸통 보호대와 파란 몸통 보호대를 두른 청년들의 체격이 우열을 가리기 힘들었다. 180센티미터를 넘을 듯한 키가 엇비슷했고, 다부진 몸이 발산하는 패기가 닮았다.

　　두 몸이 가까워졌다 멀어지고 스텝을 바꾸거나 속임 동작을 걸었다. 속임의 몸짓을 주고받고 나면 두 청년은 스텝을 정돈하며 상대의 빈틈을 엿보았다. 운동화가 매트를 밟는 소리. 도복 자락이 팔락이는 소리. 거울을 마주한 듯한 탐색전이 길어지는 동안 머리 보호대 아래로 땀방울이 맺혔다.

　　"후후."

　　"후후."

　　거친 숨소리가 엉켰을 때, 빨간 보호대를 입은 청년이 기합을 내질렀다.

　　"얍!"

　　하얀 도복 깃이 허공을 베고 청년의 발이 상대의 옆구리를 향해 날았다. 상대가 움찔했지만 청년은 상대를 가격하기 직전 다리를 접었다.

유연하게 착지한 발이 다시 날아올랐다. 상대의 귀 쪽을 겨냥하던 빌이 순식간에 방향을 틀어 이마로 움직였다. 머리 보호대 아래서 상대의 얼굴이 굳었다. 그러나 갈고리처럼 상대를 찍어 내릴 것 같던 발은 보호대 옆면만 툭 치고 물러났다.

청년은 다리를 거두고 재빨리 중심을 잡았다. 안전거리를 확보하려 뒤로 빠지는데 상대가 스텝을 멈추고 머리 보호대를 벗어젖혔다.

"권하진! 계속 그딴 식으로 나올 거야? 누구 갖고 노는 것도 아니고. 이젠 나도 유단자야. 너랑 한판 뜰 정도는 된다고."

씩씩거리던 녀석이 도복에 맨 띠를 들어 보였다. 검은 띠에 노란 실로 박힌 이름, 연석영.

하진은 머리 보호대를 벗고 땀으로 젖은 머리카락을 털었다.

"몇 번을 말해. 겨루기 할 때 손 올리고 가슴 보호하라니까."

"태권도가 복싱이냐? 손을 올리면 폼이 안 나잖아."

"겨루기를 폼으로 하냐? 거리에서 봉변당하기 싫으면 내 말 들어."

"거리 싸움 할 일이 얼마나 된다고. 올림픽에서도 손은 안 올려. 다들 이렇게 뛰잖아."

석영이 양팔을 축 늘어뜨리고 스텝을 방방 밟았다.

"다들 그렇게 뛰지. 그런데 인생은 올림픽이 아니라 거리 싸움이야. 룰도 없고 심판도 없고, 더 세고 독한 놈이 이기는 거야."

하진은 석영의 어깨를 다독이고 매트에서 물러났다. 벽에 걸린

태극기를 향해 절도 있게 인사하는 하진을 보며 석영은 허리춤에 손을 올렸다.

"자식이 세상 다 산 것처럼 말하네. 나보다 한 달이나 어리면서."

"뒷정리 부탁한다."

하진이 벽의 조명 스위치를 가리키고 샤워실로 갔다.

"오늘은 내가 이긴 거다."

석영은 하진의 등에 대고 외쳤다. 겨루기를 시작한 직후 하진의 가슴팍에 지르기 한 방 먹인 것을 두고 하는 말이었다. 먹였다기보단 보호대를 스친 거였다. 그것도 하진이 작정하고 내준 점수인 게 빤했다. 그래도 점수는 점수였다.

"그래."

타월을 챙기며 하진이 건성으로 대꾸했다.

"내가 찜한 데서 뒤풀이 하는 거다."

석영은 겨루기 시작 전 걸었던 내기를 하진에게 상기시켰다.

하진이 대답 없이 샤워실 문을 열었다. 낡은 유리문이 닫히는 것을 보면서 석영은 씩 웃었다. 하나의 문이 닫히면 또 하나의 문이 열리나니. 권하진, 무미건조한 네게 이 친구가 오늘 밤 신세계를 보여주마.

샤워를 마친 하진과 석영은 도장에서 나와 걸었다. 아직 쌀쌀한 4월의 밤바람을 헤치고 20여 분 만에 하버드 스퀘어에 도착하니, 하버드 대학 캠퍼스 맞은편 거리에 카페 '연어와 해파리'가 있었다.

고풍스러운 석조 건물 1층을 차지한 카페는 입구에 괴이한 간판을 달았다.

[세상에서 가장 끔찍한 커피를 마실 수 있는 곳]

카페 주인이 직접 새겼다는 나무 간판은 내용만큼이나 폰트도 투박했다. 맛있는 커피를 내린다고 광고를 해도 문을 닫는 카페가 부지기수인 경기에, 끔찍한 커피를 마실 수 있는 곳이라니.

그런데도 이 카페는 늘 성황이었다. 하버드대 학생들과 인근 주민들, 세계 각지에서 몰려든 관광객들로 붐볐다. 단골들은 카페 주인이 직접 원두를 볶아 내린 커피가 유난히 진하고 쌉쌀하며, 한번 마시면 잊을 수 없는 풍미를 지녔다고 입을 모았다.

"영혼을 흔든다니까."

카페 문을 밀면서 석영이 말했다.

하진은 시큰둥하니 눈을 치떴다. 석영은 커피에 대해 말하고 있지 않았다. 지난 가을 학기부터 이 카페에는 '끔찍한 커피'만큼이나 유명세를 타는 것이 생겼으니, 매주 토요일 밤 열리는 라이브 공연이었다. 어떤 여자가 노래를 부르는데 목소리 죽이고 기타 퉁기는 솜씨가 죽인다던가. 다 죽어가는 남자도 벌떡 일어나게 할 미모의 소유자라던가.

하버드 캠퍼스에 떠도는 그 소문을 들었을 때 하진은 웃었다. 석영도 옆에서 같이 웃었다. 그런데 소문을 잠재우겠다며 공연에 다녀온 후, 석영의 태도가 돌변했다. 룸메이트로 함께 사는 아파트를 나설 때만 해도 의기양양한 웃음을 날리던 녀석이 귀신에 홀린 얼굴로 돌아와 말했다. 영혼이 흔들렸다고.

미친놈, 하진은 장작불에 냉수 뿌리듯 대꾸했지만 석영의 눈동자에 어린 몽롱한 기운은 짙어져만 갔다. 그 후 매주 토요일 저녁이면 석영은 만사를 제쳐두고 카페 '연어와 해파리'로 향했다. 공연을 보고 와 다음 토요일이 올 때까지 여가수를 찬양하는 낯간지러운 말들을 늘어놓았고, 예찬은 늘 같이 가보자는 유인으로 결론 났다.

하진은 한가하게 노래나 들을 처지가 아니었다. 비즈니스 스쿨을 마치는 것이 시급했고 인턴십과 아르바이트도 감당해야 했다. 천금 같은 기회를 준 후원자가 그의 졸업을 기다리고 그 하나만 바라보는 홀어머니가 있는 상황에서 단 한순간도 한눈을 팔 수 없었다. 무엇보다 흔들릴 영혼이 그에겐 남아 있지 않았다. 그의 영혼은 이미 다른 것에 저당 잡혀버렸으니까.

하진은 석영을 따라 발 디딜 틈 없이 붐비는 카페 안으로 들어섰다. 다닥다닥 붙은 원목 테이블에 젊은 학생들부터 백발의 노인까지, 눈동자와 머리카락이 각양각색인 얼굴들이 어우러졌다.

석영이 커피 향 배인 북적거림을 헤치고 무대 앞 테이블로 가 앉았다.

"주인이 특별 배정한 로열석이다. 나 아니었으면 너, 이런 자리 어림도 없다."

하버드 로스쿨에 재학 중인 석영은 법률 자문 자원 봉사를 했다. 얼마 전에 이 카페 주인에게 도움을 주고 무대에서 가장 가까운 테이블을 받았다는데, 그 위세를 부리는 것이다.

"황송하다."

하진은 장단을 맞추며 석영 옆에 앉으면서도 몸에 맞지 않는 옷을 입은 기분을 지울 수 없었다. 진한 커피 맛에 끌려 자주 들르는 카페였지만 해 진 후에 온 것은 처음이었다. 게다가 여자 하나 보겠다고 유난을 떠는 처지라니.

커피와 샌드위치를 주문한 석영이 배낭에서 휴대전화를 꺼내들었다. 상기된 얼굴로 카메라 모드를 점검하는 석영을 보다가 하진은 테이블 밑으로 다리를 폈다. 석영의 재촉에 떠밀려 스트레칭도 못 하고 도장을 나섰다. 집에 가서 뻐근한 다리를 풀어주고 시원한 맥주 한 잔 하면 딱 좋겠는데.

무대에 조명이 들어왔다. 은은한 빛이 무대를 전체적으로 밝히고 스포트라이트가 중앙에 떨어졌다. 옆 테이블에서 숨소리가 들려올 만큼 주위가 잠잠해졌다.

커피 향이 유령의 입김처럼 테이블 사이를 휘돌아 나갈 즈음, 또각또각 하이힐 소리가 무대를 울렸다.

젊은 여자가 무대로 걸어 나왔다. 검은 재킷에 블랙 스키니 진을 입은 동양계 여자였다. 긴 머리카락을 포니테일로 묶었는데, 키가 제법 크고 다리선이 고왔다.

여자가 마이크 앞에 서서 테이블을 둘러보았다.

『좋은 밤 보내고 계신가요?』

맑은 목소리에서 장미향이 나는 것 같았다. 앳된 얼굴에 고혹적인 이목구비. 소녀인 듯, 여인인 듯. 미소를 머금은 듯, 비감에 젖은 듯. 화사하나 투명하고, 순수하나 관능적인 여자의 자태에 울렁증이 일었다. 하진은 뻗었던 다리를 거두고 허리를 세웠다.

여자가 천천히 웃옷을 벗었다. 어깨와 팔을 드러낸 탱크톱 차림이 된 여자가 포니테일을 풀어 흔들었다. 풍성한 머리카락이 쏟아져 내려 보얀 어깨를 덮었다.

여자가 바지 뒷주머니에서 립스틱을 꺼냈다. 은색 립스틱 케이스가 조명을 받고 반짝였다. 긴 손가락을 우아하게 움직여 케이스를 연 여자가 립스틱을 발랐다. 유희하듯, 도발하듯, 느리고 유연한 손놀림에 도톰한 입술이 붉은 기를 머금어갔다.

하진은 피가 더워지는 것 같았다. 겉옷을 벗었을 뿐인데, 립스틱을 발랐을 뿐인데 여자는 딴 사람처럼 보였다. 차원이 다른 세상에 속한 것처럼 아련했다가 손만 뻗으면 빨려 들어갈 것처럼 생생해졌다.

립스틱 케이스를 닫은 여자가 미소를 흘리고 팔을 어깨 뒤로 젖혔다. 립스틱이 허공을 가르며 날았다. 우아, 함성이 일고 사방에서 의자 밀치는 소리가 요란하더니 사람들이 경쟁적으로 립스틱의 궤적을 좇았다.

우르르 몰려든 사람들 틈에서 덩치 큰 금발 사내가 팔을 번쩍 들어 올렸다. 그의 손에 립스틱이 들려 있었고, 개선장군처럼 우쭐대는 그에게 다른 사내들이 박수를 보냈다.

박수 소리 사이로 누군가 외쳤다.

『로즈!』

선창을 따르듯, 모두들 외침에 동참했다.

『로즈! 로즈!』

여자가 무대 구석의 피아노 반주자에게 고개를 까딱했다. 잔잔한 피아노 선율이 흐르고 여자가 마이크를 잡았다.

어떤 이는 말하지. 사랑은 부드러운 갈대를 삼키는 강과 같다고.

어떤 이는 말하지. 사랑은 영혼을 피 흘리게 하는 면도칼 같다고.

어떤 이는 말하지. 사랑은 굶주림이며 한없이 고통스러운 갈망이라고.

내게 사랑은 꽃이야. 그리고 그 꽃의 유일한 씨앗은 바로 너.

여자의 청아한 음색에 취해가며 하진은 눈을 감았다. 심장에 박혀 있던 감정의 앙금들이 멀리 쓸려가고, 장미향이 불어들었다.

밤이 지독히 외롭고 길이 너무 길 때,
사랑이란 운 좋고 강한 자들만을 위한 것이라고 생각될 때,
기억해. 한겨울 쓰디쓴 눈 아래 씨앗이 묻혀 있다는 걸.
봄이 오면 그 씨앗이 태양의 사랑으로 장미가 된다는 걸.

불꽃에 스친 눈사람이 된 마냥, 전신에 아릿한 통증이 일었다. 이 노래가 끝나지 말았으면. 이 순간이 차라리 영원할 수 있었으면. 그의 소망을 비웃듯, 여자의 목소리가 잦아들었다.

"우후!"

피아노 반주의 여운이 가시기도 전에 환호성이 터져 나왔다. 열정적인 박수 소리와 휘파람 소리가 카페를 뒤흔드는 속에서 하진은 눈을 떴다. 무대의 여자가 손 키스로 관객들의 환호에 답하고 있었다.

"저 여자 이름이 뭐야?"

하진은 석영을 돌아봤다. 석영은 손을 입에 대고 휘파람을 불어대느라 정신이 없었고, 그의 물음은 환호성에 묻혀버렸다.

여자가 바지에서 티슈를 꺼내 입술을 닦았다. 한 번, 두 번, 부드럽게 움직인 새하얀 티슈가 립스틱을 지웠다. 립스틱이 지워진 후에도 여자의 입술은 꽃처럼 붉었다.

거구의 흑인 남자가 기타를 들고 와 여자에게 건넸다. 여자가 티

슈를 무대 바닥에 깃털처럼 떨어뜨리고 기타를 받아들었다. 여자가 기타를 조율하는 동안, 휘파람 소리가 잦아들고 기립 박수를 보내던 관객들이 하나둘씩 자리에 앉았다.

카페에 다시 정적이 감돌았다. 몇 번 더 기타 현을 퉁겨본 여자가 고개를 들었다. 테이블을 둘러보던 여자의 그윽한 눈길이 그에게서 멈추었다.

『처음 오신 분이 있네요. 저도 마침 새 곡을 들고 왔는데.』

하진은 심장이 터질 것 같았다. 여자가 그에게 말을 거는 거다. 그런데 그는 숨도 쉬지 못하고 얼어붙어 있다.

생긋, 미소가 여자의 입가에 피어올랐다. 하진은 뻑뻑한 숨을 삼켰다. 목울대의 울림마저 버겁게 느껴졌을 때 여자의 입술이 벌어졌다. 붉은 입술 안쪽의 새하얀 치아. 그 너머 미지의 공간에서 애잔한 목소리가 흘러나왔다.

먼 옛날 어느 별에서 내가 세상에 나올 때
사랑을 주고 오라는 작은 음성 하나 들었지.
사랑을 할 때만 피는 꽃 백만 송이 피워 오라는
진실한 사랑 할 때만 피어나는 사랑의 장미.
미워하는 미워하는 마음 없이
아낌없이 아낌없이 사랑을 주기만 할 때
수백만 송이 백만 송이 꽃은 피고
그립고 아름다운 내 별나라로 갈 수 있다네.

후렴구를 반복한 여자가 영어로 가사를 바꾸었다. 한국어를 이해하지 못하는 관객들을 배려하나 했는데, 영어 가사는 자신을 버리고 사라진 연인을 그리워하는 내용이었다. 나는 추억만으로도 행복하다고, 그러니 당신도 행복하라고, 언젠가 다시 스친다면 미움도 원망도 모두 흘려보내고 담담히 인사하자고. 여자의 슬프도록 아름다운 노래가 밤을 적셨다.

숨을 죽인 사람들이 영혼을 저당 잡힌 듯 노래를 들었다. 노래가 끝나고 기타의 여음이 잦아들었을 때, 여자가 마이크를 향해 고개를 숙였다.

"Thank you."

사람들이 일제히 일어나 박수와 함성을 쏟아냈다. 카페를 뒤흔드는 환호의 도가니 속에서 유일하게 앉아 있는 사람은 하진뿐이었다.

여자가 관객들을 향해 손 키스를 날리는 것을 보다 하진은 눈을 감았다. 작은 가시 하나가 심장에 박힌 것 같았다. 온몸이 저리는데, 심장이 부서질까 숨을 쉴 수조차 없었다.

손으로 가슴을 누르며 하진은 눈을 떴다. 여자의 까맣고도 투명한 눈동자가 늪처럼 그를 빨아들였다.

『와주셔서 감사합니다.』

고혹적인 눈동자에 물고기 한 마리가 얼비쳤다. 바늘에 입을 꿰인 채 피 흘리는 어린 물고기였다.

한 달 후.

영업이 끝난 '연어와 해파리'에서 직원들이 뒷정리로 부산했다. 바리스타들이 의자를 뒤집어 테이블에 올리고 청소기로 바닥을 미

는 동안, 주인 솔로몬이 커다란 쓰레기 봉지를 양손에 들고 카페 후
문을 들락거렸다.

영채는 무대 가장자리에 걸터앉아서 드럼 세트를 치우는 드러머
를 지켜보았다. 머리에 빨간 두건을 쓴 젊은 드러머가 심벌즈를 케
이스에 집어넣고 있었다.

『리키. 나, 드럼 레슨 좀 해줄래요?』

리키라 불린 드러머가 싱그럽게 웃었다.

『배우고 싶어?』

영채는 고개를 끄덕였다.

『섹시해 보여.』

『내가?』

『아니! 드럼이!』

리키가 하하 웃더니 고심하는 척했다.

『내가 섹시하지 않다고 딱 잘라 말하는 무정한 너에게 레슨을 해
줄까, 말까?』

『이럴 거예요? 우리 사이에.』

영채는 사근사근하게 목소리를 깔았다.

『첫 비트에 통하고 만난 지 한 달 만에 불멸의 명곡들을 쏟아내고
있잖아요. 나 같은 파트너를 만났으면 기술 전수를 해야지. 설마 공
짜로 가르쳐달라고 할까 봐.』

『레슨비 얼마 줄 건데?』

『학원에서 받는 것보다 많이 줄 수 있어요.』

『그럼 오케이.』

『정말?』

『음. 로즈보다 고액 레슨비가 더 유혹적이어서.』

웃음을 흘리던 리키가 그녀의 어깨 너머로 고갯짓을 했다.

영채는 고개를 갸웃하고는 돌아섰다. 슈트를 입은 동양계 남자가 그녀를 지켜보고 있었다. 30대 후반? 40대 초반? 매끈한 얼굴에 세련된 스타일이었다.

"안녕하세요?"

한국말로 인사한 남자가 다가와 명함을 건넸다.

강남 기획. 이현수 부장.

명함을 훑고 영채는 남자에게 물었다.

"연예기획사에서 오셨어요?"

"그래요. 유튜브에서 반응이 좋은 거 알고 있어요?"

"알아요."

"원하면 데뷔시켜줄 수도 있는데. 앨범 내고 체계적으로 활동해볼 생각은 없어요?"

"제가 돈이 될 것 같으세요?"

"우리의 모토는 숨은 재능을 찾아 날개를 달아주자는 거예요. 목소리가 맑고 매력적이야. 비주얼도 좋고 영어도 되고. 세계 시장에서 가능성 있다고 보는데. 이런 데서 썩지 말고 큰물로 나와봐요."

이런 데. 남자의 거들먹거리는 말투에 영채는 비위가 상했다.

"여기 물이 얼마나 좋은데요."

그녀의 목소리에서 가시를 느꼈는지 남자가 유들유들한 미소를 밀어냈다.

"물론 순수한 열정을 즐기는 시기도 필요하죠. 하지만 사람은 결국 자기 재능을 제대로 펼칠 무대를 찾아야 하지 않겠어요?"

"마음 동하면 연락드릴게요."

영채는 시큰둥하게 대꾸했다.

"진지한 오퍼니까 고려해봐요."

남자가 도장 찍듯 그녀와 눈을 맞췄다가 돌아섰다.

남자가 카페를 나서자 영채는 명함을 바지 뒷주머니에 꽂고 무대 가장자리에 털썩 앉았다. 리키는 이미 떠난 후였다. 조명이 꺼지고 밴드가 빠져나간 무대에 적막감이 감돌았다. 얼마 전까지만 해도 관객들의 환호성으로 후끈했던 곳이라고 믿을 수 없었다.

영채는 기지개를 켜고 구두를 벗었다. 볼이 좁고 굽이 높은 구두에 갇혀 있던 발에 피가 돌았다. 딱딱하게 굳은 발바닥을 주무르고 캔버스 가방에서 운동화를 찾아 신는데 카페 주인이 잰걸음으로 다가왔다.

카페 주인 솔로몬은 인상이 우락부락한 40대 초반의 흑인 남자였다. 부리부리한 눈에 한쪽으로 비뚤어진 콧날. 뺨 한쪽을 관통하는 상흔과 근육질 팔뚝에 박힌 현란한 문신까지. 순한 성정에도 불구하고 외양 때문에 거리의 뒷골목에서 힘깨나 쓰는 인사로 자주 오인받는 사람이었다.

『로즈, 오늘도 왔어.』

솔로몬이 비닐에 싸인 붉은 장미 두 송이를 내밀었다.

영채는 장미를 받아들며 미소 지었다. 지난달부터 공연이 끝나면 투명한 비닐로 포장된 붉은 장미 두 송이가 배달되었다. 배달한 꽃집에선 주문자의 신원을 모른다 하고, 꽃에는 보내는 사람의 정체를 짐작케 할 만한 실마리가 없었다. 그런데 언젠가부터 이 미스터리한 장미를 기다리게 되었으니, 그녀의 관심을 끌려는 의도였다면, 누가 됐건 목적 달성한 거다.

『장미 두 송이를 보내는 건 뭐야? 보통 한 송이 보내지 않아? 한 다발을 보내거나.』

솔로몬이 궁금해 했다.

『한 송이 살 정도보단 돈이 많고 한 다발 살 정도보단 돈이 모자란 거겠죠.』

영채는 두 송이 장미 중 더 싱그러운 쪽을 골라 카운터에 있는 화병에 꽂았다. 다른 한 송이는 약간 시든 귀퉁이에 생채기가 있었는데, 어찐지 그 상처들을 집으로 가져가고 싶어졌다.

카운터까지 따라온 솔로몬이 하얀 사각 봉투를 내밀었다.

『오늘은 카드가 있네.』

『어!』

영채는 눈을 화락 뜨면서 봉투를 잡아챘다.

『역시. 무심한 척했지만 실은 장미 팬의 정체가 궁금했던 거지?』

솔로몬이 껄껄 웃었다. 영채는 진심을 들킨 것이 무안해 솔로몬을 흘겨봤다.

『난 사라져줄 테니까 혼자 카드를 감상하라고.』

솔로몬이 손경례를 하고 카페 구석으로 갔다. 솔로몬이 창을 닫아 잠그는 것을 보다가 영채는 봉투를 열었다.

두툼한 크림색 종이에 아무 장식 없는 카드가 나왔다. 안쪽에 적힌 메시지도 카드 디자인만큼 간결했다.

　　：Thank you.

영채는 실망감에 어깨를 늘어뜨렸다가 카드를 찬찬히 살폈다. 흰색 종이에 박힌 붉은 글씨. 피로 써 내린 것 같은 글자들엔 비장함마저 배어 있었다. 힘 있고 단정한 필체가 마음에 스몄다. 올곧은 진심이 전해질까. 하지만 붉은 글씨는 마음에 들지 않았다. 이별의 냄새가 나는 것 같아서. 오늘을 마지막으로 다시는 이 사람에게서 장미를 받지 못하리란 예감이 엄습했다.

영채는 예감이 엇나가기를 빌며 카드를 바지 뒷주머니에 꽂아 넣었다.

『오호, 카드를 고이 간직하는 거야?』

창을 닫고 돌아선 솔로몬이 짓궂은 휘파람을 불었다.

『이런 건 못 본 척해주는 거예요, 솔로몬. 그렇게 센스가 없으니 아직도 솔로지.』

영채는 새침하게 쏘아붙이고서 캔버스 가방을 어깨에 멨다. 집으로 가져가기로 마음먹은 장미를 가방 구석에 꽂고 카페를 나서는데 솔로몬이 외쳤다.

"Good night!"

영채는 솔로몬에게 손 키스를 날리고 거리로 나왔다. 그녀가 '연어와 해파리' 앞 작은 건널목을 건널 때 길모퉁이에서 그림자 두 개가 움직였다.

바람이 잠잠한 밤이었다. 영채는 설익은 봄의 향기가 배인 바람을 들이마시며 매스 애비뉴를 따라 걸었다. 서점과 신발가게와 빵집. 영업이 끝난 가게들의 윈도를 책들과 구두들과 빵 모형들이 지켰다. 빵집 윈도 앞에서 멈춘 영채는 바게트 모형을 구경하는 척하다 모퉁이 너머로 몸을 숨겼다. '연어와 해파리' 앞에서부터 그녀를 따르던 그림자가 부쩍 가까워진 터였다.

저벅저벅. 보도블록을 울리는 발소리가 모퉁이 너머까지 다가왔을 때 영채는 어둠 속에서 뛰쳐나왔다. 티셔츠에 청바지 차림의 남자와 슈트 차림의 남자가 서 있었다. 티셔츠를 입은 남자는 야구 모자를 눌러썼는데 그녀보다 너댓 살 많은 정도였고, 슈트를 입은 장신의 남자는 가로등 빛줄기에서 비껴나 그늘에 있었다.

영채는 어둠에 잠긴 남자에게 다가섰다.

"오늘은 아저씨가 오신 줄 알았어요."

깊은 눈빛으로 그녀를 바라보는 남자는 아버지의 비서 구승조였다.

"어떻게 알았니?"

남자가 미소 지을 때 그의 눈가에 잔잔한 주름이 졌다. 날렵한 얼굴선과 탄탄한 몸에도 불구하고, 쉰을 향해 가는 그의 나이를 드러내는 주름이었다.

"그림자가 두 개 움직였거든요."

영채는 의기양양하게 대꾸하고 승조의 넥타이로 손을 올렸다. 움찔한 것도 잠시, 승조가 장승처럼 서 있었다.

"대학가에 오실 땐 옷차림에 신경을 쓰셔야죠. 셔츠에 진까진 바라지도 않아요. 타이까지 꼬박꼬박 갖추는 고지식한 패션 센스를 어떻게 손볼까요, 정말?"

영채는 승조의 목에서 풀어낸 타이를 야구 모자 쓴 남자에게 건넸다. 엉겁결에 타이를 받은 남자가 승조의 눈치를 살폈다. 승조가 고개를 까닥이자 남자가 승조에게 인사했다.

"전 물러가겠습니다."

"그래. 내일 아침에 늦지 말고."

승조의 지시를 받은 남자가 영채에게도 인사를 하고 돌아섰다.

"아가씨, 쉬어요."

남자가 멀어지자 영채는 승조의 셔츠 맨 위 버튼을 끌렀다.

"다음부턴 노타이에 버튼 하나 여세요. 이렇게요. 어, 아저씨는 두 개 끌러도 되게 섹시하네요. 몸이 좋으셔서 그런가?"

"영채야!"

승조의 얼굴이 상기됐다. 영채는 곤혹스러워하는 승조가 재미있어 깔깔 웃었다.

"나 아니면 누가 아저씨한테 섹시하단 소리를 해줘요? 아저씨도 보면 참 외롭게 살아요."

그녀의 웃음소리가 밤공기를 흔드는 동안 승조의 얼굴이 굳어갔다.

"어른한테 못 하는 소리가 없다."

"치, 저도 이젠 어른이거든요. 마냥 어린애 취급이야. 가요, 아저씨. 외로운 사람들끼리 밤 산책이나 해요."

영채는 가방 끈을 고쳐 메고 앞장서 나갔다. 승조가 말없이 그녀를 뒤따랐다.

산책이라고 했으나 특별히 갈 곳이 없었다. 거리를 배회하던 두 사람의 걸음이 영채의 아파트로 향했다. 작년 가을 하버드대에 입학한 이후 영채가 기거하는 곳이었다. 신입생들의 기숙사 생활이 필수인 교칙에서 딸을 빼오려고 그녀의 아버지는 대학에 고액의 기부금을 건넸다.

가로등을 몇 개 지나쳤을 때 승조가 말문을 열었다.

"회장님 명의의 서주해명 지분 5%가 네게로 갔다."

영채는 씁쓸히 웃었다.

"생일선물인가요? 어쩌나? 난 사업에 관심 없는데."

"경영에 참여하지 않더라도 그룹의 지분을 갖고 있는 게 좋다. 회장님께서 챙겨주실 때 잘 받아둬."

"서로 못 잡아먹어 안달인 언니 오빠 싸움에 저까지 끼라고요? 됐어요. 어차피 이름뿐인 주주, 주총에 참여해서 거수기 노릇 하거나 위임장에 사인만 할 건데, 뭐."

"이미 공시까지 떴다. 회장님께 감사하다는 전화 넣도록 해."

승조의 충고에 위엄이 서렸다.

"알았어요."

영채는 마지못해 대답하고 승조를 돌아봤다.

"참, 아저씨. 제가 저번에 부탁한 건 어떻게 됐어요?"

"너무 오래전 일이라 단서를 찾지 못했다."

"말도 안 돼. 아빠 엄마 지시면 사람 찾는 거 귀신같이 하시면서. 제가 실세 아니라고 무시하시는 거예요?"

"그럴 리가. 공주님 말 거역했다가 무슨 화를 당하려고."

승조가 그녀의 머리카락을 쓸었다. 어렸을 때부터 그녀의 마음에 가시가 돋으면 승조는 늘 머리를 어루만지면서 공주님이라고 불러주었다. 그러면 마음속 응어리가 봄눈처럼 녹아내렸다. 그런 기억들이 켜켜이 더해져 승조가 단순히 회사 직원이 아니라 가족처럼 느껴지는 것일 거다.

"레이다망을 더 펼쳐보세요, 아저씨. 부탁드려요."

"기어코 찾아야겠니?"

"목구멍에 가시가 걸린 것 같아서 그래요. 생사는 알아야죠."

"살아 있으면 만나보게?"

영채는 입술을 깨물었다.

"만나면 어쩔 건데?"

"모르죠. 그래도 어떻게 사는지는 알고 싶을 것 같아요."

"더 찾아볼게."

승조의 약속 뒤로 석연치 않은 침묵이 내려앉았다.

"고마워요, 아저씨."

영채는 자그맣게 속삭였다. 가로등을 하나 지나쳤을 때 승조가 물었다.

"노래는 언제까지 부를 거니?"

"왜요?"

"용돈 부족하면 말해라."

영채는 피식 웃어버렸다.

"아저씨, 제가 돈이 궁해서 노래 부른다고 생각하시는 건 아니죠?"

노래를 부르면 숨이 쉬어졌다. 심장이 부풀어 올라 어디로든, 마음 내키는 대로 날아갈 수 있을 것 같았다. 그 해방감을 맛보려 기타를 퉁기고 노래를 부르는 거다.

"노래 같은 거 부르지 말고 공부에 전념하라셔."

승조의 묵직한 음성이 어둠을 흔든 순간, 눈앞에 발간빛이 반짝였다. 아버지의 메시지. 오늘 아저씨가 여기에 온 진짜 이유.

영채는 떨리는 손을 말았다. 노래 같은 거. 사춘기 때 몰래 기타를 배우다 들켰을 때도 아버지는 그랬다. 기타 같은 거 하지 말라고. 연극을 하고 싶다고 했을 때도 비슷한 반응이었다. 그런 곳에 발 담그지 말라고. 하고 싶다고 떼를 썼지만 아버진 요지부동이었다.

「딴따라나 만들려고 널 거기로 보낸 게 아니다!」

아버지가 말했던 거기. 그 숨 막히던 기숙학교만 생각하면 몸서리가 쳐졌다. 이제 자유로운 곳에서 맘껏 숨 좀 쉬나 싶었는데.

"이번엔 누가 스파이 짓 했어요?"

"네 언론 보도 관리하는 홍보부 직원들이 유튜브 영상을 봤나는구나."

기획사 남자가 했던 말이 떠올랐다.

「유튜브에서 반응 좋은 거 알아요?」

망할 유튜브. 경호원을 구워삶았더니 엉뚱한 데서 보안이 깨지네.

영채는 승조에게 가련한 표정을 지어 보였다.

"아저씨가 눈감아주시면 되잖아요."

"지금까지 노래를 부를 수 있었던 게 누구 덕이었던 거 같니?"

어쩐지. 두 학기가 지나도록 들키지 않았다 했지. 아저씨가 중간에서 바람막이 해준 거였구나.

불행히도 승조는 끝까지 주인을 속이지 않는다. 감시하는 자에게 적당한 자비를 베풀지만 누가 칼을 쥐고 있는지 명확하게 알고 있다. 누구보다 능숙하게 칼을 다루지만 그 칼의 주인이 자신이 아니라는 걸 알고 있는 사람. 그 칼이 언젠가는 자신을 베지 않게 처신해야 하는 사람.

"엄마는 뭐라고 하셨는데요?"

"출국 전에 따로 뵙지 않았다."

"아저씨, 정말 어느 쪽이에요?"

"뭐가 말이니?"

"절 조종하는 컨트롤 타워 꼭대기에 앉은 분. 아빠랑 엄마 중 어느 쪽이냐고요."

"두 분 다 널 걱정 많이 하셔."

"걱정은. 감시잖아요. 왜 절 한시도 가만 안 두시는 거죠, 두 분은?"

승조는 대답하지 않았다. 곤란한 질문엔 침묵으로 응대하는 것 또한 승조의 처세술.

"나 하나 잘 키워서 문화콘텐츠 사업 하시면 대박 날 텐데. 아빠야 그렇다 치고, 엄만 예술계 인사시면서 너무 고지식하셔. 그렇게 닫힌 영혼으로 어떻게 그림을 그리시는지 모르겠다니까. 불가사의야."

영채는 분위기를 가볍게 하려고 아이처럼 투정했다. 언짢은 마음에 뱉어낸 말들이 승조에게 가시가 되는 게 싫었다.

"영채야."

승조가 그녀를 다정히 불렀다.

"왜요?"

"잠시 숙여. 바람이 세게 불 땐 굽히는 것도 방법이야."

"지금까지 굽히고 살았잖아요. 이 나이에 꼬부랑 할머니가 안 된 게 신기해요."

"잠시 숙이지 않으면 네가 아끼는 기타를 압수당할지도 모른다."

영채는 가슴이 찰랑 무너졌다. 지금 이건 아버지의 협박?

"안 돼요. 호텔 오아시스 회장이 소장하던 기타들 중에 하나라고요. 경매에 나온 걸 뉴욕까지 가서 사 왔는데."

"무슨 돈으로?"

승조의 눈이 가늘어졌다. 고지식한 어른 여기 하나 추가. 영채는 가방에서 구두 한 짝을 꺼내 흔들었다.

"아저씨, 이게 얼마짜린 줄 아세요? 여기 굽에 빨간 장식이 된 거 보이시죠? 이거에 환장하는 사람들 많아요."

승조의 미간이 좁아졌다. 영채는 왼쪽 손목에 찬 시계를 승조에게 들이밀었다.

"이건 얼마짜린 줄 아세요? 요 안에 핑크 다이아몬드가 두두두 박혔는데 여기에 또 사람들이 미치고 팔짝 뛰죠."

"말버릇이 그게 뭐니?"

승조가 조용히 그녀를 나무랐다.

"말 돌리시긴. 결론은 이런 거 몇 개만 팔면 돈이 뚝딱 나온다는 거예요. 누가 돈 때문에 노래 부르는 줄 알아."

영채는 골난 표정으로 승조를 앞질러 가다가 바지 뒷주머니에 손을 찔러 넣었다. 기획사 남자에게서 받은 명함을 자랑하려 했는데, 장미꽃과 함께 온 카드가 길바닥에 툭 떨어졌다.

어쩐지 마지막일 것 같더라니. 카드를 주워든 영채는 길가 쓰레기통으로 다가갔다. 카드와 명함을 쓰레기통에 던져 버리고 돌아서는데 가슴이 답답해졌다.

영채는 후, 숨을 길게 내뿜고 뛰었다. 기를 쓰고 뜀박질했지만 얼마 가지 못해 승조에게 따라잡혔다. 게다가 고작 뛰었더니 서 있는 곳은 아파트 앞. 도망도 뭘 알아야 가지.

자조한 영채는 아파트 건물로 들어서려다 승조를 돌아봤다.

"아저씨, 언젠가 제가 아주 멀리 가고 싶다고 하면 떠날 수 있게 도와주실래요?"

어둠에 묻힌 승조가 묵묵부답이었다. 영채는 벽처럼 선 승조에게 한풀 꺾인 목소리로 물었다.

"모른 척은 해주실래요?"

승조는 고개를 숙였다. 영채의 늘씬한 다리를 감싼 블랙진 아래 낡은 운동화가 삐죽 보였다. 해진 운동화가 애처로워서, 하지 말아야 할 말이 나가고 말았다.

"그래."

영채의 얼굴이 단박에 환해졌다.

"아저씨만 믿어요."

생긋 웃고 돌아서서 멀어지는 영채를 승조는 안타깝게 바라보았다. 고운 손에 들린 구두. 경쾌하게 폴짝이는 운동화. 이 봄, 새 구두처럼 고와야 할 영채는 해진 운동화처럼 애처로웠다.

아파트 주방 테이블에 앉은 하진은 아버지의 유품인 일기장을 어루만졌다. 일기장에 따르면 아버지가 사고사하기 반년 전, 서 회장이 해명수산의 매각을 제안했다. 아버지는 제안을 거절했는데, 우연히도 서 회장을 만난 직후 몇 가지 금융 상품에 가입했다. 해명수산 고문 변호사였던 정신율의 권유에 따른 것이었다.

아버지는 국제 금융의 생리를 이해하는 사람이 아니었다. 안전장치처럼 보였던 금융 파생 상품들은 얼마 지나지 않아 해명의 발목을 잡았다. 현금 유동성에 문제가 생겼고 주가가 폭락했다. 아버지가 낚시 여행을 떠날 즈음, 해명의 주식은 반 토막에 반 토막이 나 있었다. 아버지는 여행에서 시신으로 돌아왔고, 주식은 헐값에 서 회장에게 넘어갔다.

이제 목표는 분명했다. 해명을 찾아오는 것. 아버지의 회사를 꼼수로 강탈한 작자들의 정체를 밝혀내고 그들을 응징하는 것. 하지만 그 모든 것을 이룬다 해도 아버지는 돌아오지 않는다. 그게 한없이 슬펐다.

현관문이 열리더니 석영의 목소리가 날아들었다.

"나, 왔다."

하진은 일기장을 덮고 고개를 들었다.

"너 좋아하는 싸만코. 한국 마트까지 가서 사 왔다."

검은 비닐봉지를 테이블에 내려놓은 석영이 일기장을 보고 물었다.

"무슨 일 있어?"

"해명 지분 5퍼센트가 서국철 막내딸에게 갔다는 공시가 떴어."

"그 애는 제껴둔다며?"

"지금까진 미성년이었으니까. 미성년자를 겨냥하는 게 페어플레이 같지 않았어. 서주그룹에서 얼마나 손을 쓰는지, 언론에서는 그 애 정보를 도통 접할 수 없기도 했고."

"그런데?"

"서국철 막내딸이 하버드에 왔다는 보도 기억나지? 이젠 그 애도 대학생이야. 주식까지 받았으니, 주시해야지."

"뭘 어떻게 하려고?"

"김 회장님께 정보 수집 부탁드렸어. 어떤 앤지 한번 봐두려고."

하진은 냉소적으로 중얼거리고 일기장을 챙겼다. 일어나 테이블을 돌아 나가는데, 석영이 그의 팔을 붙들었다.

"왜?"

하진은 미간을 찌푸렸다. 심각한 표정으로 뭐라 하려던 석영이 헤죽 웃었다.

"싸만코 먹고 가라."

하진은 비닐봉지에서 싸만코를 하나 꺼내들고 그의 방으로 향했다.

"야, 넌 오늘 내가 보고 온 공연에 대해선 묻지도 않아? 매너 하고는."

석영이 등 뒤에서 타박했다. 그러고 보니 토요일이었다.

하진은 무대에서 빛나던 여자를 떠올렸다가 고개를 흔들었다. 지워야 할 얼굴이고, 잊어야 할 기억이었다.

"그 애도 하버드 다닌대. 영문학과 1학년. 그게 무슨 뜻인지 알아? 그 미모에 머리까지 섹시하단 얘기야. 영국 출신이라는데, 이름은 로즈 소. 어떠냐? 내 정보 수집력이?"

석영의 호들갑을 뒤로하고 하진은 말없이 방으로 들어갔다. 등 뒤로 방문을 닫는 동안 서국철의 얼굴과 로즈라는 여자의 얼굴이 눈앞에 겹쳐 아른거렸다.

싸만코 포장을 뜯어 귀퉁이를 한입 베면서 하진은 여자의 얼굴을 지우려 했다. 크림이 입안에서 녹아 물컹해질수록 여자의 잔상이 또렷하게 뭉쳤다. 그녀의 고혹적인 눈동자에 얼비치던 물고기의 환영이 떠올라 입이 썼다.

다음 날 영채에게는 모든 것이 늦었다. 새벽이 깊어서야 침대로 갔고, 한참을 뒤척이다 잠이 들었고, 해가 중천에 솟도록 잠을 잤다. 일요일이면 오는 메이드가 청소를 하는 동안 늦은 점심을 깨작거렸고, 교수에게 사정해 제출일을 연장한 페이퍼를 겨우 마무리지었다. 매주 일요일 받는 핫요가 강습에 늦어 펑크를 냈고, 인터넷 쇼핑몰에 특별 주문한 운동화의 제작이 지연되고 있다는 메시지를 받았다.

「잠시 숙이지 않으면 네가 아끼는 기타를 압수당할지도 모른다.」

어젯밤 승조가 남긴 경고가 떠올라 가슴이 답답해졌다.

영채는 바깥바람부터 쐬기로 했다. 반소매 티셔츠에 청바지를 입고 아파트를 나서니 문밖에 어김없이 경호원이 서 있었다. 지역 야구 팀 모자를 쓴 경호원이 스마트폰으로 게임을 하고 있다 허리를 바짝 세웠다.

"우현 오빠, 좋은 아침, 아니, 오후. 구 비서님은요?"

"오늘 아침에 저 출근한 거 확인하고 서울로 돌아가셨습니다."

영채는 입술을 비죽이며 엘리베이터 쪽으로 갔다. 몇 달 만에 얼굴 봤는데 밥 한 끼도 같이 안 먹고. 승조 아저씨, 내가 대학생 되면 술 사준다더니 순 뻥이었어. 아버지께 가서 뭐라고 보고할까? 알아듣게 이야기했습니다, 그럴까? 서울에서 확인 전화가 걸려올 테고, 적당히 몸을 사리면 한동안은 잠잠할 것이다.

엘리베이터 앞에 이른 영채는 내려가기 버튼을 눌렀다.

"저, 아가씨."

우현이 다가와 말을 걸었다.

"그 아가씨, 아가씨. 로즈라고 부르라고 몇 번을 말했어요! 누가 들을까 쪽 팔려서, 진짜. 왜요?"

영채는 승조 때문에 언짢아진 마음을 우현에게 쏟아냈다.

"봄치고 날씨가 쌀쌀한데 재킷을 입으시라고…….."

우현은 존댓말을 고집하는 것이 미안했는지 말을 얼버무렸다. 영채는 반소매 셔츠 아래로 드러난 팔을 쓸다가 발치를 내려다봤다. 때 탄 낡은 운동화가 발을 감싸고 있었다. 멀리 달릴 일도 없으면서 끈을 단단히도 조여 묶었다. 아파트로 돌아가 운동화 벗고 옷 찾는 게 번거롭게 느껴졌다.

"요 앞 마트에만 갔다 올 건데요, 뭐."

"필요한 게 있으시면 목록을 주시죠."

"지금 나, 감시당하는 거예요?"

"그럴 리가요."

감시당하는 거 맞잖아. '때렸으나 폭행은 아니다.'의 패러디도 아니고. 하긴 지금 이 상황이 당신 잘못이겠어. 먹고살려니 어쩔 수 없는 거겠지. 영채는 뾰족 솟은 짜증을 삼키고 의뭉스러운 미소를 들이밀었다.

"그럼 카나리아 사다주세요."

"네?"

"카나리아요. 노래 부르는 새. 빨주노초파남보 한 마리씩 사다주세요. 절대 열리지 않는 새장에 넣어서."

우현이 스마트폰 화면을 톡톡 쳤다. 근처에 애완조를 파는 가게가 있는지 검색하는 눈치였다.

"빨주노초……. 그런데 카나리아가 무지개 색으로 다 있어요?"

화면을 움직이다 멍해진 우현을 보고 영채는 웃음을 터트렸다. 엘리베이터가 도착해 문을 열었다.

"열심히 찾아봐요. 우현 오빠 건드리면 삭발해버린다고 아버지께 말씀드릴 테니까 잘릴까 걱정하진 말고요."

영채는 엘리베이터에 타며 혀를 날름 내밀었다. 엘리베이터에 따라 오른 우현이 1층 버튼을 누르고 나서 해맑게 웃었다.

"조마조마했는데, 안심된다. 그런데 삭발은 하지 마요. 지금 머리 정말 예뻐요."

"그 말을 또 믿어요. 나랑 지낸 지가 몇 달인데 아직도 적응이 안 되나 봐. 미쳤어요, 이 머리를 자르게? 저번 주에 살롱 가서 트리트먼트까지 하고 왔잖아요."

영채는 윤기 나는 긴 머리카락을 뽐내듯 고개를 양쪽으로 홱홱 돌렸다.

"맞아요. 그게 얼마짜리였는데."

고개를 끄덕이던 우현의 입가에서 웃음기가 빠져나갔다. 영채는 얼굴에 여드름이 군데군데 돋은 우현을 흘끔거렸다. 우현은 인근 태권도장에서 아이들을 가르치다 승조에게 픽업되어 그녀의 경호를 맡게 된 한인 교포였다. 여동생의 대학 등록금을 마련하기 위해 돈을 모으는 중에 도장에서 받는 임금의 두 배를 주겠다는 제안을 받고 경호를 택했다고 했다. 그런 우현에게는 머리카락에 영양 주고 카드로 고액을 긁는 그녀가 외계인 같아 보일 것이다.

애초에 우현을 곤란하게 한 건 그녀였다. 그녀가 모든 걸 책임지겠다며 노래 부르는 걸 보고하지 말랬으니 정말로 책임을 져야 한다. 내 숨줄이 막혔다고 남의 밥줄까지 끊어선 안 되니까. 게다가 이렇게 순박한 경호원 만나기도 힘들었다. 경호원 바뀌었다가 비정한 사람 걸리면 정말 골치 아파질 거다.

엘리베이터가 1층에 도착했다. 아파트 건물을 나선 영채는 하늘을 올려다보았다. 파란 하늘에 깔린 새털구름이 봄처녀의 치맛자락을 닮았다. 마트에서 간식거리나 사 올까 하던 마음이 들썩여, 걸음이 찰스 강변 쪽으로 향했다.

차량이 통제된 메모리얼 드라이브에서 퍼레이드가 한창이었다. 수백 명의 사람이 한데 어우러져 같은 방향으로 걸었다. 해외에 파병한 군인들을 철수시키고 전쟁을 끝내라는 반전 시위였다.

[우리는 평화로운 세상을 원합니다.]

주최 측에서 배포했는지, 사람들은 같은 문구가 인쇄된 종이를 들고 있었다.

평화 사인이 그려진 하얀 깃발들이 나부끼는 가운데 퍼포먼스도 펼쳐졌다. 괴기스러운 가면을 쓰고 모형 총을 든 사람들이 몇 보였다. 총부리가 겨누어진 곳에 부상당한 군인을 연기하는 사람들이 있었다. 붉은 물감이 묻은 붕대를 머리에 감거나 너덜너덜한 야전복을 입고 목발을 짚은 사람들이었다. 총탄에 맞은 아이를 상징하듯 만신창이가 된 아가 인형을 포대기에 싸서 안은 이도 있었다.

사람들의 물결이 잠시 끊겼다가 다음 그룹이 뒤를 따랐다. 캐주얼한 옷차림의 남녀노소가 풍선을 손에 들고 숲을 이루어 느릿느릿 움직였다.

[평화]

빨간 풍선에 박힌 하얀 메시지가 선명했다.

영채는 풍선의 생동적인 색감에 끌려 퍼레이드 대열에 섞여들었다. 아빠의 목에 목말을 탄 아이가 풍선을 든 채 그녀를 내려다보았다. 영채는 아이에게 손을 흔들었다. 아이가 까르르 웃었을 때, 우현이 옆에서 그녀를 불렀다.

"아가씨."

"쉿!"

영채는 손을 입술에 갖다댔다.

두둥. 두둥. 대열 어디쯤에선가 북소리가 들려왔다. 소리의 진원을 찾아 두리번거리는데 팡 소리가 허공을 갈랐다.

"으아앙!"

아이가 울음을 터트렸다. 조막만 한 손이 쥔 실 끝에 찢긴 풍선이 휘늘어져 있었다. 풍선이 터져버린 거다.

갑작스러운 소음에 놀란 사람들 몇이 덩달아 풍선을 놓쳤다. 빨간 풍선들이 하늘을 향해 떠올랐다. 소녀의 발그레한 볼 같은 풍선들이, 만개한 봄꽃 같은 풍선들이 바람에 동실거렸다.

영채는 고개를 뒤로 젖히고 풍선들을 올려다보았다. 언젠가 나도 저렇게 날 수 있을까? 날개도 없이, 그저 바람에 온몸을 맡기고, 하늘을 향해 비상할 수 있을까? 날다 날다 어느 나뭇가지 사이에 끼어 꽃보다 더 꽃처럼 필 수 있을까? 얄궂은 나뭇가지에 찔리면 산산이 터질 수도 있겠지. 아픈 것도 잠시, 갇혀 있던 숨결이 바람이 되겠지. 내 연약한 숨결이 산들을 어루만지다 하늘까지 닿겠지.

"우현 오빠."

"네. 아가……."

우현이 대답을 하다 멈칫했다.

"저거, 하나만 잡아줘요."

"네?"

"저거요, 풍선. 아무거나 하나만 잡아줘요."

영채는 멀어지는 풍선들을 가리켰다. 우현이 가장 가까이 있는 풍선으로 손을 뻗었다. 바람이 휙 불어들어 풍선에 매달린 실이 그의 손을 비껴갔다.

우현이 껑충 뛰며 팔을 길게 늘였다. 영채는 심장이 튀어 오르는 것 같았다. 부풀어 오른 심장이 날아가고 싶다고 아우성을 내질렀다. 지면에 착지한 우현이 다시 뛰어올랐다. 그의 손끝에 걸릴 것 같던 실이 아슬아슬하게 도망갔다.

두둥. 두둥. 북소리의 울림이 빨라졌다. 영채는 인파를 헤치고 나아갔다. 주먹이 불끈 쥐어지고 발걸음이 빨라졌다. 달리고 싶었다. 날아가고 싶었다.

잰걸음이 뜀박질이 되고, 퍼레이드 대열을 벗어난 몸이 바람을 가르며 질주했다. 파릇한 봄바람이 아찔해, 웃음이 울음처럼 터져 나왔다. 이대로 마음껏 달려 세상 끝까지 갈 수 있다면.

"아가씨!"

어깨 너머에서 우현의 외침이 올가미처럼 날아들었다. 영채는 이를 악물었다. 새장에 갇힌 카나리아가 떠올라, 숨이 턱밑에 차도록 달리게 되었다.

얼마나 달렸을까? 무작정 뛰다 보니 강변 잔디밭에 들어와 있었다.

"아가씨!"

우현의 외침은 아직도 가까운데 앞엔 강, 뒤엔 인파. 도망갈 곳이 없었다. 오늘의 반항은 여기서 끝인가.

"하아."

허탈한 숨을 내쉬는데, 나무 뒤에서 누군가 그녀의 팔을 홱 끌어당겼다. 몸이 돌려지고, 날개처럼 펼쳐진 재킷이 어깨에 내려앉았다. 등이 나무에 밀쳐지자마자 커다란 후드가 머리를 덮었다.

영채는 본능적으로 몸을 비틀었다.

"겁내지 마요. 아무 짓도 안 해요."

다정한 달램과 정중한 약속. 한국말을 하는 남자였다.

"누구……?"

그녀가 말을 맺기도 전에 너른 가슴이 그녀를 눌렀다. 남자의 양팔이 그녀를 감싸 안았을 때 영채는 얼어붙었다.

숨을 죽이고 있는 동안, 심장만 달싹였다. 하얗게 비어버린 마음이 흥분으로 발개지도록 얼마나 시간이 흘렀을까? 낯선 남자의 포옹이 더 이상 위협으로 느껴지지 않았을 때, 부드러운 속삭임이 귓전을 쓸었다.

"그 사람, 지나갔어요."

영채는 고개를 들었다. 남자가 그녀를 놓아주고 재킷을 거두었다. 키가 크고 몸이 날렵한 남자는 깔끔한 이목구비에 지적인 기품이 어린 얼굴의 소유자였다. 부드러우면서도 올찬 인상이 낯익었다.

어디서 봤더라? 영채는 기억을 더듬다 눈을 반짝 떴다.

"카페 연어와 해파리!"

실망스럽게도, 남자의 표정엔 동요가 없었다.

"나, 몰라요?"

"글쎄."

영채는 남자의 팔을 잡았다.

"연어와 해파리에서 내가 노래 불렀잖아요. 난 그쪽 기억하는데. 맨 앞줄 테이블에 앉아 있던 거. 나, 정말 몰라요?"

"누군데 그렇게 쫓겨요?"

남자가 대답 대신 물음을 던졌다. 영채는 이 상황을 어떻게 설명할지 난감했다. 이마를 찌푸린 채 입만 뻥긋대는데, 날카로운 외침이 날아들었다.

"아가씨!"

우현이 잔디밭 가장자리에서 주위를 두리번거리고 있었다.

왜 또 왔어? 영채는 남자의 손에서 재킷을 잡아채 걸치고 후드를 썼다.

"나 좀 다시 숨겨줘요."

노래마저 빼앗긴 처지다. 단 몇 시간만이라도 감시의 눈길이 닿지 않는 곳에 있고 싶었다. 이 고비만 넘기면 실현 가능한 시나리오였다. 곧 해가 질 것이고 밤이 되면 어둠에 묻혀 이 도시를 마음껏 맛볼 수 있을 것이다. 여차하면 외박을 할 수도 있다. 바지 주머니에 지갑이 있다는 것. 지갑에는 한도 빵빵한 카드와 상당한 액수의 현금이 있다는 것. 내일 수업이 없다는 것. 소소한 정황들이 모두 그녀의 편이었다. 이 남자만 협조해준다면…….

"제발요."

영채는 다시 애원했다. 아무리 절박해도 남자를 안을 용기는 안 났다.

"좀 안아달라니까요."

안는 것 못 하겠는데 안길 수 있겠는 건 뭔지. 영채는 애처로운 눈빛으로 남자의 협조를 구했다.

남자가 꼼짝없이 서 있는 동안 우현의 외침이 가까워졌다.

"아가씨!"

결국 이렇게 잡혀가는구나. 망할. 용기 없는 수컷이었어. 영채는 남자를 흘겨보고 후드를 젖혔다.

우르릉 쾅. 하늘에서 마른번개 소리가 들렸다.

"딱 하루만, 정말."

영채는 인상을 쓰며 투정했다.

콰르릉. 번개 소리가 하늘을 흔들었을 때 남자가 그녀의 손목을 낚아챘다.

"어!"

영채는 급작스러운 움직임에 휘청였다.

잔디밭을 달려 나간 남자가 도로로 뛰어들었다. 타닥타닥. 그녀의 운동화가 인파 사이로 아스팔트를 두드렸다. 피켓들과 퍼포먼스와 풍선들이 고속열차 창 밖의 풍경처럼 지나쳐갔다. 평화를 기원하는 구호. 아이들의 웃음소리. 두둥두둥 북소리. 봄날 오후의 조각들이 싱그러운 바람에 실려 지나가는 동안 심장이 춤을 추었다.

퍼레이드 끄트머리에 이르렀을 때 사람들이 일제히 풍선을 날렸다. 풍선들의 숲에 몸을 숨기고 영채는 남자와 함께 뛰었다. 저만치에 다리가 보였다. 저 다리만 건너면. 단 하룻밤만이라도 숨통이 트일 텐데. 희망이 샘솟았을 때, 무릎이 꺾이며 가쁜 숨이 터져 나왔다. 하아!

남자가 속도를 줄이고 뜀박질의 방향을 강변으로 바꾸었다. 잔디를 가로지르자 강가에 작은 요트가 한 척 있었다. 남자가 요트를 덮은 빨간 천막을 들쳐 올리고 요트에 그녀를 밀어 넣었다. 영채는 요트 바닥에 등을 대고 털썩 누웠다. 요트로 들어온 남자가 천막을 정돈하고 그녀 위로 몸을 겹쳤다.

흡! 영채는 입술을 깨물었다. 남자의 몸이 아찔하도록 생생했다. 봄바람보다, 북소리보다, 풍선들보다, 지금 그녀를 안은 낯선 남자가 백만 배는 더 생생했다.

퍼레이드 소리가 아득해졌다. 천막이 드리운 발간 그늘 아래서 남자와 그녀의 숨소리가 엉겼다. 격하게 뛰어대는 남자의 심장이 그녀의 심장과 하나 될 듯했다. 세상의 모든 소리를 덮어버리는 달콤한 몽환이었다.

"아가씨!"

우현의 외침이 어디선가 들린 것도 같았다.

"아, 진짜. 어디로 튄 거야?"

투덜거림을 들은 것도 같았다. 잔디를 밟는 발자국 소리가 가까워졌다가 나무 갑판대를 울린 것도 같았다. 하지만 영채는 그녀를 내려다보는 남자의 눈동자에 취해, 천막 밖 세상을 잊어버렸다.

바람이 불어들어 천막이 떨고 남자의 눈동자가 흔들렸다. 남자의 눈동자에 비친 그녀가 함께 흔들렸을 때, 머리 위에서 토독토독 소리가 들렸다.

비가 내린다. 영채는 배시시 웃었다. 살아 있는 한 이 빗소리를 절대 잊을 수 없을 것 같았다.

오늘 일어났던 일들이 꿈결처럼 눈앞을 스쳐갔다. 처녀의 치맛자락처럼 펼쳐져 있던 구름과 만개한 꽃처럼 날아오르던 풍선들. 파릇한 새순처럼 웃던 아이와 뺨을 적셔오던 싱그러운 바람. 덧없이 저물고 말았을 이 봄날이 그녀 안에 각인되어버린 것 같았다.

그리고 그 모든 기억의 꼭대기에 언제나 자리할 한 남자.

영채는 생긋 미소 지었다.

남자의 입술이 열리고 뜨거운 숨결이 쏟아져 내렸다.

"안녕, 아가씨."

빗줄기가 굵어지며 천막을 두드려댔다. 거센 소낙비 아래서 영채
는 눈을 감은 채 그녀를 압도해버린 낯선 몸을 견뎠다. 가시들에 찔
리기라도 한 것처럼 온몸이 따끔따끔 아렸다. 생생함이 지나치면
몽롱함이 되는 건지. 몸이 달아오르다 못해 말랑해지는 것도 같았
다.

그렇게 얼마나 있었을까. 빗줄기가 잦아들었을 때 남자의 속삭임
이 불어들었다.

"눈 좀 떠봐요."

뺨을 쓰는 따뜻한 숨결에 영채는 눈을 떴다. 깊은 눈동자가 그녀
를 내려다보고 있었다. 그녀가 눈을 뜬 게 아니라 정체불명의 어떤
힘이 눈을 뜨게 한 것 같았다.

남자의 입가에 설핏 미소가 어렸다.

"다른 사람 같아요. 무대에선 더 화려해 보였는데."

"조명발에 화장발이죠."

영채는 무심코 중얼거리다 눈을 반짝 떴다.

"나, 기억한 거였어요?"

남자가 고개를 깊게 까딱했다.

"왜 아깐 모르는 척했어요? 사람이 사람을 기억하는 거, 부끄러

운 일 아니거든요. 그리고 내 노래가 그렇게 형편없었어요? 박수도 치기 싫을 만큼?"

남자가 그녀를 물끄러미 바라보다 물었다.

"몇 살이에요?"

영채는 대답하지 않았다. 남자의 호기심이 마음에 들었다. 조금 더 이 남자의 애를 태우고 싶어졌다.

"노래가 너무 좋아서 박수치는 걸 잊어버렸다고 하면, 몇 살인지 말해줄래요?"

치, 누굴 애로 아나? 그런 사탕발림에 넘어가 헤헤거릴 줄 알고?

"먹을 만큼 먹었어요. 그쪽이 나한테 무슨 짓을 한다고 해도 문제 될 것 없는 나이라고요."

"겁 없는 아가씨네. 모르는 남자한테 그런 말 하는 거 아니라고, 아무도 안 가르쳐줬어요?"

남자는 여전히 그녀를 애 취급한다. 카페에서 남자가 넋을 놓고 있다고 생각한 건 그녀만의 착각이었을까?

"그러는 그쪽은 왜 남의 일에 끼어들었어요? 모르는 아가씨 덥석 안는 거 아니라고, 누가 안 가르쳐주던가요?"

"그러게요. 왜 내가 아가씨 일에 끼어들었는지, 미스터리예요."

남자가 일어나 요트 밖을 살폈다. 비는 그쳤고 잔디밭 어디에도 우현은 없었다. 남자가 천막을 들추고 요트에서 내리자 영채는 그를 따라 내린 후 재킷을 벗어 내밀었다.

"고마웠어요."

남자가 재킷을 받으며 물었다.

"아가씨라고 했던 걸 보면 빚쟁이는 아닌 것 같은데, 무슨 사연이에요?"

대답을 궁리하던 영채는 소르르 미소 지었다.

"풍선이 터졌거든요."

아이가 들고 있던 풍선이 터졌을 때, 그녀 안의 뭔가가 깨어났다. 하늘을 향해 비상하던 풍선들을 보았을 때, 심장이 걷잡을 수 없이 일렁였고 그녀는 달려야만 했다. 달리다 보니 어쩌다 이 남자의 품에 안겼고, 또 어쩌다 보니 여기까지 와버렸다. 살다 보면 휘말리게 되는 '어쩌다 보니'의 마력. 지금 여기서 이 남자와 마주 서 있는 걸 '어쩌다 보니'로 설명해야 한다면 그 기원은 풍선 하나가 터진 것이다.

"풍선?"

남자의 단정한 눈썹 사이에 주름이 졌다.

"그런 게 있어요. 어쨌거나 고마워요. 빚, 어떻게 갚으면 돼요?"

"얼마나 큰 빚을 졌다고 생각하는데요?"

"꽤 큰 빚인 것 같아요. 그쪽 덕분에 몇 시간의 자유를 얻었는데, 감옥에서 탈출한 것 같거든요."

"그럼 다음번 공연 때 '백만 송이 장미' 불러줄래요? 그때는 꼭 박수칠 테니까."

"나, 이제 노래 못 부르는데."

"왜요?"

"말하자면 복잡해요. 너무 많은 걸 알려고 하지는 마요."

"그럼 지금 불러줘요."

"여기서요? 노래를?"

"난 곧 이 도시를 떠날 거예요. 아가씨를 다시 만날 것 같지 않아요. 그러니까 빚 갚을 거면 지금 갚아요."

이 남자를 다시 만날 수 없다. 신이 뾰족한 손톱으로 심장을 갉작 대는 것 같았다.

"어디로 가는데요?"

"말하자면 복잡해요. 너무 많은 걸 알려고 하지는 마요."

남자가 잔디 위에 재킷을 펼치고 앉아 옆자리를 툭툭 쳤다.

"부를 거면 여기서 불러줘요."

영채는 망설였다. 주위를 살피며 우물쭈물하는 동안 남자가 어깨 를 으쓱하고 돌아앉았다.

"빚 안 갚을 거면 그냥 갈 길 가든가."

다리를 세우고 강을 마주한 남자에게서 외로움이 묻어났다. 확 트인 강변에 앉아서도, 남자는 무언가에 갇힌 듯 보였다.

영채는 남자가 내어준 재킷 위에 앉았다. 노을을 품은 하늘이 머 리 위로 펼쳐졌다. 아련한 빛의 파편이 강 물결에 스며 흐르고 노을 이 그녀와 남자를 오렌지빛으로 한데 물들였다.

영채는 비가 내리나 확인하는 것처럼 손을 허공으로 뻗었다. 손 바닥에 내려앉는 다정한 햇살 한 줄기. 붙들 수 없어, 붙들리고 마 는 아름다움.

가슴 깊은 곳에서 무언가 울컥 올라오고, 노래가 흘러나왔다.

먼 옛날 어느 별에서 내가 세상에 나올 때
사랑을 주고 오라는 작은 음성 하나 들었지.
사랑할 때만 피는 꽃 백만 송이 피워 오라는
진실한 사랑을 할 때만 피어나는 사랑의 장미.

미워하는 미워하는 미워하는 마음 없이

아낌없이 아낌없이 아낌없이 사랑을 주기만 할 때

수백만 송이 백만 송이 백만 송이 꽃은 피고

그립고 아름다운 내 별나라로 갈 수 있다네.

노래의 도입부를 지날 즈음 남자가 물었다.

"조금만 더 같이 있어줄래요?"

영채는 노래를 멈추고 고개를 돌렸다. 남자가 강가에 시선을 묻은 채로 말했다.

"조금만 더 같이 있어줘요."

"얼마나 더요?"

"해가 질 때까지만."

남자의 얼굴에 노을빛 음영이 드리웠다. 영채는 박하사탕을 손에 쥔 것 같았다. 깨물면 싸한 향만 날 텐데, 마냥 달콤하지 않으리란 걸 알면서도 먹고 싶어 박하사탕의 포장지를 만지작거리는 것처럼, 가슴이 바스락거렸다.

남자가 고개를 돌려 그녀와 눈을 맞췄다.

"겁낼 것 없어, 아가씨. 해가 질 때까지만 옆에 있어주면 돼."

남자의 눈빛이 목소리만큼이나 우아하고 쓸쓸했다.

이 남자의 옆. 이, 낯선, 남자의 옆. 지금 이 순간 그녀가 있어야 할 유일한 공간인 듯, 이 자리에 존재하는 모든 것이 그녀 안으로 스며들었다. 사위는 빛과 밀려오는 어둠. 빛과 어둠의 틈새를 메우는 바람의 결. 바람에 실려 드는 남자의 온기. 익숙했던 모든 것들이 낯설어지고, 낯선 존재가 제 숨결처럼 익숙해졌다.

영채는 미소 지으며 고개를 끄덕였다. 남자의 노을빛 입술이 설핏 휘어 올랐다.

노을이 짙어졌다. 불타오르는 하늘을 보면서 영채는 퍼레이드의 풍선들을 생각했다. 사람들이 놓아 보낸 풍선들은 지금쯤 어느 하늘 아래를 떠돌고 있을까? 얼마 날지 못하고 나뭇가지나 전선에 걸렸을지도 모른다. 날카로운 무엇인가에 찔려 터져버렸을지도 모른다. 하지만 그 풍선들 중 하나쯤은 아직도 바람에 유영하고 있지 않을까? 차라리 풍선이 되어 세상을 유랑할 수 있다면. 이룰 수 없는 꿈처럼 노을이 아득해 보였을 때, 남자가 입을 열었다.

"난 지금 아버지 생신을 치르고 있어요."

"여기서요?"

"생신을 제대로 축하드릴 형편이 못 되거든요."

"아버지랑 사이가 안 좋아요?"

"돌아가셨어요."

대화가 끊겼다. 말하자면 복잡해요. 너무 많은 것을 알려고 하지 마요. 남자의 침묵이 그렇게 말했다.

영채는 용기를 내 물었다.

"언제 돌아가셨어요?"

"내가 열여덟 살 때니까, 10년 전이네요."

이 남자의 나이, 스물여덟. 나보다 일곱 살이 많다. 영채는 강둑에 피어난 들꽃을 만지작거리며 헤아렸다.

"아버지는 나의 우상이셨어요. 무엇이든 닮고 싶었던 분. 그러다 아버지를 닮고 싶지 않아졌어요. 아버지를 닮고 싶다는 마음이 아버지처럼 살진 말아야지가 될 때 참 많은 것들이 변하더라고요."

남자가 고해성사 하듯 말을 잇는 동안 들꽃에 맺혀 있던 빗물이 도르르 흘러내렸다.

"왜 아버지를 닮지 않고 싶어졌는데요?"

"아버지는 곧은 분이셨어요. 사람을 믿고 세상을 믿었던 분. 정직한 땀을 흘리고, 그 땀의 열매를 나누는 걸 좋아하셨던 분. 그런 것들을 전부 다 닮고 싶었어요. 그런데 어느 순간 그렇게 살면 험한 꼴을 보게 된다는 걸 알았거든요. 몬테크리스토 백작 알아요?"

"뭐마 소설?"

"잘나가던 선원이 모든 것을 잃고 감옥에 가잖아요."

"그런 일이 그쪽 아버지한테 일어났단 말이에요?"

하진은 바다에서 인양되어 병원에 누워 있던 아버지를 생각했다. 물에 허옇게 분 얼굴. 아버지 사후에 공개된 어처구니없는 유언장. 아버지가 한평생 일군 기업을 헐값에 삼켜버린 계략. 그 계략 뒤에 숨어 있을 가증스러운 얼굴들. 밝혀내야 할 일들과 바로잡을 일들이 너무 많았다. 언젠가는 진실을 파헤치고, 아버지의 삶을 가시덤불로 만든 자들을 응징할 것이다. 그러고 나서야 아버지의 영전에 당당히 설 수 있을 것이다.

"무슨 사연인지 잘 모르겠지만, 참고 자료 잘못 골랐네요."

여자의 당돌한 목소리가 상념을 깼다.

"몬테크리스토 백작은 감옥에서 탈출해서 스스로 복수하잖아요. 그런데 그쪽 아버지는 돌아가셨다면서요. 아들이 성공해서 아버지의 원수를 갚는 내용으로 골랐어야죠."

"그러네."

하진은 멋쩍게 웃어버렸다.

"아들이 아버지 복수를 하는 게 뭐가 있더라…….."

고개를 갸웃거리던 여자가 야무지게 눈을 빛냈다.

"그냥 하나 써요. 그쪽만의 고유한 버전으로."

"지금부터 하나 써볼 참이에요."

하루의 무게를 짊어진 해가 저물고 있었다. 떨어지는 잔광을 받고 흐르는 강물을 바라보다가 하진은 일어섰다.

"같이 있어줘서 고마웠어요."

발딱 일어선 영채는 남자가 재킷을 집어 올리는 것을 보았다. 탈탈 턴 재킷을 어깨에 두르다 남자가 물었다.

"집이 어디예요?"

"왜요?"

"저쪽에 내 자전거가 있는데 데려다줄게요. 나 때문에 늦었는데."

"이왕 늦은 거, 집 말고 다른 데 데려다주면 안 돼요?"

"어디요?"

"음……."

영채는 사위를 둘러보다 강 건너편을 가리켰다. 남자의 얼굴이 굳었다. 영채는 남자에게 다가가 그의 어깨를 툭툭 쳤다.

"겁낼 것 없어요, 젊은이. 나를 강 건너편까지 데려다주기만 하면 돼요."

영채를 물끄러미 바라보던 하진은 재킷을 벗어 그녀에게 입혔다.

차량 통제가 풀린 메모리얼 드라이브에 자동차들의 물결이 이어졌다. 악어의 눈처럼 빛나는 차들의 꼬리등을 주시하며 하진은 자전거 페달을 밟았다. 하나밖에 없는 헬멧을 영채에게 씌운 탓에 그의 머리가 바람에 고스란히 노출된 상태였다. 질주하는 차들이 옆을 스칠 때마다 몸이 긴장했다. 대형 트럭이 지나갈 때 뒤에서 그의 셔츠를 잡은 영채의 손에 힘이 들어갔다. 위험과 흥분이 동시에 엄습해 자전거 핸들을 잡은 그의 손도 바짝 굳었다.

MIT 캠퍼스에 이른 하진은 매스 애비뉴로 진입했다. 다리를 건너 보스턴으로 넘어와보니 뉴버리 스트리트의 교통이 혼잡했다. 하진은 다닥다닥 붙은 차들 옆을 달리다가 길모퉁이에서 속도를 줄였다.

희미한 가로등 불빛이 내리쬐는 곳에 작은 식당이 있었다. 영채는 자전거에서 내려 식당을 살폈다. 유리창을 통해 간소한 내부가 들여다보이는 일식집이 '푸치니'라는 간판을 달았다.

"메뉴하고 식당 이름이 안 어울려요."

"주인이 오페라 마니아라서요. 오스트리아 사람인데 일본에 유학 갔다가 라면 요리법을 배워 왔어요."

인도에 있는 자전거 보관대에 자전거를 잠그던 하진이 설명했다.

"그런데 왜 여기서 라면을 팔아요?"

"일본에 있을 때 여행 온 미국 여자랑 사랑에 빠졌거든요. 결혼해서 여자 고향으로 함께 온 거고."

영채는 후훗 웃었다.

"글로벌 시대에 걸맞은 사랑이네요."

"배고프죠? 여기 라면 맛있어요."

앞장서 식당 입구로 간 하진이 문을 열어주자 영채는 생글거리며 식당으로 들어섰다.

『어서 오세요.』

주방에서 야채를 다듬던 남자가 인사하다 하진을 보더니 반색했다.

『오랜만이야!』

『안녕하셨어요?』

남자에게 인사한 하진은 영채에게 귀띔했다.

『주인장 한스예요.』

『안녕하세요?』

영채는 한스에게 한 손을 흔들며 인사했다. 머리를 짧게 치고 얼굴이 각진 한스는 40대 초반쯤으로 보였는데, 턱을 잔뜩 끌어당기고 호기심 그득한 눈으로 그녀를 관찰했다.

하진은 창가 테이블에 영채를 앉히고 맞은편에 앉았다. 두 사람을 살피던 한스가 주방 뒤로 갔다.

『해산물 라면 두 개 주세요!』

하진은 비어 있는 주방을 향해 외쳤다.

『조금만 기다려.』

주방 뒤편에서 한스의 외침이 들리고, 벽에 붙은 스피커에서 테너의 목소리가 흘러나왔다. 도입부를 듣자마자 영채가 눈을 동그랗게 떴다.

"음악도 푸치니로 틀어주네요."

"아는 곡이에요?"

하진은 식당 구석에서 셀프서비스인 녹차를 두 잔 따라 와 테이블에 놓았다.

"오페라 '투란도트'에 나오는 아리아예요. '공주는 잠 못 이루고'."

"클래식 좋아하나 봐요?"

"엄마가 클래식 음악을 좋아하셔서 어렸을 때부터 익숙해요. 이건 내가 태어나서 처음으로 본 오페라고요. 뭐든지 처음은 쉽게 못 잊잖아요."

영채가 오페라의 줄거리를 들려주었다. 투란도트는 아름답지만 얼음처럼 차가운 공주다. 투란도트에게 반한 남자들이 청혼을 하고자 몰려드는데, 그녀는 퀴즈를 내어 답을 알아맞히지 못한 구애자들을 처형해버린다. 이방인 왕자 칼라프가 투란도트의 미모에 혹해 목숨을 건 청혼을 한다. 투란도트의 냉혹한 지배에 염증 난 백성들은 칼라프를 응원하고, 칼라프는 투란도트가 낸 세 개의 퀴즈를 모두 맞힌다.

"그래서 두 사람이 결혼해요?"

하진은 시치미를 떼고 물었다. 알고 있는 오페라 줄거리지만 영채의 목소리를 듣고 있는 것이 참 좋았다.

"못된 공주가 마음을 바꿔요. 왕자가 퀴즈를 맞힌 후에도, 공주가 결혼을 안 하겠다고 버텨요. 그래서 왕자는 자기의 이름을 알아맞혀보라고 해요. 맞히면 공주가 이긴 것으로 하고, 못 맞히면 결혼하는 거라고. 공주는 왕자의 이름을 알아내기 전까진 아무도 잠을 못 잔다고 하고, 전전긍긍하는 공주를 보면서 왕자가 이 아리아를 불러요. 넌 절대 내 이름을 알아내지 못할 거야. 새벽이 되면 넌 내 아내가 될 거야. 빈체로. 빈체로."

"빈체로?"

"승리하리라. 가사가 이탈리아 어니까."

"아, 그래서 어떻게 되는데요?"

"그런데 이 못된 공주가……."

이야기를 계속하려던 영채가 입을 다물고 눈을 내리깔았다.

"그냥 말해주려니까 시시해요."

"그럼 퀴즈라도 내든가, 공주처럼."

"어? 좋은 생각이네요. 내가 퀴즈 세 개를 낼 테니까 대답해봐요. 대답이 마음에 들면 나머지 이야기 해줄게요."

하진은 신나하는 영채를 보면서 의자에 등을 기댔다. 영채가 잔뜩 분위기를 낸 표정으로 목소리를 깔았다.

"카페 주인이 세상에서 가장 끔찍한 커피를 마실 수 있다고 광고하는 이유는?"

"그가 만드는 커피가 끔찍하지 않다고, 사실은 세상에서 가장 근사한 커피라고 말해주는 사람을 기다리고 있어서."

"그냥 세상에서 제일 근사한 커피를 팝니다, 라고 말하면 되잖아요."

"사람들의 비웃음을 사는 게 두려운 거죠. 진심이 통하지 못하고 농담거리로 전락할까 봐 겁나는 마음."

"그럴듯하네요? 첫 번째는 합격. 다음. 어떤 사람이 어떤 사람에게 장미 두 송이를 꼬박꼬박 보내요. 그건 무슨 뜻일까요?"

"나의 모든 것을 당신에게 바칩니다."

"어떻게 그래요?"

"몸이 바치는 한 송이, 마음이 바치는 한 송이."

"그럴 수도 있겠네요."

영채가 고개를 끄덕거렸다.

"몸 따로, 마음 따로, 머리 따로, 심장 따로 하는 사랑이 아니란 뜻이에요. 이성도 감정도 모두 아낌없이 바치겠다는 절대적 고백일 거예요."

하진은 말을 쏟아놓고 얼른 시선을 돌렸다. 영채가 품에 안겨드는 고양이처럼 물었다.

"누구한테 장미 두 송이 줘본 적 있어요?"

하진은 차를 들이켜 시간을 벌고 짧게 내뱉었다.

"다음 질문."

"뭐야?"

영채가 입을 비죽거렸다가 손에 턱을 얹었다. 다른 손을 테이블에 도닥도닥 굴리는 것이, 단 한 번 남은 기회를 어떻게 쓸지 고민하는 거다. 한참 만에 손 굴리는 소리가 멈추고 맑은 목소리가 건너왔다.

"지금 그쪽이 나한테 저녁을 사주는 이유는?"

"돌아가신 아버지의 생신을 함께 지내주었잖아요. 애도의 시간이 끝나면 손님에게 음식을 접대하는 게 예의니까."

"되게 예의 바른 젊은이네요. 아버지가 자랑스러워하시겠어요."

순하게 웃는 영채를 보며 하진은 무장해제 되는 것 같았다. 가슴에 가시처럼 박혀 있던 아버지의 기억이 민들레 홀씨처럼 보들보들해져버리는 밤이었다. 이 여자는 어쩌면 아버지가 보내준 선물이 아닐까?

"그쪽 이름이 로즈……."

여자의 이름을 확인하려는데, 한스가 나타났다.

『주문하신 라면 나왔습니다.』

해산물과 야채로 국물을 낸 라면 두 그릇이 테이블에 놓였다. 하진은 라면용 스푼과 긴 나무젓가락을 영채 앞에 놓아주었다. 국물을 한술 뜬 영채가 감탄사를 흘렸다.

"오호, 맛있네요."

"맛있다고 했잖아요."

하진은 의기양양하게 답하고 국물을 떴다. 아침도, 점심도 대충 때워서 비어 있던 속에 온기가 돌았다.

라면 가닥을 빨아 올려 먹던 영채가 그를 불렀다.

"예의 바른 젊은이."

하진은 고개를 들었다.

"애인 있어요?"

그를 바라보는 눈빛이 당돌했다.

"없다면?"

"그쪽이랑 밀당을 해보려고요."

"있다면?"

"한 번에 확 가로채야죠."

"어떻게 그런 시나리오가 나와요?"

"애인이 있는데 내가 그쪽을 상대로 밀당을 하면 그 여자가 얼마나 불안하겠어요? 애인이 다른 여자한테 슬금슬금 넘어가는 걸 지켜보면서 괴로워하지 않게, 한 번에 확실히 작업 완료하는 게 덜 잔인하죠. 내가 오늘 깨달은 건데, 풍선은 서서히 바람이 빠지는 것보다 한 번에 팡 터지는 게 예쁘더라고요. 팡!"

무대의 마술사처럼 영채가 다섯 손가락을 우아하게 펼쳤다. 하진은 큰 소리로 웃었다. 영채를 강가에서 본 이후 부풀어 올랐던 심장이 터지기나 한 것처럼, 유쾌한 웃음이 솟아올랐다.

그의 웃음이 잦아들길 기다렸다가 영채가 물었다.

"나, 방금 그쪽한테 콕 찍힌 거죠?"

하신은 주방을 돌아보며 외쳤다.

『여기 맥주 한 캔 주세요.』

다시 영채를 마주 보자 영채가 그를 흘끔거렸다.

"휴대전화 있어요?"

"있으면?"

"줘봐요."

하진은 재킷 주머니에서 꺼낸 전화기를 영채에게 건넸다. 화면을 톡톡 건드리던 영채가 전화기를 높이 들고 화사한 미소를 지었다. 찰칵! 조명 아래서 사진 찍히는 소리가 경쾌했다.

"나, 그쪽한테 찍힌 거예요."

영채가 전화기를 돌려주며 생긋 웃었다.

맥주를 가지고 온 한스가 테이블 옆에 서서 두 사람을 번갈아 보았다. 의미심장한 눈빛을 던진 한스가 주방으로 돌아가자 하진은 캔을 따고 맥주를 한 모금 마셨다. 그가 깔끔한 맥주 맛을 음미하는 동안 영채는 라면을 먹었다.

라면발을 얌전히 빨아 올려 먹던 영채가 그릇이 절반쯤 비었을 때 그를 힐긋 보고 웅얼거렸다.

"상투적으로 들릴 거라는 거 아는데, 나, 처음이에요."

"뭐가요?"

"남자한테 들이대는 거요."

영채의 볼이 발그레해지는 것을 보면서 하진은 의자 등받이에 등을 기대고 다리를 쭉 뻗었다.

"이왕 들이대는 거, 시작해봐요."

"뭘요?"

"작업."

"하라면 못 할 줄 알고."

젓가락을 놓은 영채가 경건한 의식을 치르듯 녹차를 마시고, 제법 도도하게 물었다.

"가장 기본적인 것부터. 이름이 뭐예요?"

하진은 짓궂게 미소 지었다.

"알아맞혀봐요."

영채가 인상을 팩 썼다. 맥주를 한 모금 더 넘기고 하진은 미끼 같은 말을 던졌다.

"못 맞히면, 결혼하든가."

영채의 눈이 커다래졌다. 하진은 '공주는 잠 못 이루고'를 계속 흘려내고 있는 스피커를 가리켰다.

"참고 자료. 이번엔 제대로 골랐죠?"

"나 참, 기가 막혀서. 어떻게 이름도 모르는 여자한테 청혼할 수가 있어요?"

"난 그쪽 이름 알아요. 로즈 소."

"뭐요? 로즈…… 소?"

영채는 푸하하 웃음을 터트렸다. 중학교를 영국으로 간 후 줄곧 써온 로즈라는 영어 이름이야 그렇다 치고, 소라니. 도대체 이게 어디서 음메거리는 소 같은 이름이야?

누군가 영문 표기된 그녀의 성을 보고 '소'로 읽은 게 뻔하다. 전공 교수들은 '서'에 가깝게 발음하던데. 그게 미국 애들 귀엔 '소'로 들렸나? 누구건 처음에 '소' 했을 테고, 그걸 들은 다른 누구도 '소' 했을 테고. 그녀의 성은 그렇게 '소'로 굳어진 거겠지. 여태껏 캠퍼스에서 내가 장미꽃 입에 문 암소처럼 돌아다닌 거였어?

"그게 그쪽 이름 아니에요?"

"아니거든요. 예의 없는 젊은이, 다 먹었으면 일어나요."

웃음을 거둔 영채는 냅킨으로 입가를 닦았다.

"맥주가 많이 남았는데."

"들고 나와요. 먹었으니까 좀 걸을 건데, 나 에스코트 해줘야죠."

"내가 왜 그쪽 에스코트를 해줘요? 난 충분히 빚을 갚은 것 같은데."

"방금 끔찍한 청혼을 했잖아요. 태어나서 처음으로 받은 청혼이었는데, 그걸 망쳤으니 벌을 받아야죠."

벌이라. 미소를 지은 하진은 계산을 하고, 식당을 나서는 영채의 뒤를 따랐다.

영채와 하진이 떠난 후, 젊은 남녀가 '푸치니'로 들어섰다. 침울한 표정을 하고 손을 맞잡은 남녀를 보다가 한스가 주방 뒤로 갔다.

잠시 후, 스피커에서 '오, 사랑하는 나의 아버지'라는 아리아가 흘러 나왔다. 정인(情人)과의 결혼을 반대하는 아버지를 설득하려는 여자의 마음을 담은 노래였다.

'푸치니'를 나온 하진과 영채는 모퉁이를 돌아 뉴버리 스트리트로 들어섰다. 어둠이 깔린 거리가 일요일 밤의 활기로 반짝거렸다. 노변 카페에서 저녁을 먹는 사람들의 수런거림과 느리게 걷는 사람들의 소곤거림이 어우러졌다. 향수 냄새와 음식 냄새가 배인 바람 너머에서, 지붕을 연 스포츠카가 보사노바풍 노래를 뿌리면서 지나갔다.

영채는 맥주 캔을 손에 든 하진에게 물었다.

"맥주, 안 마셔요?"

"조금 걷다가 아가씨 데려다줘야 하잖아요. 더 마시면 음주 바이킹 될 것 같아서요."

"이미 음주했잖아요."

"마셨으니까 깨야죠. 더 마시진 말고."

"안 마실 거면 나 좀 줘요."

"술 마셔도 되는 나이예요?"

"말했잖아요. 그쪽이 나한테 무슨 짓을 해도 문제될 것 없는 나이라고. 당연히 음주 가능한 나이죠."

영채는 입술을 보로통하게 말고 하진을 쳐다봤다. 하진은 미심쩍다는 표정이었다.

"정말이라니까요."

눈을 동그랗게 뜨자 하진이 그제야 맥주 캔을 건넸다. 맥주를 한 모금 마신 영채는 캔을 들어 가로등 불빛에 비춰보았다. 초록색 바탕에 붉은 별이 박힌 캔이었다.

"맛있네요. 브랜드 기억해둬야겠어요."

"깔끔한 맥주 좋아하면 입에 맞을 거예요."

하진의 목소리가 그녀의 마음을 서걱서걱 울렸다. 왜일까? 영채는 울렁이는 가슴을 펴고 하진에게 캔을 되돌렸다.

"Thank you."

캔을 받던 하진이 살짝 굳었다. 뒷짐을 지고 그의 앞을 막아서며 영채는 생글거렸다.

"뭐가 그렇게 고마웠어요?"

"뭐가 뭐요?"

"카드. 나한테 장미 보낸 거 그쪽이죠?"

하진은 고개를 저었다. 영채의 눈썹 사이에 작은 골이 생겼다.

"안 보냈어요?"

"안 보냈어요."

"카드도 안 보냈어요?"

"안 보냈어요."

"그럼 아까 라면집에서 뭐였어요? 장미 두 송이가 모든 것을 바친다는 절대적 고백이라면서요?"

"평소에 생각하던 걸 말했는데."

"아무리 평소에 생각을 했어도 그렇지, 무슨 대답을 그렇게 뚝딱 내놔요? 도깨비 같은 젊은이네. 정말, 정말 나한테 장미 두 송이랑 카드 안 보냈어요?"

"안 보냈어요."

하진은 영채의 눈을 마주 보며 단언했다.

눈을 질끈 감았다 뜬 영채가 스카프 가게 돌계단에 털썩 앉았다. 어깻숨을 내쉬더니 무릎에 얼굴까지 묻어버리는 영채 앞에 하진은 무릎을 쪼그리고 앉았다.

"왜 그래요?"

"땅 파고 들어가고 싶어요. 이런 걸 삽질이라고 하는구나. 완전히 혼자 소설 썼어."

혼잣말로 웅얼거리던 영채가 고개를 살짝 들고 이마에 손차양을 쳤다.

"안 믿겠지만, 나 원래 이렇게 무모하지 않아요. 나름 계산을 했다고요."

"뭘요?"

"한 달 전쯤인가, 내가 카페에서 노래했을 때요. 그쪽이 박수도 안 치고 날 봤잖아요. 처음엔 나한테 훅 가서 멍 때리는 건가 싶었는데, 찬찬히 보니까 화난 사람 같잖아요. 와줘서 고맙다고, 슬쩍 메시지도 던졌지만 그쪽은 냉랭한 얼굴로 카페 나가버리고. 내 노래가 마음에 안 들었구나 생각했어요. 그런데 그다음 주부터 공연 끝나면 장미 두 송이가 배달됐어요. 왜 그랬는지 모르겠는데 그쪽이 보냈을 거란 생각이 들잖아요. 그래서 그런 거예요."

"그래서 뭘 그래요?"

"라면집에서 장미 두 송이의 뜻 물어본 거요. 대답을 들으면서 장미를 그쪽이 보냈다고 확신했어요. 그래서 고백도 하고 사진도 찍었단 말이에요. 그런데 나 혼자 쇼 한 거였잖아요. 그쪽이 웃는 게 웃는 게 아니었어. 나, 이상한 애라고 생각했죠?"

"이상한 사람이라고 생각하지 않았는데."

하진은 부드럽게 영채를 달랬다. 영채가 손차양을 치우고 고개를 들었다.

"혼자 쇼 했는데?"

"혼자 쇼 한 거 아닌데."

"정말요?"

"말했잖아요. 노래가 너무 좋아서 박수치는 걸 잊어버렸다고."

"그런데 왜 다시 안 왔어요?"

"다시 보면 좋아하게 될까 봐."

하진이 쏟아낸 고백에 영채는 그대로 빨려들었다. 가로등 불빛을 머금은 하진의 얼굴이 따뜻해 보였다. 짙고 부드러운 하진의 눈동자를 들여다보면서 영채는 물었다.

"좋아하면 안 돼요?"

"안 돼요."

"애인 있어요?"

"애인보다 더 대단한 게 있어요. 그래서 안 돼요."

하진은 단호하게 선을 그었다. 그의 젊음은 아버지만 생각하며 걷는 외길이었다. 마음의 고삐를 조이고 걸음을 서두르던 때, 발치에 꽃이 보였다. 강렬한 색감에 걸음이 멎었고, 멋대로 뻗어진 손이 꽃을 주워 올렸다. 싱그러운 꽃송이가 예뻐 향기를 맡았고, 그 향기에 취해 잠시 서 있었다. 하지만 그에겐 가야 할 길이 있고 그 길은 꽃을 들고 헤쳐 나가기엔 너무나 험난한 가시밭길이었다. 버리고 갈 수도, 손에 쥐고 갈 수도 없는 꽃. 그가 할 수 있는 건 꽃이 상하지 않게 안전한 곳으로 데려다주는 것뿐이었다.

영채가 그의 눈치를 보다 물었다.

"유부남은 아니죠?"

하진은 고개를 저었다. 영채의 얼굴에 화기가 돈 것도 잠시, 맑은 눈동자가 다시 침울해졌다.

"그럼 애 딸린 돌싱?"

훗, 웃음을 내뿜은 하진은 일어나 손을 내밀었다.

"계속하면 정말 혼자 소설 쓰겠어요. 일어나요."

영채가 그의 손에 손을 얹었다. 어떤 의심도, 경계도 묻지 않은 손이었다. 하진은 영채의 보드라운 손을 보호하듯 감아쥐고 걸었다. 얌전히 따라오던 영채가 몇 걸음 만에 말했다.

"맥주 좀 더 줘요."

"안 돼요. 술 마시고 자전거 타는 거 위험해요. 더 늦기 전에 집에 데려다줄게요."

하진은 자전거를 세워둔 '푸치니'로 돌아가려 했다.

"싫어요."

손을 홱 뺀 영채가 그에게서 맥주 캔을 낚아채 갔다.

"얼마 만에 맛보는 자유 시간인데요. 여기서 끝장낼 순 없어요. 맥주 다 마실 때까지만 같이 있어줘요. 네?"

또 하나의 핑계가 그의 결심을 흔들었다. 강변에서 영채를 알아본 순간부터 꼬리에 꼬리를 물던 핑계의 사슬이었다. 영채가 절박해 보여 도와주자 생각했고, 비가 그칠 때까지만 요트 안에 있자고 생각했고, 해가 질 때까지만 같이 있자고 생각했다. 그의 영혼을 흔들었던 노래를 한 번 더 듣는 것이 죄가 되진 않을 거라고 생각했다. 스쳐야 했을 사람. 흘려보내야 했을 순간. 하지 말았어야 할 부탁. 이성을 거슬러 유예한 헤어짐. 고작 맥주 몇 모금어치의 시간 앞에서 다시 무너지는 마음.

밤이다. 봄이다. 그리고 그와 그녀는 젊다.

하진은 몸을 돌려 '푸치니'의 반대 방향으로 걸었다. 영채가 쪼르르 달려와 그와 걸음을 맞췄다. 달려올 땐 신명난 수다를 튕겨낼 것 같더니, 한 블록을 지나는 동안 영채는 잠잠했다.

하진은 영채를 슬쩍 돌아봤다.

"왜 그렇게 조용해요?"

"지금 내 모습을 보면 엄마가 뭐라고 하실까 생각 중이었어요."

"낯선 남자를 너무 믿는다고 야단치실 거예요."

"그건 일반적인 생각이죠. 우리 엄만 일반적인 분이 아니에요."

"어떤 분인데요?"

"되게 세련되고 지적인 분이에요. 차갑고 우아한 카리스마로 무장하셔서 쉽게 접근할 수 없는 분. 어렸을 때부터 남자들을 어떻게 다루면 되는지 코치를 많이 해주셨어요. 실전에서 이렇게 망가진 걸 아시면 실망하실 거예요."

"어머니가 그런 코치도 해주시나?"

"그럼요. 무대 퍼포먼스가 하루아침에 뚝딱 이루어진 줄 알아요? 다 꾸준한 교육을 통해 완성된 프로그램이라고요."

"지금 우리 모습을 보시면 어머니가 뭐라고 하실까요?"

"아마도 이러실 거예요."

영채가 턱을 치켜들고 속눈썹을 내리깔았다.

"절망할 것 없단다. 우아함과 세련됨은 연습을 통해 얼마든지 갖출 수 있으니까. 자, 마음을 가다듬고 다시 해보자꾸나. 허리 세우고. 웃을 듯 말듯 입술 곡선 그리고. 시선. 도도하면서 섬세한 분위기를 연출하려면 시선이 가장 중요한 거야. 이렇게."

화장기 없는 얼굴이라 그런가. 무대에선 위험한 유혹이었던 여자가 지금은 말간 순수 그 자체다. 하진은 영채가 귀여워 편한 미소를 지었다.

"무대에선 통했는데 거리에선 안 통하네. 역시 조명과 화장이 중요하다니까."

영채가 시무룩한 얼굴을 했다.

하진은 지금의 영채가 더 좋았다. 무대의 영채가 도도한 달빛이었다면, 지금 영채는 사랑스러운 햇살이었다. 스스로 빛이 되어 밤을 밝히는 아가씨. 이 아가씨가 남자를 유혹하는 기술 따위는 영영 배우지 않으면 좋겠다.

"어머니가 코치해주시는 거 보고 아버지는 뭐라고 하세요?"

영채가 목덜미를 부르르 떨었다.

"으으, 말도 마요. 엄마한테 전수받은 기술을 실전에 적용 못 한건 다 아빠 때문이니까. 우리 아버진요, 내가 온실 속 화초인 줄 아신다니까요. 지금 여기 계신다면 그쪽 다리 하나쯤 분질러놓으실지도 몰라요."

"내가 뭘 어쨌는데?"

"우리 아버지, 나 시집 안 보내고 평생 데리고 사신다는 분이거든요. 그런데 그쪽이 청혼했잖아요. 그것도 완전 기습적이고 성의 없이."

"딸을 아끼는 아버지의 마음이라고 이해해요. 아버지가 평생 데리고 산다고 하실 날이 얼마나 남았을 것 같아요? 누릴 수 있을 때 아버지 사랑 마음껏 누려요."

언젠가는 무조건적인 아버지의 사랑과 작별해야 할 날이 올 거예요. 그런 날에 부딪치면 세상이 달라 보일 테고, 그렇게 어른이 되는 어귀를 지나면 다시는 순수의 시대로 돌아갈 수 없어요. 하진은 씁쓸하게 생각했다.

"그런가?"

영채가 어깨를 으쓱했다가 훗, 웃었다.

"진지하게 충고한 건데, 왜 웃어요?"

"세상 다 산 사람처럼 이야기하니까. 어깨에 너무 힘줄 것 없어요, 젊은이. 젊은이가 예의 바르고 고지식한 거, 난 이미 파악했으니까."

뭐가 그리 재미있는지, 영채는 밤바람에 후후후 웃음을 놓아 보내면서 그의 어깨를 툭툭 쳤다.

빛을 품고 반짝거리는 영채를 보면서 하진은 묘한 설렘에 사로잡혔다. 오늘 밤이 그에게 남은 시간의 전부라 해도, 믿을 것 같았다. 지금 그들이 서 있는 곳이 세상의 중심이라 해도, 믿을 것 같았다. 서로의 이름조차 모르는 두 타인이 백만 년이나 알아온 듯 서로에게 취할 수 있다면, 오늘 밤 그 무엇이라도 가능할 것 같았다.

영채와 하진은 카플리 스퀘어를 지나 퍼블릭 가든에 이르렀다. 공원은 밤 산책을 즐기는 사람들로 꽤 붐볐다. 호수 위로 뻗은 다리에 이르렀을 때 하진은 걸음을 멈췄다. 나무숲 너머로 도심의 고층 건물들이 아련해 보였다. 고작 몇 블록 걸었을 뿐인데, 그는 일상에서 멀리 떠나와 있었다. 지금 영채와 공유하는 것들이 현실이고 영채를 만나기 전의 삶이 꿈인 것 같다는 생각마저 들었다.

"밝을 때 왔으면 백조 보트를 탈 수 있었을 텐데."

하진은 달빛이 일렁이는 호수를 내려다보았다.

"타봤자 호수 안에서만 뱅뱅 돌 거잖아요. 어디로 가지도 못할 거 뭐 하러 타요?"

다리에 기대 선 영채가 날고 싶은 것처럼 기지개를 길게 켰다.

"그렇게 따지면 우리도 걸어서 이 도시를 뱅뱅 돌고 있는 거잖아요."

"최소한 돈은 안 들잖아요. 어디로 갈지, 언제 멈출지 우리가 결정할 수 있고."

"그런가?"

생각에 잠긴 하진을 보면서 영채는 조금 슬퍼졌다. 밤새 걸어도 결국 이 도시를 벗어나진 못할 거다. 그런데도 자꾸 걷고 싶다. 멈춰 서면 이 남자가 그만 돌아가자고 할 것 같아서. 제대로 떠나오지도 못했는데 돌아가는 게 억울해서.

밤은 이제 막 시작되었다고. 걸으면서 더 오래 걸을 수 있는 핑계거리를 찾아내면 되는 거야. 그 핑계가 다하면 또 다른 핑계를 만들면 되는 거야. 새벽은 아직 멀고, 그녀의 다리는 튼튼했으며, 운이 좋게도 오래 걷기에 편한 운동화를 신고 있으니까.

영채는 들고 있던 맥주 캔을 흔들었다. 맥주가 꽤 남은 것 같아 생긋 웃는데, 어딘가에서 강한 비트의 음악이 터져 나왔다. 폭죽이 하늘을 밝히고 사람들의 환호성이 들렸다. 가든과 맞닿아 있는 보스턴 커먼 쪽이었다.

밴드의 연주가 시작되더니, 템포 빠른 노래가 어둠을 뒤흔들었다. 영채는 하진의 팔을 잡아끌었다.

"우리, 저기 가봐요."

하진이 뭐라고 하기도 전에 그녀는 그의 손을 붙들고 다리를 건너고 있었다.

음악의 진원지는 지역 라디오 방송국에서 주최하는 콘서트였다. 대규모 조명과 특수 장비를 갖춘 무대 앞이 인산인해였다. 수백은 되어 보일 것 같은 젊은이들이 밴드의 노래를 따라 열창하며 춤을 추었다.

하진과 영채는 후미에 섰다. 무대는 멀었지만 밤을 달구는 음악의 열기만은 생생히 전해졌다. 음악에 맞춰 몸을 흔들던 영채가 사람들 틈을 헤쳤다. 무엇엔가 취한 몸이 자꾸 앞으로 나아갔다. 영채에게 이끌린 건지, 그녀를 보호하는 건지 구분하지 못하면서 하진도 군중들 속으로 빠져들었다.

얼마나 깊이 들어왔을까. 무대가 한결 가까워졌을 때 노래가 끝났다. 관중들이 야광 스틱을 흔들면서 환호성을 내질렀다. 장발의 기타리스트가 마이크에 대고 생큐, 생큐, 숨 가쁜 인사를 쏟아내더니 밴드 멤버들에게 수신호를 보냈다.

다른 노래가 시작되었다. 더 빠르고 더 경쾌한 곡이었다. 영채는 좋아하는 곡이 나오자 함성을 내지르고, 리듬에 맞춰 몸을 움직였다.

기타리스트가 불꽃이라도 튕겨낼 기세로 기타를 켰다. 절정으로 치닫는 멜로디에 맞춰 영채는 폴짝폴짝 뛰었다. 땀이 흐르도록 뛰다 보니 마음속 응어리가 녹아내렸다. 샘솟는 에너지를 주체할 수 없어 영채는 더 격하게 몸을 흔들었다. 뜨거워진 심장이 깃털처럼 가벼웠다. 두 발이 지면을 박찰 때마다 다른 세상을 훨훨 나는 기분이었다.

"그렇게 좋아요?"

옆에서 하진이 외쳤다.

"미치게 좋아요."

영채는 고개를 끄덕이며 하진을 보았다. 높이 날아가던 풍선들의 환영이 하진의 촉촉한 눈동자에 아른거렸다.

말간 하늘을 수놓은 빨간 풍선들이 얼마나 예뻤는지. 도망친 자에게 복이 있나니, 그녀도 그렇게 예뻐질 수 있을까? 이 밤, 풍선이 터지듯 그녀의 수줍은 막이 무너져도 좋을 것 같았다. 그녀를 절대로 아프게 할 것 같지 않을 이 남자에게 찔려, 그녀의 발간 꽃을 부풀어 올려도 좋지 않을까? 젊음을 옥죈 틀을 깨부수고 환희의 숨결을 마음껏 내쉴 수 있다면.

"나랑 잘래요?"

영채는 부끄러움 따위는 잊어버렸다.

번개 맞은 것처럼 서 있던 하진은 영채의 손에서 맥주를 낚아챘다. 미지근해진 맥주를 벌컥 들이켜자 뜨거운 목마름이 치솟았다.

영채가 두 손을 입에 모으고 외쳤다.

"나랑, 잘래요?"

저 미소를 어쩌면 좋을까? 이 봄과 이 밤을. 이 아찔한 젊음을. 그들의 동행을 찬미하는 저 아름다운 외침을. 축제의 중심에서, 그들만의 축제를 시작해보자고 소리치는 영채가 가슴 시리게 찬란했다.

하진은 영채의 손을 잡고 군중 속을 빠져나왔다. 정신없이 달려 아름드리나무 아래로 가 섰을 때, 영채가 가쁜 숨을 내쉬었다.

"나랑, 잘래요?"

해맑은 영채의 눈동자를 보면서 하진은 슬픈 미소를 밀어냈다.

"아가씨, 그런 말은 정말로 좋은 사람을 만날 때까지 아껴두는 거야."

"난 그쪽이 정말 좋은 사람인 것 같은데요?"

"난 누군가를 책임질 수 있는 형편이 아니야."

"어째서요?"

"누군가를 책임진다는 건 그 사람에게 전부를 거는 건데, 난 이미 다른 사람에게 내 전부를 걸었거든."

"그 사람, 예뻐요?"

영채가 턱 끝을 치켜 올렸다.

"아니."

"착해요?"

"전혀."

"돈이 많아요?"

"아주 많아."

"그래서 돈에 그쪽을 팔려고요? 팔 거면 나한테 팔아요."

"뭐?"

"돈에 영혼을 팔 거면 나한테 팔라고요."

하진은 영채의 머리를 부드럽게 쓸었다.

"돈으로 누군가를 사겠다는 말 따위는 절대 하지 않는 거야."

"왜 안 되는데?"

"아가씨와 아가씨를 아껴줄 좋은 사람을 위해서. 언젠가는 그 사람이 아가씨 앞에 나타날 테니까. 그때 아가씨 마음만 주고, 그 사람의 모든 것을 받아요. 그렇게 예쁘게, 행복하게 살아요."

하진은 가슴을 물들이는 서러움을 견디면서 애써 웃었다. 이제는 정말로 돌아가야 할 시간이었다. 소낙비처럼 찾아들어 그를 흠뻑 적셔버린 축제에 마침표를 찍어야 했다.

"싫어."

영채가 다부지게 거절했다. 그가 움찔한 사이, 영채의 입술이 다가와 그의 입술을 덮었다. 보드라운 접촉에 온몸이 전율했다.

"뭐 하는 짓이야?"

하진은 영채를 밀쳐내며 소리 질렀다.

"훔치려고요. 그쪽이 전부를 걸었다는 사람에게서 그쪽을 뺏어 보려고요."

영채가 다시 입을 맞춰왔다. 더 길고 고집스러운 입맞춤이었다. 맥주 캔이 그의 손에서 떨어져 잔디밭에 굴렀다. 심장이 추락하는데도, 하진은 끝내 입술을 열지 않았다. 서툰 입맞춤을 퍼붓던 영채가 입술을 떼고 고개를 숙였다.

"이제 핑계 댈 것도 다 떨어졌어요. 그러니까 솔직하게 말하는 수밖에 없잖아요. 그쪽이랑 더 있고 싶다고."

콘서트 장에서 애잔한 노래가 시작되었다.

어둠이 뜨거운 용암처럼 우리를 녹인다.

이 밤이 저물고 나면 다시는 볼 수 없을 너.

어쩌지? 시간이 손가락 사이로 흘러내리는데.

돌처럼 굳은 줄 알았던 심장이 흐느끼는데.

"오늘 밤에, 나랑 같이 있어주면 정말 안 돼요?"

영채가 그의 가슴팍에 대고 더운 입김을 쏟아냈다.

"너, 후회할 거야."

하진은 거칠게 말했다. 그냥 가란 말이야. 내게는 사랑을 할 여유 따윈 없단 말이야. 이렇게 싱그러운 네가 나랑 있으면 시들어갈 거란 말이야.

고개를 든 영채가 물기 그렁한 눈으로 그를 원망했다.

"겁쟁이."

돌아서는 영채를 보면서 하진은 주먹을 말았다. 영채가 떠나가길 바랐으면서, 막상 나무 너머로 사라지는 영채를 보니 심장이 쓰렸다. 사풋사풋. 잔디밭을 밟는 영채의 걸음 소리가 가시처럼 그의 심장을 후볐다.

강가에서 영채가 불러준 노래가 귓전에서 맴돌았다.

미워하는 미워하는 미워하는 마음 없이
아낌없이 아낌없이 사랑을 주기만 할 때
수백만 송이 백만 송이 꽃은 피고
그립고 아름다운 내 별나라로 갈 수 있다네.

화려한 조명 아래서 빛나던 영채와 그녀의 붉은 입술. 노을을 달래던 그녀의 노래와, 노을보다 더 슬펐던 그녀의 눈동자. 쥐고 있던 주먹이 풀렸다. 영채를 잡지 않기 위해 댔던 모든 이유들이 무너져 내렸다.

영채를 잡고 싶었다. 안고 싶었다. 타오르는 품에 뜨겁게 안고서, 어떤 길이든 함께 가보자고 말하고 싶었다.

하진은 영채를 뒤따르려 했다. 한 걸음 떼기도 전에 등 뒤에서 잔디가 밟혔다. 온기 어린 몸이 다가서고 작은 손이 그의 어깨를 두드렸다.

사랑한다는 것은 세상을 깨뜨리는 거야.
깨지는 모든 것들은 파편을 남기고,

그 파편에 찔려 우리 피 흘리겠지만

비로소 우리는 살아 있음을 알게 될 거야.

콘서트 장에서 들려오는 노래가 영채의 마음처럼 들렸다.

여린 손이 그의 어깨를 수줍고도 고집스럽게 두드려댔다.

톡톡. 톡톡.

밀어를 건네는 것처럼. 조금만 용기를 내보라고 애원하는 것처럼.

피 범벅된 심장을 움켜쥐고도 우린 웃을 거야.

우리의 사랑이 피보다 더 붉을 테니까.

우리의 순간은 그들의 평생보다 길 거야.

우리의 하룻밤은 그들의 죽음보다 질길 거야.

우리의 핏빛 사랑은 그런 사랑일 거야.

간주가 흐를 때 영채가 속삭였다.

"좋은 사람을 만날 언젠가, 나에게는 그 언젠가가 바로 지금인데."

하진은 천천히 돌아섰다. 바람이 불어들어 나무를 흔들었다. 가지들이 전율하고, 나뭇잎들이 노래하고, 하얀 꽃잎들이 흩날렸다. 어둠을 가른 꽃잎 하나가 영채의 이마에 내려앉았다.

영채가 눈물처럼 말간 미소를 머금었다.

"안녕, 좋은 사람."

악마에게 저당 잡힌 영혼도 훔치는 깊은 환희. 세상 향해 가시 돋우던 심장을 무장해제 시키는 단 하나의 인사.

하진은 양손으로 영채의 얼굴을 감싸고 고개를 숙였다. 격한 입맞춤에, 영채의 입술이 꽃처럼 벌어졌다.

긴 입맞춤을 하고 나서 하진은 물었다.

"별들이 춤추는 거 보러 갈래요?"

영채가 발그레해진 얼굴을 하고 고개를 끄덕거렸다.

영채의 손을 잡고 공원을 빠져나온 하진은 보일스턴 스트리트에서 택시를 잡아탔다. 파이낸셜 디스트릭트를 지나 달린 택시가 워터프런트에서 멈췄다.

요금을 지불한 하진을 따라 영채는 택시에서 내렸다. 가로등이 밝히는 산책로에 해풍이 불어들었다. 봄밤을 즐기는 사람들의 걸음이 어둠을 울리고, 조명을 밝힌 레스토랑에서 낭만적인 음악 소리가 흘러나왔다. 시내 중심가의 고층 건물들이 빛을 내뿜었고, 마천루 위에 별들이 총총했다.

하진이 그녀의 손을 잡고 수족관으로 걸었다. 폐장한 수족관 앞은 한적했다. 하진이 건물 옆으로 돌아가 작은 문 앞에 섰다. 문 옆에 붙은 보안 패드의 버튼을 몇 개 누르자 초록불이 깜박이더니 잠금이 해제됐다.

"어떻게 여길 들어가요?"

영채는 신기해하며 하진에게 물었다.

"여기서 물고기한테 밥 주는 아르바이트 해요."

하진이 눈을 찡긋하더니 그녀를 건물 안으로 이끌었다.

푸른 조명이 은은히 깔린 수족관은 고요했다. 영채는 별나라에 온 기분으로 수조들을 지나쳤다. 유리벽 너머에 푸른 바다가 있었다. 고기들은 유영하거나 잠을 잤고, 수초들과 해파리들이 곱게 하늘거렸다. 발갛고 노오란 몸통의 물고기들. 각양각색의 지느러미와 앙증맞은 줄무늬들. 볼록 튀어나온 입들과 날카로운 가시들. 유순한 눈동자들과 호전적 눈동자들. 다채로운 수중 세상을 배경으로 유리벽에 투영된 그녀의 스물하나.

영채는 가까이 다가온 샛노란 물고기에게 인사하듯 유리벽을 두드리다가 하진에게 물었다.

"물고기한테 밥 주는 거 어려워요?"

"누가 그랬는데, 물고기 다루는 게 여자 다루는 거랑 비슷하대요."

"어째서요?"

"만지기 전에 씻고, 부드럽게 만지고, 만진 후에 또 씻어야 한다고요."

하진은 영채를 바라보았다. 영채의 볼에 화르르 홍조가 번졌다. 수족관에서 물고기를 관리하는 직원들은 대부분 혈기왕성한 사내들로, 휴식 시간에 모이면 걸쭉한 이야기를 곧잘 늘어놓았다. 여자의 은밀한 곳에서 물고기 냄새가 난다느니, 간밤에 헌팅한 여자가 침대에서 싱싱한 물고기처럼 파닥거렸다느니, 물고기의 매끈한 곡선이 소싯적 뜨겁게 사랑한 어떤 여자를 떠올리게 한다느니 하는 유의 음담이었다. 여자 경험이 없는 그로서는 귓등으로 흘리기만 했던 이야기인데, 왜 하필 지금 튀어나왔을까. 영채의 발간 볼을 보니, 제대로 실수한 것 같다.

머쓱해진 하진은 영채의 손을 잡고 모퉁이를 돌았다. 문어와 거북이들을 지나니 중남미 연안에 서식하는 물고기들이 나왔다.

하진은 페루 연안에서 온 멸치들 앞에 섰다. 은빛 멸치 무리들이 검푸른 물결을 휘젓는 것을 보며 영채가 유리벽을 손으로 짚고 감탄했다.

"정말 예쁘다."

"나름 귀한 녀석들이에요. 엘니뇨 때문에 요즘 페루 연안 멸치 수가 많이 줄었거든요."

"아."

영채는 진지하게 고개를 끄덕였다. 이 밤 이후로 페루 바닷가의 생태 기후가 가끔 궁금할 것 같고, 그 바다에 사는 멸치들의 안위에 마음이 쓰일 것 같다. 신기한 일이지. 나와 전혀 상관없이 돌아가던 지구의 한 귀퉁이가 이 사람의 한마디 때문에 내 안으로 스며들다니.

그녀를 바라보던 하진이 말했다.

"내가 어렸을 때 멸치 볶음 좋아했거든요."

"특별한 이유라도 있어요?"

"어느 날 멸치 볶음을 먹는데 아버지가 그러셨죠. 왼쪽 어금니로 씹으면 왼쪽 몸이 자라고 오른쪽 어금니로 씹으면 오른쪽 몸이 자란다. 그러니까 왼쪽 오른쪽 번갈아 가며 씹어야 한다."

영채는 풋 웃었다.

"그 말을 믿었어요?"

"믿었어요. 아버지가 하신 말씀이니까."

하진의 눈빛이 어쩐지 슬퍼 보여 웃음이 사그라졌다.

"난 아버지 말씀은 뭐든 철석같이 믿는 아이였어요. 멸치 볶음이

상에 올라올 때마다 왼쪽, 오른쪽 꼭꼭 세어가며 먹었어요. 한쪽 몸이 다른 쪽보다 더 자랄까 봐서요."

"그랬는데요?"

"하루는 아버지가 날 수족관에 데려가셨어요. 멸치 떼들을 봤는데 물속에서 은빛으로 반짝거리는 게 예쁘더라고요. 그날 아버지가 그러셨죠. 멸치들은 행복하게 살다가 하늘로 올라가서 별들 사이에서 춤을 춘단다."

"그 말도 믿었어요?"

"믿었어요, 한 치 의심 없이. 그날 밤에 멸치 꿈까지 꿨어요. 바다에서 헤엄치던 멸치들이 하늘로 날아오르더니 별들 사이에서 춤을 추더라고요. 그다음부터 멸치를 먹을 때면……."

"별을 먹는 기분이었겠네요."

영채는 하진의 생각을 먼저 외쳤다. 하진이 환하게 웃었다.

"엄마한테 꿈 이야기를 했더니 다음 날 엄마가 멸치 볶음을 해주셨어요. 우리 아들, 별 많이 먹어, 그러시면서요. 그때부터 반찬으로 멸치 볶음이 올라올 때면 내가 아주 특별한 아이가 된 것 같았어요."

"화목한 집에서 자랐네요. 부럽다."

영채는 숨 막힐 것 같았던 유년이 떠올라 가슴이 울컥했다. 그녀를 지그시 바라보던 하진이 속삭였다.

"고마워요."

"뭐가요?"

"아버지 돌아가시고 난 후로 생신날 옛날 생각하며 행복한 건 처음이에요. 많이 고마워요."

"고마우면요…….."

하진의 눈치를 보던 영채는 충동적으로 내뱉었다.

"키스해줘요."

하진의 몸이 움찔했다. 영채는 고개를 수그렸다. 그런 말이 왜 튀어나왔을까? 너무 밝힌다고 흉보겠네.

"아까 공원에서 한 게 내 첫 키스였는데요, 좋았어요. 또 하고 싶다고 생각했거든요."

어색한 침묵을 무마해본다는 것이 상황을 악화시키고 있었다. 미쳤나 봐, 진짜. 속생각을 다 흘리면 어떡해. 영채는 눈을 감고 발을 살짝 굴렀다. 목덜미마저 후끈거렸을 때 하진이 그녀의 손목을 부드럽게 쥐었다.

영채는 눈을 떴다. 하진이 그녀를 이끌고 걷다가 수조가 끝나는 어두운 구석으로 밀어 넣었다.

"감시 카메라가 못 잡는 구석이에요."

벽을 손으로 짚은 하진이 고개를 숙였다. 부드러운 입술이 그녀의 입술을 머금었다. 따뜻한 숨결이 그녀 안으로 밀려들었다. 키스에 취해가며 영채는 울먹이듯 웃었다.

"별들이 입안에서 춤추는 것 같아요."

하진이 그녀의 목덜미를 감싸 안았다.

"별 많이 먹어요."

영채는 가쁜 숨결 사이로 속삭였다.

"신기해요. 이렇게 키스를 하는데, 숨이 안 막혀요. 숨이 막 쉬어져요. 이렇게 마음껏 숨 쉬어본 지가 얼마 만인지 모르겠어요."

하진은 고개를 옆으로 틀면서 영채의 숨결을 들이마셨다. 나도 숨통이 트여. 내 영혼을 죄고 있던 올가미를 벗어버린 것 같아. 아가씨, 대체 나한테 무슨 짓을 한 거지? 잊고 있던 것들. 부정했던 것들. 누려야 했지만 눈 질근 감고 지나쳐버린 것들. 그 모든 것들이 지금 한꺼번에 내 안으로 들이쳐서 정신을 못 차리겠어.

키스에 열중하던 하진은 영채의 셔츠를 밀어 올렸다. 손이 보드라운 맨살을 쓴 순간, 영채가 허리를 뒤틀었다.

"어!"

하진은 얼른 손을 거두고 몸을 세웠다.

"미안해요."

"싫어서 그런 거 아니에요. 그냥……."

볼이 발개진 채로 말을 흐리던 영채가 다섯 손가락을 활짝 펴 보였다.

"팡! 뭔가가 내 안에서 터진 것 같아요. 뜨겁게, 팡!"

영채의 고운 손가락이 움질거리는 것을 보다가 하진은 한숨을 내쉬었다.

"이제 그만 가요."

"어딜요?"

"집에 데려다줄게요. 여기 더 있다간 우리 둘 다 통째로 터지겠어요."

"난 여기 좋은데요."

"집에 가야죠."

"꼭 지금 가야 해요?"

"집에 가기 싫은 이유라도 있어요?"

"그쪽이랑 헤어지기 싫어서 그러죠."

대답을 해놓고 영채는 하진을 흘겨보았다.

"이런 걸 꼭 여자가 말하게 해."

"또 만나면 되잖아요."

하진은 다정히 일렀다. 영채의 눈이 반짝 뜨였다.

"그 말은, 나랑 사귀자는 거예요?"

하진은 고개를 끄덕였다. 영채가 꿈꾸는 표정으로 웃자 가슴 한 귀퉁이가 묵직해졌다.

"쉽지는 않을 거예요. 내가 곧 다른 곳으로 가거든요."

"어디로 가는데요?"

"뉴욕."

긴장했던 영채의 얼굴이 화락 밝아졌다.

"이웃 동네네. 걱정 마요. 기차 타고 세 시간 반 거리밖에 안 되잖아요."

"많이 바쁠 거예요. 자주 못 볼지도 몰라요."

"나, 참. 되게 튕기시네. 그쪽만 바빠요? 나도 구구절절 늘어놓지 않아 그렇지, 스케줄이 빡빡한 몸이라고요."

샐쭉이는 영채를 보면서 하진은 그녀의 머리카락을 쓸었다.

"내가 잘 챙겨주지 못할 것 같아서, 미안할 거란 뜻이었는데."

영채가 입술을 깨물었다가 배시시 웃었다.

"신기해요."

"뭐가요?"

"노래 부르면서 별생각 없이 앞을 봤는데, 그쪽이랑 눈이 딱 맞았잖아요. 그런데 이렇게 좋은 사람이잖아요. 살면서 딱히 운이 좋다고 생각해본 적은 없는데요, 연애 방면에선 내 운수가 대통인가 봐요.”

그녀의 얼굴을 어루만지던 하진이 무거운 숨을 내쉬었다. 그러다 고개를 숙이고 그녀의 손을 잡았다. 조명이 밝혀진 곳으로 걷는 하진에게 끌려가며 영채는 불안했다. 얼굴이 잔뜩 굳은 게, 하진은 화가 난 것 같았다.

“내가 무슨 말실수 했어요?”

“좋은 사람이 나쁜 사람 될 것 같아 그래요.”

영채는 눈동자를 굴리다가 걸음을 뚝 멈췄다.

“방금 그 말은, 나한테 무슨 짓을 하고 싶어진다는 얘기죠?”

하진이 눈을 제대로 맞추지 못하고 그녀의 손만 잡아당겼다. 영채는 하진 앞에 얼굴을 들이밀며 생글거렸다.

“맞죠? 음?”

“그만 놀리고 나와요. 여자친구 첫날부터 외박시키기 싫어요.”

하진의 손에 힘이 잔뜩 들어갔다.

“나, 그쪽 여자친구 된 거예요?”

“우리 앞에 놓인 모든 걸림돌에도 불구하고, 그쪽이 날 남자친구로 받아주면요.”

영채는 하진의 입술에 기습적으로 입을 맞췄다. 하진의 손이 스르르 풀렸다. 영채는 하진을 앞서 통로를 뛰다가 뒤를 돌아보았다.

“잊지 마요. 여친 남친 되고 나서 내가 먼저 뽀뽀했어요.”

출구 쪽으로 폴짝폴짝 뛰는 영채를 하진이 따라잡았다. 그가 영채를 잡으면 입을 맞추었고, 짧은 입맞춤 후에 영채가 생글거리며 또 도망갔다. 도망가는 영채를 하진이 잡았고, 잡힌 영채를 품에 안고 또 입을 맞추었다.

수족관을 나선 두 사람을 짙은 어둠이 맞았다. 수족관 입구 근처에서 바닥 공사가 진행 중이었다. 철망이 에워싼 공사 현장 주변에 '주의 요망' 표지판이 걸려 있었다.

하진과 영채는 평화로운 바다에서 춤추는 물고기들처럼, 아무 걱정도 없이, 주의 경고를 지나쳤다. 가로등 빛은 창백했으나, 서로를 붙든 두 손은 뜨거웠다. 어둠마저 반짝이는 봄밤, 그들은 세상에서 가장 찬란한 빛이었다.

하진과 영채는 택시를 타고 라면집 '푸치니' 앞으로 왔다. 자전거에 오른 하진이 뒷자리에 영채를 태우고 케임브리지 쪽으로 이동했다.

매스 브리지에 진입했을 때 하진은 자전거에서 내려 영채와 함께 걸었다. 다리를 건너려고 보니 작별의 순간을 유예하고 싶어져서였다.

"내 여자친구가 된 거, 후회하지 않겠어요?"

"내가 왜 후회할 거라고 생각해요?"

"당분간은 아가씨를 넘버원으로 할 수 없을 거니까."

"애인보다 더 대단한 사람. 예쁘지도, 착하지도 않은데 돈은 많은 그 사람 때문에요?"

"그 사람하고 얽힌 사연이 있어요. 그 사람을 찾아가려면 앞으로 몇 년간 독하게 살아야 할 것 같아요."

"뉴욕으로 가는 것도 독하게 산다는 계획의 일부예요?"

"그 사람하고 맞서려면 힘을 키워야 하거든요."

생각에 잠겼던 영채가 하진의 어깨를 도닥거렸다.

"젊은이, 팍팍한 현실에서 사랑을 키우는 건 청춘들의 의무예요. 안 그러면 세상이 말라비틀어지고 말 테니까. 어디서 무얼 하건, 청춘의 의무만 잊지 않으면 용서해주겠어요. 난 보기보다 너그러운 아가씨니까."

하진은 하하 웃어버렸다. 모든 것에 자신만만하고 거침없는 영채가 눈물겹도록 좋았다.

"그런 대사도 꾸준한 교육의 산물이에요?"

"그냥 생각나는 대로 말했는데. 엄마는 남자들의 마음을 얻는 법에 대해서만 가르쳐주셨거든요."

"마음을 갖기만 하고 내주진 말라고?"

"설마요. 상대의 마음을 얻었을 때 내 마음을 어떻게 표현하면 되는지, 거기까진 진도가 안 나간 것뿐이에요."

"오늘 밤에 진도 엄청 뺐네요."

"그런 셈이죠. 훗, 내가 막 자랑스러워지네."

"난 그쪽이 걱정되는데."

"왜요?"

"아가씨가 너무 겁이 없으니까. 낯선 남자한테 대뜸 나랑 잘래요, 라고 말하는 여자친구를 두고 뉴욕 가면 불안할 것 같아요."

그가 놀리자 영채가 발끈했다.

"그쪽은 그렇게 말할 용기도 없었으면서. 나 아니었으면 우린 오늘 밤 그냥 밋밋하게 걷다가 바이바이 했을 거라고요. 용감한 남자가 미인을 얻는다는데, 그쪽이 겁쟁이거나 내가 예쁘지 않거나 둘 중에 하난가? 어떻게 생각해요, 젊은이? 어느 쪽인 것 같아요?"

"글쎄."

하진은 미소를 숨기면서 무심히 대꾸했다.

"뭐야? 어느 쪽인 것 같냐니까요?"

영채가 그의 팔뚝을 손가락으로 콕콕 찔러댔다.

하진은 자전거를 다리 난간에 기댔다. 영채가 도전적으로 물었다.

"정말, 나랑 자고 싶진 않아요? 내가 너무 애기 같아요?"

하진은 영채의 턱을 움켜잡고 입을 맞췄다. 영채의 입술을 벌리고 숨결을 훔치다가 나긋해진 그녀의 몸을 다리 난간에 붙였다. 영채가 촉촉한 눈동자를 하고 그를 올려다봤다. 하진은 살짝 벌어진 영채의 입술을 쓸었다.

"넌 충분히 예뻐. 그런데 네가 하고 싶은 건 자전거를 타고 다리를 건너는 것과는 달라. 한번 건너고 나면 다시는 돌아갈 수 없는 강 같은 거야. 아직은 어른이 되지 마. 조금만 더 그렇게 있어."

"어른인 척하는 젊은이, 진짜 싫어."

영채는 입술을 비죽거렸다. 하진이 그녀를 부드럽게 안았다. 하진의 따뜻한 품에 파고들며 영채는 소망했다. 언젠가 나를 어른으로 만들어주는 이가 이 사람이기를. 되돌아가지 않아도 될 강을 후회 없이 건널 때, 그 강을 함께 건너는 이가 꼭 이 사람이기를.

하진은 영채를 자전거에 태우고 매스 브리지를 건넜다. 케임브리지 쪽에 도착했을 때 영채가 매스 애비뉴를 타라고 일렀다. 직진해서 센트럴 스퀘어를 지날 즈음 영채가 그의 등을 두드렸다.

"여기서 내려줘요."

"집이 어딘데?"

"조금 더 가야 하는데, 여기서부턴 걸을래요."

하진은 자전거를 세우고 영채를 돌아봤다. 자전거에서 내린 영채가 헬멧을 벗어 그에게 건넸다.

"낮에 강에서 날 쫓던 남자한테 들키기 싫어서요."

"그 남자가 누군데?"

"우리 아빠가 고용한 경호원이요."

"아가씨를 시집도 안 보내고 평생 데리고 사신다는 그 아버지?"

하진은 영채의 배경이 심상치 않음을 직감하며 헬멧을 받았다.

"토요일에 봐요. 같이 노을 봤던 강변 그 자리에서. 어때요?"

영채가 그의 눈치를 살폈다.

"난 내일 보고 싶은데. 토요일까지 기다려야 해?"

하진은 애꿎은 헬멧만 두드렸다.

"할 일이 있어요."

영채는 한숨을 내쉬었다. 연애를 하려면 경호원 우현을 구워삶아야 할 것이다. 오늘의 탈출극이 아버지 귀에 들어가지 않았다는 가정하에 말이다. 그녀의 일탈이 벌써 보고되었다면 한바탕 폭풍이 불 테고 잠잠해질 때까지 시간이 필요할지도 몰랐다.

"알았어. 토요일, 몇 시쯤 봐?"

"노을 질 때쯤."

하진은 영채에게 씌우느라 줄였던 헬멧 끈을 늘이다가 웃었다.

"노을 지는 시간까지 확인해야 하나?"

"몇 시에 만나자고 하는 건 너무 진부하잖아요. 노을이 질 때쯤 만나자고 하면 세상의 시계에 얽매이지 않는 것 같아서 좋다고요. 휴대전화 줘봐요."

영채가 손을 내밀었다. 그가 전화기를 내어주자 영채가 그녀의
번호를 찍어 되돌렸다.

"만약의 사태에 대비해서. 못 나올 거 같으면 전화해요."

"알았어. 너도 전화기 줘봐."

"나 지금 전화기 없어요. 그리고 그쪽 번호 알기 싫어요."

"왜?"

"번호 알면 오늘 밤에 당장 전화할 것 같아요. 내일도 수십 통은
할 것 같아요. 그러다 그쪽이 나한테 질리면 어떡해요? 토요일까지
기다릴래요."

"약속 장소에 못 나오는 사정이 생기면?"

"난 하늘이 두 쪽 나도 약속 장소에 나갈 거예요. 그쪽이 늦어도
기다릴 거예요. 그러니까 그쪽이나 까먹지 마요. 이렇게 예쁜 아가
씨 바람맞히고 된통 야단맞기 싫으면."

눈을 동그랗게 뜨고 이르는 영채를 하진은 지그시 바라보았다.

"널 잊을 일은 절대 없을 거야."

고백이 마음에 들었는지, 영채가 생긋 웃었다.

"용기는 부족하지만 충성심은 대단한 젊은이네요. 좋은 남자친
구가 될 조짐이 보여요. 젊은이, 이름이 뭐예요?"

"알아맞혀보라니까."

"그만 튕기고요. 젊은이라고 부르는 게 처음엔 재미있었는데 자
꾸 하니까 이상해요. 연극 대사 읊는 것 같아."

"이름 못 알아맞히면 결혼해야겠네."

"농담은 그만하고."

하진은 영채의 번호에 '아가씨'라는 닉네임을 붙여 저상하고 속삭

였다.

"누가 농담이래?"

영채가 양손으로 볼을 감싼 채, 커다래진 눈망울로 그를 바라보았다.

하진은 영채의 이마에 입 맞추고는 자전거에 올랐다. 자전거가 영채를 중심에 두고 원을 그렸다. 공주에게 경배하는 기사처럼 하진이 영채 주변을 자전거로 한 바퀴 도는 동안 영채가 화사하게 웃었다.

하진은 검지와 중지를 모아 경례하듯 헬멧을 두드렸다가 가로등이 밝히는 거리를 가리켰다.

"집까지 마음 놓고 걸어. 내가 뒤에 있을 테니까 아무 걱정 하지 말고."

"아무 걱정 없이, 앞으로!"

영채가 발랄하게 외치고 걷기 시작했다. 반 블록쯤 걷다가 뒤를 돌아본 영채는 그 자리에 있는 그를 향해 빨리 따라오라는 듯 손을 흔들었다.

하진은 서서히 페달을 밟아 앞으로 나아갔다. 어깨를 튼 영채가 허리를 세우고 걸었다. 우아한 걸음걸이, 등을 덮은 풍성한 머리카락이 봄바람에 살랑거렸다.

아파트에 다다른 영채는 입구에서 서성이는 우현을 보았다. 거리를 두리번거리다 그녀를 발견한 우현이 헐레벌떡 뛰어왔다.

"어디 갔다 온 거예요? 회장님께 전화 왔는데, 페이퍼가 밀려서 도서관에 있다고 둘러댔어요. 들어오는 대로 전화 달라고 하셨으니까, 얼른 전화해요."

"알았어요."

영채는 우현의 말을 귓등으로 흘리면서 뒤를 돌아보았다. 하진이 사선거 앞에 부착한 라이트가 어둠 속에서 은빛으로 반짝였다.

영채는 아쉬움에 후, 한숨을 흘렸다.

"이름 없는 아가씨와 이름 없는 젊은이의 밤은 그렇게 막을 내렸습니다. 그들의 이야기는 토요일에 계속됩니다."

"뭐라는 거예요?"

옆에서 우현이 어리둥절해 했다.

"우현 오빠, 내일 반찬 가게에 갔다와야겠어요. 멸치 볶음 먹고 싶어요."

"멸치 볶음. 알았어요."

영채는 인터넷에서 멸치 볶음 만드는 법을 찾아봐야겠다고 생각했다.

"우현 오빠, 별 먹어봤어요?"

"별?"

"나는 오늘 먹어봤어요."

"이것도 트릭이에요? 무지개 색 카나리아처럼?"

"아뇨. 그냥 별 많이 먹었다고 자랑하는 거예요."

술에 취한 것 같진 않은데. 뭔가에 홀린 듯한 영채를 흘끔거리다 우현은 물었다.

"지난번에 베이커리 갔더니 별 모양 사탕 팔던데, 그것도 사다줄까요?"

영채는 고개를 까딱거렸다. 우현이 무얼 물었는지도 모른 채 입술에 남은 키스의 잔향에 빠져 있는데, 자전거 한 대가 인도 옆 도로를 획 지나갔다.

발간 라이트가 자전거 후미에서 아련히 깜박였다. 어둠을 밝히지 못하고, 그저 외로운 바이커의 존재를 알리는 최소한의 보호 장치. 그것이 그녀가 볼 첫사랑의 마지막 잔상인 줄 모른 채, 영채는 노래를 흥얼거렸다.

"미워하는 미워하는 미워하는 마음 없이, 아낌없이 아낌없이 사랑을 주기만 할 때 수백만 송이 백만 송이 백만 송이 꽃은 피고 그립고 아름다운 내 별나라로 갈 수 있다네."

아파트로 돌아온 하진을 맞은 것은 석영의 타박이었다.

"하루 종일 어딜 쏘다니다 와? 어머니가 전화하셨어."

"왜?"

"오늘 돌아가신 아버님 생신이잖아. 해마다 오늘이면 너, 이상한 짓 하잖아."

하진은 말없이 자전거를 자전거대에 걸고 헬멧을 벗었다. 다가온 석영이 그의 안색을 살폈다.

"너, 뭔가 수상해 보인다."

하진은 헬멧을 벽에 걸고 석영과 마주 섰다.

"석영아."

"음."

"로즈에 대해 진심이냐?"

"당연하지."

석영이 단언했다가 어깨를 으쓱했다.

"다음번 진심이 올 때까지."

"그럼 이번 진심은 만료시켜라."

"왜?"

"내가 그 여자 사랑하니까."

석영은 하진의 얼굴 앞에서 손을 흔들었다.

"사랑이라고 했냐, 방금?"

"음."

"혹시 지금까지 그 여자랑 같이 있은 거냐?"

"음."

"정말!"

"음."

"뭐 했는데?"

"만났고, 고백했고, 청혼했다."

하진은 구체적인 사항들을 생략했다. 석영이 그의 어깨를 붙들고 흔들어댔다.

"청혼! 야, 인마. 네 나이가 몇인데 결혼의 굴레 속으로 자진해서 들어가겠다고! 이 자식이 미쳐도 단단히 미쳤어."

"안 미쳤어. 말짱해."

"그럼 더 죽일 놈이지. 내가 좋아하는 줄 알면서, 말짱한 정신으로 가로채?"

하진은 머쓱해서 머리를 긁적였다.

"그러고 보니 미친 것 같기도 하고."

석영이 그를 덥석 안고 등을 두드려댔다.

"우쭈쭈. 우리 권하진 군이 다 컸어요. 사랑에 눈이 멀기도 하고.

그래, 이 형이 널 위해서라면 뭘 못 하겠냐. 장미든 백합이든 기꺼이 포기한다. 미안해할 것 없어."

하진은 석영의 품에서 빠져나오며 웅얼거렸다.

"별로 안 미안했는데."

"뭐?"

"남자들의 우정이 사랑보다 진하다는 말, 말짱 헛말이더라. 로즈랑 있는 동안 네 생각 전혀 안 났거든. 미안하다는 것도 방금 깨달았어."

석영이 하진의 뒤통수를 퍽 때렸다.

"에라이! 그걸 꼭 말로 해야 하냐? 어우, 아퍼."

"맞은 건 난데 네가 왜 아파?"

하진은 욱신거리는 뒤통수를 문질렀다. 석영이 가슴팍을 부여잡고 비틀거렸다.

"김윤주 사태 이후 최대 참사다."

"김윤주가 누군데?"

하진은 그의 침실 쪽으로 걸으며 물었다. 일그러진 얼굴을 한 석영이 그를 향해 주먹을 쥐었다.

"저 자식 기억도 못 해. 우리 중학교 1학년 때, 같은 반에 김윤주라고 있었잖아. 하루는 점심시간에 날 불러내기에, 고백이라도 하는 줄 알았지. 그런데 편지 내밀면서 너한테 전해달라고. 꽃 장식붙은 분홍색 봉투. 머리 뚜껑 열리더만. 걔 오빠가 3학년 일진 선배라 반항도 못 해보고 편지 받아 왔잖아. 그때 이후로 내가 이런 치욕은 처음이다. 작업 개시는 항상 내가 먼저 하는데, 왜 여자들이 전부 너한테 가냐고? 신이 내게 부와 미모와 재능을 주셨지만, 권하진이라는 친구도 함께 주셨구나."

석영의 넋두리에 고개를 저으면서 하진은 방문을 열었다. 방으로 들어서다 돌아보니 석영이 벽을 긁고 있었다.

"연석영, 내 결혼식 내 사회 봐줄 거지?"

석영이 신고 있던 슬리퍼를 벗어 던졌다. 하진은 재빨리 방으로 들어가 문을 닫았다. 슬리퍼가 문에 맞고 떨어지는 소리가 나고 석영의 투덜거림이 뒤따랐다.

"난 사회 말고 축의금 관리 맡을 거야. 우정보다 사랑이라 이거지? 어디 그런 마인드로 잘 살아봐라. 난 우정보다 돈이다. 이제부터."

한동안 저 녀석 잔소리에서 헤어나질 못하겠구나. 하진은 눈을 감고 고개를 절레절레 저었다.

석영의 기척이 잠잠해지자 하진은 옷을 갈아입고 한국에 있는 미정에게 전화를 했다.

─ 너희 아버지 산소에 다녀왔어.

엄마의 목소리가 쉬어 있었다. 아버지 산소 앞에서 엄마는 또 목 놓아 우신 게 분명하다.

"힘드셨겠어요."

아버지는 고향 청송에 있는 선산에 묻혔다.

─ 너희 숙부가 운전해서 편히 다녀왔어. 가니까 덕재 아저씨가 잘 챙겨줬어. 덕재 아저씨가 얼마나 마음을 썼는지 산소가 말끔하더라. 뽑을 잡초도 없어서 인사만 하고 왔어.

아버지의 죽마고우 덕재는 유언으로 물려받은 사과밭을 가꾸며 아버지의 산소를 돌보고 있었다.

"엄마, 조금만 기다려요. 우리가 당한 거 서 회장한테 제가 다 갚을 거예요. 그리고 나면 가까이에서 엄마 편히 모실게요."

— 하진아, 나 편하기 바라는 거면, 그냥 다 잊을 수 없겠니?

"어떻게 그래요!"

— 먼저 간 네 아버지한텐 미안하지만, 난 너 하나 잘되면 충분한 사람이야. 서주그룹하고 관련된 기억은 지우고 살면 오히려 마음이 편할 것 같다.

"저는 안 편해요. 잊을 수도 없어요."

— 하진아, 제발.

"엄마야말로 잊잔 말은 제발 그만해요. 아버지 분신 같았던 회사 채가서 서주가 무슨 짓을 했는지 생각을 해봐. 온갖 비리에 꼼수로 얼룩진 회사가 돼가고 있다고. 그걸 보면서 아무것도 할 수 없는 제 마음을 알기나 해요?"

하진은 울분에 찬 소리를 내질렀다.

— 네 마음은 알아. 그런데 하진아…….

"제 마음 알면 다시는 잊자는 말씀은 하지 마세요. 어떻게 잊어요? 해명 꼭 되찾아서 아버지 때 모습으로 되돌릴 거예요. 그렇게 하기 전까진 아버지 제사도 제대로 못 지내요."

— 알았어. 엄마가 실수했어.

미정의 목소리가 가냘프게 떨리고 어색한 침묵이 흘렀다. 하진은 마음을 가라앉히고 미정을 달랬다.

"마음 상하게 해드려서 죄송해요."

가족이라서 스스럼없이 악다구니를 쏟아낼 수 있다는 역설은 때로 잔인하다.

　– 마음 상하지 않았어.

　미정이 낮게 웃었다.

　하진은 문득 엄마의 경쾌한 웃음소리가 그리워졌다. 수다와 애교를 동반한 엄마의 활기찬 웃음이 집 안에 흐르던 시절이 있었다. 아버지의 죽음은 엄마에게서 그 웃음을 앗아갔다. 아버지의 사고 이후 엄마는 눈을 뜨고 있을 땐 울었고, 울다가 지쳐 잠이 들었다가 깨어나 다시 울었다. 한 인간의 몸에서 분출될 수 있는 눈물의 양이 경이롭게 여겨질 정도로 울고 또 울었다.

　엄마의 눈물은 영원히 지속될 것 같았고, 엄마의 웃는 모습을 영영 볼 수 없을까 두려워한 적도 있었다. 다행히 엄마는 다시 웃었다. 영원에 비견조차 할 수 없는 짧은 시간 동안에 엄마는 아버지의 부재를 현실로 받아들이고 다시 웃었다. 울듯 웃다가, 억지로 웃다가, 결국 의연하게 웃었다. 엄마는 남편을 여읜 미망인이 아닌, 아들이 기댈 수 있는 버팀목으로서의 삶을 택했다. 그것이 엄마가 엄마의 역할을 감당한 방식이었다.

　엄마가 예전처럼 웃는 것은 아니었다. 이제 엄마의 웃음소리는 낮거나 깊었고, 아득하거나 서걱거렸다. "엄마를 웃게 하는 건 권씨 집안 남자들의 넘버원 사명."이라 했던 아버지는 당신의 가장 중한 사명을 유기하고 떠난 것이다. 그런 아버지가 미웠고, 아버지를 미워하는 자신의 처지 또한 하진은 견딜 수 없이 미웠다.

　그래서 아버지의 죽음이 야기한 상황을 잊을 수 없었다. 복수의 칼이라도 갈지 않으면, 그의 안에 가득한 증오에 삶이 소진되어버릴 것이므로. 어차피 소진될 젊음이라면, 자기 증오보단 타인에 대한 증오로 불태우는 것이 더 나을 것이므로.

"오늘 수족관에 다녀왔어요."

─ 그랬어?

"멸치 떼 봤는데 아버지 생각나더라고요. 왼쪽 어금니, 오른쪽 어금니."

멸치 볶음에 얽힌 추억이 떠올랐는지 미정이 또 웃었다.

─ 너희 아버지가 그리 실없는 소리를 가끔 하셨지.

"그게 실없는 말씀이었으면, 그 말씀 그대로 믿은 저는 뭐가 되는데요?"

하진도 마음을 풀고 웃었다.

─ 그 아버지에 그 아들이었으니까 그런 거지. 그거 아니? 너도 실없는 소리 가끔 한다.

"제가요?"

─ 그래. 누가 너희 아버지 아들 아니랄까 봐, 불쑥불쑥 실없는 소리 해.

"그런 거 여자들은 싫어해요?"

─ 싫다는 게 아니라. 그냥 실없는 소리라는 거지. 왜, 여자친구 생겼어?

미정의 목소리에 탄성이 붙었다.

"네. 졸업식 때 오시면 소개시켜드릴게요."

─ 어떤 아가씬데?

"어떤 아가씨요."

─ 얘, 그게 바로 실없는 소리라는 거야. 이름은 뭐고 몇 살인지. 뭐 하는 아가씨고, 한국 사람인지 외국 사람인지 대충 이야기를 해

줘야지.

"직접 보시면 느낌이 오실 거예요. 팡!"

— 팡은 또 뭐야? 그러지 말고, 말 좀 해봐. 어떻게 만난 아가씨
데? 석영이가 소개시켜줬어?

"그런 셈이에요."

— 역시 석영이밖에 없어. 내가 이번에 가면 맛있는 거 사준다고
해.

"그렇게 전할게요. 엄마, 이만 들어가세요."

— 애, 어떤 아가씬지 궁금하다니까.

"또 전화드릴게요."

하진은 안달하는 미정에게 재빨리 인사하고 통화를 끝냈다. 침대
에 드러누워 휴대전화 사진첩을 열자 최근 사진으로 영채의 얼굴이
떴다. 라면집 '푸치니'에서 영채가 찍은 셀카였다.

하진은 사진을 바탕화면으로 지정했다.

「젊은이, 팍팍한 현실에서 사랑을 키우는 건 청춘들의 의무예요.」

환하게 웃는 영채의 얼굴을 보다가 하진은 액정에 입을 맞췄다.

"Good night, 아가씨."

창 밖에서 번개가 내리쳤다. 팡! 축포가 터지는 것 같은 괴성이었
다.

이내 거센 빗줄기가 떨어졌다. 폭우는 밤새 계속되었다. 어둠을
때려대는 빗줄기 속에서도 하진은 편히 잠을 잤다. 온 도시가 비에
잠긴 새벽녘에 꿈 한 자락이 그를 찾아들었다. 두 마리의 젊은 물고
기가 나란히 푸른 바다를 헤엄치는 꿈이었다.

다음 날 아침 하진은 기욱과 덕재에게 전화를 넣었다. 숙부 기욱은 온갖 압력을 견뎌가며 해명에 남아 있는 아버지 시절의 마지막 보루였다.

— 네가 힘을 키우는 동안 내가 여길 지키고 있으마.

숙부의 결의는 견고했다.

아버지의 벗 덕재는 청송에서 전화를 받았다. 덕재는 "옛날에 너희 아버지랑 내가."로 시작되는 이야기를 실타래처럼 풀어놓았다. 까까머리 시절에 고향 개울가에서 멱 감던 이야기며, 원양 어선을 탔을 때 갖은 고생을 다 하면서도 팔자 펼 꿈에 부풀었던 이야기였다.

신명나게 지난날을 회상하던 덕재가 기어코 울먹였다.

— 올해도 사과가 잘 여물겠는데. 하늘에서 보고 있으려나. 하진아, 내가 잘 관리했다가 이 사과밭 너한테 돌려줄게.

"아버지가 아저씨께 남기신 거잖아요."

— 네 할아버지께서 이 사과밭 얼마나 아끼셨는데. 권씨 가문 것이었으니 너한테로 가는 게 맞지. 집사람도 그리 하자 했다.

가슴을 시리게 하는 두 통의 전화로 하진은 아버지의 생신을 마무리 짓고, 현실로 복귀했다.

사흘 후 기말 고사가 끝났다. 선택 과목과 필수 과목 시험을 모두 마친 후 하진은 석영과 아파트에서 조촐한 맥주 파티를 벌였다. 졸업 후 취업이 확정되었지만, 학점이 엉망일 경우 MBA 취득이 어려울 수도 있기 때문에 기말 고사는 방심할 수 없던 관문이었다. 하룻밤의 일탈 때문에 흐물거렸던 마음을 다잡아 무사히 시험을 치르고 나니 평소보다 술이 잘 넘어갔다.

하루 일찍 기말 고사를 끝낸 석영의 관심은 로즈의 신상이었다.

"서양문학의 거장들이란 수업을 같이 듣는다고 트윗한 애가 있던데, 그게 영문학 전공 1년차 필수 과목이란다. 학부 1년차들 나이가 보통 열아홉이나 스물? 어린애들 중엔 열여덟도 있다. 그게 무슨 뜻이냐? 네가 미성년자에게 청혼했을 가능성이 높다는 거지. 야, 듣고 있냐?"

석영이 수사 상황을 설명하는 탐정처럼 굴다가 맥주 캔으로 테이블을 두드렸다.

하진은 잠자코 있었다. 로즈는 ㄱ녀가 "무슨 짓을 해도 문제될 것 없는 나이."라고 했다. 경호원이 붙은 것과 맥주에 유독 호기심을 보이던 것이 떠오르자 거짓말일 수도 있겠다 싶었다. 하지만 이 도시를 떠날 것임에도 불구하고, 석영이 열중해 있는 것을 알면서도, 잡은 여자였다. 앞으로 그가 걸을 가시밭길에 동행시킬 작정까지 했다. 이제 와서 누가 무슨 말을 한대도 그의 결심을 흔들 수는 없었다. 지금 당장 허락되지 않는 사랑이라면, 기다리면 그만이었다.

"걔를 영이라고 부르는 교수가 있대."

석영이 맥주를 마시고 이야기를 이어갔다.

"로즈는 영어 별칭이나 미들네임이고, 한국계니까 그게 본명일 수도 있어. 외자일 수도 있지만, 이름 앞 글자나 뒤 글자를 따서 줄여 부르는 거겠지. 그게 무슨 뜻이겠냐? 이름이 영희일 수도 있단 말이야. 영순이나 영자일 수도 있고."

"그게 뭐?"

"여자들은 섹스할 때 이름 불러주는 걸 좋아하거든. 너, 한창 재미 보다가 영희야, 할 수 있냐? 영순이나 영자는?"

"이름 따윈 문제되지 않아."

하진은 호기롭게 단언하고 일어섰다.

"그래, 어리고 섹시한 애 잡았는데 뭐가 보이겠냐? 야, 그래도 진도 너무 많이 나가기 전에 쌩얼은 확인해라. 화장술에 뒤통수 맞지 말고."

"봤어. 예뻐."

"그런 애를 내가 왜 포기했을까? 그놈의 20년 우정이 뭔지."

석영이 어느새 빈 맥주 캔을 찌그러뜨리며 푸념했다.

술자리를 정리한 하진은 방으로 들어와 인태에게 전화를 걸었다.

"졸업식 후에 곧장 뉴욕으로 가기 힘들 것 같습니다. 8월부터 근무 시작하니 그때 맞춰서 가겠습니다."

— 네가 지낼 아파트는 입주 준비 끝났는데.

"본격적으로 일 시작하기 전에 숨을 고르고 싶어서요."

— 그것도 나쁘진 않겠지. 그런데 7월에는 와야겠다. 지수 말이 이번 7월이 우리 만난 지 9주년이란다. 내년 10주년 기념 행사 리허설을 하려면 올해 모두 모여 근사한 파티를 열어야 한다는구나.

"5주년 때의 악몽이 아직도 생생한데요. 이젠 지수가 자라서 업어주기도 힘들어요."

— 외동이라 티 내는 거 아니겠니? 너랑 석영이가 가족 같다는데.

인태가 슬쩍 끼워 넣은 말에 하진은 가슴이 욱신거렸다. 9년 전에 그의 사연을 들은 인태는 부자의 연을 맺자 했고, 거듭되는 거절에도 틈만 나면 그 소망을 상기시켰다.

"회장님, 전 아직 아버지를 보내드릴 수가 없습니다."

─ 당장 어쩌자는 말은 아니다. 너랑 오래오래 인연을 맺고 싶은 내 욕심이니, 생각해봐.

"회장님 곁에 오래오래 있어드리겠습니다."

─ 그게 비즈니스 판에 들어올 녀석이 할 말이야? 이 바닥에선 의리보다 실리라고 몇 번을 말해?

"그러는 회장님은 제 어딜 보고 한없이 베풀어주십니까?"

─ 제 가치를 스스로 낮추는 거, 그것도 안 좋은 버릇이다.

지엄하게 이른 인태가 화제를 돌렸다.

─ 참, 서국철 회장 비서가 사람을 찾고 있다는 정보를 입수했다.

하진은 전화기를 잡은 손에 힘을 넣었다.

"일전에 말씀하셨던, 서 회장의 아킬레스건인가요?"

─ 그런 느낌이 들어.

"우리가 먼저 찾으면 좋을 텐데요."

─ 사람들을 동원해보겠다.

"고맙습니다, 회장님."

─ 약속하지 않았니? 내 목숨보다 소중한 것을 지켜줬으니 너한테 소중한 것을 이룰 수 있게 도와주겠다고. 그런데 하진아.

"네."

─ 서국철을 무너뜨리기 위해서 어디까지 갈 생각이냐?

"그자가 가진 모든 것을 뺏고 싶습니다."

─ 네가 어디까지 갈 수 있는지 묻는 거다.

"수단과 방법을 가리지 않을 겁니다."

인태가 묵직한 한숨을 흘려냈다.

─ 난 네가 어기지 말아야 할 철칙 몇 가지는 가졌으면 좋겠다. 수

단과 방법을 가리지 않겠다고 마음먹은 순간, 그건 아버님을 위한 복수가 아닐 거다.

"서국철의 가족은 타깃으로 삼지 말라는 말씀입니까?"

— 오래전에 서 회장의 막내딸을 본 적이 있다. 맑은 아이였지. 그때 그 아이 모습이 어쩐지 눈에 밟혀서 말이다.

" 서국철의 자식입니다. 자라면서 그를 닮아갔겠지요."

— 약속했으니 내가 입수한 정보는 보내겠다. 그걸 어떻게 쓸지는 네 양심에 맡겨라.

통화를 마친 후 하진은 인태에게서 이메일을 받았다. 인태가 고용한 사설 탐정이 수집한, 서국철의 막내딸에 대한 자료였다.

[이름, 서영채. 21세. 서국철 강차연 부부가 후원하던 복지원에서 입양했음. 입양 당시 생후 3개월. 서국철이 외도하여 얻은 아이라는 루머가 있으나, 주어진 시간과 비용으로 확인 불가. 추가 비용 지불 시, 인력 보강하여 친부모에 대한 정보 수집 가능.

한국에서 초등학교를 마친 후 영국으로 건너가 여학생 기숙 학교에서 중고교 과정 이수. 엄격한 가톨릭 학교에서 학업에 전념한 것으로 보임. 어학과 예체능에 뛰어난 소질을 보임. 첼로, 펜싱, 발레 등을 섭렵. 독어와 불어에 능통하며 중국어 회화도 수준급으로 알려짐. 현재 하버드대 학부에서 두 번째 학기를 밟는 중. 영문학과 심리학 복수 전공. 중학교 때부터 사용해온 영문 이름, 로즈.]

자료를 읽어나가던 하진은 심장이 멎는 것 같았다.

「로즈 소. 그쪽 이름 아니에요?」

「아니거든요.」

그럴 리가 없어.

[경영 일선에서 경쟁하는 장남 서재익과 장녀 서영빈과는 달리 서영채는 언론의 조명에서 비껴나 있음. 최근 해명수산의 지분 5%를 확보하며 서주그룹의 대주주로 등극. 서주그룹 홍보실은 서영채가 현재 학업에 전념하고 있으며 향후 그룹 경영에 참여할지에 대해서 논하는 것은 시기상조라는 입장임.

서주그룹 산하 서주미술관 서류에 시영채의 이름 수차례 등장. 서주미술관은 미술관 전시품 외에 고액 미술품을 은밀히 거래하는 것으로 알려짐. 거래된 미술품은 탈세와 불법 상속 증여에 이용된 것으로 보임. 거래 실주도자는 서주미술관 관장 강차연이나, 서류상 서영채의 이름으로 거래가 이루어진 경우 많음.

최근의 서영채 모습을 담은 동영상과 사진을 첨부함.]

하진은 동영상을 다운로드했다. 긴 머리카락을 늘어뜨린 젊은 여자가 화면을 채웠다. 검은 탱크톱을 입고 입술을 붉게 물들인 여자. 유혹인지 비애인지 알 수 없는 미소를 머금은 여자. 순수와 고혹의 얼굴로 그를 송두리째 빨아들여버렸던, 바로 그 여자!

여자가 마이크 앞에서 노래를 불렀다.

어떤 이들은 사랑이 연약한 갈대들을 삼켜버리는 강이라고 하지.

어떤 이들은 사랑이 네 영혼을 피흘리게 하는 면도날이라고 하지.

「우리 아버지요, 내가 온실 속 화초인 줄 아신다니까요. 나, 절대 시집 안 보내고 평생 데리고 산다고 하시는 분이거든요. 지금 여기 계신다면 그쪽 다리 하나쯤 분질러놓으실지도 몰라요.」

「돈에 영혼을 팔 거면 나한테 팔아요.」

「그쪽이 전부를 걸었다는 사람에게서 그쪽을 뺏어보려고요.」

그녀가 했던 말들이 면도칼날처럼 심장을 그어댔다.

하진은 그동안 모아온 서국철에 대한 자료를 책상 서랍에서 꺼냈다. 재벌가의 비화를 다룬 오래된 잡지 기사가 눈에 들어왔다.

[서주그룹의 모태는 절친한 친구 서인우와 주영관이 동업자로 설립한 서주산업이다. 원양어업으로 잡은 물고기를 가공하여 판매한 식품 회사가 출발점이었다. 서인우와 주영관은 회사를 각자의 아들에게 공동으로 물려주자고 약속했다. 그러다 주영관이 심장마비로 돌연사하는 일이 벌어졌다.

주영관의 아들 주성현이 미국 유학 중 비보를 듣고 귀국하는 동안 주영관의 유언장이 공개되었다. 주영관의 지분 중 10%만이 아들에게 상속되었고, 나머지는 동업자인 서인우에게 매각하는 것이 유언장의 골자였다. 주영관의 아들 주성현은 아버지 지분을 매각하여 현금을 확보했으나 회사에서의 입지가 좁아졌고, 서주산업의 경영권은 서인우를 거쳐 그의 아들 서국철에게 갔다.]

최근에 스크랩한 일련의 기사들도 있었다.

[육류 가공업체 화진식품 사장, 의문의 교통사고사]

[화진식품 경영권 공백으로 부도 처리]

[서주그룹, 경매로 화진식품 인수]

[화진식품 인수한 서주그룹, 위장 계열사 앞세워 담합 의혹]

[화진식품 인수를 둘러싼 위장 성매 혐의, 증거 불충분으로 검찰
수사 종료]

하진은 '아가씨'의 번호를 검색했다. 신호음이 가는 동안 기도가
흘러 나왔다. 아니기를. 서국철의 핏줄이 아니기를. 그것만 아니라
면, 다른 어떤 것도 상관없을 테니.

신호음이 끊겼다.

― Hello.

"아가씨."

― 누구세요?

"벌써…… 내 목소리 잊었어요?"

심장을 쥐어짜듯 웃으면서, 하진은 실낱같은 희망에 매달렸다.

― 어, 예의 바른 젊은이. 이틀이나 남았는데. 내가 보고 싶어서
참을 수 없었구나.

생글거리던 영채가 불안한 목소리로 물었다.

― 혹시 토요일에 못 나와요?

"아가씨."

― 정말 못 나와요?

"아가씨 이름이 서영채예요?"

― 어? 어떻게 알았어요?

하진은 눈을 감아버렸다. 세상의 모든 빛이 꺼지고, 심상이 암흑

의 나락으로 추락했다.

"아버지가 서주그룹 서국철 회장님이고?"

― 왜 그런 걸 물어봐요?

"맞습니까? 아가씨 시집도 안 보내고 평생 데리고 사신다는 그 아버지가 서국철 씨 맞아요?"

― 그래요. 내 이름 서영채 맞아요. 내 아버지가 서주그룹 회장이고. 그런데 그게 뭐요? 말투는 또 왜 그래요? 불안하게.

하진은 전화기를 놓쳐버렸다. 휴대전화가 책상에 요란하게 떨어졌을 때 숨이 턱 막혔다. 온몸이 빳빳해지면서, 숨이 들고나질 않았다.

― 여보세요. 여보세요. 아직 거기 있어요?

전화기에서 영채의 다급한 목소리가 올라왔다. 하진은 떨리는 손으로 전화기를 집어 들었다.

"서영채 씨, 나는 토요일에 약속 장소에 나가지 못합니다."

― 왜요?

"기다리지 마요."

― 이봐요. 왜 못 나오는지 말해줘야죠.

더 이상 무슨 말을 할 수 있을까? 어떤 언어가 너와 나 사이에 남았을까? 너를 기다림의 늪으로 밀어 넣지 않는 것. 그것이 지금 내가 네게 베풀 수 있는 최대한의 친절인걸.

― 그쪽 이름이 뭐예요? 이름을 알려줘요.

"이만 끊을게요."

― 이름! 이름만 말해요! 이 도시를 뒤집어엎어서라도 내가 그쪽 찾아낼 테니까.

오기를 부리던 영채가 애원하기 시작했다.

— 우리 만나요. 왜 이러는지 설명은 해줘야 하는 거잖아요. 마음이 변한 거예요? 너무 바빠서 연애할 시간이 없을 것 같아요? 나만 봐달라고 안 할게요. 그쪽 바쁠 때는 나 혼자서 잘 놀 수 있어요. 나요, 기다리는 거 되게 잘해요. 나한테 전부를 걸라고 투정 안 부릴게요. 아, 이렇게 내가 매달려서 시시해졌구나. 그런 거예요?

하진은 차마 연결을 끊어내지 못하고 눈물을 삼켰다. 가쁜 숨을 내쉬던 영채가 물었다.

— 혹시 우리 아빠 때문이에요? 또 누구 보냈어요? 그쪽한테 협박이라도 했어요?

그런 일이 종종 있었던가 보다. 그래, 서국철은 눈 하나 깜짝 않고 젊은이의 다리 하나쯤 분질러놓을 위인이지.

— 무슨 일이 있었는지 모르겠는데, 나랑은 상관없어요. 그러니까 이러지 마요. 우리, 만나요. 지금 어디 있어요? 내가 거기로 갈게요.

애원이 통하지 않자 영채는 어디 다친 건 아니냐 걱정을 하다가, 어설픈 욕설을 내뱉다가, 끝내 울음을 터트리고 말았다.

— 내가 내 아빠 딸인 게 죄는 아니잖아요.

그래, 네 죄가 아니야. 그래서 미치겠어. 하지만 나는 내 아버지의 아들. 너는 네 아비의 딸. 우리가 어찌해볼 수 없는 운명의 굴레야. 지금 네 울음소리가 네 아비에게 닿았으면 좋겠다. 아파하는 너를 보면서 네 아비의 가슴이 찢어지게.

아무리 도망치려 해도 신이 쳐놓은 운명의 그물에서 벗어날 수 없는 것. 어떻게든 벗어나 보겠다며 몸부림칠수록, 해셔 누더기가 되는 건 바로 나 자신. 비극이란 그런 것.

하진은 이를 악물고 전화를 끊었다. 전화기 메인 화면을 채운 영채의 미소를 보자 꽉 다문 잇새로 울음이 미어져 나왔다.

왜 하필이면 너야. 너를 보면서 숨을 쉬었는데. 웃었는데. 다시, 꿈을 꾸었는데.

왜, 하필이면, 너냐고! 세상 많고 많은 사람들 중에!

전화기 속 영채의 미소 위로 눈물이 두둑 떨어졌다.

서영채, 하늘이 두 쪽 나도 나는 내 아버지를 못 잊는다. 그러니 네가 나의 처음이자 마지막이 돼주어야겠다. 네 아비를 찌르는 첫 번째 가시. 그를 무너뜨리는 최후의 일격.

힘을 키워 네 앞에 서겠다. 우리 다시 만날 때까지 부디, 꿋꿋이 행복해라, 서영채.

하진은 화면을 적신 눈물을 닦아냈다. 영채의 미소에서 눈물이 걷히고 화면이 까맣게 변했다. 봄보다 더 찬란했던 그의 첫사랑이 그렇게 꺼졌다.

4년 후, 서울.

영채는 발소리를 죽여 강의실로 들어섰다. 어둠에 잠긴 강의실에서 프로젝터가 쏘아내는 한 줄기 빛이 스크린에 영상을 만들어냈다. 비명을 내지르듯 입을 벌린 요녀의 두상이었다. 머리카락 올들이 뱀들처럼 꾸물거리고, 목이 있어야 할 자리를 거칠게 뻗어 내린 직선들이 채우고 있었다.

"카라바조의 '메두사의 머리'."

우아한 억양의 여자 목소리가 강의실을 울렸다. 영채는 스크린에 집중한 학생들 뒤편에 조용히 앉았다. 투피스 정장을 입은 늘씬한 여자의 그림자가 스크린에 비쳤다가 옆으로 물러났다.

"카라바조는 명암법의 대가였어요. 어둠 속에서 빛으로 형태와 감정을 표현하는 데 탁월했죠. 이 작품에서는 명암을 통해 죽음을 앞둔 메두사를 입체적으로 그려냈어요. 벌어진 입에서 공포의 절규가 터져 나올 것 같지 않아요? 뱀들은 꿈틀거릴 것 같고, 목에서 떨어지는 피는 그로테스크하죠? 메두사의 얼굴에 주목해요. 여자 같기도 하고 남자 같기도 한, 중성적 이미지의 얼굴이에요. 화가가 자신의 얼굴을 변형해 그려 넣었다는 해석도 있어요."

영채는 그림을 보면서 유년을 회상했다. 메두사는 원래 탐스러운 머리카락을 가진 아가씨였는데, 아테나 여신과 아름다움을 겨루는 실수를 저질렀다. 메두사의 오만함에 분노한 아테나는 메두사의 얼굴을 흉측하게 만들고 그녀의 머리카락을 뱀으로 바꾸어버렸다. 침대맡에서 어머니가 들려주던 이야기들 중 하나였다.

어린 그녀는 신화가 싫었다. 서로를 시기하고 모략하고 살육하는 신과 여신들의 이야기가 끔찍했다. 하지만 어머니는 그런 이야기들만을 골라 들려주었고, 도깨비나 선녀의 이야기가 더 좋다는 그녀의 의견은 철저히 무시되었다. 어떤 밤엔 이야기를 그만 듣기 위해 졸린 듯 눈을 비비거나 거짓으로 하품을 하기도 했다. 어머니는 그녀의 반응에 아랑곳하지 않고 이야기를 마쳤다.

이야기를 마치면 어머니는 영어로 인사하고 침실을 나섰다.

「영채, Good night.」

인사가 무색하게 어머니의 이야기는 악몽으로 구현됐다. 신들의 저주를 받은 요정들이 흉물로 전락하거나 참혹히 소멸하는 광경이 자주 잠 속으로 침입해, 어린 마음에 공포를 심었다.

스크린의 그림이 바뀌었다. 소년이 참수된 남자의 머리를 들고 있는 작품이었다.

"카라바조의 '골리앗의 목을 들고 있는 다윗'. 소년 다윗이 거인 골리앗을 죽인 후 골리앗의 잘린 머리통을 움켜잡고 있는데, 여기서도 화가가 자신의 얼굴을 작품에 삽입했어요. 다윗의 얼굴이 화가의 젊은 시절 얼굴이고, 골리앗의 머리통은 중년이 된 화가의 얼굴이라는 해석이 있지요. 카라바조는 자화상을 단 한 점도 그리지 않은 작가였는데, 신화와 성경 속 인물들에 자신의 얼굴을 대입한 경우가 꽤 있었어요. 왜 그랬을까요?"

교수의 질문에 몇몇 학생들이 답했다.

"나르시시즘이요!"

"자기혐오요!"

"그림을 팔기 위한 상술이었겠죠."

"일리 있는 가설들이에요. 하지만 그 이상의 의미를 찾아내지 않으면 여러분의 등록금이 아깝겠죠?"

교수의 반문에 곳곳에서 잔웃음이 터졌다.

"다음 주 과제예요. 작품 속에 자신의 얼굴을 변형시켜 집어넣었던 카라바조를 통해 우리 안의 괴물이란 주제로 에세이를 쓰도록. 3천 자 이상."

학생들의 웃음이 탄식으로 바뀌었다.

"너무 철학적이에요."

"분량 너무 많아요."

"오늘 강의는 여기까지."

교수가 프로젝터 리모컨을 내려놓고 뒷줄에 앉은 학생에게 손짓했다. 체구가 듬직한 남학생이 일어서 벽의 스위치를 올리자 강의실이 환해졌다.

학생들이 주섬주섬 소지품을 챙겨 자리를 뜨는 가운데, 두어 명의 학생이 강의실 앞으로 가서 교수와 이야기를 나누었다.

영채는 학생들에게 에워싸인 여교수를 복잡한 심경으로 바라보았다. 세련된 단발. 우아한 화장. 몸매를 적당히 드러내는 투피스 정장. 기품 있는 미소와 자신감 넘치는 몸짓. 60대라고 도무지 믿기지 않는 외모의 여교수는 그녀의 어머니 강차연이었다.

명문 한강대학교 미술대학장. 서주미술관 관장. 대중에게 인기 있는 미술 평론가. 서주그룹의 안주인이자 자신의 분야에서 성공한 슈퍼우먼. 대학생이 닮고 싶어 하는 여성 1위. 어머니에게 붙는 수식어는 끝이 없었고, 한국에 한 번 나올 때마다 그 리스트는 길어지는 것 같았다. 그 리스트에 서영채의 어머니라는 사항이 오른 적은 없었다.

학생들이 강의실을 모두 빠져나가자 차연이 손을 들었다. 네가 강의실 어디쯤 있었는지 내내 알고 있었어, 라고 말하는 것 같았다. 영채는 차연에게 손을 흔들었고, 둘은 함께 강의실을 나가 차연의 연구실로 갔다.

교정이 내려다보이는 창을 통해 쏟아져 들어오는 햇살이 두 사람을 맞았다. 화이트 톤의 책상과 미술사 관련 책을 빽빽이 품은 화이트 톤 책꽂이들이 채운 연구실은 널찍하고 정결했다.

영채는 창가에 놓인 미니 금속공예품들을 보다가 차연이 내려준 커피를 받았다.

"영채, 이렇게 보니 얼음공주 분위기가 제법 나는데. 그런데 핏기가 너무 없어서 어쩌니?"

차연의 커피는 강하고 무게감이 있었다. 차연이 즐겨 입는 검정색 투피스 정장처럼 우아했지만, 선뜻 마음을 열 수 없는 커피라 영채는 컵을 손으로 감싸고만 있었다.

차연이 책상 서랍에서 봉투를 꺼내 내밀었다.

"엘스 백화점 기프트 카드야. 스파에서 마사지 받고 옷도 몇 벌사. 엄마가 같이 갔으면 좋겠는데, 오늘 병문안에 저녁 약속이 잡혀서. 대신 집에서 오늘 와인 같이 어떠니?"

"네."

영채는 봉투를 얌전히 받아들었다.

"풍경 감상하면서 천천히 마셔. 난 정리할 자료가 있어서."

차연이 그녀의 머그컵을 들고 책상으로 갔다.

영채는 창가에 놓인 사각 유리 테이블 앞에 앉았다. 손에 든 컵이 입으로 가는 대신 테이블에 내려앉았다. 어쩐지 마음이 무겁게 가라앉았다. 초록 이파리들 아래서 춤이라도 추고 싶어야 할 이 봄날에.

영채는 결국 커피를 한 모금도 마시지 못하고 일어섰다. 그녀가 연구실을 나설 때 차연은 모니터에서 시선을 들고 미소를 지어 보일 뿐, 일어나 배웅해주지는 않았다.

문이 닫히기 전에 차연의 미소가 걷혔다. 문을 닫는 손이 굼떴거나, 눈이 너무 기민했거나. 영채는 어느 쪽인지 분간할 수 없었다. 차연이 너무 빨리 미소를 지웠다고 원망할 생각은 감히 들지 않았다.

영채가 나간 후 차연은 테이블 위에서 보송한 햇살을 받고 있는 빨간 머그컵을 바라보았다. 차연은 자리에서 일어나 컵을 집어 들고 연구실과 연결된 탕비실로 갔다. 커피를 싱크대에 쏟아붓고, 탕비실 구석에 있는 쓰레기통에 컵을 내던졌다. 쓰레기 더미로 추락한 빈 컵에서 햇살의 잔영이 고집스럽게 올라왔다.

미술대학 건물을 나선 영채는 주차장으로 가 우현이 대기시키고 있던 차에 탔다. 그녀가 뉴욕 소재의 대학원에 진학한 후에도 여전히 경호를 맡고 있는 우현은 봄 학기를 마치고 함께 귀국했다.

"어디로 갈까요?"

우현이 물었다.

어디로 갈까? 여기서, 나는 어디로 가야 할까? 심장이 들썩이도록 달려가고 싶은 곳이라도 있다면.

"엘스 백화점으로 가요."

영채는 무덤덤하게 부탁했다.

"엘, 스, 백, 화, 점."

우현이 중얼거리며 내비게이션에 목적지를 입력했다.

차가 올림픽대교에 이르렀다. 영채는 차창 밖으로 보이는 한강의 풍경을 응시했다. 맑은 하늘을 품은 강이 사랑을 담뿍 받는 아이처럼 햇살에 어루만져지는 오후였다.

"라디오 틀어줄까요?"

우현이 말을 붙였다.

"네."

영채는 아무래도 상관없다고 생각했다.

"백화점에 가면 여름옷부터 몇 벌 사요. 이번 여름 굉장히 더울 거라는데."

우현이 라디오 채널을 이리저리 돌렸다. 5월도 중순. 봄은 무음의 총탄처럼 젊음을 관통하고 있었다.

"더워지기 전에 미국 갈 건데요, 뭐."

"오랜만에 나온 김에 여름까지 있다 가지. 이참에 나도 서울 구경 많이 하게."

"그 채널 괜찮아요, 오빠."

영채는 지나가려는 라디오 채널을 붙들고 좌석에 고개를 기댔다.

오페라 '투란도트' 중의 아리아 '공주는 잠 못 이루고'의 웅장한 선율이 가슴을 후벼 팠다. 어둠에 잠긴 다리와 다리 너머 도시의 야경이 눈앞에 아른거렸다. 자전거 뒷자리에 앉아서 맞던 밤바람. 고개를 기댈 때 뺨에 온기를 심던 젊은이의 등. 수줍게 붙들었던 그의 셔츠 자락이 아직도 손끝에 생생한데.

「기다리지 마요.」

그 한 마디 던져놓고 사라져버린 사람.

영채는 눈물이 맺히려는 눈을 깜박였다. 파릇한 하늘을 품은 강을 따라 신록이 무성했다. 봄이있다. 그녀의 얼어붙은 마음과는 상관없이.

차가 잠실사거리에 도착하자 엘스 백화점의 하얀 외벽이 거리 건너편에 보였다.

"유턴할 것 없이 여기서 내려줘요."

영채는 우현에게 말하고 핸드백을 챙겼다.

"주차장 들어가려면 어차피 유턴해야 하는데요."

"빨리 내리고 싶어서 그래요. 볼일 다 보면 전화할 테니까 주차장에 차 갖다놓고 오빠도 백화점 구경 해요. 어머니랑 여동생 선물 사가야 한다면서요."

"알았어요."

가족 얘기에 환한 얼굴이 된 우현이 차를 인도에 댔다. 영채는 직진한 차가 시야에서 벗어나자 잠실역으로 들어갔다. 엘스 백화점이라 적힌 화살표를 따라 걸으니 석조 분수대가 나왔다. 물을 뿜어내는 순백의 천사상을 오랫동안 바라보다 걸음을 되돌린 영채는 지상으로 나와 석촌호수로 향했다.

호수는 산책하는 사람들로 붐볐다. 유모차를 미는 젊은 여자와 손을 맞잡고 걷는 노부부와 교복을 입은 학생들이 차례로 지나갔다. 사람들의 물결에 몸을 담갔다가 빠져나온 영채는 벤치에 앉아 휴대전화를 꺼내들었다. 단축 번호 1번을 누르자 신호음이 가고 승조가 전화를 받았다.

— 영채야.

"아저씨, 아까 메시지 받았는데 전화 못 드렸어요. 그 사람 소식 들으셨다면서요?"

— 그래.

"지금 어디 있대요?"

— 죽었단다.

영채는 혀를 깨물어버렸다.

"언제요?"

아파야 하는 걸까?

— 꽤 오래전에.

"어떻게 죽었대요?"

승조가 침묵을 지켰다.

"끝이 안 좋았나 봐요?"

— 그게…….

승조가 입을 열자 영채는 겁이 왈칵 났다.

"됐어요, 아저씨. 안 들을래요."

열어서는 안 될 판도라의 상자 앞에 선 심정이었다.

— 미안하다, 영채야.

"아저씨가 미안해하실 게 뭐 있어요? 괜한 고집 부린 저 때문에 그동안 애 쓰셨어요."

─ 넌 가진 것이 많으니, 앞으로 행복해질 일만 생각해라.

승조가 위로의 말을 건네는 동안 음울한 이명이 귓속에 퍼져갔다. 한참 만에 한 무리의 중국인 관광객들이 수런거리는 소리가 이명을 걷어냈다.

─ 괜찮으니?

승조가 묻고 있었다.

"괜찮아요, 아저씨. 이만 끊을게요."

영채는 통화를 종료하고 멀거니 호수를 바라보았다. 어떤 사람일까 궁금했는데. 만나지면 만나보고 싶었는데.

호수를 끼고 있는 매직 아일랜드에서 우아, 함성이 들려왔다. 놀이기구에 탄 사람들이 하늘로 날아오르며 내지르는 소리였다. 솟아올랐다 떨어지길 반복하는 사람들을 보면서 영채는 자문했다. 내가 정말로 많은 것을 가진 걸까?

신록의 향기를 머금은 산들바람이 불어들었다. 살갗을 스치는 무심한 바람에 코끝이 맵싸해졌다.

영채와 통화를 끝낸 승조는 차연에게 전화했다. 그의 보고를 들은 차연이 흡족한 듯 웃었다.

"약속하신 대로 영채는 지켜주셔야 합니다."

─ 구 비서도 나이가 드니 노파심만 느네요. 걱정 마요. 가슴 아파하며 키운 딸한테 흠집이야 내겠어요?

차연이 묘한 여운을 남기고 전화를 먼저 끊었다. 승조는 눈부시게 아름다운 차연을 떠올리며 한기를 느꼈다.

「서영채가 어떻게 세상에 나왔는지, 구 비서는 알고 있죠? 난 그 아이를 대한민국 최고의 콜걸로 만들 수도 있어요. 영채가 곱게 살기 원하면 이번 일은 내 뜻대로 해요. 그럼 적당한 가문 골라 시집 보내는 자비 정도는 베풀 테니.」

그가 영채의 생모를 수소문하는 것을 알고 차연이 들이민 거래.

강차연은 하고 싶은 일은 하는 여자였다. 하고 싶은데 할 수 없는 일이라면 할 수 있는 일로 만드는 여자였다. 어떡해야 할까? 그 여자가 오랫동안 숨겨왔던 발톱을 영채를 향해 세우기 시작했는데.

서주그룹 사옥 회장실. 서국철은 애장품들이 빠져나가 휑한 집무실을 둘러보며 눈살을 찌푸렸다. 언론 플레이랍시고 별 짓을 다 하는구만. 뭣도 모르는 것들이 경제민주화니 갑의 횡포니 떠들어대는 통에.

문에서 노크 소리가 나고 비서실장 구승조가 들어섰다.

"인터뷰는 잘 끝내셨습니까?"

"바다의 대통령을 꿈꾼다. 대한민국 원양어업의 선구자. 어떤 게 기사 타이틀로 낫겠어?"

"바다의 대통령이 낫습니다. 미래지향적이고 스케일이 크니까요."

"역시 자네는 나랑 코드가 맞아. 방금 나간 기자한테 신경 좀 써. 월간 경제 특집 기사면 꽤 비중 있으니."

서 회장은 서주수산 로고가 박힌 회색 점퍼를 벗어 소파에 내던졌다.

"소탈한 회장님 이미지 심어주는 것도 골치 아픈 일이야. 도자기랑 골프 세트 원상복귀 시켜. 저 낡은 소파 당장 내가고."

"점퍼는 어떻게 할까요?"

"치워. 아무리 급하게 구해 와도 그렇지 어디서 생선 비린내 나는 걸. 인터뷰 내내 역겨워서 혼났잖아. 아니야, 구 비서. 점퍼는 따로 보관해두게. 언제 또 필요할지 모르니까."

"알겠습니다."

승조가 비서실 직원을 불러 인터뷰용 물품들을 치우고 집무실을 원래의 화려한 모습으로 되돌리는 동안 서 회장은 벽에 걸린 그림 밑으로 손을 밀어 넣었다. 액자에 감추어진 버튼을 누르자 벽 한쪽이 옆으로 밀리고 집무실에 딸린 호사스러운 휴식 공간이 드러났다.

샤워를 한 서 회장은 드레스 셔츠와 슈트로 갈아입고 집무실로 나왔다. 마호가니 책상 앞에 앉아 시가 통을 여는데 승조가 책상 맞은편에 서서 보고했다.

"전 해명수산 사장이었던 권민욱의 아들이 귀국했습니다."

"뉴욕에 있지 않았어?"

"오디세이가 한국에 지역 본부를 내는데 본부장으로 취임할 거라는 말이 돕니다."

서 회장은 시가를 집어 들려다 말고 흠칫했다. 오디세이. 뉴욕에 본사를 둔 투자 업체로 자금력과 영향력이 어마어마했다. 오디세이의 보이지 않는 손이 국제 금융을 좌지우지한다는 말이 있을 정도였다. 소문만 무성하던 한국 진출을 실행에 옮기려는 모양인데, 오디세이의 지역 본부장이라면 경시할 자리가 아니었다.

"그 아이 나이가 몇이더라?"

"서른둘입니다."

"그런 애송이한테 지역 본부를 맡기다니. 오디세이에 그리 사람이 없나?"

"애송이라기엔 경력이 만만치 않습니다. 하버드에서 MBA를 딴 직후 오디세이 대표가 직접 스카우트했답니다. 지난 4년간 성사시킨 인수 합병 건이 굵직굵직하고요. 금융 위기에 오디세이가 유독 승승장구하는 데 그의 공이 크다고 합니다. 그래서 오디세이 대표의 절대적 신임을 받고 있다고요."

서 회장은 오디세이 대표 데이비드 김을 떠올렸다. 빈손으로 도미해 온갖 풍상 겪으며 자수성가한 이였다. 사람 보는 눈이 깐깐한데, 그자의 신임을 받는다고?

"사윗감으로 점찍고 외동딸과 교제시킨다는 소문이 있습니다."

승조가 덧붙인 말에 서 회장은 탄식했다. 권하진. 열여덟 피라미가 이렇게 크다니. 그때 고이 놓아주는 게 아니었어. 이제는 짓이겨 끌 수 있는 불씨도 아닌 듯하고. 어쩐다?

"식사 자리 마련해. 가능한 한 빨리."

"알겠습니다."

인사하고 나간 승조가 잠시 후 인터폰으로 보고했다.

— 권하진 씨와 연락이 되었습니다.

"직접 이야기했나?"

— 네. 식사 제안을 했더니 회장님 편한 시간에 맞추어 모시겠다고 하던데요. 어떻게 할까요?

예상 밖 호의적 답변에 서 회장은 더 불안해졌다. 권하진이 아직도 바늘을 입에 문 물고기인지, 눈앞에 앉혀두고 확인해야 마음이 놓일 듯했다.

"이번 주말에 가평 별장으로 초대해. 별장으로 사람들 보내서 손님 맞을 준비 해놓고."

– 알겠습니다.

퇴근 후, 서 회장은 자택에서 영채와 단둘이 저녁식사를 하게 되었다. 차연은 밖에서 저녁을 먹고 온다 했고, 장남 재익과 장녀 영빈은 해외 출장 중이있다.

"이번 주말에 시간 좀 내야겠다."

"무슨 일인데요?"

"중요한 손님을 가평 별장으로 초대했다."

영채는 반찬을 집으려 움직이던 젓가락을 내려놓았다.

"호스트 할 기분 아니에요."

"요즘 왜 이리 우울해? 젊은 사람이라 네가 있으면 분위기가 부드러워질 것 같아 그래. MBA를 하버드에서 땄으니 네 동문이기도 하고. 하버드 나온 딸 덕 좀 보자."

"선 자리는 아니죠?"

"네 나이가 몇인데 벌써 선이야? 넌 내가 평생 데리고 산다니까."

"제 나이가 몇인데 아직도 그 말씀이세요?"

"벌써 스물다섯이지 몇이야? 너, 너무 빨리 커. 내년이면 대학원 마칠 테니 뭐 할지 생각해봐."

"공부 더 하고 싶어요."

"학위는 석사 정도면 됐어. 이번에 신문사하고 출판사 하나 인수

했으니까 그쪽으로 마음 돌려봐. 네 몫으로 계열사 하나는 갖고 있어야 할 거 아니야."

"전 경영엔 관심 없어요."

"또 그 소리. 세상 물정 모르고 고집만 드세서. 서류상으로라도 언니 오빠랑 균형을 맞춰야지. 누가 보면 내가 널 홀대하는 줄 알아."

"그래서 생각하신 게 언론이랑 출판이에요? 제가 뭘 안다고요."

"그러게 비즈니스 스쿨 갔으면 좋았잖아. 돈 안 되는 문학을 골라잡아서 신경을 쓰게 해."

서 회장의 타박을 듣고 있다 영채는 협상을 하기로 했다.

"아버지, 주말에 손님 접대 잘할 테니까 제 부탁도 하나 들어주세요."

"뭔데?"

"올여름에 유럽 배낭여행 하고 싶어요."

"유럽은 영국에 있을 때 많이 다녀보지 않았어?"

"그때는 학교에서 짠 프로그램 따라 움직인 거였고요. 혼자 자유롭게 돌아보고 싶어요."

"특별히 가보고 싶은 데라도 있고?"

"프랑스 남부가 요맘때 자전거로 달리기 좋대요."

서 회장이 눈을 치켜떴다.

"너, 자전거 못 타잖아."

"탈 줄 알아요."

"언제부터?"

"대학교 때 배웠어요."

"어렸을 때 자전거 타는 게 무섭다고 그리 징징대더니. 오래 살고 볼 일이구나."

"여행 허락해주시는 거예요?"

영채는 분위기 좋을 때 얼른 일을 매듭지으려 했다.

"생각해보고. 주말에 차림에 신경 써. 중요한 손님이니까."

서 회장은 언제나처럼 확답을 미루면서 자신의 잇속부터 챙겼다.

저녁을 마친 서 회장은 서주해명 대표이사로부터 걸려온 전화를 받았다.

– 회장님, 금감원에 서주해명 지분을 20% 취득한 자의 보고서가 들어갔습니다.

"누군데?"

– 권하진이라고, 개인 투자자입니다.

"어떻게 소리 소문 없이 20%나 확보했지?"

– 오디세이 김 회장이 보유하던 지분 있잖습니까? 그 일부가 권하진에게 간 것 같습니다. 김 회장 지분이 꼭 그만큼 줄었습니다.

"주식 취득 목적은?"

– 보고서에는 차익 실현이라고 되어 있습니다.

차익 실현! 제 아비 회사를 되찾으려는 거겠지.

서 회장은 코웃음을 치고 전화기를 내려놓았다. 권하진 이놈, 생각보다 머리가 아프겠어. 그의 지분과 우호 지분을 계산하면 당장 경영권이 위협받는 일은 없겠지만, 신문 기사 한 줄에 요동치는 것이 주가였다. 엔저 현상으로 시장이 뒤숭숭한 판에 전 사주의 아들이 주식을 20%나 매입했다는 것이 알려지면 주주들이 동요할 것은 뻔했다.

　야심 차게 시작한 축산업 분야가 실적 부진으로 고전하고 있었다. 그룹의 핵심인 수산업 분야가 흔들리는 사태는 막아야 했다. 경영권 분쟁 소문이라도 돌기 전에 권하진을 만나 녀석의 지분을 되사는 것이 좋았다.

　그날 저녁, 귀가한 차연은 샤워를 하고 나와 가운 차림으로 화장대 앞에 앉았다. 프랑스산 앤티크 화장대 앞에서 얼굴을 손질하는 동안, 화려하지만 공허한 침실이 거울에 비쳤다. 기계적인 손길로 머리카락을 빗어 내리고 검정 저지 롱 원피스로 갈아입은 차연은 서 회장의 서재로 갔다.

　"오늘 재성 신 회장하고 저녁 했어요."

　"비싼 그림 많이 팔았소?"

　소파에 앉아 시가를 태우던 서 회장이 냉소적으로 물었다.

　"그림을 보는 눈이나 있어야 팔든지 말든지 하죠. 일개 비서 주제에 반반한 얼굴 하나로 재성 후계자 꼬여내서 결혼하더니 운 좋게 남편 죽자 경영권 꿰찬 여잔데."

　"허허, 또 그 소리. 신 회장 귀에 들어가기라도 하면 어쩌려고."

　"없는 말 꾸며내는 것도 아니잖아요. 내가 비서 출신들에게 맺힌 게 있어서 그래요. 누구 덕분에."

　차연은 눈을 치떠 서 회장을 노려보았다. 서 회장이 궁색한 헛기침을 하며 시선을 돌렸다.

　"그래, 그림 얘기 안 했으면 무슨 얘기가 오갔소?"

　"신 회장이 영채를 며느릿감으로 탐내는 눈치던데요."

"영채를 언제 봤다고?"

"신 회장 막내아들이 영채를 마음에 두었다네요. MIT에서 석사 밟고 지금 박사 과정에 있다는데 영채가 하버드 있을 때 교류라도 있었나 봐요."

"영채는 그런 말 안 하던데."

"재성은 유통업계 1인자예요. 혼맥으로 맺어지면 시너지 효과가 엄청날 거예요."

"신 회장을 그리 못마땅해하면서 어찌 혼사 생각을 해?"

"마음에 드는 사람하고 혼사 추진하나요? 도움이 될 만한 사람하고 손을 잡는 거지."

"하지만 영채는……."

"왜요, 워낙 각별한 아이라 못 떠나보겠어요?"

"아직 어리고 공부를 더 하고 싶다고 하니 그러지."

"스물다섯이 뭐가 어려요? 난 그보다 더 어릴 때 당신하고 결혼했는데. 지금이 웨딩드레스 입기에 딱 예뻐요. 공부야 결혼하고 나서도 할 수 있는 거고."

"우리 때랑 시대가 같은가? 요즘은 서른 넘어 미혼인 것은 흠도 아니오. 공부해서 커리어 쌓는 게 결혼하는 것보다 남는 장사인 시대기도 하고."

"설마 당신, 영채를 회사에 들일 생각이에요?"

"일을 하고 싶다면 밀어주는 것도 나쁘진 않지. 영빈이도 처음에 조금 도와줬더니 혼자서 잘하고 있지 않아. 아들딸 가릴 거 뭐 있나? 능력 있으면 키우는 거지."

차연은 경련하는 입술에 힘을 주었다. 어떻게 내 앞에서 영빈이랑 영채를 비교해? 영빈이는 내 딸이고 영채는 당신 딸인데. 서 회장의 얼굴을 할퀴고 싶은 충동이 치솟았다.

속내를 드러내는 대신 차연은 차분히 일렀다.

"영채는 사업할 그릇이 아니에요. 정 직함이 있어야 한다면, 미술관에 자리 마련할게요."

"신경 써주면 고맙고."

"영채 일은 내가 알아서 할 테니까, 당신은 재익이랑 얘기 좀 해보세요."

"왜?"

"클럽에서 노래 부르던 아이를 픽업해서 오피스텔에 두고 들락거린 모양인데, 여자애가 임신을 했대요."

서 회장이 굳은 얼굴로 헛기침을 뱉어냈다.

"아들이 아비를 닮아도 어찌 그런 것만 닮았는지. 당신 사업 수완은 쏙 빼놓고 바람기만 물려받았어요. 여자애는 내가 처리할 테니 당신은 재익이 단속하세요. 결혼하기 전에 바람기 확실히 잡으라고요. 내가 영채 키우며 가슴 아파한 걸 며느리에게 물려주고 싶진 않아요."

"영채 일은 당신한테 평생 고마워하며 산다고 하지 않았어. 어째 불똥을 그 아이에게 튀길까?"

"내가 얼마나 그 아일 위하는지 당신이 알아주지 않으니까 그렇죠."

"알아요, 알아. 내가 왜 모르겠어."

서 회장은 테이블 위로 몸을 굽혀 차연의 손을 잡으려 했다. 차연이 손을 피하며 일어섰다.

"나가볼게요. 작업실에서 잘 거니까 기다리지 마세요."

도도한 걸음걸이로 서재를 나서는 차연을 주시하던 서 회장은 마호가니 책상으로 가서 서랍을 열었다. 두툼한 흰 사각 봉투를 꺼내어니 편지가 나왔다.

: 영채는 잘 있나요? 지켜보고 있어요.

순백의 종이에 스민 핏빛 글씨. 며칠 전 회사로 날아든 편지의 봉투에는 뉴욕의 우편 소인이 찍혀 있었다.

: 홍도희.

서 회장은 봉투에 적힌 발신인의 이름을 노려보았다. 설마 영채를 지척에서 살피고 있는 건가? 죽은 사람처럼 소식이 없더니 왜 하필 지금 해묵은 협박을 상기시키는 걸까? 영채를 뉴욕에 방치해도 괜찮은 건지.

재성은 혼맥으로 엮기에 흡족한 자리였지만 영채가 재성으로 날개를 달까 걱정이었다. 과거가 드러나면 폭풍이 불어 닥칠 것이니, 내 품에 가둬두는 것이 상책인 것을. 차연이 긁어 부스럼을 만들기 전에 수를 짜내야 했다.

"어머니 들어오셨어요?"

2층에서 내려온 영채는 주방을 정리하는 집사에게 물었다. 그녀가 태어나기도 전부터 이 집에서 일하고 있는 집사 전경선은 50대

초반의 나이임에도 불구하고 깍듯이 대답했다.

"작업실에 계십니다."

영채는 지하로 향했다. 나선형 원목 계단을 내려갔을 때, 열려 있는 차연의 작업실 문 너머에서 현란한 오케스트라 연주가 새어나왔다.

영채는 열린 문 틈 사이로 고개를 들이밀었다.

"어머니, 저예요."

작업실의 널찍한 메인 룸은 비어 있었다.

영채는 망설이다 작업실로 한 발을 들였다. 두툼한 붉은 카펫이 깔린 작업실에는 소파와 테이블과 조명이 감각적으로 배치되어 있었다. 작업실이라는 이름이 무색하게 차연이 여기서 그림을 그린 것을 본 적은 없었다. 그런데도 이 방은 언제나 작업실로 불렸다. 집사의 말에 따르면, 그녀가 이 집에 오기 전부터 그랬다고 했다.

"영채?"

말려 올라가는 차연의 목소리가 벽 쪽에서 들렸다. 검정 드레스를 입은 차연이 벽을 등지고 서 있고, 벽이 막 닫히고 있었다. 세이프 룸? 영화에서나 보았던 은밀한 구조를 상상하는데, 차연이 1인용 소파에 몸을 깊이 묻으면서 일렀다.

"들어와."

"와인 하실 건가 여쭤보려고 내려왔는데."

영채는 차연에게 다가서다가 사이드테이블에 놓인 와인 잔을 보았다.

"같이 와인 하기로 해놓고 혼자 마시고 있었네."

차연이 레드 와인으로 절반쯤 찬 잔을 들어 보이고 옆 자리 소파를 가리켰다. 영채는 차연이 가리키는 소파에 앉았다. 소파 앞 유리 테이블에 대형 양장본 책이 펼쳐져 있었다.

"무슨 책 보고 계셨어요?"

"다음 강의에 쓸 자료. '이아손과 메데이아'라는 작품이다."

책 속에는 전라의 남녀가 나란히 선 그림이 있었다. 남자는 한 손으로 황금 깃털을 치켜들었고, 여자는 남자의 어깨에 손을 올린 채 남자를 흠모의 눈길로 바라보고 있었다. 여자는 남자를 보고 있는데 남자는 손에 쥔 황금 깃털에만 정신이 팔려 있었다. 두 사람의 엇갈린 시선이 슬펐다.

"메데이아는 한 나라의 공주였지."

차연이 그림 속 여자를 짚으며 설명했다.

"그녀 옆에 선 남자는 왕권을 빼앗기고 몰락한 이아손. 이아손은 왕권을 되찾기 위해 메데이아의 아버지가 가진 황금 양털이 필요했다. 이아손은 황금 양털을 훔치기 위해 성에 잠입하고, 이아손을 본 메데이아는 사랑에 빠지고 말아. 메데이아는 이아손과 함께 도주하는데 아버지가 보낸 군사들의 추격을 받게 된단다. 메데이아가 어떻게 추격군을 따돌리는지 아니?"

영채는 고개를 저었다.

"도망 나올 때 데리고 온 남동생을 죽여 사지를 강에 던진단다. 군사를 이끌고 딸을 추격하던 왕은 아들의 죽음에 망연자실하고, 아버지가 동생의 시신을 수습하는 동안 메데이아는 이아손과 도망치지. 그 정도는 되어야 사랑이라고 할 수 있지 않겠니?"

차연의 입가에 살얼음 같은 미소가 맺히자 영채는 소름이 돋았다. 어머니가 결혼하면서 친정 계열사의 지분을 가지고 나와 아버지에게 힘을 보탰다는 이야기가 생각났기 때문이었다. 그 과정에서 남동생과 불화가 싹텄고, 어머니는 친정과 연을 끊었다. 집에선 발설하면 안 되는 이야기였고, 밖에선 모두들 알고 있으나 모른 척하는 이야기였다.

작업실 구석에 있던 턴테이블이 멈췄다. 잠시 생각에 잠겼던 차연이 일어나 레코드를 갈았다. 힘차면서도 구슬픈 소프라노의 아리아가 스피커에서 흘러나왔다. 모차르트의 오페라 '마술피리'에 등장하는 '지옥 같은 복수심이 내 가슴에 끓어오르네'였다.

"조수미 버전은 섬세해서 좋지만 오늘은 비장한 나탈리 드세이 버전이 더 끌리는데."

볼륨을 키운 차연이 소파로 돌아오며 의미심장하게 말했다. 영채는 테이블 위의 책과 차연을 번갈아 보았다.

"그래서 어떻게 됐어요? 남동생을 죽이면서까지 사랑하는 남자와 도망간 메데이아요."

"아들딸 낳고 잘 살지."

"정말요?"

"한동안은."

가볍게 대꾸한 차연이 화제를 돌렸다.

"참, 영채야. 재성그룹 신 회장님이 이번 주말에 콘서트 초대하셨다."

"저를요?"

"너하고 나."

"주말에 아버지 손님이랑 가평 별장에서 식사하기로 했어요."

영채는 차연이 와인 잔을 들어올려 피 같은 와인으로 입술을 적시는 것을 바라보았다. 차연이 와인을 한 모금 넘기고 잔을 느릿느릿 테이블에 내려놓았다.

"영채야."

"네."

"널 낳아준 여자를 찾아서 뭐 하려고 했니?"

영채는 심장이 오그라드는 것 같았다.

"알고 계셨어요?"

"네가 하는 일을 내가 모른 적 있었니?"

없었어요. 영채는 대답을 입안으로 삼켰다. 그동안 승조가 숨겨주었다고 생각했던 일들, 기타를 배우거나 카페에서 노래를 부르거나 몰래 주말여행을 떠나는 것 같은, 아버지 귀에 들어가지 않은 소소한 일탈들이 차연에게 걸러진 것이었음을 지난주 귀국한 후에 알게 되었다. 차연에게 느낀 것은 고마움이 아니라 경계심이었다. 어린 시절부터 달고 살던 차연의 서늘함이 요즘 부쩍 살갗으로 스며든다.

"어머니나 아버지께 서운한 게 있어서는 절대 아니에요. 그냥 어떤 사람인지 궁금해졌던 것뿐이에요."

"궁금할 수 있지, 충분히. 핏줄인데, 안 궁금하면 그게 더 이상한 거지. 그런데 말이다, 사람은 뭘 원할 때 조심해야 하는 거야. 호기심이 고양이를 죽인다는 말도 있지 않니?"

"네."

"'죽음과 소녀'라는구나."

"네?"

"콘서트 레퍼토리 말이야. 슈베르트의 사중주 '죽음과 소녀'라는

구나. 너, 슈베르트 좋아하지? 같이 음악 듣고 신 회장님이 사주시는 저녁 먹고 들어오자. 아버지가 손님하고 지루한 사업 얘기 하는 거 듣는 것보다 훨씬 재미있을 거야. 아버지껜 내가 말씀드릴 테니."

"네."

영채는 감히 반항하지 못했다. 차연이 긴 손가락을 뻗어 그녀의 얼굴을 쓸었다.

"영채, 다 컸네. 이제 좋은 남자한테 가서 꽃처럼 사는 일만 남았구나."

살갗에 스치는 긴 손톱의 감촉이 메두사를 연상시켰다. 뱀의 머리를 하고 그를 쳐다보는 모든 사람을 돌로 만들어버린다는 괴물.

영채는 어색한 미소를 밀어내며 어깨를 뒤로 뺐다.

"그럼 보세요. 전 올라가볼게요."

소파에서 일어나는 그녀를 올려다보며 차연이 입꼬리를 올렸다.

"Good night, 영채."

"어머니도 편히 쉬세요."

영채는 짧게 고개를 숙였다가 돌아섰다. 푹신한 카펫을 밟아 작업실을 나서는 내내 한기가 발목을 휘감았다.

영채가 계단을 올라 멀어지자 소파에서 일어난 차연은 작업실 문을 닫고 스피커의 볼륨을 높였다. 그녀만의 요새에 울려 퍼지는 복수의 선율 너머에서 젊은 날 서 회장의 목소리가 들려왔다.

「이혼만 해주면 재산 분할은 당신 뜻에 따르지.」

「그 여자가 그렇게 대단해요? 다른 여자들처럼 스쳐 지나라니까요. 그 여자가 밴 씨도 호적에 올리고 키워줄 테니까, 여자만 정리

하라잖아요.」

「사랑하는 여자와 살고 싶어. 빈껍데기 붙들고 사느니 아직 젊을 때 당신도 새 출발 하는 것이 낫지 않겠소?」

「당신이 인간이야? 나한테 어떻게 이럴 수 있어? 아버지한테 맞서면서 내 지분 끌고 와 당신한테 바쳤어. 당신 보호하려고 내 동생 경제 사범 만들어 감옥살이까지 시켰어. 수많은 여자들 건드리고 다닐 때도 참으면서 기다렸어. 그런데 뭐? 이혼? 못 해줘. 안 해 줘.」

「날 위해서 한 일이 아니잖소. 날 이용해 당신의 야망을 이루려 했던 거잖아!」

「그래서 어쩌자고! 여기서 멈추라고! 날 이용한 건 당신도 마찬가지면서.」

그녀가 서국철을 선택한 동기는 욕망이었다. 권력을 향한 지독한 갈증이었다. 그녀는 서국철과 그녀가 닮은 족속이라는 것을 첫눈에 알아봤다. 준수한 외모와 호탕한 언변. 야망을 위해 양심을 구부릴 수 있고, 가지기 위해 거침없이 빼앗을 수 있는 사내. 서국철은 다듬어지지 않은 원석이었다. 잘만 조련하면 대한민국 최고의 권력자로도 만들 수 있으리라 자신했다.

서국철. 재계 30위권에 턱걸이하는 집안을 5위권까지 키워줬어. 당신이 지금의 위치에 있는 게 누구의 자금과 로비 덕인데. 배은망덕한 자식 같으니라고.

애증의 강 이쪽저쪽을 오가던 결혼 생활이었다. 하지만 늘 무심하던 남편이 다른 여자 때문에 무릎을 꿇고 눈물을 흘리던 밤, 그녀는 되돌아올 수 없는 강을 건넜다. 남편에게 걸었던 모든 기대를 끊어내고, 증오만 넘실대는 강 쪽에 영혼을 던지고, 서국철의 행복한 내조자로 돌아가는 다리를 불태웠다.

「여자하고 아이 중에 하나만 택해요. 여자를 포기하면 아이는 받아주죠. 여자를 택하면 둘 다 죽을 거예요.」

남편은 아이를 택했고 그녀는 아이를 호적에 올렸다. 외도의 산물을 입양아로 만들기 위해 돈을 썼고, 입양한 아이에게 친딸과 같은 돌림자까지 붙여가며 꽃처럼 키웠다. 그렇게 약속을 지키는 척하며 오랜 세월 복수의 칼날을 갈았다.

차연은 처연한 미소를 머금고 와인을 마셨다. 목구멍 너머로 부드럽게 흘러내리는 와인이 피를 데웠다.

서영채, 내 피눈물을 먹고 자라더니 곱게도 컸구나. 네 어미가 사라진 지 벌써 4년째다. 아직까지 소식 한 자락 없는 걸 보면 죽었단 거지. 널 끔찍이도 아끼는 네 아버지, 그 작자가 말하는 소위 '사랑'이란 것의 실체를 이제 네게 보여주마. 네 어미가 이미 대가를 치렀으니 너는 내가 아파한 것의 꼭 절반만 아파봐라. 널 대한민국 화류계의 전설로 만들까 생각도 했다만, 재벌가 벽그림 정도로 하기로 하자. 가슴 쥐어뜯어가며 키운 정이 있는데 그 정도 자비는 베풀어야 하지 않겠니?

2층 침실로 온 영채는 노트북을 켜고 차연이 들려준 이야기의 다음 부분을 찾았다. 메데이아와 결혼한 이아손은 고국으로 돌아가 왕위를 빼앗은 의붓 형제를 죽이지만, 잔혹한 행위로 신의 노여움을 사고 추방된다. 망명한 이아손과 메데이아는 아들 둘을 낳고 행복하게 산다. 그런 그들에게 10년 후 비극이 찾아든다. 망명국의 왕이 이아손에게 사위가 되어달라 제안하고, 이아손은 젊은 아내와 권력을 쥘 수 있는 기회 앞에서 흔들리고 만다.

이아손이 다른 여자를 아내로 맞이하자 메데이아는 복수를 꿈꾼다. 겉으로는 이이손의 결혼을 축하하는 척하면서 그의 새로운 신부에게 예복을 선물하는 것이다. 예복을 입은 신부는 고통으로 몸부림치다 죽는다. 예복에는 독이 발려 있었고 그 독이 신부의 살갗으로 스며들었기 때문이었다.

메데이아의 복수는 거기서 멈추지 않았다. 메데이아는 이아손이 가장 사랑하는 존재, 그녀와 그의 사이에서 태어난 두 아들을 죽이기로 한다. 남편의 후계자를 제거하고 그가 평생 고통에 잠겨 살도록 하고자 함이었다.

비극적 신화에서 영감을 얻은 미술 작품들을 보면서 영채는 차연의 독백을 곱씹었다.

「좋은 남자에게 가서 꽃처럼 사는 일만 남았구나.」

왜 그 말이 저주처럼 들렸을까? 이 바닥에선 모두들 손익을 따져 부부의 연을 맺었다. 언젠가는 그녀에게도 그런 운명이 닥칠 거라고 생각하고는 있었다. 하지만 이렇게 빨리는 아니었다.

새장 같은 이 집에서 탈출하려면 시간이 더 필요한데. 아직은 내 힘으로 할 수 있는 것들이 별로 없는데. 영채는 초조하게 방을 서성이다 승조에게 전화를 걸었다.

"아저씨."

저 복지원에서 입양된 거 맞아요? 아버지랑 어머니가 후원하시던 복지원에서 골골거리던 절 보고 안쓰러워 데리고 오신 거 맞아요?

왜 하필 그런 의문이 들었을까? 벼락처럼 내리친 생각에 영채는 지레 놀랐다. 섣불리 입 밖으로 내서는 안 될 말이었다. 아무리 그녀에게 친절하다 해도 승조는 결국 아버지와 어머니의 사람이니까.

— 영채야, 왜 그러니?

승조가 걱정스럽게 물었다.

"우현 오빠 말이에요. 서울 지리에 익숙하지 않다고 너무 구박하지 마시라고요."

— 알았다.

"꼭 부탁드려요. 제 마음 그렇게 잘 맞춰주는 사람도 찾기 힘들어요."

의심을 피하기 위해 재차 강조하고 영채는 전화를 끊었다. 갑갑한 방 안 공기를 견딜 수 없어 창을 열었는데, 창 밖에는 바람 한 점 없이 어둠만 자욱했다.

울창한 어둠 속에서 으스름달이 내비쳤다. 아직도 기억 속에 생생한 그 봄밤, 젊은이가 해준 말이 달빛을 타고 흘러들었다.

「아가씨와 아가씨를 아껴줄 좋은 사람을 위해서. 언젠가는 그 사람이 아가씨 앞에 나타날 테니까.」

혼자 걸어 외롭긴 했어도 튼튼한 줄로만 여겼던 다리가 중간에 끊긴 것을 깨달은 심정이었다. 강 저쪽에 닿으려면 다리를 마저 건너야 하는데, 끊어진 다리 너머로 뛰어올라야 하는데, 함께 뛰어올라줄 사람이 보이지 않았다.

「마음 놓고 걸어. 내가 뒤에 있을 테니까 아무 걱정 하지 말고.」

그 말에 기대고 살았는데. 주저앉지 않고, 흐트러지지 않고, 어두워도, 찬바람이 불어도, 똑바로 걷고 있으면, 그 사람이 언젠가 홀연히 나타나 잘 살았다고 칭찬해줄 줄 알았는데. 외로웠겠다고, 힘들었겠다고, 위로하며 꼭 안아줄 줄 알았는데.

봄은 다시 왔고 고이 간직한 추억은 여전히 싱그러운데, 그녀를 둘러싼 것은 어둠뿐이었다. 숨통을 짓누르는 어둠 속에서 그녀는 철저히 혼자였다.

토요일 저녁, 서 회장은 가평 별장 거실에 앉아 생각에 잠겼다. 저녁을 같이 한 하진을 막 떠나보낸 참이었다. 표면적으로 훈훈한 분위기의 재회가 이뤄지는 동안 하진은 정중했고, 격식을 갖춰 그의 건강과 가족의 안부를 물었다. 저녁식사 내내 뉴욕 금융가의 동향과 연말에 있을 대선 같은 부담 없는 이야기가 오갔다. 출세하고 세련돼지기는 했지만 하진을 특별히 경계할 이유는 없어 보였다.

저녁을 마치고 바둑을 두면서 서 회장은 해명의 지분 이야기를 꺼냈다.

「김 회장님께 도움을 받으면서 드린 것이었는데, 너한테로 갔구나.」

「재물이란 돌고 도니까요.」

하진의 판은 속수의 연속이었으나, 서 회장은 우위를 점한 판을 앞에 두고도 불안했다.

「아버지께서 운영하시던 기업이니, 네게는 해명이 각별한 의미가 있겠지.」

「이 바닥에서 돈보다 각별한 의미는 없습니다. 제가 주식을 사들인 이유는 돈을 벌기 위해섭니다. 다른 걱정 마시고, 실적에 신경 써주십시오. 해명이 예전 같지 않습니다.」

「뉴욕에서 바빴을 텐데 별곳에까지 마음을 썼구나.」

「투자처에 대한 정보를 입수한 것뿐입니다.」

「요즘 상황이 빡빡한 건 사실이다. 그래서 말인데, 네 지분 나에게 넘기지 않겠니? 가격은 잘 쳐주마.」

「빡빡한 상황만 풀리면 해명은 언제든 반등하리라고 봅니다. 홀딩하겠습니다.」

하진은 정말 사적인 감정 따위는 없어 보였다. 하지만 아비가 창업하고 한평생 일군 기업을 단순한 투자처로만 볼 수는 없는 일. 상대를 안심시켜놓고 허를 찌르려는 연막작전일 것이다.

네가 아무리 힘을 키웠기로 무모한 싸움을 걸 수는 없을 게야. 서 회장은 다음 몇 수를 내다보며 그의 돌을 판 중앙에 놓았다.

바로 그때였다. 하진이 구석에 돌을 놓으며 비수 같은 미소를 드러낸 것은.

「회장님. 조언 하나 드리겠습니다.」

「뭐냐?」

「해외에 페이퍼 컴퍼니 세워 비자금 만들지 마시고, 로비할 돈 있으면 주주들 배당에 신경 쓰시죠. 잔꾀 쓰다가 큰 놈에게 물리십니다.」

서 회장은 노여움에 눈썹을 꿈틀거렸다. 하진이 미소를 걷고 심장에 칼을 꽂듯 말했다.

「그리고 하대하지 마십시오. 나는 이제 당신의 돈 봉투에 고개를 조아리던 열여덟 소년이 아닙니다.」

건방진 자식! 서 회장은 시가를 연이어 태우다가 승조에게 전화를 넣었다.

"해명 국제부에 있는 권기욱 말이야."

─ 전 사장 권민욱의 동생 말씀하십니까?

"그래. 권하진의 숙부. 그자에게 사람 붙여. 털어서 먼지 좀 찾아내야겠다."

─ 알겠습니다.

서 회장은 연무 사이로 하진을 떠올렸다. 팔지 않겠다면 팔지 않고 버틸 수 없게 만들어줄 것이다. 하늘 아래 아킬레스건 없는 놈 없으니.

같은 시각 영채는 콘서트 관람을 마친 후, 재성그룹 회장 막내아들 정효원과 식사를 하고 있었다. 재성그룹의 신태란 회장은 젊어서 남편을 여의고 경영권을 승계해 회사를 키운 여걸이었다. 차연이 섬세하고 우아하다면 신 회장은 강단 있고 대범한 인물이었다. 하지만 분위기가 전혀 다른 두 어머니는 자식들을 남겨두고 자리를 피하는 데 한 몸처럼 움직였다. 콘서트 관람을 마치고 나와 한정식집으로 자리를 옮겼는데, 메뉴를 펼치기도 전에 따로 할 이야기가 있다며 일어서버린 것이었다.

효원과 단둘이 남은 영채는 콘서트가 끝난 직후 차연이 건넨 말을 떠올렸다.

「아버지께서 신문사와 출판 그룹 인수하시면서 무리를 하셨다. 요즘 우리 그룹 현금 사정이 좋지 않아. 자식 된 도리로 아버지를 도와드려야 하지 않겠니? 재성과 손잡으면 서주의 위상이 달라진다. 네 인생도 달라질 테고. 영채, 잘할 수 있지?」

저녁을 먹으며 효원이 대화를 주도했다. 대화라기보다 효원이 주로 말을 하고 그녀는 형식적인 대답을 밀어내는 상황이었다.

효원은 다방면에 관심이 많고 자신의 일에 열정적인 사람이었다. MIT에서 물리학 박사 과정을 밟고 있다는데, 지금 앵그리 버드 게임에 담긴 물리학 이론에 대해 설명하는 중이었다.

영채는 숨통이 조이는 분위기 속에서 자리를 정리할 기회만 엿보았다.

"영채 씨는 논문 주제가 어떻게 돼요?"

효원이 화제를 바꾸자 영채는 벨을 눌러 종업원을 불렀다.

"저 술 좀 마실게요. 효원 씨는 뭘 드실래요?"

"전 됐습니다. 영채 씨 모셔다 드리려면 음주 운전하면 안 되잖아요."

손끝을 흠칫 떤 영채는 효원을 물끄러미 바라보았다.

「음주 바이킹하면 안 될 것 같아서요.」

4년 전 젊은이의 말이 귀 안에서 울었다. 그때 그 사람은 맥주를 마셨는데. 그를 단 한 번에 뺏겠다고 했을 때 그가 웃으며 주문한 맥주. 집에 가기 싫어, 다 마시겠다고 내가 떼를 썼지.

날카로운 키스를 하기 전에 그가 놓친 그 캔은 잔디밭에서 얼마나 오래 뒹굴었을까? 꽃잎을 몇 개 받았을 테고, 바람에 쓸리다가 그날 밤새 쏟아진 비에 젖었겠지. 우리 첫 키스의 목격자, 결국 쓰레기가 되고 말았겠네. 초라하게 일그러진 내 스물한 살 봄처럼.

멍하니 앉아 있는 그녀를 보고 효원이 걱정스럽게 물었다.

"제가 무슨 실수 했나요?"

"아니에요."

잠시 후, 주문한 맥주가 나왔다. 영채는 맥주 뚜껑을 따고 병째로 들이켰다.

효원이 그녀의 눈치를 보며 말을 걸었다.

"첼로 하셨다고 했죠?"

"네."

"다음 주에 미샤 마이스키 공연이 있어요. 티켓 있는데, 같이 가실래요?"

영채는 맥주병을 상에 탁 내려놓았다.

"죄송해요. 클래식 음악은 좋아하는데 콘서트는 안 좋아해요."

"왜요?"

"남들 박수칠 때 박수쳐야 하고 남들 조용할 때 조용해야 하니까요. 음악이란 게 듣다가 내 맘에 드는 대목에서 울다가 웃다가 해야제 맛이잖아요. 몸이 동하면 팔짝팔짝 뛰기도 하고, 느낌이 오면 꽥꽥거리다 뒤로 넘어가기도 하고. 그런데 콘서트장에 가면 격식 차리느라 그럴 수가 없잖아요. 숨 막혀서 싫어요."

효원이 이를 드러내며 웃었다.

"뭐가 재미있으세요?"

"네, 아니요만 하다가 술 들어가니까 말씀 편하게 하시네요. 보기좋아요."

이런 게 좋아? 영채는 울고 싶었다. 불쾌하라고 작정하고 병나발불었는데, 상대가 참 소탈하게 웃는다. 웃는 얼굴에 대고 화를 낼수도 없고, 미치겠다.

"취향이 독특하시네요."

"콘서트 싫어하시면, 뭐 좋아하세요?"

"일찍 집에 들어가는 거요."

싸늘하게 잘라 말했더니, 그제야 효원의 얼굴이 굳었다.

"일찍 자고 일찍 일어나는 편이라서요. 이만 들어가서 쉬어야 제 스케줄에 맞을 것 같아요."

"그럼 일어나죠."

영채는 후, 숨을 내쉬었다. 저녁 내내 목덜미를 조이던 올가미가 마침내 벗겨져 나가는 것 같았다.

영채를 효원과 붙여놓고 귀가한 차연은 거실에서 장녀 영빈과 차를 마셨다. 해외 출장을 마치고 돌아와 주말의 휴식을 즐기는 영빈은 티셔츠에 반바지를 입은 편한 차림이었다. 큰 키에 늘씬한 몸매, 화장을 지운 후에도 보얀 얼굴과 시원스러운 이목구비가 차연을 빼닮았다.

TV에서 독도 관련 시사 프로그램이 방영 중이었다.

[지구촌은 자원 전쟁의 시대로 접어들었습니다. 독도 인근의 수산 자원과 광물 자원은 상업적 잠재성이 대단할 것으로 추산되며, 독도에 자생하는 희귀식물들은 학술적 연구 가치가 높습니다. 자원의 보고, 독도. 우리가 독도를 지켜야 하는 이유 중의 하나입니다.]

내레이션이 끝나자 광고가 시작됐다. 곱상한 외모의 젊은 남자가 티셔츠와 청바지 차림으로 창가에 앉아 병 음료를 마시는 컷은 서주에서 최근 출시한 다이어트 차의 광고였다.

"이은석 섭외하려고 공 좀 들였다며?"

차연은 광고 모델인 배우를 감상하며 물었다.

"돈이 문제가 아니라 제품이 문제라며 깐깐하게 구는데, 무턱대고 특급 대우 요구하는 애들보다 더 골치 아프더라니까요. 어쨌든 이은석이 찍었다는 것만으로 입소문이 났으니, 골치 아픈 보람은 있어요."

"저 제품 효과는 있니?"

"있어요."

영빈이 자신 있게 단언했다.

"원료가 블랙퀸의 저주라고, 카리브 해에 있는 섬이 원산지인 꽃이에요. 원래 색은 까만데 여름을 나는 동안 색이 옅어지면서 10월쯤에 하얀 꽃이 돼요. 꽃이 까말 때는 독성이 있어 위험한데, 하얀 꽃을 따면 각종 유효 성분이 나와요. 그중에 체지방 분해 성분을 추출하면 녹차 카테킨보다 효과가 좋아요. 다이어트 음료로 딱이죠."

"원료 들여오는 데 아버지하고 갈등이 있었다면서?"

"아버진 원재료를 헐값에 들여오려고 하시잖아요. 시대가 바뀌었다고 말씀드렸어요. 재료 제 값에 사 오고 가공할 때 들어가는 원주민들의 노동력에 정당한 대가 지불하자고. 공정무역 하며 원주민들 마음을 얻어야 그 사람들이 우리랑 계속 거래하는 거지, 아버지가 해오던 양아치식 장사는 얼마 못 간다고."

차연은 통쾌한 웃음을 터뜨렸다.

"양아치식 장사! 정말로 그렇게 말했니?"

"그런 표현을 써줘야 아버지 노하셔서 재떨이 정도 집어던지시니까요. 그래야 임원들이 수군거리고 의견이 돌지. 아니면 아버지 쇠고집을 어떻게 꺾어요?"

영빈이 어깨를 으쓱하고 다리를 꼬았다. 차연은 영빈의 볼에 입을 맞추었다.

"똑똑한 영빈이. 그런 건 누구한테 배웠을까?"

"엄마한테 배웠지 누구한테 배워요? 난 엄마처럼 우아하지 못하니까 강공법을 쓰는 거고."

"그 강공법으로도 독어 복 문제는 해결 못 본 모양이던데?"

"말도 마요. 독어 복에서 추출한 성분으로 항암제 만들어 팔겠다 하시는데, 그게 제약회사 하나 인수해서 뚝딱 되는 문제가 아니라니까. 장기적 플래닝을 아무리 설명해드려도 아버지한텐 안 먹혀. 지금 당장 어떻게든 해결해! 이게 아버지 모토잖아. 내 아버지 아니었으면 사표를 써도 수십 번은 썼다니까요, 내가."

영빈이 고개를 절레절레 젓고 채널을 돌렸다. 리모컨을 몇 번 누르자 재성그룹 계열사 홈쇼핑 채널이 걸렸다. 이태리 직수입 수제 핸드백을 두고 매진이 임박했다고 호들갑을 떠는 쇼 호스트를 보다가 영빈은 물었다.

"영채 정말 재성 아들이랑 엮어줄 거예요?"

"정효원이 영채 보자마자 프러포즈 할 기세래. 프러포즈 받고 나면 약혼식 올려야 하지 않겠니?"

"엄마도 참. 프러포즈 받으면 받아들일지 말지 생각을 하는 거지. 요즘 세상에 어머니들 소개로 만나자마자 약혼이라니. 어우, 촌스러워."

"재성그룹 며느리 자리면 그 애한테 과분하다."

"입양된 거 빼면 영채 특A급 아니우? 고아였던 게 걔 잘못도 아니고."

"넌 왜 영채 편을 못 들어 안달이니?"

"편을 드는 게 아니라 객관적인 시각을 전달하는 거죠."

"그래서 그 객관적인 시각으로, 영채가 그룹 지분 야금야금 차지하는 거 두고만 볼 생각이니?"

"사주 딸이 지분 가지고 있는 게 어때서?"

"얘 좀 봐. 제 오빠한테는 그렇게 날을 세우면서."

"오빠하고 영채하고 같아요? 영채는 자기 위치에서 최선을 다하며 사는 아이고, 오빠는 능력도 없으면서 아들이란 이유로 후계자 자리 꿰찬 인간인데. 만들어준 자리 채우고만 있어도 누가 뭐래? 꼴에 야망은 있어서 이리저리 일 벌이고, 사고 터지면 책임 떠넘기기 급급하니. 그래도 사내라고, 여기저기 치마 속 들쑤시고 다니는 거 보면 내가 정말……."

"영빈아!"

차연은 날카롭게 영빈의 말을 끊었다.

"알았어요, 알았어. 그만해."

냉랭한 침묵이 흐르는 동안 영빈은 리모컨을 눌러 독도 다큐멘터리를 다시 틀었고, 차연은 숨을 고른 후 찻잔을 들어 올렸다.

"영빈아, 넌 영원한 사랑이 있다고 생각하니?"

"있었으면 좋겠어요. 팍팍한 세상은 싫으니까."

"팍팍한 인생 살기 싫으면 사랑 믿지 마라. 사랑에 영혼을 걸면 사랑으로 파멸하는 거다."

마침 주방에서 과일을 내오던 집사 경선이 멈칫했다.

"지금이야 아들이 영채한테 목을 매니 신 회장도 영채를 예뻐하지만, 사람 마음 변하는 거 한순간이다. 효원 군이 신 회장 눈 밖에 나기라도 해봐. 영채도 같이 미운털 박히는 거야."

차연의 말에 귀를 세우던 경선은 거실로 나와 테이블에 과일을 놓았다. 망고를 한 조각 집어 맛본 차연이 흡족한 미소를 흘렸다.

"잘 익었네. 전 여사님, 내일 망고 샐러드 만드세요. 뉴질랜드산 화이트 와인이랑 매치하면 좋겠어요."

"네. 준비하겠습니다."

경선은 담담한 표정의 가면을 쓰고 고개를 숙였다.

망고가 꽤 남은 접시를 두고 일어난 차연은 지하 작업실로 내려갔다. 휴대전화를 꺼내 단축 번호 하나를 누르고 기다리자 신호 세 번 만에 음울한 남자 목소리가 들려왔다.

— 무엇을 도와드릴까요?

"정효원에 대한 정보 수집이 어떻게 되어가는지 궁금해서."

— 아직까진 원하시는 방향으로 소득이 없습니다. 충실히 유학 생활한 케이스더군요. 학과 성적 우수하고, 대인 관계도 원만합니다. 여자관계라 할 것도 없고, 하다못해 주차 딱지 떼인 것도 없더라고요.

"작업의 방향을 바꾸어야겠네."

— 어떻게 바꾸시겠습니까?

"사람이 둘 필요해. 하나는 내가 죽으라면 죽을 수 있는 사람. 하나는 내가 죽이라면 사람을 죽일 수 있는 사람. 한 사람이 1인2역 해도 좋고."

— 가격은요?

"큰 거 두 장. 상황에 따라 조정 가능하고."

— 그 가격으로 사람 구하는 거 어렵지 않을 겁니다. 요즘 경기가 어려워 이 바닥에도 일감이 말랐으니까요.

"가능한 한 빨리 구해서 대기시켜."

─ 알겠습니다.

한남동으로 향하는 동안 차 안에 침묵이 쌓여갔다. 한남대교를 건넜을 때 효원이 침묵의 벽을 깨뜨렸다.

"영채 씨를 처음 본 게 4년 전이었을 거예요."

영채는 효원을 곁눈질로 살폈다. 이지적인 효원의 얼굴에 멋쩍은 미소가 떠올랐다.

"석사 과정 막 시작한 때였어요. 하버드대 앞에 있는 카페에 갔다가 노래 부르는 영채 씨를 봤어요. 그때는 영채 씨가 누군지도 몰랐죠. 하버드 숨마 쿰 라우드로 졸업했다는 기사를 보고서야 서주그룹분이란 걸 알았거든요. 이번에 나오니까 결혼하라 하시기에 영채 씨하고 아니면 안 한다고 했어요. 그래서 오늘 어머니가 자리를 마련하신 거예요."

영채는 무릎에 놓은 핸드백을 움켜쥐었다. 차가 신호에 걸리자 효원이 그녀를 돌아보았다.

"진부하죠? 예전에 용기 내서 영채 씨에게 다가갔으면 더 극적이었을 텐데."

효원의 온유한 눈동자에서 진심이 느껴졌다. 영채는 저녁 내내 한겨울 칼바람처럼 군 것이 미안해졌다.

"혹시…… 그때 저한테 장미 보내셨어요?"

그녀의 표정이 풀린 것을 감지했는지, 효원의 눈에 생기가 돌았다.

"아뇨. 공연 끝나고 선물도 많이 받으셨나 봐요?"

"장미 두 송이를 보내온 사람이 있었어요. 누군지 끝내 알아내지 못했는데, 가끔 기억이 나요. 누군지 몰라서 더 오래 궁금했나 봐요."

"장미 두 송이라니. 영채 씨에게 모든 것을 바치고 싶은 사람이었나 보네요."

강렬한 전율이 전신을 관통해 영채는 손가락을 떨었다.

"어떻게 그런 뜻이 돼요?"

"장미 한 송이는 내가 가진 모든 것. 다른 한 송이는 아직 갖지 못한 모든 것. 장미 두 송이를 준다는 건 나의 현재와 미래를 전부 당신에게 바칩니다, 그런 뜻 아니었을까요?"

"누구한테 장미 두 송이 주신 적 있나 봐요?"

"준 적은 없는데, 사랑하는 사람에게 장미 두 송이를 준다면 그런 마음이겠죠."

효원의 진지한 시선이 버거워 영채는 고개를 돌렸다. 신호가 바뀌고 차가 움직였다. 고백 아닌 고백을 해놓고 쑥스러웠는지, 효원이 한동안 운전에만 집중했다.

골목길로 들어선 효원이 능숙하게 핸들을 돌려 집 앞에 차를 갖다댔다. 영채는 효원이 문을 열어주길 기다리지 않고 밖으로 나왔다.

운전석에서 내려 그녀 쪽으로 돌아온 효원이 깍듯하게 인사했다.

"오늘 영채 씨 만나 반가웠습니다."

"저녁 잘 먹었습니다."

영채는 정중히 고개를 숙였다. 예의상의 답례였는데, 효원이 천진하게 물어왔다.

"또 연락 드려도 될까요?"

희망에 찬 아이 같은 효원을 보고 있자니 매정하게 거절할 수가 없었다.

「요즘 우리 그룹 현금 사정이 좋지 않아. 자식 된 도리로 아버지를 도와드려야 하지 않겠니?」

저녁 전에 차연이 은밀히 건넨 말도 마음을 헤집었다.

영채는 고개를 어정쩡하게 끄덕였다. 그 미미한 몸짓에도 효원이 환한 미소를 지었다.

"조만간 연락드릴게요. 들어가세요, 영채 씨."

"가시는 거 보고 들어갈게요."

"영채 씨 무사히 들어가시는 거 보고 출발할게요."

"제가 어두운 데서 멀어지는 불빛을 좋아해서요."

"취향이 정말 독특하시네요. 그럼, 가겠습니다."

차에 탄 효원이 안전띠를 매더니 눈인사를 했다.

영채는 고개를 숙이고 효원이 핸들을 돌리는 것을 보았다. 멀어지는 차의 미등 위로 발간 자전거 미등의 환영이 아른거렸다. 차마 어둠을 밝히지도 못하던 작고 외로운 빛. 다시는 볼 수 없을 첫사랑의 마지막 잔상.

서러움이 솟구쳐 영채는 입술을 깨물었다.

「기다리지 마요.」

전화기 너머에서 들려오던 비정한 통보가 아직도 생생했다. 아무리 기다려도 그 사람은 오지 않아. 난 추억만 안고서 문드러져갈 거야. 아버지의 온실 속에 평생 갇히거나, 어머니의 조종에 인형으로 전락하거나, 이대로 숨이 막혀 시들어갈 거야.

영채는 심장을 짓누르는 두려움에 떠밀려 효원의 차를 뒤쫓아갔다. 그녀를 사이드미러로 봤는지 효원이 차를 세우고 밖으로 나왔다.

"영채 씨, 괜찮아요?"

영채는 가쁜 숨결 사이로 물었다.

"자전거 잘 타세요?"

"네?"

효원이 어리둥절해했다.

"자전거요. 잘 타시냐고요."

"못 타지는 않는데요."

"그럼 내일 한강에서 자전거 타실래요?"

"좋죠. 언제쯤 시간 괜찮으세요?"

"아침 일찍만 아니면 아무 때나 좋아요."

"일찍 자고 일찍 일어난다면서요."

"어, 그게……."

영채는 입술을 깨물었다. 빨리 헤어지려고 거짓말 했어요.

"딱 들켰네요."

짐짓 화난 표정을 지은 효원이 이내 서글서글 미소를 지었다.

"예쁘게 단장하고 나오려면 아침 일찍은 안 되는 거죠?"

영채는 미안함에 말문이 막혔다. 그녀의 닫힌 마음이 상대의 진심을 짓밟을 핑계가 될 수는 없는 것을.

"점심 후에 어떠세요? 자전거 타고 이른 저녁 먹어요, 우리."

효원이 시원시원하게 일정을 잡았다.

"좋아요."

영채는 가만히 고개를 끄덕였다.

"오늘 밤에 맛집 조사해서 내일 아침에 연락 드릴게요. 오늘 영채 씨 만나서 정말 반가웠어요."

"저는 오늘 여러 가지로 미안하고, 또 고마웠어요."

"그럼 먼저 가볼게요. 천천히 멀어질 테니까 불빛 마음껏 보세요."

효원이 그녀에게 다정한 눈길을 주었다가 차에 탔다.

멀어지는 자동차 미등을 보면서 영채는 하진을 생각했다. 그 사람은 그 밤 얼마나 더 어둠 속을 달려 집에 도착했을까? 그녀가 그와의 재회를 꿈꾸며 설레는 동안 아버지는 그에게 무슨 상처를 준 걸까? 4년 전, 난생처음 아버지에게 언성까지 높이며 대들었지만, 아버지는 무슨 소리냐며 잡아뗐었다.

효원의 차가 골목을 돌아나가고, 미등이 구멍 냈던 어둠을 짙은 어둠이 메웠다. 집 앞길 풍경이 이리도 쓸쓸했었나. 이 스산한 풍경을, 유년의 기억이라는 이유로, 먼 이국땅에서 그리워했었구나. 막상 돌아오니 공허하고 적적한 어둠뿐인 것을.

옷에 구멍이 난 것처럼 찬바람이 가슴팍을 파고들었다. 봄인데, 왜 이리 추운지.

영채는 대문 앞에서 서성이다 골목길을 걸었다. 어둠이 무성하고 바람이 무거웠다. 끝없이 걸은 것 같은데 뱅뱅 돌아 다시 그 자리. 벗어나려 해도 벗어날 수 없는 미로에 갇힌 심정이었다.

저만치에 편의점이 보였다. 영채는 편의점으로 들어가 맥주를 한 캔 샀다. 초록색 바탕에 붉은 별 로고가 박힌 캔이 적당한 냉기를 머금고 있었다. 4년 전 그 사람과 함께 나누어 마신, 내 생애 첫 맥주. 한 번 취하면 깨어날 수 없는 줄도 모르고 겁 없이 들이켰던 첫 키스.

영채는 캔을 따고 맥주를 홀짝였다. 허한 속에 맥주를 넣었더니 취기가 금방 올라왔다. 나른하게 이완된 의식 속에서 변명도 함께 올라왔다. 사랑을 배신한 게 아니야. 나는 그저, 숨을 쉬고 싶을 뿐이야. 갑갑한 현실을 박차고 날아오르고 싶을 뿐이야. 정효원, 좋은 사람 같아 보였어. 내가 좋아하는 사람은 아니지만, 좋은 사람이었어. 진심으로 부탁하면 날 놓아줄 사람. 그거면 충분해. 일단은. 지금은.

걸음이 흐트러지자 영채는 담벼락에 등을 기댔다. 똑바로 걷고 있으면 언젠가 나타날 줄 알았는데. 나쁜 놈. 기다리지 말라면 더 기다리는 게 사람 마음이라고. 이별의 이유를 말해주지 않아서 당신이 더 가슴에 맺혔다고. 이렇게 미련하고 고집스러운 내가 싫다고. 사랑스럽지 않은 사랑은 이제 그만하고 싶다고.

까만 하늘에 돋은 달이 창백했다. 영채는 건배하듯 맥주 캔을 앞으로 내밀었다가 마지막 모금을 삼켰다. 생기 잃은 맥주가 텁텁했다. 사랑스럽지 않은 그녀의 스물다섯처럼.

서 회장의 가평 별장을 떠나 숙소인 삼성동 오피스텔로 가던 하진은 전화를 받았다.

― 부탁하신 거, 준비됐어요.

"지금 받을 수 있을까요?"

― 오래 자리를 비우지는 못해요. 집 가까운 데서 만나야 해요.

"제가 그쪽으로 가겠습니다."

전화를 끊은 하진은 한남동 쪽으로 차를 돌렸다. 내비게이션을 작동시키고서도 서 회장의 자택을 찾는 데 애를 좀 먹었다.

돌담벼락이 위풍당당한 고급 주택이 보이자 하진은 차를 세웠다. 서 회장 일가가 30년 이상 살아온 집이라고 했다. 영채가 저 담벼락 안에서 뛰어 놀고 꿈을 꾸었겠지. 이 거리를 걸었고 저 하늘을 올려다봤겠지.

어둠에 잠긴 풍경을 바라보다가 하진은 마지막 통화한 번호로 전화를 걸었다.

"집 앞에 있습니다."

잠시 후, 서 회장 집 대문이 열리고 인영이 내비쳤다. 하진은 자동차 라이트를 깜박거렸다 끄고 차에서 내렸다. 체구가 아담한 중년 여자가 다가와 작은 봉투를 건넸다.

"수고하셨습니다."

"영채 엄마, 정말 살아 있어요?"

"네."

"잘 있어요?"

"네."

경선이 손으로 입을 틀어막았다.

"비밀을 지켜주세요. 아직은 아무도 몰라야 하니까요."

하진은 경선에게 당부하고 차에 타려 했다.

"저기……."

경선이 그를 불러 세웠다.

"네."

"영채가 결혼을 할지도 모르겠어요."

하진은 피가 거꾸로 솟는 것 같았다.

"그게 무슨 말씀이십니까?"

"강차연이 영채를 재성그룹 막내아들하고 선을 보게 했거든요. 일이 아주 빨리 진행될 것 같아요. 영채 다시 미국 나가기 전에 최소한 약혼은 할 분위기예요."

"영채와 제가 단둘이 만날 수 있게 자리를 마련해주십시오."

"안 돼요!"

경선이 팔짝 뛰었다.

"권 본부장님이 영채를 좋아해서 데려가려는 걸 강차연이 알면 영채, 이 집에서 절대 못 나와요."

하진은 주먹만 말아 쥐었다. 그동안 경선과 접선하며 들었던 차연의 잔혹한 모습들이 떠올라, 속이 탔다.

"힘들겠지만, 조금만 더 견뎌요. 영채까지 제 엄마처럼 만들 수는 없잖아요."

"힘들지 않습니다."

그를 안쓰럽게 바라보던 경선이 주위를 살폈다.

"들어가봐야겠어요."

"네."

하진은 짧게 답하고 차에 타려 했다.

"꼭 기억해요. 영채에 대한 진심을 아직은 드러내면 안 된다는 거."

걱정이 되었는지, 신신당부를 하고서야 경선이 잰걸음으로 골목을 가로질렀다.

차에 올라탄 하진은 운전석에 무너지듯 등을 기댔다.

결혼을 한단다. 영채가.

어떻게 할까. 무엇을 어떻게 해야 할까.

영채를 안전히 데려오는 것이 먼저라는 것. 진심을 전하는 건 다음 문제라는 것. 머리가 세운 계획은 명료했다. 그런데 눈앞 세상이 핑그르르 돈다. 공기가 희박해진 듯, 숨쉬는 것이 힘들어지고 모든 생각의 흐름이 얼어붙는다.

떨리는 손으로 핸들만 붙들고 있는데, 고급차 한 대가 골목길로 미끄러져 들어왔다. 서 회장 집 앞에서 차가 멈추고 젊은 남자와 여자가 내렸다. 남자는 눈에 들어오지도 않았다. 선이 고운 원피스를 입은 여자가 영채였으니까.

하진은 핸들을 움켜쥔 채 영채를 바라보았다. 청바지에 티셔츠 차림으로 캠퍼스를 휘젓던 모습과는 달리 영채는 생기 잃은 꽃 같았다.

영채와 잠시 대화를 나눈 남자가 차에 올랐다. 영채는 차가 골목길을 빠져나가는 동안 꼼짝 않고 서 있다가 최면에서 깨어난 사람처럼 차를 뒤쫓아가기 시작했다. 차가 섰고 남자가 차에서 나왔다. 영채가 뭐라고 말했고, 남자가 환하게 웃었다. 몇 마디를 더 나눈 후 영채가 고개를 숙여 인사했고 이번에도 남자가 먼저 떠났다.

하진은 적요한 거리에 홀로 남은 영채를 바라보았다. 어깨를 축 늘어뜨린 채 돌아선 영채가 집을 지나쳐 골목길을 계속 걸었다.

하진은 차에서 내려 영채의 뒤를 밟았다. 걸음 소리가 골목에 울리지 않도록 조심하면서, 영채에게 너무 가까이 다가가지 않기 위해 마음을 동여맨 채로, 어둠에 배인 장미향을 따라갔다.

골목의 모퉁이를 돌면서 영채가 머리카락을 풀었다. 단정하게 묶여 있던 머리가 찰랑거리며 어깨와 등을 덮었다. 하진은 타이의 매듭을 잡아당겨 풀고 바람을 들이마셨다.

밤 속에 봄이 첩첩하고, 봄바람 속에 영채가 있었다. 영채의 향기를 머금고, 영채의 체온을 담은 바람. 바람 속으로 걸어 들어가면 영채가 가까워졌다가, 그의 느린 걸음을 비웃듯 바람이 지나가면, 영채도 순식간에 멀어졌다. 영채의 여운은, 언제나 그랬듯, 오늘 밤에도 잔인하도록 아득했다. 다가갈 수 없고, 잡을 수 없고, 그래서 가질 수 없는, 영채.

영채가 편의점으로 들어가더니 맥주 캔을 들고 나왔다. 맥주를 홀짝이며 영채는 걷고 또 걸었다. 또각또각. 영채의 하이힐이 길바닥을 두드리는 소리에서 차츰 맥이 빠졌다.

영채의 걸음이 조금씩 흐트러지는 것을 보다가 하진은 휴대전화를 끄고 재킷을 벗어 손에 걸쳤다. 고풍스러운 가로등을 지나칠 무렵 영채가 발을 헛디디더니 순간 휘청거렸다.

영채야! 하진은 튀어나가려는 외침을 간신히 삼켰다.

「권 본부장님이 영채를 좋아해서 데려가려는 걸 강차연이 알면 영채, 이 집에서 절대 못 나와요.」

지금까지 어떻게 참았는데. 여기서 모든 것을 망칠 수는 없었다. 앞으로 달려 나가지 않기 위해 안간힘을 쓰면서 하진은 주먹을 말아 쥐었다.

붉은 벽돌담에 기대선 영채가 맥주를 몇 모금 들이켜더니 노래를 흥얼댔다.

이젠 모두가 떠날지라도 그러나 사랑은 계속될 거야.

저 별에서 나를 찾아온 그토록 기다린 이인데.

그대와 나 함께라면 더욱더 많은 꽃을 피우고
하나가 된 우리는 영원한 저 별로 돌아가리라.

엇나간 음정으로, 주술을 걸듯 같은 부분을 반복하던 영채가 맥주 캔을 들어 올렸다.

"오늘 밤에도 별들이 멸치처럼 떴어요. 아직도 멸치 볶음 좋아해요? 그쪽 주려고 나, 멸치 볶음 만드는 법 배웠는데. 자전거 타는 법도 배우고, 멸종 위기에 놓인 물고기 구하라고 기부도 많이 했는데. 이 정도면 나, 열심히 산 기죠? 그쪽은 잘 살이요? 4년이나 날 바람맞혀놓고서 잘 살아져요? 날 바람맞혔지만, 그래도 행운을 빌어줄게요. 나는 너그러운 아가씨니까. 이봐요, 젊은이. 어디에 있든지, 당신의 인생에도 건배!"

영채는 웃으면서 울고 있었다.

"봄인데. 또, 봄인데. 기다리지 말라고 했는데 기다린 내가 바보지. 이제는 정말로 잊을 거야. 잊고 보란 듯이 행복해질 거야. 야, 이름이 뭔지도 모르는 젊은이. 잘 살라고 행운 빌어준 거, 취소. 너는 꼭, 꼭, 불행해라. 내가 아픈 만큼 아파하다 지옥에나 떨어져라. 무정한, 내 스물한 살의 개자식아."

영채의 손에서 맥주 캔이 떨어졌다. 맥주 캔이 거리에 처량하게 구르는 동안 영채가 고개를 숙이고 흐느꼈다. 영채의 울음이 잦아들도록, 하진은 가로등 빛이 비껴간 어둠 속에 묵묵히 서 있었다.

달이 영채의 머리 위로 처연한 빛을 내리고, 바람이 나뭇잎들을 들이쑤셨다. 별들은 해맑고 바람은 온순한데. 밤은 자비롭고 봄은 향긋한데. 그때 거기에서처럼, 지금 여기에도 사랑이 너울거리는데.

　다시 돌아온 초록의 계절은 두 청춘을 갉으며 무심히 흘러가고, 세월에 짓무른 사랑만 숨죽여 울었다.

06

진실 앞의 장님들

한 달 후.

한남동 서국철 회장의 자택에 기다란 상자 하나가 배달되었다.

"서영채 씨 댁입니까?"

오토바이를 타고 온 퀵서비스 배달원이 물었다.

"네. 맞습니다."

상자를 들고 집 안으로 들어온 경선은 2층 영채의 방으로 향했다. 계단을 막 오르려던 참에 마침 지하에서 올라오던 차연이 상자를 눈짓했다.

"택배 왔어요?"

"네."

"영채한테요?"

"네."

경선은 차연의 입가에 회심의 미소가 어리는 것을 보았다.

"내가 가져다주죠."

차연이 상자를 건네받더니 계단을 올랐다. 우아한 플로럴 향수의 잔향 속에 서 있던 경선은 주방으로 들어가 문자 메시지를 작성했다.

영채의 근황을 담고 하진에게 보내진 메시지는 발신 후 전화기에

서 삭제됐다.

똑똑. 차연은 2층 가장 안쪽에 있는 영채의 침실 문을 두드렸다.
"네."
대답이 들려오고 영채가 문을 열었다.
"숭배자가 선물을 보낸 것 같은데."
차연은 상자를 영채 앞에 내보이고 방으로 들어섰다. 영채가 상자를 받아들어 창가 책상에 놓았다. 노트북과 두툼한 영문 전공 서적 몇 권을 상자가 가로질렀다.
"열어보지 그러니?"
시무룩한 영채에게 차연이 눈짓했다.
영채는 포장을 뜯고 상자를 열었다. 상자에는 장미 두 송이가 놓여 있었다. 그림처럼 완벽한 꽃잎에 물방울이 맺힌 붉은 장미였다.
"카드도 있네."
차연이 크림색 카드를 집어 올려 영채에게 내밀었다. 영채는 봉투를 열고 카드를 펼쳤다.

: 제가 지금 갖고 있는 것과 언젠가 가지게 될 것들이에요. 저의 현재와 미래, 나쁘지 않죠? – 정효원 ^^

둥글둥글한 손글씨와 앙증맞은 이모티콘이 효원의 성격을 고스란히 반영했다.
"이 정도면 프러포즈인데?"
차연의 의미심장한 시선을 영채는 외면했다.

"감정 표현이 좋은 사람이라 그래요."

차연이 영채의 손을 쥐어 올렸다.

"회사 사정이 어떤지 엄마가 설명한 걸로 아는데. 효원 군과 교제한 지 한 달이다. 아직까지 프러포즈도 받지 못했다니, 엄마는 실망이야. 엄마 기대를 한 번도 저버린 적 없는 영채가 요즘 왜 이럴까?"

"정효원 씨, 좋은 사람이지만 전 결혼 생각이 없어요."

영채는 잡힌 손을 빼려 했지만 차연의 손이 수갑처럼 손을 옭아맸다.

"공부 계속하고 싶지 않니, 영채?"

"네?"

"가족이란 시절이 험할 때 서로 의지하고 돕는 거 아니겠어? 어려운 아버지 상황 모른 척하는 널 엄마가 어떻게 계속 지원할 수 있겠니?"

"대학원 등록금은 제가 받은 장학금……."

"출국 못 할 거다."

차연의 싸늘한 단언에 영채는 소름이 돋았다.

"효원 군과 약혼하고 함께 미국으로 가든지, 학교 정리하든지 둘 중에 하나다. 잘 생각하고 선택해."

"공부를 그만둘 수는 없어요."

"물론 선택은 네가 하는 거지. 네 인생은 네가 사는 거니까. 결정되면 알려주렴. 엄마는 네 뜻에 따를게."

어느새 유려한 미소를 머금은 차연이 손을 도닥이고 방을 나서다 문가에서 돌아섰다.

"서울에 남겠다면, 엄마가 미술관에 자리 마련해볼게. 나이 지긋하신 정재계 인사들 대접하는 거 이젠 엄마 힘으로 무리야. 젊고 싱싱한 네가 그분들을 상대하는 게 좋겠어. 우리 앞으로 아버지 사업을 어떻게 도울 수 있는지 마음을 모아보자. Good night, 영채."

차연이 도도한 눈인사를 남기고 문을 닫자 영채는 방바닥에 주저앉아버렸다.

나이 지긋하신 정재계 인사들을…….

젊고 싱싱한 네가…….

온 세상이 무너져 내리는 듯, 눈앞이 캄캄했다.

정신을 가다듬은 영채는 서 회장의 서재로 내려갔다. 문틈에서 새어나오는 빛을 보고 노크를 하려는데, 노기에 찬 목소리가 방을 울렸다.

"지금 수산 시장을 인수할 때가 아니야. 현금 사정이 좋지 않다고 몇 번을 말해. 차세대 프로젝트도 상황을 봐가며 가동시키는 거야. 그래도 이놈이. 아들이라고 밀어줬더니 앞뒤 분간을 못 하고! 좋은 말로 할 때 손떼. 그리고 당장 본가로 들어와. 분탕질을 해도 소리 소문 없이 해야지, 혈기만 왕성해서는."

서 회장이 수화기를 거칠게 내려놓는 소리가 들렸다. 더 좋은 때를 엿볼까 망설이던 영채는 숨을 고른 뒤 문을 노크했다.

"누구야!"

"영채예요."

"들어와."

다행히 서 회장의 목소리가 조금 누그러졌다.

서재로 들어선 영채는 얼굴이 붉게 상기된 서 회장의 눈치를 보았다.

"드릴 말씀이 있는데요."

서 회장이 책상 앞에서 일어나 소파에 앉더니, 맞은편 자리를 가리켰다. 영채는 서 회장을 마주하고 앉아 양손을 모아 쥐었다.

"아버지, 저 공부 계속하고 싶어요."

"누가 그만하래?"

"결혼 생각 전혀 없어요. 다른 욕심 안 부릴 테니까, 하던 공부 마치게 해주세요."

"정효원이 마음에 안 들어?"

"결혼 전제로 교제하는 게 부담스러워요. 시간을 갖고 알아갈 테니까, 공부는 계속하게 해주세요."

서 회장은 사냥꾼에 쫓기는 사슴 같은 영채를 바라보았다. 영락없이 네 어미 젊었을 때 모습이구나. 네 어미도 그 곱고 처연한 얼굴로 사내 애간장을 녹였지.

「영채가 생모를 찾고 있었던 건가 봐요. 일단 내가 손을 쓰긴 했는데. 우리 몰래 그 아이가 다시 일을 꾸미지 않는다는 보장도 없고. 당신이 그 여자를 어떻게 얻었는지, 영채가 진실을 알면 안 되잖아요? 이것저것 들쑤시기 전에 시집보내요. 재성그룹 며느리 자리면 누가 봐도 많이 남는 딜이니까.」

차연의 경고가 떠오르자 서 회장은 골치가 아팠다. 이래저래 꼬이고 있는 그룹 안팎의 상황이 신경을 긁는 판이었다. 하진이 해명 주식을 취득한 후, 오디세이가 해명을 적대적 인수 대상으로 찍었다는 소문이 돌고 있었다. 해명의 주가가 가파르게 상승했고, 주식을 추가로 매입하려 현금을 풀어야 했다. 부동산 처분을 하려 해도 서주의 현금줄이 말랐다는 소문이 두려워 선뜻 움직일 수 없었다. 거기다 그가 홀대했던 정치 야인이 오랜 공백을 깨고 나와 대선 후보로 높은 지지율을 기록 중이었다. 보험 드는 셈 치고 인사를 가자니, 현금 상자 준비하는 것이 힘에 부쳤다.

「재성 현금 많은 거야 누구나 다 아는 사실이고. 아끼는 막내아들이 영채한테 목매는데, 우리가 도와달라면 신 회장이 모른 척하겠어요? 은행장들한테 로비하는 것보다 나을 테니까, 못 이기는 척 영채 내주라고요.」

재성과의 연합이 탈출구가 될 수도 있겠어.

"영채야."

서 회장은 묵직한 목소리로 운을 뗐다.

"재성 신 회장, 고루한 옛날 여자 아니다. 네가 공부 계속하고 싶다면 후원자가 되어줄 거야."

영채의 눈가가 파르르 떨렸다. 젖어드는 영채의 눈동자를 외면하면서, 서 회장은 영채의 손을 잡아 다독거렸다.

"신 회장이 유학 생활비 짜게 주면, 내가 용돈 보태줄게. 그러니 아무 걱정 말고, 정효원이랑 잘해봐. 다 널 위해서 이러는 거야."

영채는 서 회장의 유들유들한 미소를 망연히 바라보았다. 입술을 깨물며 잡힌 손을 빼오는 동안, 가슴 한편이 와스스 무너져 내렸다.

다음 날, 영채는 효원의 데이트 신청을 받고 외출했다. 인사동에 있는 갤러리들을 둘러보고 저녁식사를 한 후 그녀를 집까지 바래다준 효원이 좀 걷자고 했다.

"저, 할아버님께 야단 들었어요, 영채 씨."

"왜요?"

"조부모님 댁이 이 근처거든요. 그런데 이 동네 드나들면서 영채 씨만 보고 간다고요. 아무리 그 아이가 좋아도 그렇지, 이 무정한 놈. 이러시던데요."

"할아버님 복분자주 좋아하신다면서요? 한 병 사 가서 말벗 해드리세요. 어르신들이 화를 내시는 건 외로움의 표현이래요."

"같이 가실래요?"

"네?"

영채는 놀라 걸음을 멈췄다. 효원이 그녀의 손을 잡아 올렸다.

"어르신들께 영채 씨 정식으로 소개하고 싶어요."

영채는 손을 빼려 했지만 효원이 그녀의 손을 가두었다. 한 달여 교제하는 동안 효원이 스킨십을 해온 것은 처음이었다. 힘이 잔뜩 들어간 손처럼 효원의 얼굴에도 긴장한 기색이 역력했다.

"알아갈수록 영채 씨가 좋아져요. 평생을 함께하고 싶은 사람이란 확신이 들어요."

"효원 씨, 저는……."

"제가 경영에 관심이 없어서 영채 씨에게 많은 걸 못해줄지도 몰라요. 하지만 남은 공부 마칠 때까지 같이 공부하며 의지할 수 있을 테고, 미국에서 자리 잡으면 한국에서보단 자유로울 거예요."

영채는 효원의 고백을 들으며 차연의 말을 떠올렸다.

「효원 군과 약혼하고 함께 미국으로 가든지, 학교 정리하든지 둘 중에 하나다.」

「나이 지긋하신 정재계 인사들, 젊고 싱싱한 네가 상대하는 게 좋

238   239

겠어.」

그건 협박이었다. 그녀를 평생 데리고 살겠다던 아버지도 효원과의 결혼을 바라는 눈치였다.

어제 아버지 서재에서 나와 그녀 명의의 재산을 따져보았다. 사업을 모르는 상황에서 주식을 함부로 매각할 수는 없고, 당장 손에 쥘 수 있는 현금은 의외로 적었다. 그녀 명의의 오피스텔과 보석류를 처분하면 현금이 나오겠지만 처분에 시간이 얼마나 걸릴지 알수 없었다. 은밀히 처리할 수 있느냐도 문제였다. 서주그룹의 그늘에서 멀어질수록 안전할 거란 불길한 예감이 드는 요즘, 그녀에게시간이 필요했다.

"효원 씨, 제가 제안 하나 해도 될까요?"

영채는 용기를 내어 효원을 마주 보았다. 효원과 약혼하고 서울을 벗어나자. 미국에 가서 다음 수를 생각하자.

"뭐든지요."

효원이 환하게 웃었다.

마주하기 너무 맑은 미소여서, 영채는 눈을 감아버렸다. 미안합니다. 당신의 진심을 이용해서. 하지만 숨을 쉴 수가 없어요. 제발, 감옥 같은 집에서 날 좀 **빼내주세요.** 당신에게 진 빚은 절대 잊지않을게요.

2주 후, 하진은 뉴욕에서 변호사로 일하는 석영에게 연락했다. 도움이 필요하다는 전화 한 통에 석영이 곧장 서울행 비행기를 탔다. 서울에 도착하자마자 석영은 오디세이 한국 본부의 법무 팀장이 되는 계약서를 받아들었다.

"첫 번째 프로젝트는 서국철 파멸시키기."

하진의 한 마디에 석영은 조건들을 따져보지도 않고 계약서에 서명했다.

"너는 변호사라는 자식이 계약서를 읽어보지도 않냐?"

하진이 핀잔해도, 석영은 씩 웃기만 했다.

"사슴이랑 거북이랑 물고기들 앞에서 한 맹세가 있으니까."

석영은 거처를 따로 마련하는 대신 하진의 오피스텔로 들어왔다. 석영이 룸메이트가 된 후 하진은 학창 시절로 돌아간 것 같은 착각에 종종 빠졌다. 심장에 철갑을 두르고 생존 경쟁의 숲을 헤치는 그에게 석영은 전우이자 쉼터였으며, 한때 순수의 시대를 누렸다는 가슴 벅찬 증거였다.

서울에 온 이후 처음 맞는 토요일, 석영은 오전 근무를 마치고 퇴근했다. 오피스텔 현관문을 열었을 때 웅장한 아리아가 거실을 쩡쩡 울리고 있었다. Nessun Dorma. 하진이 사냥감을 노리고 있을 때면 듣는 곡.

거실로 들어선 석영은 바닥에 쪼그린 하진을 보았다. 원목 바닥에 초대형 퍼즐 매트가 펼쳐져 있고, 매트는 자잘한 퍼즐 조각들로 어수선했다. 수 천 갠지, 수만 갠지, 어마어마한 흑백 퍼즐 조각들과 초록색 매트. 매트 구석에서 치밀한 시선으로 퍼즐을 살피는 하진.

"왔어?"

하진이 한 손을 머리 위로 흔들었다.

"사람이 왔으면 인사를 제대로 해라."

석영은 하진의 엉덩이를 발로 툭 차고, 테이블에서 오디오 리모 컨을 집어 들어 음량을 줄였다.

"지난주에 네가 알아보라던 정신율 변호사 근황 말이야."

하진은 전 해명수산 고문 변호사이자 아버지의 유언장 집행인이 었던 정 변호사의 행적을 추적해달라고 석영에게 부탁했었다.

"대학 동기랑 조그만 변호사 사무실 차려서 근근이 버티는 것 같 아."

"그래?"

하진의 반응이 심드렁했다.

"뭐야? 예상했어?"

"음."

"그러면서 왜 허드렛일을 시켜? 뉴욕에서 온 고급 두뇌한테."

"예상은 했지만, 확인을 하고 싶어서. 뉴욕에서 온 고급 두뇌가 준비 운동 필요한 것 같기도 했고."

석영은 매트 위로 올라가 하진 옆에 쪼그리고 앉았다.

"서주해명 회계 장부 열람했다면서?"

"분식 회계 냄새가 나. 최근 들어 적자를 숨기는 정도가 더 심해 졌고."

"그래서?"

"그렇다고."

하진은 하나같이 엇비슷해 보이는 퍼즐의 중심부를 주시하고 있 었다. 퍼즐은 외곽부터 맞추는 게 더 쉽지 않나?

석영은 하진의 팔을 툭 쳤다.

"아, 분식 회계 했구나, 그러고 말 거야?"

"지금 섣불리 움직였다간 영채가 인질이 될 테니까."

하진이 검정 퍼즐을 중심부에 내려놓았다. 물결 같기도 하고 빗줄기 같기도 한 이미지가 옆 퍼즐과 딱 맞물렸다.

"그래서 어떻게 할 거야?"

석영은 새 퍼즐 조각을 집어 드는 하진을 팔꿈치로 찔렀다.

"영채를 데려온 후에 본 게임 개시. 그래야 서주를 침몰시켜도 영채는 살지."

"써먹지도 못할 거면서 회계 장부는 왜 들춰봤어?"

"써먹으려고 들춰본 거야."

하진이 일어나 허리를 펴는데, 마침 테이블 위에서 휴대전화가 울렸다. 하진은 전화기를 확인하고 '서국철'이 뜬 액정을 석영에게 보여주었다.

"먹히잖아."

"뭘 어떻게 한다는 거야?"

석영이 일어나며 물었지만 하진은 대답 없이 침실로 들어갔다. 잠시 후, 흰 셔츠에 인디고 청바지를 입고 운동 가방을 든 하진이 방에서 나오도록 휴대전화는 끊겼다 다시 울리기를 반복했다.

"전화 안 받냐?"

석영은 러닝화 끈을 매는 하진에게 외쳤다.

"애 좀 타라고. 운동하고, 서 회장이랑 바둑 한판 두고 올게."

"바둑? 권하진, 어지간하면 작전 회의 좀 하지."

"넌 당분간 에너지 비축해. 저녁은 혼자 먹어야겠다. 나 없다고 대충 먹지 마라."

하진이 주방의 냉장고를 가리키고 오피스텔을 나섰다.

"저 아니면 내가 밥도 못 챙겨 먹을까 봐. 집 나가는 마누라처럼 굴고 그래."

석영은 현관을 향해 주먹을 치켜 올렸다가 주방으로 갔다. 냉장고를 열었더니 안이 휑했다.

"차암 권하진스러운 냉장고네. 싸늘하고 공허하니."

고개를 절레절레 저은 석영은 근처 마트로 가서 장을 봤다. 카트 가득 담은 물건들이 오피스텔로 배달되어 오도록 하진에게선 연락이 없었다.

석영은 야채와 고기를 냉장실에 집어넣으면서 투덜거렸다.

"이 자식이 정말 마누라처럼 날 부려먹고 있어."

계란과 두부와 견과류, 맥주까지 넣고 나니 냉장고가 비로소 연석영다워졌다. 망고와 블루베리를 냉동칸에 넣고, 각종 양념과 허브를 캐비닛에 정렬시킨 다음 석영은 묶음 포장된 시트마스크를 냉장고 도어에 꽂았다.

"사람이 몸 관리에만 목숨 걸면 뭐하냐고? 피부 관리를 해야 잘 팔리는 시대에. 하여간 유행 못 따라가는 유전자는 어쩔 수 없어."

오피스텔 피트니스 센터에서 운동을 마친 하진은 서 회장이 네 번이나 전화한 것을 확인하고 전화를 되돌렸다. 편하게 이야기하자며 서 회장이 자택으로 그를 초대했고, 하진은 직접 운전해 한남동으로 갔다.

한남대교를 건너면서 하진은 경선에게 전화를 걸었다.

"지금 그쪽으로 가는데, 영채 집에 있습니까?"

– 아직 안 들어왔어요.

경선이 재빨리 소곤거렸다.

"시간을 끌어볼 테니까, 들어오면 저랑 마주칠 수 있게 해주시겠습니까?"

— 해볼게요.

통화를 끝낸 하진은 하늘을 보며 한숨지었다. 영채의 약혼식이 다음 주였다. 두 손 놓고 영채를 놓칠 순 없었다. 서주가 재성과 연합하는 사태도 막아야 했다.

오랫동안 별러온 영채와의 재회. 너무 늦은 재회인지, 이른 재회인지 분간이 가지 않았다. 하늘이 까마득하도록 화창했다. 봄이었다, 다시.

서 회장은 분위기가 고아한 온돌방으로 하진을 안내했다. 하진은 바둑이나 한판 두자며 서 회장의 애를 태웠다. 첫판이 무르익기 전에 서 회장의 조바심이 드러났다.

"네 해명 지분 나한테 넘기는 것이 어떠냐, 하진아?"

"오늘은 다른 일로 회장님의 조언을 구하고 싶어 찾아뵈었습니다만."

서 회장의 눈에서 초조함과 호기심이 뒤엉켜 해반닥였다.

"이 늙은이의 경험이 널 도울 수 있다면 기꺼이 도와야지."

"사랑하는 여자가 있는데, 여자의 아버지가 저를 달가워하지 않습니다."

"저런, 저런. 누가 널 마다해."

가식적으로 혀를 차는 서 회장을 보며 하진은 실소를 삼켰다. 분명 하대하지 말란 경고를 날렸는데도 서 회장은 꼬박꼬박 하대를 고집했다. 오만한 힘자랑을 언제까지 계속할지 지켜볼 참이었다.

"회장님이라면 제게 딸을 주시겠습니까?"

"줄 딸이 있으면 얼마나 좋아? 나한테 딸이 둘 있는데, 큰 것은 도통 결혼할 생각이 없고 작은 것은 다음 주에 약혼해."

"재미있네요. 제가 마음에 둔 여자도 집안에서 정해준 남자랑 조만간 약혼합니다. 어떻게 하면 좋을까요, 회장님?"

"뺏어야지."

서 회장이 판에 돌을 놓았다.

"어떻게요?"

하진은 자충수로 대응했다.

"남자가 여자 뺏는 거, 별거 있어? 딴 놈한테 가기 전에 네 여자로 만들면 되는 거지."

"나중에 그 여자의 원망은 어떻게 감당하고요?"

"그게 무서워서 망설여? 고운 꽃일수록 꺾는 맛이 있는데. 낚아채. 몸으로 네 여자 만들고 나면 마음이 따라오게 돼 있으니."

서 회장이 호탕하게 웃더니 다시 바둑알을 판에 놓았다. 제 살 깎아먹는 하진의 수가 덫인 줄 읽지 못하는 응수였다.

집에 들어온 영채는 2층으로 올라가는 길에 주방에서 나오던 경선에게 붙들렸다.

"아가씨, 접견실로 이것 좀 가지고 가세요."

경선이 다과상을 들고 있었다.

"무슨 일인데요?"

"회장님이 손님이랑 계셔요. 저보단 아가씨가 가시는 게 나을 것 같아요."

　영채는 서 회장을 보는 것이 내키지 않았지만, 핸드백을 내려놓고 상을 받아들었다. 그녀가 한옥식 접견실 앞에 이르렀을 때 창호지 문을 통해 방 안의 대화가 새어나왔다.

　"남자가 여자 뺏는 거 뭐 별거 있어? 딴 놈한테 가기 전에 네 여자로 만들면 되는 거지."

　"나중에 그 여자의 원망은 어떻게 감당하고요?"

　"그게 무서워서 망설여? 고운 꽃일수록 꺾는 맛이 있는데. 낚아채. 몸으로 네 여자 만들고 나면 마음이 따라오게 돼 있으니."

　그 여자도 누군가의 귀한 딸일 텐데, 당신 딸 아니라고 함부로 말하는 아버지가 야속했다. 대화를 엿들었다는 것을 들키지 않을 겸, 불편한 마음도 가라앉힐 겸 영채는 잠시 말없이 서 있었다. 대화가 끊긴 틈을 타서 안에 고하려는데, 젊은 남자의 목소리가 들려왔다.

　"그럼 한번 꺾어볼까요?"

　4년 전 그녀의 사랑이 했던 말이 반사적으로 생각났다.

　「아가씨와 아가씨를 아껴줄 좋은 사람을 위해서. 언젠가는 그 사람이 아가씨 앞에 나타날 테니까. 그때 아가씨 마음만 주고, 그 사람의 모든 것을 받아요. 그렇게 예쁘게, 행복하게 살아요.」

　정략 약혼의 상대가 효원이어 그나마 다행이었다. 함께 있어 가슴 벅차지는 않지만, 그녀를 해치지 않을 거란 믿음을 주는 사람. 여자를 정복의 대상으로 여기는 저 남자 같은 부류와 엮였더라면 어쩔 뻔했어.

　"아버지가 어찌나 고이 키웠는지 참 예쁜 꽃이거든요. 꺾어서 품에 두는 재미가 있을 것 같긴 합니다."

남자의 치졸한 호기가 계속됐다. 망할 수컷 같으니라고. 뜨거운 물을 다리 사이에 확 끼얹어버려? 영채는 바닥에 상을 내려놓고, 주먹을 쥐었다 폈다 했다. 방 안으로 진격할 것인지, 물러날 것인지 결정이 내려지지 않았다.

"아버지."

"영채냐?"

"네. 차 가지고 왔습니다."

"들어와."

"지금 들어가면 결례를 할 것 같아요."

"무슨 말이야?"

"차는 문밖에 놓고 갈게요. 향이 좋은 차니, 입 좀 헹구시라고 손님께 전해주세요. 속이 썩어서 차로 헹군다고 입 냄새가 없어질진 모르겠지만요."

"영채야! 너, 너, 그게 무슨 말버릇이야! 미안하구나, 하진아."

아버지가 일갈했다가 손님에게 사과하는 것을 듣고 영채는 돌아섰다.

"향이 좋은 차니, 입 좀 헹구시라고 손님께 전해주세요. 속이 썩어서 차로 헹군다고 입 냄새가 없어질진 모르겠지만요."

문밖에서 들려온 영채의 목소리에 하진은 미소를 흘려버렸다. 아가씨, 겁 없는 건 여전하네. 코끝이 맵고 손끝이 시린데, 입가엔 미소가 머금어졌다.

"미안하구나, 하진아."

거래가 깨질까 조바심이 났는지 서 회장이 그의 눈치를 살폈다.

"차는 제가 받아 들여오지요."

하진은 민첩하게 일어나 방을 가로질렀다. 미닫이문을 열어젖혔을 때 영채는 없었다. 문가에 덩그러니 놓인 찻상과 공기 중에 맴도는 장미향이 그를 맞을 뿐.

영채야······.

하진은 가슴 깊이 숨을 들이쉬었다. 그를 따라 나온 서 회장이 궁색한 변명을 늘어놓았다.

"귀히 키운 막내라 그런다. 약혼을 앞두고 신경이 예민해졌는지 요즘 부쩍 어리광이야."

"당돌한 아가씨네요. 방 안에서 어떤 딜이 오가는지 모르면서, 손님의 심기를 건드리다니요."

하진은 짐짓 거북하다는 표정을 지으면서 서 회장을 돌아봤다.

"어떤 아가씬지 궁금한데요?"

"세상 물정 모르는 어린애다. 들어가서 하던 얘기 마저 하자."

"따님 약혼식에 초대해주시죠. 제 지분에 대한 답은 그날 드리겠습니다."

영채와 마주치지 못했으니 두 번째 판을 만들어야 했다.

당황하여 움찔한 서 회장이 재빨리 과장된 웃음을 밀어냈다.

"초대장이 안 갔더냐? 이런, 이런. 네가 한국에 들어온 지 얼마 안 되어 비서들이 미처 못 챙긴 모양이다. 당연히 와서 축하해줘야지. 이왕이면 좋은 대답도 가지고 오너라."

순백의 드레스를 입은 영채는 화려한 파우더룸에 혼자 앉아 있었다. 잠시 후, 효원과의 약혼식이 시작될 것이었다.

「약혼 후 1년 동안 서로를 지켜보기로 해요. 1년 후에 우리의 마음이 같지 않다면 절 자유롭게 해주세요.」

그녀가 궁여지책으로 한 제안을 효원은 받아들여주었다.

「영채 씨 의견을 존중할게요. 1년 후에도 우리 마음의 온도가 다르면 결혼을 강요하지 않을게요. 대신 1년 동안 편견 갖지 말고 절 봐주세요. 전 영채 씨 배경이 아니라 영채 씨가 좋아요. 꼭 같이 가고 싶은 사람이란 생각이 들어서, 살아가며 낼 수 있는 용기는 지금 다 내고 있다고요. 그러니까 영채 씨도 우리의 상황이 아니라 우리를 봐주세요.」

효원은 반듯하고 사려 깊은 사람이었다. 함께 있으면 불안하지 않았다. 그를 눈앞에 두고도 심장을 찌르는 추억의 가시 때문에 아프지만, 그건 그녀가 치러야 할 대가였다.

약혼을 하면 시간을 벌 수 있었다. 국내 재산을 처분하여 미국으로 나가면 공부를 마칠 때까지 돌아오지 않을 작정이었다. 공부를 마치면 집에서 내쳐지고 효원의 손을 놓더라도, 혼자 설 수 있을 것이다.

정신 차리고 똑바로 걷자. 영채는 기도하듯 양손을 깍지 꼈다가 일어섰다.

문에서 노크 소리가 나고 차연이 들어섰다.

"영채, 식장에 들어갈 시간이다."

몸매를 드러내는 시스루 검정 드레스를 입은 차연은 도도하고 관능적이었다. 영채는 화사하게 치장된 차연의 얼굴을 바라보았다. 어머니와 딸이라는 인연으로 엮인 당신과 나. 당신을 닮고 싶다고 생각한 시절이 있었어요. 당신처럼 화려하게 피어올라 사람들 이목을 끌기를 소망했었죠. 이제 그 시절은 다시 오지 않을 것 같네요.

"왜 그러니?"

차연이 눈썹을 치켜 올렸다.

"이런저런 생각이 들어서요."

"마음 가다듬고 나가보자. 중요한 손님들이 많이 오셨어."

"네."

영채는 순순히 문가로 움직였다. 문 앞에 서 있던 경선이 그녀에게 뭐라 말을 하려다가 뒤따르는 차연을 보고 입을 다물었다.

영채는 걸음을 멈추고 차연을 돌아보았다.

"어머니. 만약 절 낳아주신 분이 오실 수 있었다면, 오늘 초대하셨겠어요?"

"뭐라고?"

"제 생모요. 저 입양됐잖아요."

"오늘처럼 좋은 날 왜 그런 말을 하니? 누가 들으면 내가 널 홀대한 줄 알겠구나."

차연이 다가와 영채의 손을 잡아 올렸다. 영채는 차연과 눈을 맞추고 잡힌 손을 빼냈다.

"전 초대했을 거예요."

"그래?"

"네. 하지만 제 뜻은 중요하지 않죠. 이 집에서는 어머니가 여왕이시니까요. 제가 아무리 원해도 어머니가 안 된다고 하시면 그건 안 되는 일이잖아요. 그렇죠?"

차연의 눈동자에 서늘한 노기가 번졌다. 감히. 차연의 눈동자는 그렇게 나무라고 있었다. 감히. 네가. 내게.

하지만 영채는 더 이상 차연이 두렵지 않았다. 엄마를 실망시키는 것. 엄마에게 야단맞는 것. 엄마에게 버림받고 가족을 잃는 것. 그래서 외톨박이가 되는 것. 살아오면서 두려워했던 모든 것들이 지금 이 순간 조금도 두렵지 않았다. 그녀는 이미 혼자였으니까. 아주 오래 혼자였는데, 그걸 여지껏 부정하며 살아왔을 뿐이니까. 자신의 처지에 대한 명징한 깨달음이 두려움을 걷어냈다.

영채는 차연에게 기계적으로 미소 지었다.

"가요, 어머니. 무대에 오를 시간이잖아요."

파우더룸을 나서 식장으로 들어서는 영채를 바라보면서 차연은 영채와 꼭 닮았던, 아니, 영채가 꼭 닮은 얼굴을 떠올렸다.

「원하는 게 뭐지?」

「서주그룹 안주인 자리요.」

「네가 미쳤구나.」

「사랑하는 사람과 행복하겠다는 꿈이 깨졌어요. 그러니까 이 아이를 발판 삼아 신분 상승이라도 해보려고요.」

「이 돈이면 평생 편하게 살 수 있다. 조용한 데 알아봐줄 테니, 아이 지우고 마음 추스르며 살아.」

「평생에 한 번 손에 쥐어볼까 말까 한 카드를 어떻게 버려요? 이왕 이렇게 된 거, 끝까지 가볼 거예요. 아이 낳아 키울 거고, 서주그룹 안주인이 될 거고, 언젠가는 서주그룹을 제 발 아래 놓을 거예요.」

발칙한 것 같으니라고. 홍도희. 네년의 첫 번째 죄는 감히 내 자리를 넘본 것. 두 번째 죄는 발톱을 너무 빨리 세운 것. 세 번째 죄는 네년의 야망을 복수로 포장해 나를 가해자로 만든 것. 그러니 발톱다 뽑히고 그 지경이 됐지. 네 딸은 같은 실수를 하지 않길 바란다. 나는 엎드리는 것들에는 관대하지만 기어오르려 하는 것들은 가차 없이 짓밟으니까.

얼음조각과 부케로 장식된 널찍한 홀에 잔잔한 클래식 음악이 흘렀다. 약혼 축하 명목으로 모인 정재계 인사들이 삼삼오오 모여 인맥을 다지고 있었다.

하객들 틈에서 하진을 발견한 서 회장은 칵테일 잔을 내려놓고 하진에게 다가갔다. 외국계 은행 은행장과 이야기하던 하진이 놀아서 인사를 건넸다.

"따님 약혼 축하드립니다, 회장님."

"와줘서 고맙다. 내가 제안한 것에 대해 생각을 해보았니?"

"지금 팔면 차익을 꽤 챙기긴 할 것 같습니다. 그런데 20%를 매입할 자금력이 있으십니까?"

"농담하는 거겠지? 설마 서주에 그 정도 현금이 없을까."

서 회장은 뜨끔한 마음을 감추고 호탕한 웃음을 뱉어냈다.

"그럼 문제는 프리미엄이겠군요."

하진의 어조가 의미심장했다.

"프리미엄이라니?"

"제 지분을 가져가시면 회장님 일가의 지분이 50%를 넘어갑니다. 절대 경영권을 쥐시는 건데, 주식값만 달랑 치르실 건 아니죠?"

서 회장은 머리를 굴렸다. 현금줄이 마른 상태이긴 하지만, 계열사 자금을 동원하면 주식 매입가를 마련할 수 있을 것이다. 해명은 그룹의 근간인 수산업의 핵심이었다. 50% 이상의 지분을 확보하면 경영권 분쟁의 불씨를 제거하는 것이니, 프리미엄을 주고라도 성사시킬 가치가 있는 거래였다.

"프리미엄으로 얼마를 원하니?"

하진의 입가에 고요한 미소가 떠올랐다.

"제가 원하는 건 돈이 아닙니다."

"그럼?"

스피커에서 흘러나오던 음악이 멈추었다.

"곧 예식이 시작될 예정입니다. 하객 여러분들께서는 지정된 테이블에 앉아주시기 바랍니다."

홀 구석에서 약혼식 사회자가 마이크를 잡고 안내했다.

"하진아."

서 회장은 다급한 마음을 드러내고 말았다.

"따님 약혼식부터 치르시죠."

하진은 서 회장에게 묵례하고 연단에서 가까운 테이블로 걸었다.

영채는 인형이 된 것 같았다. 효원이 그녀의 왼손을 들어올리고 반지를 약지에 밀어 넣었다. 영채는 무감각한 손길로 효원에게 반지를 끼워주고 함께 케이크를 잘랐다.

박수 소리가 나고, 카메라 플래시가 터졌다. 찰칵. 찰칵. 빛이 난사할 때마다 심장이 따끔거렸다.

"다음은 축가 연주입니다."

연하늘색 원피스를 입은 여자가 그랜드 피아노 앞에 앉았다. 익숙한 선율이 들려오자 영채는 어깨를 움츠렸다.

먼 옛날 어느 별에서 내가 세상에 나올 때

사랑을 주고 오라는 작은 음성 하나 들었지.

사랑을 할 때만 피는 꽃 백만 송이 피워 오라는

진실한 사랑을 할 때만 피어나는 사랑의 장미…….

"영채 씨가 좋아하는 노래로 제가 부탁했어요."

옆에 앉은 효원이 귀엣말했다.

영채는 멍하니 고개를 끄덕이고 하객들이 앉은 테이블로 시선을 돌렸다. 허허하게 배회하던 시선이 고급 슈트를 입은 젊은 남자에게서 멎었다. 우아하고 통찰력 있는 눈. 진중하고 유려한 입매. 날렵하고 강인한 얼굴선. 넓고 단단해 보이는 어깨와 어깨를 감싸고 뚝 떨어지는 슈트 핏. 지적인 위엄과 고요한 자신감을 발산하는 남자였다.

4년 전 봄밤이 남자의 얼굴에 겹쳤다. 환호성의 도가니인 카페에서 홀로 침묵하던 청년. 미동도 없이 앉아 햇살 같은 눈빛으로 그녀를 비추었는데. 그때 그 사람이 지금쯤 저런 모습일까? 따뜻하고 친절했던 사람. 세월에 단련되어 이제는 저렇게 냉철한 모습으로 살고 있을까?

떨리는 눈가에 물기가 맺혀 환영이 흐리마리해졌다.

미워하는 미워하는 미워하는 마음 없이

아낌없이 아낌없이 사랑을 주기만 할 때

수백만 송이 백만 송이 백만 송이 꽃은 피고

그립고 아름다운 내 별나라로 갈 수 있다네.

피아노 선율을 타고 추억이 너울댔다. 노을 지는 강변. 자전거를 타고 건넌 밤의 다리. 라면집 '푸치니.' 한 캔의 맥주와 두 입술. 은색 고기들이 춤추던 수족관. 그 밤을 찬란히 밝혔던 약속들. 발간 심장으로 들이마셨던 별들, 별들, 별들. 다시는 오지 않을 초록의 시절.

눈물이 뺨을 타고 흘렀다.

"영채 씨, 괜찮아요?"

효원이 걱정스럽게 물으며 손수건을 건넸다. 영채는 손수건을 받아들어 눈가를 조심스레 찍었다. 얼굴을 정돈하고 고개를 들었을 때, 그녀의 사랑을 닮은 남자가 일어서는 것이 보였다.

피아노 연주가 끝나고 하객들이 박수를 쳤다. 굳은 얼굴로 일어나는 남자를 보다가 영채는 손수건을 떨어뜨렸다.

그 사람이다. 그 사람이야! 심장이 미친 듯이 뛰어댔다.

그때도 그랬는데. 카페에서 박수도 안 치고 앉아 있다가 화난 표정으로 자리를 떴지. 그 사람이 왔어. 와준 거야. 그런데 떠나고 있어. 내가 다른 사람에게 가는 줄 알고. 아닌데. 내 마음은 그대로인데.

"제발……."

영채는 물기 어린 탄식을 흘렸다.

"영채 씨, 정말 어디 안 좋아요?"

효원의 목소리가 아득했다. 그녀의 사랑이 멀어지는 이 순간, 모든 것이 절망적으로 아득했다.

테이블을 돌아나간 남자가 식장 출입구로 향했다. 경호원들이 지키는 출입문을 남자가 밀쳤을 때, 영채는 발딱 일어서서 드레스 자락을 움켜쥐었다.

연단에서 폴짝 뛰어내려 웅성거리는 하객들을 헤치고 달리는 동안 걸음이 점점 빨라졌다. 그때도 이렇게 뛰었는데. 색색의 풍선들과 인파를 헤치고, 그 사람에게 모든 것을 맡긴 채로. 들썩이는 마음이 4년 전 봄날로 돌아가고 있었다.

경호원들의 제지에 뭐라 변명을 했는지 영채는 알지 못했다. 이미 지금과 여기를 잊은 마음이었다. 식장을 박차고 나오는 내내 그녀의 모든 감각이 지만치 앞서가는 남자에게 사로잡혀 있었다.

하이힐이 벗겨지도록 뛰면서 영채는 외쳤다.

"잠깐만요!"

다급한 발소리가 가까워졌다. 그날도 영채는 저렇게 뛰었지. 낡은 운동화로 지면을 때려가며, 가쁜 숨에 허덕이면서도 세상 끝까지 갈 것처럼.

"잠깐만요."

영채의 외침을 들으면서도 하진은 멈추지 않았다. 지금 영채를 마주한다 해도 변할 것은 아무것도 없으니까.

독한 마음으로 걸음을 서두르는 찰나, 절박한 외침이 날아들었다.

"젊은이!"

모든 것이 멈췄다. 시간도, 걸음도. 치밀한 계산 속에 움직이던 그의 마음도.

영채가 가쁜 숨을 내쉬며 다가와 그의 앞에 섰다. 순백의 드레스를 입은 영채가 예뻤다. 사뿐거리는 가녀린 몸이, 눈물에 젖은 창백한 뺨이, 슬픔에 물든 처연한 눈동자가, 서럽도록 예뻤다.

하진은 영채의 왼손 약지에서 빛나는 반지를 보았다. 그 밤에, 영채야. 네가 안아달라고 했던 그 밤에, 나의 모든 것을 네게 바쳤더라면 어땠을까? 우리, 이렇게 먼 길을 돌아오진 않았을까?

그때 네게 줄 수 있는 건 내 가난한 마음이 전부였어. 그 마음조차 네게 남겨둘 수 없었어. 기다려달라고 할 수 없었어. 아프지 말라고 할 수 없었어. 그때는 그런 시절이었어. 아무것도 남길 수 없고, 아무것도 약속할 수 없던, 우리 슬픈 젊은 날.

오늘도 별로 달라진 것이 없어, 영채야. 이렇게 고운 너를 눈앞에 두고, 예쁘다고 할 수 없고, 보고 싶었다고 할 수 없어.

"젊은이, 맞죠?"

영채는 하진을 올려다보며 울먹였다. 이렇게 지척에서 마주하니 하진과 헤어진 것 같지 않았다. 만나야 했던 시간과 장소가 어긋났을 뿐, 그들이 조금 더 나이 들었을 뿐, 절대 이별하지 않았다고 우길 수 있을 것 같았다.

"저를 다른 사람과 착각하신 모양입니다."

하진이 서늘하게 대꾸했다. 저 사람이 나를 모른 척한다. 나를 마주하고도 아무렇지 않나 보다. 나는 죽을 것 같은데. 다시 살 것 같은데. 저 사람이 웃으며 안녕, 이라고 말해준다면. 아니, 따뜻한 눈길 한 자락만 내비친대도, 난 다시 숨을 쉴 것 같은데.

약혼은 그녀의 진심이 아니라고 변명해야 했다. 기다리지 말라고 했지만, 기다렸다고 고백해야 했다. 조금만 다가서도, 저 사람에게 안길 수 있을 것 같은데. 그런데 저 사람은 서늘한 눈빛으로 장벽을 세우고만 있다.

　아, 이 사람은 나를 기다리지 않았어. 언젠가 이 사람이 나타나줄 거라고, 혼자서 부질없는 꿈을 꾸었던 거야.

　4년 전에도 이랬는데.

「이런 걸 삽질이라고 하는구나. 완전히 혼자 소설 썼어.」

「혼자 쇼 한 거 아닌데.」

　그때처럼 말해주길 기다렸지만, 하진은 얼음덩이처럼 서 있었다. 무슨 말이라도 해야 하는 거잖아, 당신. 사과든 변명이든. 형식적인 인사치레라도 해야 하잖아.

　4년이 흘렀다는 것을 증명하듯, 하진은 다른 사람이 되어 있었다. 따뜻하고 유쾌하던 젊은이는 어디론가 사라지고, 자기절제와 냉정함으로 무장한 남자가 지금 그녀 앞에 있었다.

　"어…….."

　영채는 젖은 입술을 달싹이다가 절망했다. 난 여전히 이 사람 이름도 몰라. 날 좀 훔쳐가요. 내가 신부가 되겠다고 약속한 남자에게서 날 뺏어가줘요. 심장이 터질 것 같은데, 아무 말도 할 수 없었다.

　"이름이…… 성함이 어떻게 되세요?"

「알아맞혀봐. 못 알아맞히면 결혼하든가.」

　과거의 환청이 귓가를 때렸을 때, 하진이 드레스에 손을 올렸다. 영채는 숨을 흡, 들이켰다. 하진의 손이 쇄골에 난 옆트임에 내려앉아 리본을 풀더니 다시 묶었다. 리본을 돌리던 하진의 손이 쇄골을 스쳤을 때 불에 덴 듯, 맨살이 쓰라렸다.

　"4년 전에 그 사람 맞죠?"

　영채는 꽉 메인 목소리로 물었다. 하진이 고개를 숙이자 은은한 향기가 건너왔다. 눈에 덮인 삼나무 숲을 연상시키는, 차갑고 우아한 향기였다.

"기다렸어요."

영채는 간절히 고백했지만, 하진은 아무것도 듣지 못한 사람처럼 무표정한 얼굴로 리본에만 집중했다. 리본을 꼼꼼히 매듭지은 손이 리본 양쪽을 나비 날개처럼 펴고 지그시 눌렀다. 묵직한 온기가 드레스를 타고 살갗으로 스미는 동안, 영채는 하진의 어두운 눈동자를 절박하게 올려다보았다.

"조금만 더 빨리 오지."

하진이 리본을 놓고 한 발 물러섰다. 입술을 굳게 다문 그의 얼굴엔 어떤 감정도 떠올라 있지 않았다.

"이름을 알려주세요."

영채는 하진과의 거리를 좁히며 속삭였다.

"이름만 알려주면, 버틸게요. 아무 데도 안 갈게요."

"나는…….."

하진의 목울대가 흔들렸을 때, 날카로운 외침이 두 사람 사이를 갈랐다.

"영채야!"

경호원들을 대동하고 나타난 차연이 다가와 옆에 섰다.

"어르신들 모신 자리에서 결례를 했구나. 들어가자."

"저는 이분과 할 말이 있어요."

영채는 울먹이듯 반발했다. 눈을 가늘게 뜬 차연이 의구심 어린 시선을 하진에게로 돌렸다.

"누구 초대로 오셨죠?"

"오디세이 한국 본부장 권하진입니다. 서 회장님 초대로 왔습니다."

"영채와도 친분이 있으신가 보네요?"

"서영채 씨가 저를 다른 분과 착각한 것 같습니다."

하진은 담담히 답하고 영채에게 고개를 숙였다.

"약혼을 축하드립니다, 서영채 씨."

영채의 손톱에 검정 네일 컬러가 발려 있었다. 말간 손가락과 대비되는 암흑. 신부의 차림을 하고, 장례식에 가는 여인처럼 서 있는 나의 영채.

미안해, 영채야. 그저 보여주고 싶었어. 내가 살아 있고, 말짱하고, 손을 뻗으면 네게 닿을 수 있다는 걸. 널 울릴 생각은 없었어. 그런데 또 울렸어. 언젠가는 말해줄게. 네가 울 때면 나도 울었다고.

"오늘 회장님께 드릴 답이 있었는데, 먼저 일어나게 됐습니다. 내일 댁으로 찾아뵙는다고 전해주시겠습니까?"

시선은 차연을 향하면서 하진은 영채에게 메시지를 보냈다.

"전해드리죠."

차연이 우아한 미소로 답례하고 영채의 팔을 붙들었다. 사로잡힌 새처럼 선 영채의 눈에 눈물이 고여갔다.

하진은 차연에게 고개를 까딱하고 돌아섰다. 그에게로 쏟아지는 영채의 시선을 온몸으로 견디며. 끝내 영채에게 눈길을 되돌리지 않고.

집으로 돌아오자마자 영채는 인터넷에 접속했다. '오디세이'와

'권하진'. 그녀가 가진 단서는 둘. 오디세이에 대해서는 따로 검색이 필요치 않았다. 뉴욕 월가에 본사를 둔 투자 회사. 이름만 대면 알 만한 은행들과 증권 회사를 거느린 거대 자본. 오디세이는 경제에 관심을 갖지 않는 사람들에게도 상식인 이름이었으니까.

도쿄와 홍콩에 이어 서울에 세 번째 아시아권 본부를 개설한다는 신문 기사가 있었다. 한국 본부 본부장. 약혼식장에서 들은 직함에 따르면, 하진이 서울 본부에 책임자로 온 것이리라.

권하진 개인에 대해 알아내는 쪽으로는 검색이 도움이 되지 못했다. 최근 뉴스에 서울 본부 개설 기사가 몇 개 있었고, 오디세이가 성사시킨 인수 합병 영문 기사에 하진의 이름이 언급된 것이 전부였다. 기사에 등장한 회사들은 다국적 대기업들이었다. 하진이 굵직한 거래들을 성사시켰음을 짐작할 수 있었지만, 그가 지난 4년간 어떻게 살았는지에 대한 실마리는 어디에도 없었다. 영채는 하진이 자신을 모른 척한 이유를 궁금해하며 새벽녘까지 뒤척였다.

다음 날 영채는 아침부터 효원의 전화를 수 통 받았다. 걱정스럽게 안부를 물으며 만나자는 효원에게 몸이 좋지 않다는 핑계를 대고 영채는 집에 머물렀다. 아버지를 찾는 손님이 오면 알려달라고 집사 경선에게 부탁해둔 참이었다. 하진이 오는 대로 둘이서 조용히 이야기할 기회를 노려야 했다.

오후 4시가 조금 넘어 경선이 방문을 노크했다.

"그 손님이 오셔서 접견실에서 말씀 나누고 계셔요."

영채는 옷매무새를 점검하고 1층으로 내려갔다. 경선이 차를 이미 내간 바람에 방에 들어갈 핑계거리가 없었다. 고심하던 영채는 접견실과 연결된 내실로 숨어들었다. 손님들의 동태를 파악하기 위해 차연이 가끔 은밀히 이용하는 공간이었다.

　내실과 접견실을 가른 병풍 뒤에 숨으니 접견실에서의 대화가 들려왔다.

　난향이 그윽한 차를 한 모금 마시고 하진은 입을 열었다.

　"분식 회계를 하셨더군요."

　찻잔을 들어올리던 서 회장의 손이 떨렸다.

　"어디를 들쑤시고 다니는 거냐?"

　"주주로서 회계 장부를 열람했을 뿐입니다."

　하진은 태연히 대꾸하고 찻잔으로 눈길을 내렸다. 말간 찻물을 들여다보며 침묵을 연장하는 동안 서 회장이 앉은 자세를 바꾸었다.

　"프리미엄을 얹어달라고 했지? 액수를 말해라."

　"원하는 건 돈이 아니라고 말씀드렸는데요."

　"그럼 뭘 원하니?"

　하진은 찻잔을 내려놓았다.

　"서영채를 원합니다."

　"뭐?"

　"회장님 막내따님 말입니다."

　"농담할 때가 아니다."

　"진심입니다."

　"약혼한 아이다."

　"회장님께서 약혼을 그리 신성히 여기시는 줄 몰랐습니다."

예리한 하진의 눈빛에 서 회장은 뜨끔했다. 설마 저놈이 그 일을. 아니야, 그 일을 저 녀석이 알 턱이 없지.

요동치는 속내를 진정시키는 동안, 하진이 요구했다.

"영채 양 파혼시키고 제게 보내십시오."

"이미 다른 남자한테 약속된 아이를 어쩌려고."

"뺏으라고 하시지 않았나요? 일단 제 여자 만들고 나면 마음이 따라오겠지요. 마음이 오지 않는다고 해도 어쩔 수 없는 일이고요."

"영채는 그런 아이가 아니다."

"여자들이 다 거기서 거기지. 그런 아이와 이런 아이가 따로 있습니까? 회장님을 보고 컸으니, 이 미묘한 상황을 잘 이해하리라고 생각합니다."

"허허, 미묘한 상황이라. 그래, 미묘한 상황이 맞구나."

서 회장은 체면을 구기지 않으려 억지 미소를 밀어냈다.

"약혼식을 치렀으니 영채만의 문제가 아니다. 재성과 서주, 두 집안이 약속한 것을 어찌 깨?"

"그건 회장님의 문제지, 제 문제가 아닙니다. 제가 원하는 건 서영채고, 회장님이 원하시는 건 제 지분이죠. 서로가 갖고 있는 것을 내어주고 원하는 것을 얻자는 것뿐입니다."

하진은 타협의 여지를 주지 않고 차만 들이켰다.

"그 아이를 데려가서 도대체 뭘 하겠다는 거냐?"

"사내가 여자를 원하는 데 이유가 뭐겠습니까? 고운 꽃, 한 번 꺾어보려고 그러지요."

흐음. 서 회장은 눈썹을 꿈틀거리며 주먹을 쥐었다. 오늘 네놈이 나를 욕보이러 온 것이로다. 마음 같아선 흠씬 두들긴 다음 하진을 내치고 싶었지만, 판세가 그에게 불리했다. 이 녀석이 순순히 내보이는 카드가 이중장부면 서주그룹의 어떤 약점을 쥐고 있는지 알 수 없는 노릇이었다. 오디세이를 등에 업은 놈을 건드리는 건 벌집을 쑤시는 격일 수도 있고.

"영채, 그 아이가 곱긴 하지."

서 회장은 고개를 느리게 끄덕이고 나서 하진을 건너다보았다.

"네가 원하면 하룻밤 안는 것은 어떠냐? 말 나지 않게, 조용히."

"제가 하룻밤으로 만족할 것 같지 않습니다."

하진의 냉랭한 거절이 날아든 순간, 접견실 구석의 병풍이 쓱 열렸다. 병풍 너머에 얼굴이 새하얗게 질린 영채가 서 있었다.

"영…… 영채야."

서 회장이 벌떡 일어서 영채에게로 갔다. 서 회장의 손길을 뿌리친 영채가 하진에게 외쳤다.

"당신. 도대체 뭐야! 뭔데 여기 와서 그딴 소리를 지껄여!"

하진은 한 치 흐트러짐 없이 찻잔을 들어 올렸다. 한 모금. 영채의 눈을 똑바로 볼 수 있기 위해. 한 모금 더. 눈을 맞췄을 때 흔들림을 들키지 않기 위해.

찻물로 입술을 두 번 적시고 일어나 하진은 영채와 마주했다.

"권하진입니다. 어제 말씀드린 걸로 아는데요."

"정말. 어떻게……."

영채가 말을 잇지 못하고 입술만 떨었다. 하진은 영채에게서 시선을 거두고 서 회장에게 일렀다.

"일주일 드리겠습니다. 영채 씨 파혼시키고 제게 보내십시오. 제 제안을 거절하시면 오디세이는 서주그룹 경영권 취득을 목적으로 주식 공개 매수에 들어갈 겁니다. 그전에 서주그룹은 세무 조사를 받게 될 거고요. 막대한 적자를 숨기려고 숫자놀이를 하신 게 알려지면 그룹 전체에 타격이 클 겁니다. 그리 되면 재성에서 먼저 약속을 깨뜨릴지도 모르는데, 더 큰 망신 아니겠습니까? 영채 씨, 잘 먹이고 잘 재우다가 예쁘게 단장해서 제게 보내세요. 그럼 지분 넘겨드리고 모든 것을 덮지요."

"네놈이. 뚫린 입이라고, 어디서 감히!"

서 회장이 총알 받은 사자처럼 흥분했다.

"차 잘 마셨습니다."

절제된 음성을 칼날처럼 서 회장에게 내리꽂은 하진은 영채에게 짧지만 강렬한 눈빛을 보냈다.

"연락드리겠습니다, 서영채 씨."

차가운 얼굴로 접견실을 나서는 하진을 보다가 영채는 바닥에 주저앉아버렸다.

"당신. 도대체 뭐야! 뭔데 여기 와서 그딴 소리를 지껄여!"

지하 작업실에서 올라오던 차연은 접견실에서 들려오는 고성에 걸음을 멈췄다.

"영채 씨, 잘 먹이고 잘 재우다가 예쁘게 단장해서 제게 보내세요. 그럼 지분 넘겨드리고 모든 것을 덮지요."

어제 약혼식장에서 돌아온 후, 권하진이 해명수산 전 사장 권민욱의 아들인 것을 알게 된 참이었다. 권하진이 아버지의 복수를 하겠다고 칼을 빼든 것 같은데, 그 칼끝이 영채를 겨누고 있네.

하! 회심의 미소를 짓다가 차연은 약혼식장 밖에서 목격했던 장면을 떠올렸다.

「저는 이분과 할 말이 있어요.」

「서영채 씨가 저를 다른 분으로 착각한 것 같습니다.」

권하진이 영채를 타깃으로 삼은 것이 미심쩍었다. 지금 이 상황엔 겉으로 보이는 것 외에 뭔가가 있었다.

지하 작업실로 돌아간 차연은 휴대전화로 어디론가 전화를 걸었다.

─ 무엇을 도와드릴까요?

"작업 하나 의뢰하려고."

미심쩍은 것은 확인하는 것이 좋았다.

부들거리는 몸을 이끌고 2층 침실로 간 영채는 승조에게 전화를 걸었다.

"아저씨. 권하진이란 사람, 아세요?"

─ 안다.

"아버지랑 어떤 관계예요?"

─ 계열사 중에 서주해명이 있지?

"네."

─ 전신이 해명수산이었다. 탄탄한 회사였는데, 금융 파생 상품에 발목이 잡혀 주가가 폭락했지. 어수선한 상황에서 사장이 사고사했고, 자신의 지분 대부분을 회장님께 매각한다는 유언이 있었다. 폭락한 주가 덕분에 회장님은 헐값에 주식을 매입하셨고, 경영권을 손에 넣으셨다.

"그런데요?"

— 해명의 전 사장이 권민욱이란 사람인데, 그의 아들이 권하진이다. 권하진이 회장님께 앙심을 품고 있는 것 같다.

"왜요?"

— 우리 쪽에서 권민욱의 유언장을 조작했다고 믿는 것 같더구나.

"조작되었나요?"

승조는 침묵했다. 영채는 승조의 침묵을 어떻게 해석해야 할지 혼란스러웠다.

"해명수산 사장님은 어떻게 돌아가셨죠?"

— 제주도에서 바다에 익사했다.

"사고였나요?"

이번에도 역시 승조의 대답은 침묵이었다.

"아저씨, 대답하면 아저씨가 위험해지는 것들에 대해 제가 지금 묻는 거예요?"

— 영채야.

"네, 아저씨."

— 살다 보면 진실보다 더 중요한 것들이 있다.

진실보다 더 중요한 어떤 것. 그것이 무엇인지 영채는 생각해낼 수 없었다.

— 진실 앞에 눈을 감아 살아남을 수 있다면, 그래서 더 중요한 것을 지킬 수 있다면, 난 진실 앞에 기꺼이 장님이 될 거다.

"아저씨, 왜 그런 말씀을 하세요? 불길하게 들려요."

— 너, 언젠가 멀리 떠나고 싶다고 했지?

"네."

– 그럼 무사히, 안전한 곳으로 떠날 생각만 해.

아리송한 말을 남기고 승조가 전화를 끊었다.

영채는 통화를 종료하고 4년 전 상황을 되짚었다.

「아버지 생신을 지낼 형편이 못 되거든요.」

「그 사람하고 난 풀어야 할 것이 있어요. 그 사람을 찾아가려면 힘을 키워야 해요.」

권하진은 서주가 아버지의 회사를 강탈했다고 생각하고 칼을 갈아 온 것이다. 4년 전 그의 일방적인 이별 통보가 비로소 이해됐다. 어떤 식으로였는지는 모르지만, 권하진은 그녀가 서주 사람이란 걸 알아냈고, 그래서 인연을 끊은 거였다. 바쁘게 산다더니, 힘을 키웠구나. 이제 그녀를 유린하는 것으로 아버지를 욕보이려는 거고. 아버지는 딸을 이용해 권하진이란 가시를 제거하려는 거고.

늑대에게 던져지는 고깃덩어리가 된 것 같아 구토기가 치솟았다. 헛구역질에 시달리던 영채는 긴 샤워를 했다. 뜨거운 물 아래 오래 서 있다 침실로 오니 책상에서 휴대전화가 울고 있었다. 액정에 뜬 낯선 번호를 한참 바라보다 영채는 전화를 받았다.

"여보세요."

– 권하진입니다.

팔에 오소소 소름이 돋았다.

"제 번호 어떻게 아셨어요?"

– 정보망이 넓다고 해두죠.

하진이 건조하게 대꾸하고 덧붙였다.

– 만나서 할 이야기가 있습니다.

"저는 할 이야기가 없어요. 끊겠습니다."

영채는 전화기를 귀에서 뗐다.

— 서영채 씨 생모에 대한 정보를 가지고 있습니다.

통화를 종료시키려던 손이 굳었다.

"뭐라고 하셨죠?"

— 서영채 씨 생모에 대한 정보를 가지고 있다고요. 내가 가진 정보에 관심이 있으시면 내일 뵙죠.

하진이 시간과 장소를 지정하고 먼저 연결을 끊었다.

전화기를 떨어뜨리고 영채는 비틀거렸다. 제발. 나 좀. 숨 좀 쉬게 해줘요. 누가 됐든, 마음껏 숨만 쉬고 살게 해줘요. 가슴을 짚은 손이 경련하고 급기야 울음이 터져 나왔다.

다음 날 정오, 영채는 하진이 말한 청담동 일식집으로 갔다. 입구에서 하진의 이름을 대자 투피스 정장의 호스트가 안쪽 방으로 그녀를 안내했다.

흰 셔츠에 면바지를 깔끔하게 입은 하진이 방에 앉아 있었다. 영채는 상을 사이에 두고 하진의 맞은편에 자리했다. 인사도 없이 그녀를 바라보던 하진이 한참 만에 말했다.

"여기 해산물 라면이 맛있어요."

"함께 식사할 생각 없으니, 본론으로 들어가죠. 제 생모에 대한 정보, 얼마에 파시겠어요?"

그녀가 냉랭하게 물었을 때, 하진의 입꼬리가 살짝 올라갔다.

"지금 이 상황이 재미있으세요?"

"내가 원하는 건 어제 말씀드린 걸로 아는데요."

"그건 아버지와의 일이고요."

"서영채 씨와의 거래에도 해당합니다. 생모에 대한 정보를 원하시면, 서영채 씨를 내게 주십시오."

영채는 떨리는 손을 그러모았다.

"거래는 성사되지 않겠네요. 권하진 씨에게 날 주는 일은 없을 테니까요."

옛날에 어떤 사람이 그랬거든. 언젠가 내 앞에 좋은 사람이 나타날 거라고. 그에게 마음을 주고 그의 모든 것을 받으라고. 당신은 자격 미달이야. 마음이 없잖아.

"나는 서영채 씨를 보호하려는 겁니다."

"보호요? 무엇으로부터요?"

"서주그룹으로부터."

영채는 삐딱한 웃음을 흘렸다.

"이것 보세요. 서주그룹의 오너가 제 아버지예요."

"어제 서 회장님이 내게 하신 제안을 벌써 잊으셨나 봅니다. 서영채 씨는 서국철 회장님께 보호 대상 1호가 아닙니다."

"그러는 권하진 씨에겐 서영채가 보호 대상 1호인가요?"

"네."

어디서 뻔뻔한 거짓말을. 당신, 정말 어쩌다 이런 사람이 됐어?

"뭘 노리는지 모르겠지만, 전 가진 게 별로 없어요. 목표물 설정 잘못 하셨어요."

"서영채 씨는 내가 원하는 것들을 아주 많이 가지고 있습니다. 여러 가지로."

하진의 낮은 음성에 담긴 여운이 끔찍했다.

어쩌면 잘된 건지도 몰라. 이렇게 형편없는 사내로 전락한 걸 확인했으니, 술판 한 번 거나하게 벌이면 잊을 수 있을 거야. 깨끗이 잊고 다른 봄을 꿈꿀 수 있을 거야. 그래, 잘된 거야.

"아버지하고 맺힌 건 아버지하고 푸세요. 절 끼워 넣지 마시고요."

영채는 핸드백을 챙겨 일어섰다. 다급한 걸음으로 방을 나서려 했을 때 하진의 목소리가 그물처럼 날아들었다.

"생모를 만나게 해드리겠습니다."

영채는 흠칫 놀라 어깨를 틀었다.

"뭐라고요?"

"생모를 만나게 해드리겠다고요."

"돌아가신 분이에요."

"살아 계십니다. 서주그룹 사람들이 없는 곳에서 만나게 해드리죠."

꼿꼿한 자세로 앉은 하진이 죽음의 사자처럼 말하고 덧붙였다.

"망설일 시간이 없습니다. 생모께서 위중하시거든요."

영채는 벗어날 수 없는 덫에 걸렸다는 것을 직감했다. 자리에서 일어난 하진이 그녀에게 다가와 명함을 건넸다.

"연락 주십시오. 기한은 어제 말씀드린 대로 일주일입니다."

하루가 지났으니, 이제 남은 시간은 엿새였다.

같은 시각, 서 회장과 차연은 한남동 자택 침실에서 마주 앉아 있었다.

"영채는 어디 간 거요?"

서 회장이 인상을 구긴 채 툴툴거렸다.

"효원 군 만나서 사고 친 거 수습하고 있겠지요."

차연은 새로 바른 진자주색 네일 컬러를 감상하며 건성으로 대꾸했다.

"신 회장 화 많이 났소?"

"화나는 게 당연하지요. 귀빈들 모신 자리에서 신부가 뛰쳐나갔는데. 그런 버르장머리는 어디서 배웠는지. 이번만큼은 당신, 영채 단단히 야단치셔야 해요."

"허허. 그것 참."

서 회장은 대답을 얼버무렸다. 이제 하진과의 거래를 영채에게 들킨 것이 불편해, 영채와 단둘이 있는 자리를 피하고 있는 참이었다.

"걱정이에요. 아무리 효원 군이 영채를 아낀대도, 엄격한 신 회장이 영채를 곱게 봐줄지. 그래서 말인데요, 여보."

차연은 서 회장의 눈치를 살폈다.

"영채, 차라리 권 본부장에게 보내면 어때요?"

서 회장은 긴 한숨을 흘려냈다.

지난주 홍도희에게서 두 번째 메시지가 날아들었다.

[약혼, 영채가 원하는 건가요?]

이번엔 그의 개인 계정으로 날아든 메일이었다. 유령이 지척에서 그를 주시하는 느낌이었다. 홍도희는 분명 영채 가까이에 있다. 영채를 제물처럼 넘긴 것을 알게 되면 어쩐다? 저주를 퍼붓고 떠난 그년이 폭탄을 터트리기라도 하면? 영채를 집에 두자니 회사가 걸리고, 결혼을 시키자니 후폭풍이 두려웠다.

"재성과는 혼인의 연을 맺는 거지만, 권하진에게 보내면 딸 팔았

단 소릴 들을 거요."

"누가 그런 일을 소문낸대요? 보안 좋은 곳에 영채 거처 마련하고 권 본부장 받으라고 하죠. 권 본부장 달래 주식 가져오고요. 거래 끝나면 영채 휴학 시키고 풍경 좋은 데서 마음 수습하게 하면 되잖아요."

서 회장은 골치가 아파지기 시작했다.

"회사를 지켜야 영채도 지키긴 할 텐데."

영채를 하진에게 보내 시간을 번다. 하진의 지분을 매입하는 동안 녀석이 본 장부를 깨끗한 이중장부로 만든다. 나쁘지 않은 미봉책 같긴 했으나, 하진에게 보낸 영채가 훗날 다른 약점이 될까 또 걱정이었다.

권하진과 결혼을 시키는 건 가당치 않고. 어떻게 녀석을 회유하면서 소문도 막는다?

그나저나 수상해. 권하진 그놈, 왜 뜬금없이 영채를 노려?

생각에 잠긴 서 회장을 보면서 차연은 입꼬리를 올렸다. 서국철. 당신과 난 딱 한 군데선 통해요. 세상 어떤 것보다 나 자신이 중요한 것. 나를 지키기 위해서라면 그 누구라도 짓밟고, 이용하고, 내팽개치는 것. 이렇게 지독히 닮았으니 버티고 살아온 거겠죠. 거울처럼 나를 비추는 서로를 끔찍해하면서도 말이에요.

"영채를 잘 구슬려보세요. 나보단 당신이 말씀하시는 게 나을 것 같네요."

서영채, 잘 봐라. 네 아비가 말하는 사랑의 본색이 어떤 건지. 네 어미가 그랬듯이 너도 처절하게 버림받는 거다. 가시덤불에서 뒹구는 네 모습을 지켜보마. 네가 만신창이가 되면 거두어 다독이는 자비쭘은 베풀지.

서 회장이 묵묵히 미간만 찌푸리고 있다가 고개를 저었다.

"아무리 생각해도 이상해. 권하진 그놈이 영채를 언제 봤다고 탐내?"

"이상하긴 하죠."

차연은 약혼식장 밖에서 마주 서 있던 영채와 하진을 떠올렸다. 두 사람 사이에 흐르던 심상치 않은 기류가 생각할수록 짐짐했다. 짐짐한 것은 파헤쳐 확인하는 것이 상책이었다. 권하진이, 서주의 적이듯 서영채에게도 적인지. 아니면 약발자의 가면을 쓴 백기사인지.

한남동에서 하진을 대면한 이후 영채는 신사동에 있는 오피스텔에 머물렀다. 여느 때 같으면 본가로 들어오라는 지시가 떨어졌을 텐데, 아버지가 잠잠했다.

「하룻밤 안는 것은 어떠냐?」

딸을 두고 해서는 안 될 말을 했다는 걸 깨달았을까? 피가 섞이지 않았다는 건 이런 건가? 회사가 아무리 어렵대도 영빈 언니를 두고는 그런 제안을 하지 않으셨을 텐데.

권하진의 협박이 그룹에 얼마나 큰 타격이 되는 건지 짐작할 수 없었다. 인터넷 검색을 해보았지만, 영업 실적 악화라든가 엔저 현상으로 고전한다든가 하는 말들은 눈으로만 읽힐 뿐 이해되지 않았다. 지금 이해할 수 있는 건 권하진이 서주의 적으로 나타났고, 그의 복수극에 휘말려 그녀의 인생이 가시덤불 속으로 빠지려 한다는 것이었다.

「하룻밤으로 만족할 것 같지 않습니다.」

권하진에게 4년 전 그 밤은 진심이었을까? 살다가 가끔 날 생각한 적이 있을까? 서국철의 딸이 아닌 서영채로.

「나는 서영채 씨를 보호하려는 겁니다.」

헛웃음만 나왔다. 4년 전에 진심이었다 한들, 그 사람이 가끔 내 생각을 했다 한들 무슨 의미가 있어? 복수심과 검은 욕망이 전부인 사람인데. 그나마 옛날이야기를 꺼내지 않아서 다행이야. 내 마음이 아직도 그 봄에 살고 있다고, 구구절절 고백했더라면 어쩔 뻔했어.

「생모를 만나게 해드리겠습니다.」

날 낳아준 여자가 살아 있단다. 그 여자에게 남은 시간이 얼마 되지 않는단다. 권하진의 제안을 거절하면 내가 어디서 어떻게 왔고, 어떻게 버려졌는지 평생 궁금해하며 살 것이다.

하지만 권하진에게 가기 싫었다. 4년 전의 그를 사랑했던 만큼, 꼭 그만큼 지금의 권하진에게 가기 싫었다. 몸이 짓밟히는 것보다 고이 간직해온 마음을 짓밟힌다는 게 싫었다.

죽기보다 싫어.

영채는 얼굴을 두 손에 묻어버렸다. 입술 새로 울음이 터져 나왔을 때, 현관 초인종이 울렸다. 딩동!

일어나 보안 인터폰 화면을 확인하자, 검은 야구 모자를 쓴 남자의 얼굴이 비치더니 화면 아래로 사라졌다.

"누구세요?"

대답을 기다리는 동안 화면이 까맣게 변했다.

현관으로 나간 영채는 데드 록을 건 상태로 문을 살짝 열었다. 문

밑에서 스르륵 소리가 났다. 복도에 놓인 하얀 봉투가 문에 밀리는 소리였다. 영채는 문을 조금 더 열고 봉투를 집어 올렸다. 겉면에 아무것도 적히지 않은 두툼하고 묵직한 봉투는 투명 테이프로 밀봉 되어 있었다.

거실로 들어와 봉투를 열었더니, A4 용지에 프린트된 신문 기사 들과 인터넷 뉴스들이 쏟아져 나왔다. 우영산업. 미성식품. 해명수 산. 화진식품. 금정유통. 이노바이오. 모두 한때 잘나가는 중견 기 업이었다가 위기에 빠져 서주가 인수한 회사들이었다. 오너가 의문 의 사고사를 당했거나, 임직원들을 상대로 폭력이 동원되었거나, 편법적인 절차가 있었거나, 경위는 달랐지만 인수 작업에 수상쩍은 구석이 다분했다.

누가 이걸 보냈을까? 무엇을 노리고 보냈을까? 영채는 테이블에 흩어진 기사들을 내려다보았다. 이미 심란했던 마음이 걷잡을 수 없는 혼란 속으로 빠져들었다.

사흘 후. 석영은 휘파람을 흥얼거리며 삼성동 오피스텔로 들어섰 다.

"권 본부장님!"

거실에서 퍼즐을 맞추고 있던 하진이 고개를 들었다.

"좋은 일 있어?"

"뉴욕에 있을 때 우리가 투자한 회사 말이야, TV에 등장하는 아 이템들 실시간으로 구입할 수 있게 하는 쇼핑 대행업체. 그 회사가 상장한다. 계산기 두드려보니까 내가 사들인 주식이 액면가 200만 불이 되더라고. 푸하하, 하룻밤 새 자산이 200만 불 늘었다고."

"투자하면 짭짤할 거라고 했잖아."

"이래서 사는 데 부스러기가 중요한 거네. 돈 냄새 귀신같이 맡는 녀석 옆에 붙어 있었더니. 부스러기만 200만 불."

"컨설팅 수수료 얼마나 줄래?"

석영은 퍼즐 매트 위로 올라가 하진의 등을 툭 쳤다.

"수수료 같은 소리 하네. 700만 불 넘게 챙기게 된 놈이."

하진이 퍼즐 조각을 내려놓고 일어나며 기지개를 켰다.

"홀딩해. 더 벌 수 있을 거야."

"너는 팔려고?"

"서주랑 한판 뜨려면 실탄이 필요하니까."

"나도 팔아서 힘 좀 실어줘?"

"Thank you. No, thank you."

"손 안 벌린다 이거지. 하여간 그놈의 깔끔증."

석영은 어깨를 으쓱하고 하진에게 물었다.

"그나저나 영채 씨는 언제 데려올 거야?"

"되는대로 빨리. 기다릴 만큼 기다렸으니까 이젠 데려와서 좀 굴려야지."

"굴려?"

"그럼 데려와서 모셔두냐? 죽이는 얼굴에 죽이는 몸 굴리면서 재미 좀 봐야지."

하진이 굳은 표정과 어울리지 않는 소리를 뇌까렸다.

"너, 표현이 좀 그렇다."

"뭐가 그래? 젊고 싱싱한 애 데려와서 단물 좀 빨겠다는데. 서 회장 딸이라 빠는 맛이 남다를 테고. 몸이 근질근질해 죽겠다, 진짜.

도도한 애 엎어뜨려서 길들일 생각만 해도 흥분이 돼서……."

석영은 하진의 멱살을 움켜쥐었다.

"권하진, 너 미쳤냐?"

"촌스럽기는. 왜? 너도 마음이 동하냐? 좀 나눠주랴?"

하진의 스산한 눈빛이 너무 깊어 해독 불가였다. 석영은 하진의 입가를 향해 그대로 주먹을 날렸다.

"이 자식이 미치려면 곱게 미쳐야지. 지금까지 영채 씨 지켜본 거, 고작 이러려고 눈독 들인 거였냐?"

하진은 얼굴을 찡그리며 입가를 쓸었다.

"아프긴 하냐? 또 뭐라고 지껄여보시지."

"됐다. 그만해라."

"뭘 그만해?"

석영의 주먹이 또 날아들 기세였다. 하진은 석영의 팔을 가로막으며 거실과 주방의 경계에 놓인 커다란 수조를 눈짓했다.

석영이 고개를 갸웃했다. 하진은 입술에 검지를 얹었다가 석영을 수조 앞으로 데려갔다. 수조를 받친 석조 장식대 앞에서 허리를 굽히고 아래쪽을 가리키자 장식대와 방바닥 사이 좁은 공간에 검고 동그란 물건이 보였다.

석영은 하진을 데리고 오피스텔 밖으로 나갔다. 복도 끝에 있는 비상구 문을 열고 나간 후에야 하진이 입을 열었다.

"도청 장치야."

"누구 짓일까?"

"서국철 아니면 강차연이겠지. 둘 다거나."

"이 집에 드나드는 건 너하고 나밖에 없잖아."

"어제 수조 관리 업체에서 다녀갔어. 도우미 아줌마도 믿을 수 없고."

"도청 장치 달린 줄은 어떻게 알았어?"

"오래된 버릇. 외부인 오는 날이면 도청 탐지기 돌려."

"그런 일이 있었으면 신호를 빨리 보냈어야지."

"서주 쪽에 흘릴 극적인 대사가 필요해서."

"나 참. 아무리 연극이 필요했다지만, 내 귀한 주먹 이거 어쩔 거야? 멍들게 생겼네."

석영이 주먹을 어루만지다 후후 불었다. 하진은 욱신거리는 입가를 어루만지며 석영을 바라봤다.

"석영아."

"왜?"

"내가 가진 거 뭐든 너한테 줄 수 있어."

"그런데?"

"그런데 영채는 안 돼."

"누가 뭐래냐?"

"지금부터 영채는 내 여자로 대해줘. 딱 거기까지만 해."

석영이 괘씸하단 표정으로 그의 뒤통수를 툭 쳤다.

"너도 딱 거기까지만 해. 아무리 영채 씨가 좋아도 그렇지, 날 친구 여자 넘보는 쪼잔한 놈으로 만드냐?"

하진은 경직된 표정을 풀고 환하게 웃었다. 석영이 미소를 되돌리다가 정색했다.

"강차연은 영채 씨가 불행하길 바라는 사람이니까 그렇다 치고, 서 회장이 도청 장치 설치한 거면 어떡하냐? 아까 네가 한 말 듣고 영채 씨 내주지 않겠다고 버티면?"

"그건 상식적인 아버지가 할 행동이고. 서국철을 상대하려면 상식과 양심 밖에서 생각해야 해. 서국철은 영채가 불행해질 걸 알면서도 내게 보낼 수 있는 사람이야. 강차연은 영채가 불행해질 거라고 생각하면 영채를 떠밀어서 나한테 보낼 거고."

"영채 씨는 생모 때문에 오기 싫어도 올 거고?"

"그러길 바라야지."

"영채 씨가 오면 네 진심을 밝히고?"

"사실 알려주고 열심히 빌어야지."

"네 진심, 언젠가는 서주에서도 알 텐데."

"그전에 서주는 파멸할 거야."

하진은 단언하고 돌아서 비상구 문을 열었다.

"계획은 그럴듯하다만, 난 영 불안하다."

석영이 고개를 절레절레 저었다. 복도로 들어가려던 하진은 뒤를 돌아봤다.

"참, 석영아."

"또 뭐?"

"사랑한다."

석영이 질겁해 목덜미를 떨었다.

"하지만 영채는 안 돼, 거기까지 딱 좋았어. 거기까지 로맨스였는데, 왜 비엘을 쓰려고 그래?"

하진은 눈을 가늘게 떴다.

"비엘?"

석영이 그의 어깨에 팔을 턱 짚고 고개를 늘어뜨렸다.

"돈질만 하지 말고 문화생활 좀 하라니까. 비엘이 뭔지도 모르는 권하진 본부장님, 이 형님이 얼마나 더 키워드려야 오묘한 인간사에 눈을 뜨시겠습니까? 영채 씨도 불쌍하지. 어쩌다 뼛속까지 무지한 녀석에게 낚여서. 고생길이 훤한 커플입니다."

감기 기운이 있었다. 영채는 열이 오르는 이마를 짚으며 약국에 가 약을 지어 와야 할지 생각했다. 약을 먹기 전에 밥을 먹어야 하는구나. 종일 굶다시피 했다는 걸 깨닫고 영채는 핸드백을 집어 들었다. 어디 가서 속 좀 채우고 약도 먹자. 아파선 안 돼. 멀쩡한 몸으로도 돌아버릴 것 같은 이 상황에서.

현관을 나서려는데 핸드백 속에서 휴대전화가 울렸다. 효원이 걸어온 전화였다.

– 영채 씨. 몸은 좀 어때요?

효원을 피하려고 아프다는 핑계를 댔었지, 참. 거짓말을 한 벌을 받는지, 온몸이 정말로 쑤시고 있었다.

"견딜 만해요."

– 그럼 만나요. 지금 오피스텔 앞이에요.

"어떻게 여기까지 오셨어요?"

– 한남동에 들렀다가 문 앞에서 집사님 뵀어요. 영채 씨 오피스텔에 가 있다고 그러시더라고요.

"네에."

– 영채 씨한테 궁금한 게 있어요. 꼭 얼굴 보고 물어야 할 거에요.

하긴 무작정 효원을 피할 수만은 없는 노릇이었다.

"지금 나갈게요."

— 오피스텔 입구에서 봐요.

평상시와 달리 효원이 먼저 전화를 끊었다. 영채는 반소매 티셔츠와 트레이닝복 바지를 벗고 원피스를 걸친 다음 검정 플랫슈즈에 발을 집어넣었다.

오피스텔 1층 로비에 효원이 있었다. 폴로셔츠에 청바지를 입은 편한 차림이 딱딱해 보일 만큼 표정이 어두웠다. 그녀를 본 효원이 몸 상태를 물은 다음 근처 카페로 향했다. 가로수길에 있는 작은 카페 창가 자리에 앉자마자 효원이 단도직입적으로 물었다.

"약혼식장에서 무슨 일이 벌어진 거죠?"

영채는 어디서부터 어떻게 설명을 해야 할지 막막했다.

"제가 이해하지 못하는 어떤 일이 벌어졌고, 그것 때문에 영채 씨가 아픈 것 같아요. 틀렸나요?"

효원의 시선이 물음만큼이나 집요했다.

"맞아요. 어떤 일이 벌어졌어요."

영채는 고개를 숙였다. 앞에 놓인 블랙커피처럼 씁쓸하고 불투명한 시간이 그녀와 효원 사이에 흐르고 있었다.

"오래전에 사랑한 사람이 있었어요. 식장에서 그 사람을 봤어요. 그 사람을 붙잡으려고 뛰쳐나간 거였어요."

길고 무거운 침묵 뒤에 효원이 물었다.

"그 사람, 아직도 사랑하세요?"

영채는 고개를 들었다. 담담한 효원의 눈동자에 격랑이 일었다. 아직도. 그 한마디에 그녀의 심장도 찰랑였다.

"오래전은 오래전 일이죠. 전 영채 씨 지금 마음이 궁금해요."

효원처럼, 오래전 일은 오래전 일이라고, 영채는 선을 그을 수 없었다. 권하진이 변한 것을 알았다. 변한 사람을 두고 4년 전 기억에 매달리는 것이 미련스럽다는 것도 알았다. 하지만 권하진은 그녀에게 '아직도'였다. 더 이상 사랑하지 않아도, 기다리지 않아도, 남은 것은 원망과 적의뿐이라 해도, 권하진은 가시덩굴처럼 그녀와 얽혀 버린 '아직도'였다.

"그 사람은 제게 아직도, 예요."

영채는 약혼반지를 빼서 테이블에 내려놓았다.

"정말 미안합니다, 효원 씨."

흙빛이 된 얼굴로 그녀를 바라보던 효원이 커피를 한 모금 마시고 입을 열었다.

"다행이라는 생각이 들어요. 진실을 감추고, 상대를 속이고, 영채 씨는 영채 씨대로 괴로워하면서 불행해지고. 우리가 그렇게까지 망가지진 않아서 다행이에요."

영채는 물기가 도는 효원의 눈동자를 마주 보았다. 그럴 생각은 없었는데, 당신에게 상처를 준 것 같아요. 우리 모두 마주 앉아 커피를 홀짝이는 것처럼 각자 앞에 놓인 시간을 감당할 수 있다면 얼마나 좋을까요? 부질없는 생각에 마음이 더 무거워졌다.

"제가 너무 쉽게 물러나서 놀랐어요?"

"조금요."

"제가 가진 것과 갖게 될 것들을 영채 씨에게 주고 싶은 마음은 진심이었어요. 그런데 거기까지였나 봐요."

"무슨 말씀이신지……."

"약혼식 끝나고 어머니께서 역정을 내셨어요. 영채 씨가 식 도중에 뛰쳐나간 것 때문에요. 저한테도 껄끄러운 소리를 하셨죠. 제 자신에게 물어봤어요. 내가 가진 것을 포기하면서까지 영채 씨와 같이 갈 수 있을까? 아니더라고요. 영채 씨가 좋지만, 제가 누려온 것들을 버리면서까지 영채 씨에게 매달리고 싶지 않습니다. 영채 씨 마음이 다른 사람에게 있다면 더 안 되겠어요. 그 마음이 언젠가는 제게 향할 거라는 헛된 희망에 제 귀한 젊음을 걸고 싶진 않아요."

"고맙습니다. 방금 말씀, 저 편하라고 하신 거 알아요."

"우리가 악연이 되지는 않았으면 해요. 이 바닥 좁은 거 아시죠? 언제 어디서 우리가 나시 엮일지 모르잖아요."

효원이 테이블 위로 손을 내밀었다. 영채는 뭉클한 마음으로 효원의 악수를 받아들였다.

"잘 가요, 영채 씨."

그녀의 손을 굳게 잡았다 놓은 효원이 일어섰고, 영채는 자리에서 일어서는 것으로 효원을 배웅했다.

테이블을 돌아 몇 걸음 멀어지던 효원이 돌아서서 말했다.

"영채 씨. 그 사람이 영채 씨에게 장미 두 송이를 주면, 영채 씨는 장미 스무 송이 줘버리세요."

"네?"

"사랑하는 사람 다시 만났다니까요. 영채 씨, 고운 사람이에요. 진심으로 사랑하면 반짝거릴 사람이에요. 그 사람한테 장미 두 송이 받으면, 저랑 있을 때처럼 새침하지 말고, 마음껏 주는 사랑 하시라고요."

효원의 축원에 미소 짓던 영채는 눈물을 왈칵 쏟고 말았다. 힘들었던 요 며칠, 기댈 사람 하나 없이 혼자이다가 효원의 친절한 말한 마디가 약이 되니 감정이 북받쳤다.

카페를 나서는 효원의 모습이 뿌옇게 흐려졌다. 효원의 뒤로 문이 닫히자 자리에 앉은 영채는 핸드백에서 거울을 꺼내 얼굴을 정리했다. 거울에 비친 얼굴이 핼쑥하고 창백했다.

거울아, 거울아. 세상에서 누가 제일 예쁘니? 서영채는 확실히 아니겠다. 사랑하는 사람을 다시 만나? 자존심 때문에 밀어낸 말치고 너무 통속적이었잖아. 통속적이더라도 진실이었으면 그나마 나았지. 기발하지도 않고 진실하지도 않은 말을 주절거리는 꼴이라니. 거짓말을 해놓고, 그 거짓이 진실이었으면 얼마나 좋을까 바라는 미련스러움은 어쩌고. 정말 꼴불견인 건 내 마음이네. 서영채, 이 구제불능. 정신 차려!

절망적인 심정으로 거울을 덮었을 때 휴대전화가 울렸다. 액정에 하진의 이름이 떠 있었다.

— 영채, 요즘 오피스텔에서 지내요.

"위치가 어딥니까?"

— 신사동인데, 주소 불러드릴게요.

경선과 통화한 하진은 신사동 쪽으로 차를 돌렸다. 가로수길 근처에 차를 주차시켜놓고 걷는데, 작은 카페 유리창 너머로 영채가 보였다. 효원과 사각 나무 테이블을 두고 마주 앉은 영채가 굳은 표정으로 고개를 숙이고 있었다.

너는 왜. 언제나, 이렇게 통속적이고 비현실적인 우연으로 내게 다가오는지.

하진은 유리창 너머로 영채와 효원이 악수하는 것을 지켜보았다.

영채의 입가에 미소가 떠오른 것도 잠시, 효원이 자리를 뜨자 눈물이 영채의 뺨을 적셨다.

왜 언제나 너의 웃음은 짧고 눈물은 길까?

하진은 핸드백에서 손거울을 꺼내 들여다보는 영채를 바라보다가 휴대전화를 빼들었다.

영채는 악마와 악수하는 심정으로 통화를 허락했다.

─ 권하진입니다. 이야기 좀 했으면 합니다.

"지금은 곤란……."

─ 지금, 서영채 씨 보고 있습니다.

영채는 주위를 두리번거리다 유리창 너머로 흰 셔츠에 면바지 차림인 하진을 보았다. 파릇한 잎들이 무성한 나무 아래서 햇살을 받고 서 있는 하진의 모습이 가시처럼 그녀의 마음을 찔러댔다.

왜 하필이면 당신이야? 철저한 타인이었으면 이렇게 비참하진 않을 것을. 당신을 보고 있으면 그 봄밤의 기억 때문에 미치겠어. 차라리 영영 나타나지 말지. 추억이라도 안녕하게.

─ 나와요.

하진이 속삭였다.

"싫어요."

나를 절대 아프게 할 것 같지 않던 사람이 나를 가장 아프게 하는 사람이 되는 것. 운명의 장난이란 그런 것.

하진이 창쪽으로 다가왔다. 하진의 집요한 눈빛이 읽혔을 때 영채는 오기스럽게 우겼다.

"권하진 씨에게 가기 싫어요."

─ 그럼 기다리죠. 서영채 씨가 내게 오고 싶어질 때까지.

지옥의 어둠 같은 선언에 전율이 일었다.

바람이 부는지 나뭇잎들이 흔들렸다. 기우는 해가 하진의 머리 위로 오렌지빛 잔광을 떨어뜨렸다. 구름이 흘러 해를 가리도록, 어둑해진 거리에 가로등이 밝혀지도록, 하진은 그 자리를 지켰다.

후두둑 비가 떨어졌다. 유리창을 그어대던 가는 빗줄기가 순식간에 굵어졌다. 길 건너편 카페의 파라솔이 걷히고 몇몇 행인들의 우산이 펼쳐졌다. 우산 없이 걷던 사람들이 손을 머리 위에 올리고 뛰거나 가게의 처마 밑으로 피신했다.

카페 창에, 창 밖 화분에, 화분 옆에 선 가로등 빛줄기에, 비가 끝없이 쏟아졌다. 거센 빗줄기를 고스란히 맞으면서, 젖어드는 눈동자에 그녀를 담은 채로, 하진은 그 자리에 붙박인 듯 있었다.

당신, 바보야? 할 이야기가 있으면 들어오지, 왜 굳이 나더러 나오래?

그녀가 깨부수고 나가야 할 장벽처럼 버티고 선 카페 유리창. 젖은 창을 타고 4년 전 기억이 흘러내렸다.

기다렸어. 우리가 만나기로 했던 토요일 저녁에, 노을 지는 강변에서 당신을 기다렸어. 나오지 않을 거라고, 당신이 말했는데도, 사방이 캄캄해지도록 기다렸어. 비가 쏟아지기 시작하는데도 꼼짝할 수 없었어. 지금 날 기다리는 당신 마음이 그때 내 마음 같다면, 얼마나 좋을까?

하지만 지금 당신은 꽃을 꺾으려는 검은 손길일 뿐. 당신의 기다림이 그치지 않는다면 내가 그쳐야겠네. 독하고 미련스러웠던 사랑, 내가 여기서 그칠 거야.

시린 숨결을 삼키고 일어서며 영채는 변명했다. 지금 권하진에게 가는 것은 그를 만나기 위해서가 아니라고. 그의 추억과 이별하기 위해서라고. 피하지 않고, 미루지 않고, 사랑에 마침표를 찍기 위해서라고. 정말로 그것뿐이라고.

장벽 없이 마주한 하진은 더 크고 더 단단하게 느껴졌다. 비에 젖었는데도 온몸에서 열기가 전해져 겁이 조금 났다.

영채는 카페 처마 아래 서서 하진을 쳐다봤다.

"권하진 씨에 내해 알아봤어요."

그랬냐는 듯, 하진이 고개를 까딱했다.

"4년 전에 맺힌 사연이 있다던 사람, 아버지였죠? 내가 아버지 딸인 거 알고 연락 끊은 거죠?"

"네."

"내 앞에 다시 나타난 것도 아버지 때문이죠?"

"아뇨."

"거짓말 잘하시네요."

"거짓말이 아닙니다. 서 회장님 앞에 나타난 건 서 회장님 때문이고, 서영채 씨 앞에 나타난 건 서영채 씨 때문이니까요."

이젠 시답잖은 말놀음까지. 영채는 기가 막혔다.

"아버지와 얽힌 건 아버지와 푸세요. 나는 권하진 씨 볼 일이 없으니까 내 앞에선 사라져주시고요."

"생모는 영채 씨 일인데요."

그녀의 이름이 불릴 때, 하진의 눈동자에 물기가 돋았다. 눈 한 번 감았다 뜨면 하진과 사랑했던 그 밤으로 돌아갈 수 있을 것 같은데. 그때 그 설레던 마음으로 다시 인사할 수 있을 것 같은데. 그녀는 그렇게 할 수도 있을 것만 같은데. 이 부질없는 마음을 어떻게 비워내야 할까?

영채는 냉랭한 목소리를 밀어냈다.

"내 생모를 어떻게 아세요?"

"그분을 보호하고 있습니다."

"생모를 만나게 해주면 사례는 충분히 하죠."

"돈에는 관심 없습니다. 내가 원하는 건 이미 말했는데요."

"그렇게 나랑 자고 싶어요? 웃겨. 4년 전엔 애 취급하더니. 하긴 나이 먹으면서 물이 좀 올랐죠, 내가."

모욕을 당한 듯, 하진의 입매가 굳었다.

"서영채 씨가 원하지 않으면 손가락 하나도 안 건드리죠."

비열한 욕망에 굴복할 만큼 그녀가 미련스럽다고 생각하는 걸까, 이 남자는? 아니면 권하진을 그녀가 유혹해야 할 만큼 아버지의 처지가 절박한 걸까?

"이해가 되지 않네요. 날 데려다 도대체 뭘 하려는 건지."

"결혼."

"뭘…… 해요?"

"결혼하겠다고요, 서영채 씨랑."

영채는 고개를 틀면서 코웃음을 쳤다.

"만나기만 하면 청혼을 하시네요. 축하해요. 4년 전에 세운 세상에서 가장 끔찍한 청혼 기록 방금 깨졌어요. 하룻밤으로는 만족 못한다더니, 날 오래 갖고 있을 방법으로 생각한 게 고작 결혼이에요? 권하진 씨, 똑똑히 들어요. 내가 원해서 당신하고 잘 일은 절대 없을 거예요. 그런데도 평생을 걸 수 있어요?"

"서영채 씨와 평생을 생각하지 않습니다."

하진이 건조하게 선언했다. 영채는 입술을 깨물었다. 안도해야 하는데, 왜 가슴이 아린지 모르겠다. 서영채. 너, 정말 미련퉁이구나.

"하룻밤과 평생 사이 어디쯤에서 서영채 씨를 자유롭게 해주죠. 약속합니다."

하진은 이미 이별을 계획하고 있었다. 폭탄 맞듯 이별당하고 지뢰 밟듯 재회한 것처럼, 어느 날, 두 번째 이별이 그녀를 내려칠 것이다. 그녀는 다시 버려져, 문드러진 가슴을 부둥켜안고 혼자 울어야 할 것이다. 이 사람은 그걸 바라는 걸까? 내가 서국철 회장의 딸이라서?

"도대체 나에게 원하는 게 뭐죠?"

"서영채 씨가 나의 법적인 아내가 되는 것. 나와 한 집에서 사는 것. 내 눈 밖에서 벗어나지 않는 것."

"권하진의 인형으로 살란 말이네요."

"내 보호를 받는 거라고 생각해주면 좋겠습니다."

하진의 목소리가 순간 따뜻하게 들려 영채는 눈을 감아버렸다. 어떡해? 고작 저 말 한마디를 받아내지 못하면. 이러다 추억 속에서 허우적대는 마음을 들키기라도 하면.

"나는 서영채 씨를 얼마든지 기다릴 수 있습니다."

하진의 목소리가 바람처럼 불어들었다. 영채는 전율하는 손을 말아 쥐면서 눈을 떴다.

"하지만 서영채 씨 생모께 남은 시간이 얼마 되시 않아요. 그러니 마음의 결정을 해요.”

돌연 피로가 엄습했다. 다리에서 힘이 빠지는가 싶더니, 배에서 꼬르륵 소리가 났다. 미간을 찌푸린 하진이 그녀를 위아래로 훑고는 손목을 탁 잡았다.

“배 채우는 동안 결정해요.”

하진이 선 비 속으로 몸이 속절없이 끌려들었다.

하진이 그녀를 데리고 간 곳은 카페에서 한 블록 떨어진 일식집이었다. ‘핑크캣’이라는 간판이 걸린 소박한 비스트로 안으로 들어선 하진이 창가에 있는 긴 나무 테이블에 그녀를 앉혔다.

“여기 라면 맛있어요. 정통 일본식으로 만들거든요.”

인형처럼 앉아 있던 영채는 주문한 라면이 나오자 그릇을 싹싹 비웠다. 지금 이 상황에, 권하진 앞에서 음식을 넘기는 것이 비현실적으로 느껴졌다. 나를 이 세상에 내놓은 여자. 만나지면 꼭 한 번쯤 보고 싶었던 사람. 그 사람이 살아 있다는 것. 그 사람에게 남은 시간이 얼마 되지 않는다는 것. 그 사람을 만나려면 권하진의 청혼을 받아들여야 한다는 것. 그녀를 둘러싼 모든 상황들이 외계의 이야기처럼 아득했고 허기는 지독히 생생했다.

라면국물까지 모두 들이켰을 때야 정신이 돌아왔고, 너무나 자연스럽게 입이 열렸다.

“혼전 계약서 작성해요.”

하진이 젓가락을 놓았다.

“그렇게 해요. 내가 세 가지 조건을 내걸었으니 공란 세 개 주죠. 원하는 대로 채워 넣어요.”

“뭐든지?”

"뭐든지."

"당신 전 재산도?"

"그래요."

"안 아깝겠어요?"

"돈이야 또 벌면 되니까요."

돈 많이 벌었나 보네. 영채는 하진에게 독한 시선을 던졌다.

"당신 목숨은요?"

하진이 물기 머금은 눈동자로 창 밖만 바라보고 있었다.

"못 들었어요? 내가 결혼하는 대가로 당신 목숨 달라고 하면 어쩔 거냐고요? 목숨은 벌 수도 없는데."

영채는 작정하고 하진을 찔러댔다.

"내가 죽으면 서영채 씨를 보호해줄 사람이 없을 겁니다."

늑대가 토끼 생각하시네.

"날 보호해서 어디다 써먹을 건데요?"

"계속 기다리게 해주려고요."

"뭘요?"

"서영채 씨에게 모든 걸 주고 마음 하나만 달라고 할 사람. 그 사람 기다리고 있던 거 아니었어요?"

기다렸어. 기다렸는데 이렇게 됐잖아. 이젠 기다려도 아무 희망이 없게 해놓고 그런 말을 하면 어쩌란 말이야.

머뭇했던 빗줄기가 다시 유리창을 거세게 때려댔다. 영채는 빗줄기에 얼룩진 창 너머로 거리 풍경을 응시했다. 4년 전 그날에도 이렇게 급작스럽게 비가 쏟아졌는데. 요트에서 하진과 몸을 겹치고 숨어 있었을 때 들었던 빗소리의 환청이 창 밖의 빗소리를 덮었다.

수천 번 끊어내고 비워내도, 오래된 기억은 문득문득 되살아나 그녀를 흠뻑 적셨다.

"조금만 기다려요. 비 그치고 날이 개면 그런 사람 영채 씨 앞에 나타날 테니까."

하진의 다정한 목소리에 가슴이 서걱거렸다. 다정함이라니. 가당치도 않게. 영채는 주먹을 말아 쥐었다.

"겁내지 말고 잘 먹고 잘 자요. 예쁘게 하고 나한테 와서 기다려요. 다른 생각 하지 말고."

하진은 도망갈 생각은 하지도 말라고 경고하고 있었다. 그런데도 그녀의 한심한 심장은 죽었다가 살아난 듯 뛴다. 4년 전에 말해주지. 기다리라고. 그럼 한눈팔지 않고 기다렸을 텐데. 나쁜 자식이 되어 나타난다고 해도 온다고만 했으면 기다렸을 텐데.

겉껍데기만 같은 사람을 보면서 추억을 더듬는 것이 끔찍했다. 눈물이 쏟아질 것 같아 영채는 일어섰다.

"계약서 준비되면 연락하세요."

기민하게 몸을 튼 하진이 그녀의 손목을 붙들었다.

"비 그치면 가요."

영채는 손목을 비틀었다.

"보내줘요."

"비 그치면 보내줄게요."

하진의 목소리가 흔들리며 갈라졌다. 영채는 겁이 왈칵 났다. 당신 손이 왜 이리 따뜻해. 비열해도, 잔인해도 당신한테로 마음이 흘러버릴 것 같잖아.

비가 그칠 때까지만. 이 사람이 손을 놓아줄 때까지만. 변절된 인연이라도, 어떤 변명을 대어 맞닿아 있고 싶어지는 마음. 미련(未練)이란 사람이 바닥도 모르고 미련해질 수 있는 구질구질한 집착.

"보내줘요, 제발."

영채는 젖은 눈빛으로 애원했다. 힘이 잔뜩 들어간 하진의 손이 견딜 수 없이 뜨거웠을 때, 환청 같은 속삭임이 들이쳤다.

"비가 그치면, 영채야. 비가 그치면."

야속한 비가 끝없이 떨어졌다. 유리창에, 나뭇잎에, 가로등과 화분에, 뛰어가는 사람들의 머리와 서 있는 차들의 지붕에, 그리고 추억에 찔린 그녀의 여린 가슴에, 난만한 봄꿈처럼 떨어졌다.

전해 6월, 케임브리지.

영채는 하버드 스퀘어에서 한 블록 떨어진 네일 숍 '섬섬옥수'로 들어섰다. 숍을 운영하는 한국계 교포 여주인이 반갑게 인사했다.

"오랜만에 왔네."

"예약 안 했는데 지금 손 케어 할 수 있어요?"

"마침 예약이 하나 취소된 참이야. 거기 앉아요."

영채는 주인이 가리킨 의자에 앉았다.

손톱 손질을 마쳤을 때 주인이 물었다.

"컬러는?"

"저기 저거요."

영채는 색색의 매니큐어들이 늘어선 진열대 구석의 노란색 병을 가리켰다.

"이번에도? 좀 바꿔보지. 여름인데 상큼하게 아이스블루 어때요? 민트는?"

화사한 꽃무늬 셔츠를 입은 주인이 파란색 계열을 권했다.

"늘 하던 걸로 해주세요."

영채는 노란 병을 고집했고 주인은 어쩔 수 없다는 듯이 그녀가 가리킨 병을 집어 들었다.

"이번에도 왼손 약지는 진남색이고?"

"네. 위에 은색으로 멸치 그려주시고요."

"내 평생 멸치 그려달라는 손님은 처음이야. 진짜 궁금하다. 무슨 사연인데?"

"말하자면 복잡해요. 너무 많은 걸 알려고 하지 마세요."

영채는 생긋 웃으며 왼손부터 내밀었다. 손톱에 노란색 네일 컬러가 차례로 발렸다. 세 번의 코팅이 끝난 후 왼손 약지 손톱에 네이비 컬러가 들어차고 그 위에 은색 멸치가 그려졌다.

컬러를 말린 후 계산을 하는데 주인이 일렀다.

"한두 시간쯤은 조심해요."

"네. 다음 주에 올게요."

숍을 나선 영채는 숍 앞에 세워놓은 자전거의 잠금 장치를 풀다가 왼손 검지를 긁혔다. 열쇠 모서리에 찍힌 검지 손톱을 보고 있자니 핏, 웃음이 나왔다. 돈 들여 처발랐더니. 내 급한 성격이 어디가?

"찡그릴 것 없어, 아가씨. 그래도 예쁘니까."

따뜻한 바람에 실려 다정한 목소리가 불어들었다.

영채는 왼손을 들어올려 머리 위 하늘에 포갰다. 오늘 하늘 예뻐요, 젊은이. 아직도 멸치 볶음 좋아해요? 어디에 있든지, 당신 인생에도 별 한 마리!

손가락 사이로 내리쬐는 뜨뜻한 햇살에 여름이 배어 있었다.

자전거로 매스 애비뉴를 달린 영채는 센트럴스퀘어의 한국 마트에서 반찬을 사서 아파트로 왔다. 커다란 상자들이 쌓여 있는 거실에서 우현이 카우치를 구석으로 빼고 있었다. 가을에 대학원에 입학하기 위해 뉴욕으로 이사할 준비를 하는 참이었다.

현관으로 들어선 그녀를 보고 우현이 물었다.

"카우치, 갖고 가요?"

"그냥 팔아요."

"산 지 얼마 안 됐는데."

"새걸로 또 살 거예요. 가구들은 놔두고 옷하고 책만 챙겨요. 아, 자전거도."

영채는 자전거를 걸이에 걸면서 부탁했다. 배낭에서 꺼낸 반찬 꾸러미를 냉장고에 넣고 오자 우현이 자전거 프레임을 쓸고 있었다.

"이 자전거, 무슨 한정판 그런 거예요?"

"아뇨. 왜요?"

"다른 건 금방 싫증내고 바꾸면서 이 자전거는 가져가겠다니까."

"내 첫 자전거잖아요. 그거 타려고 얼마나 넘어지고 깨졌는데."

"맞어, 맞어. 자전거나 남아나나 싶었다니까. 지금 쌩쌩 달리는 거 보면 중심도 못 잡던 사람이라고 누가 믿겠어? 아가씨 그렇게 독한지 몰랐어, 진짜."

의기양양하게 입꼬리를 올리던 영채는 우현을 쨍하니 흘겨보았다.

"그 아가씨 말 한 번만 더 하면 진짜 오빠 자를 거예요."

"알았어요, 알았어. 아가씨를 아무나 아가씨라 못 부른댔지, 참."

머리를 긁적인 우현이 책장 앞으로 가서 책을 정리하기 시작했다.

네일 컬러에서 중요한 것은 덧바르기였다. 세 번 정도는 코팅을 해줘야 색이 제대로 나왔다. 손톱을 물들인 노란색은 봄에는 개나리였고 여름엔 햇살이었으며, 가을엔 은행잎이었다가 겨울엔 봄을 향한 기다림이었다. 매일 저녁 하늘을 태우는 노을이었고, 사시사철 여전히 그 젊은이를 기다리는 희망이었다.

추억을 보살필 때 중요한 것도 덧바르기였다. 세상의 계절에 상관없이 내 마음은 끊임없이 그 봄밤으로 되돌아갔다. 내 젊은 연인의 눈빛과 웃음과 손길이 돋을새김된 마음에서 첫 키스의 기억은 언제나, 갓 발려진 네일 컬러처럼 완벽하고 생생했다.

손톱이 갈라지거나 긁힐 때조차 나는 절망하는 대신 기도했다. 그가 변해야 한다면, 꼭 변해야 한다면, 손톱만큼만 변하기를. 손톱만큼 변한 그와 손톱만큼 자란 내가 다시 만나는 꿈에 기대어 대학을 마쳤다. 내 안에 추억이 살아 있는 한, 그와의 재회를 확신하는 한, 추워도, 외로워도 인생은 언제나 봄날이었다.

– 영채가 다 하지 못한, 언젠가는 하진에게 들려줄 이야기 中

전해 6월, 뉴욕.

오디세이 본사 빌딩이 월스트리트에 높게 솟아 있었다. 사무실이 있는 20층에 도착해 엘리베이터에서 내린 하진은 휴게실 앞을 지나치다 두런두런 들려오는 말소리에 걸음을 멈췄다.

『인수 합병 팀 권 팀장, 칼슨 사 딜 마무리 지었다면서?』

『입이 떡 벌어질 액수더라.』

채권 트레이딩 팀의 고참 직원들이었다.

『이번에 산 거 조각 내서 되팔 거라던데. 어린놈이 독해, 음?』

『오죽하면 별명이 다이아몬드 이빨 사냥꾼이겠어?』

『그 별명은 어떻게 붙은 건데? 돈 많이 벌었다고?』

『아니. 다이아몬드보다 단단한 이빨로 한 번 문 건 잘근잘근 씹어 버린다고. 회장님 딸도 물었다더라.』

『그건 또 무슨 소리야?』

『몰랐어? 회장님이 애지중지하는 외동딸 있잖아. 가끔 나타나서 권 팀장 사무실로 들어간다는데, 그 독종이 회장 딸하고 있을 땐 웃는단다.』

『그래서 그랬나? 저번에 권 팀장 비서가 그러는데, 뉴욕 매거진에서 선정하는 뉴욕의 핫한 싱글남 10인 있잖아. 권 팀장이 거기에 뽑혔는데 편집장에게 전화해서 빼달라고 했다던데. 회장님 딸 찍어놓고 주변 관리 하나 보네.』

『찍은 건 회장님이 먼저 같던데.』

『누굴? 권 팀장?』

『왜 이리 느려? 권 팀장 MBA 따자마자 회장님이 직접 스카우트해 왔는데. 사윗감으로 찍어두고 밀어주는 거 알 만한 사람들은 다 알아.』

『권 팀장한테 찍히면 우리 목이 간당간당하다는 게 그 소리였어?』

『그래. 그러니까 눈치껏 비위 맞춰.』

대화가 잦아들자 하진은 굳은 표정으로 사무실로 갔다. 사무실 문을 열자 책상 앞에 앉아 있던 비서가 일어나 인사했다.

『출근하셨습니까?』

하진은 검은 투피스를 입은 젊은 여비서에게 냉랭한 눈길을 던졌 다.

『미스 윤, 새 직장 알아봐요.』

『네?』

비서의 눈이 동그래졌다.

『나는 미스 윤 후임 알아보겠습니다.』

『제가 무슨 실수라도 했습니까, 팀장님?』

『뉴욕 매거진 편집장과의 통화 내용이 왜 이 사무실 밖으로 나가 야 하죠? 이 바닥에서 기밀 유지가 얼마나 중요한지 모르는 사람과 는 같이 갈 수 없어요.』

하진은 2주의 인수인계 기간을 통고하고 집무실로 들어갔다.

집무실 문이 닫히자 윤 비서는 의자에 무너져 내렸다. 권하진의 관용이 허락하는 것은 단 한 번의 실수라고, 입사 직후부터 귀에 못 이 박이도록 들었다. 같은 실수를 반복하는 사람은 누가 됐든 가차 없이 잘라내는 것이 권하진이라고.

하진에게 첫 번째 경고를 받은 것은 작년 연말이었다. 하진이 회 장의 별장에서 크리스마스 연휴를 보낸다고 동료 비서에게 말을 옮 긴 것이 화근이었다.

연말 보너스를 주는 자리에서 하진이 차갑게 경고했다.

『같은 실수 두 번 하지 않기 바랍니다.』

그걸 기억하고 입조심했어야 했는데. 굳게 닫힌 집무실 문이 지옥의 문처럼 보였다. 노크를 하고 들어가 두 번째 기회를 청하는 일은 엄두조차 나지 않았다.

책상에 앉아 인터넷 뉴스를 검색하던 하진은 컴퓨터 화면에 뜬 사진 한 장에 얼어붙었다.

[아이비리그로 간 재벌녀]

큼지막한 제목 아래 영채의 상반신 클로즈업 사진이 있었다.

[하버드대를 숨마 쿰 라우드로 졸업하고 컬럼비아 대학원에 진학한, 서주그룹 서국철 회장의 차녀 영채 씨.]

캡션을 훑은 하진은 인터뷰 기사를 읽었다.

Q. 여러 명문대에서 합격 통지서를 받으셨는데요, 컬럼비아 대학을 선택하신 이유가 있습니까?

A. 그 학교가 뉴욕에 있어서요.

Q. 뉴욕에 특별한 애착이 있으신가 봅니다.

A. 뉴욕에서 찾고 싶은 사람이 있어요.

기사를 마저 읽은 하진은 인태에게 전화를 걸었다.

"회장님, 컬럼비아 대학 총장님과 가까우시죠?"

– 왜 그러니?

"학생 하나에 대해 알아볼 수 있을까 해서요. 뒷말 안 나오게 조용히요."

– 영채 양 말이냐?

인태는 이미 하진의 의도를 읽고 있었다.

"네."

– 쉽지 않을 거다. 미국 대학은 개인 정보 보호에 워낙 철저해서.

"쉽지 않은 일이니까 부탁드리는 거 아닙니까?"

– 방법을 찾아보겠다.

"고맙습니다."

컬럼비아 대학의 9월 학기가 시작된 지 일주일 후, 하진은 영채의 강의 일정표를 받아 들었다.

전해 10월, 뉴욕.

노랗게 물든 나뭇잎에 풍요로운 햇살이 영그는 오후, 컬럼비아 대학 로우 라이브러리 앞 광장에서 학생들의 시위가 한창이었다. 이스라엘과 팔레스타인 분쟁을 두고 유태계 학생들과 아랍계 학생들이 벌이는 피켓 시위였다.

시위 현장에는 젊음이 넘실거렸다. 광장 양편으로 진영을 갖추고 대치한 학생들은 폭력이 아닌 열정으로 소신을 외쳤고, 그들이 축포처럼 쏘아 올리는 목소리엔 패기가 가득했다. 배낭을 메거나 책을 가슴에 품은 학생들이 광장 중앙을 관통했다. 걸음을 멈추고 시위에 합류하는 이도 있고, 시위대 양편을 오가며 학우들과 인사한 후 갈 길을 가는 이도 있었다.

셰익스피어 강의를 마치고 나온 영채는 교수와 대화하며 광장을 가로질렀다. 트위드 양복을 입은 백발의 교수가 물었다.

『로미오와 줄리엣이 비극이 아니라는 건가? 주인공들이 죽는데도?』

『비극이긴 하지만 주인공들이 죽어서는 아니에요. 주인공들은 똑바로 사랑하잖아요. 꾀부리지 않고, 자신들의 감정에 충실하면서. 언뜻 보면 하룻밤 일탈을 하는 것 같지만 규칙은 다 지켜요. 어른들이 추방하면 순순히 추방당하고, 줄리엣이 죽었다고 하면 죽었다고 믿죠. 신부가 계략을 썼을 거란 생각은 하지 못한다고요. 답답하고 순진한 그 아이들이 기특하고 예뻐요. 구성상의 미진함에도 불구하고, 로미오와 줄리엣은 사랑스러운 작품이에요.』

『그럼 왜 비극이라는 건가?』

『어른들 때문이죠. 아들딸이 죽었는데도 부모들은 변하지 않잖아요. 마지막 장면에서 화해한답시고 나누는 대화를 보세요. 줄리엣의 위로금을 면해주겠다고 하질 않나, 줄리엣의 동상을 세워주겠다고 하질 않나, 격식 따지고 체면 차리기 바쁘잖아요. 끝까지 정신 못 차리는 어른들을 보면서 어찌나 열불이 치솟는지, 책을 던져버렸다니까요.』

『하하. 로즈는 관점이 신선해서 좋아. 작품에 몰입하는 열정도 대단하고.』

시위를 마무리 지었는지 학생들이 해산하기 시작했다. 수런거리며 흩어지는 학생들은 너나할 것 없이 빨간 풍선을 들고 있었다. 평화 사인이 하얗게 박힌 풍선들이었다. 강의실로, 도서관으로, 기숙사로, 카페테리아로, 근처 피자가게나 술집으로 삼삼오오 몰려가는 학생들과 함께 풍선들이 캠퍼스를 꽃처럼 수놓았다.

영채는 시위대를 애틋한 눈길로 바라보았다.

『저 애들만 해도 그래요. 풍선 하나에 얼마나 한다고 저거 들고 가면서 신나하잖아요. 조금 전까지 마주 서서 대립하던 애들이 같은 색 풍선을 들고 있다고요. 저 청춘들을 편 가르기로 내모는 어른들이 끔찍하지 않아요?』

그녀의 말에 고개를 끄덕인 교수가 제안했다.

『가문 대 가문의 갈등 구조가 아니라 기성세대와 젊은 세대 간의 갈등 구조로 페이퍼를 한번 써보게.』

『쓰면 12월에 스탠퍼드에서 열리는 컨퍼런스에 저 추천해주세요, 교수님.』

『이제 석사 한 학기 차면서 무슨 발표 욕심이 그렇게 많아?』

『다 컨퍼런스의 성공을 위해서 그러죠. 저처럼 화사한 얼굴을 박아 넣으면 컨퍼런스 팸플릿이 확 살걸요?』

『알았네. 일단 한번 써봐.』

『감사합니다, 교수님.』

선글라스를 쓴 하진은 교수와 나란히 걷는 영채를 몇 걸음 뒤에서 따랐다. 금요일 오후 일정을 비우고 영채의 마지막 강의가 끝나길 단과 대학 건물 밖에서 기다리다 영채의 뒤를 밟는 중이었다.

교문 앞에서 교수와 헤어진 영채가 지하철역으로 들어가 1호선 열차에 올랐다. 영채와 같은 객차에 탄 하진은 사람 두 명을 사이에 두고 영채 너머에 섰다. 창을 마주한 영채는 줄이 노란 이어폰을 귀에 꽂고 있었다. 사람들을 헤치지 않기 위해 그가 애쓰는 동안 영채의 입가에 이따금씩 봄꿈 같은 미소가 떠올랐다.

콜럼버스 서클 근처에서 내린 영채가 서점으로 들어갔다. '책벌레들의 연옥'이란 간판이 붙은 대형 서점이었다.

출입문에서 가까운 신간 소설 코너를 훑은 영채가 한국어 도서

코너로 갔다. 책장에 연결된 나무 사다리를 밀어 와 오르는 영채를 보다가 사다리 옆에 선 하진은 책장에서 아무 책이나 빼들었다.

'65개의 사각형: 체스 챔피언 레오 한의 이야기', 제인 애들러.

표지에 박힌 제목과 저자명을 멍하니 보고 있는 동안 책 빼는 소리가 머리 위에서 들려왔다.

사다리 중간까지 오른 영채는 책장에서 얄팍한 책을 끄집어냈다.

'우리들의 사랑꽃', 강재문.

목차에서 '수국'이란 제목을 찾아 해당 페이지를 펼쳤더니, 짤막한 시가 있었다.

너의 시간과 나의 시간이 마주했다.
길고 혹독한 기다림을 우리는 견뎌냈다.
열매가 없어도, 씨앗이 없어도
그리하여 다음을 기약하지 못해도
지금 이 순간 다정하게 피어오른 진심.
세상에 흩뿌려진 무수한 변덕 속에서
시들지 않고 반짝이는…….

영채는 책을 덮고 한 손에 쥐었다. 동실 부풀어 오른 가슴으로 사다리를 내려오는데, 발이 허공에 떴다.

"어, 어."

허위허위 팔을 내저었지만, 중심을 잃은 몸이 그대로 추락했다. 아찔한 두려움에 눈이 감겼을 때, 몸이 든든한 품에 안겼다.

터억!

상쾌한 스킨 향이 맡아졌다. 몸을 잔뜩 움츠린 채로 영채는 눈을 떴다. 그녀를 받쳐 안았던 팔이 유연하게 움직이고, 발이 엉거주춤 바닥에 닿았다. 재빨리 중심을 잡고 고개를 들자 키 큰 동양계 남자가 앞에 서 있었다. 진남색 트렌치코트를 입고 고급스러운 선글라스를 낀 젊은 남자였다.

"Thank you."

영채는 영어로 인사했다. 고개를 숙인 남자가 한 발 물러서더니 도망치듯 몸을 돌려 멀어졌다. 뭐야? 인사를 하면 제대로 받든가. 서가를 빠져나가는 남자의 뒷모습을 보면서 입술을 비죽거린 영채는 바닥에 떨어진 책을 집어 올렸다.

서가 바닥에 앉아 책을 펼치자 아찔한 추락과 황망한 포옹의 기억이 순식간에 멀어졌다. 단아한 꽃들이 피어오른 정원에 발을 내딛는 심정으로 영채는 시의 세계에 빠져들었다.

얼마나 시간이 지났을까. 뻣뻣해진 목을 돌리던 영채는 천장 유리창 너머로 노을이 번지는 하늘을 보았다. 신이 붓으로 그려 넣은 것 같은 그윽한 오렌지빛이 하늘을 수놓고 있었다. 하늘의 빛깔에 매혹돼 있던 영채는 책을 놓아두고 일어섰다. 이왕 온 김에 좋아하는 시인의 작품을 몇 권 더 사 가고 싶었다.

다시 사다리에 오른 영채는 강재문의 시집 두 권과 그가 편집한 '딸에게 읽어주고 싶은 시 100편'을 가지고 내려왔다. 히, 한국말 모르는 애들에게 번역해줘야지. 생긋 웃으며 바닥에 내려서는데 배낭 옆에 방석이 있었다. 의아해서 들춰보니 방석이 아니라 옷이었다. 조금 전 그녀를 받아준 남자가 입고 있던 트렌치코트가 단정히 접혀 있고, 그 위에 '우리들의 사랑꽃'이 놓여 있었다.

쿵! 가슴이 떨어져 내렸다. 3년 전. 찰스 강. 구원처럼 다가온 포옹. 그녀를 내리 덮었던 진남색 재킷.

영채는 서가를 빠져나와 주위를 휘돌아봤다. 아까 그 남자는 눈에 띄지 않았다. 도대체 어느 틈에 트렌치코트를 놔두고 사라진 걸까? 책을 고른 시간은 고작해야 1, 2분이었는데.

영채는 출입문 근처의 계산대로 다가가서 직원에게 물었다.

『방금 혹시 젊은 남자 나가지 않았어요?』

『아뇨.』

『선글라스 쓴 키 큰 남자 안 나갔어요?』

젊은 갈색 머리 남자 직원이 자신 있게 대답했다.

『들어오는 사람도 없고 나간 사람도 없었어요. 한 5분 정도.』

『그럼 문 좀 잠가주세요.』

『네?』

『출입문 좀 잠가주시라고요.』

『영업 중인데, 어떻게……?』

황당해하는 직원에게 영채는 바락 소리를 내질렀다.

『잠가달라고요! 사람들이 뭐라 그러면 한 명당 백 불씩 내가 줄 테니까!』

직원은 서점 반대편에 늘어선 체스 테이블 쪽을 바라보았다. 구석 테이블에 앉아 있던 중년 남자가 계산대 앞에서 발을 구르는 영채를 살피고는 고개를 까딱했다. 그제야 직원은 계산대를 돌아 나와 출입문을 걸었다.

『아무도 못 나가게 해주세요. 꼭이요.』

직원에게 신신당부한 영채는 서점 안쪽으로 들어가 젊은 남자들을 붙잡고 얼굴을 확인하기 시작했다.

체스 테이블 앞에 앉은 남자는 긴 머리카락을 한 갈래로 높이 묶은 소녀와 게임을 하고 있었다. 소녀가 퀸을 움직이며 물었다.

『아빠, 문을 잠그라고 하면 어떡해요?』

『찾고 싶은 사람이 있는 것 같아서.』

남자는 서가와 서점 밖 거리를 번갈아 보고는 덧붙였다.

『그런데 저 학생 오늘은 그 사람 못 찾을 것 같다. 뒷문이 있다는 생각을 못 하니.』

소녀는 서점 안팎을 두리번거렸다. 문을 잠가달라 한 여자가 미친 사람처럼 남자들을 살피고 다녔고, 서점 밖 거리에는 슈트 차림의 남자가 서 있었다. 커다란 눈을 깜박거리던 소녀는 아, 하면서 발딱 일어섰다.

『그냥 있어.』

남자가 소녀에게 앉으란 눈짓을 했다.

『왜요? 저 두 사람 보니까 그림이 딱 나오는데.』

『만날 사람은 옆에서 밀어붙이지 않아도 만나져.』

『그러다 영영 못 만나면요?』

『못 만나면 사랑이 아니겠지.』

『아, 진짜. 아빠는 너무 냉정해.』

『사랑이면 뭘 해서라도 이루면 돼. 이루지 못하면 그건 사랑 아닌 거야.』

입을 부루퉁 내밀고 자리에 앉은 소녀는 계속 건너편 거리를 힐끔거리다 발을 굴렀다.

『아, 왜 못 보냐고? 보는 내가 더 미치겠네.』

『실비, 한눈팔지 말고 게임에 집중해.』

남자가 엄하게 이르고 퀸으로 소녀의 나이트를 잡았다.

『어어. 뭐야?』

소녀는 당황하며 체스판을 들여다보았다. 순식간에 게임이 상대 쪽으로 기울어 있었다. 탄식하며 무릎을 친 소녀가 고개를 돌렸을 때, 여자는 서가에 털썩 주저앉아 울음을 터트렸고 창 밖의 남자는 여자를 하염없이 바라보고 있었다.

게임이 끝나자 석주는 체스판을 정리하고 창 밖을 내다봤다. 여자를 바라보던 남자가 서 있던 자리가 휑했다. 창가로 다가가 밖을 살피니 거리 건너편 카페에 남자가 보였다. 창가 테이블에 앉은 남자가 커피 잔을 앞에 두고 인파로 가득한 거리를 응시하고 있었다.

서점을 나선 석주는 카페로 들어가 남자에게 말을 걸었다.

『건너편 서점을 운영하는 한석주라고 합니다.』

슬픈 눈빛이 우아한 남자가 인사를 받았다.

『권하진입니다.』

석주는 하진의 맞은편에 앉았다.

『아까 그 학생 서점에 자주 옵니다.』

『알고 있습니다.』

『무슨 사연이 있는 것 같은데, 내가 도와줄 일은 없습니까?』

생각에 잠겼던 하진이 물기 어린 목소리로 부탁했다.

『다음부터 그 애가 서가에 앉아 있는 걸 보시면 의자 쪽으로 쫓아주시겠습니까? 차가운 바닥에 앉아 있지 않게.』

『그러죠.』

『고맙습니다. 먼저 실례하겠습니다.』

눈인사를 하고 일어서는 하진을 석주가 조용히 불렀다.

『권하진 씨. 어디 가서 술 한 잔 하겠습니까?』

나는 영채와 평생을 생각해본 적이 없다. 힘을 키우면서 영채를 지켜보는 동안 내가 붙잡을 수 있는 것은 순간에 지나지 않았다.

영채의 뒤에서 교정을 걸을 땐 영채가 교문을 나설 때까지만. 영채가 탄 지하철에 올라탔을 땐 영채가 내릴 때까지만. 서점에서 영채를 훔쳐볼 때는 영채가 책을 덮을 때까지만. 그렇게 영채는 항상 지금 이 순간이었다. 지켜볼 수 있어서 감사한, 그러나 다가갈 수 없어 서러운 시간.

영채는 언제나 너무 빨리 걸었고, 너무 빨리 책을 읽었다. 우리가 탄 지하철은 언제나 너무 빨리 달렸고, 우리의 머리 위에서 해는 언제나 너무 빨리 저물었다. 너무 빨리 돌아가는 세상에서 내 걸음만 느렸다.

영채는 여전했다. 여전히 발랄했고, 무모했고, 거침없이 제가 원하는 것만 봤으며, 유리벽 너머의 세상을 보지 못했다. 내가 세상을 향해 가시를 세우는 동안 영채는 꽃처럼 젊음을 피워냈다. 내가 열여덟에 상실당했던 젊음을 마음껏 누리는 영채가 부러웠고, 내가 서 회장을 무너뜨리면 함께 무너질 그 젊음이 안쓰러웠다.

어떤 약속도 내밀 수 없어 영채를 지켜보기만 했던 계절들. 봄날의 미풍과 여름의 끈적한 바람. 가을의 소슬바람과 한겨울의 삭풍. 그 모든 바람에 영채가 배어 있었다.

영채가 다른 사람을 보았더라면, 아무런 준비가 되지 않았음에도 그 바람을 가로질러버렸을 것이다. 불쑥 영채 앞에 나타나 그녀를 훔쳤을 것이다. 하지만 영채는 추억의 끈을 고집스럽게 붙들고 있었고, 나는 지켜만 보는 나쁜 사랑을 계속 했다.

먼 훗날 영채가 물었다. 그 시간을 어떻게 견뎠냐고. 나는 말했다. 견 딘 것은 내가 아니라 너였다고. 내가 비겁한 거리 두기를 하는 동안 네 가 외로움을 견디는 것으로 우리 사랑을 지켰다고.

영채. 가파른 내 삶에 내리쬐던 한 줄기 순수.

마주하고 안아줄 수 없어 미안했던 사랑.

나의 아가씨, 나의 젊은 영채.

– 하진이 다 하지 못한, 언젠가는 영채에게 들려줄 이야기 中

하진과 헤어져 오피스텔로 온 영채는 오디세이의 인수 합병 기사들을 찾아 기사에 등장하는 회사들을 개별적으로 검색했다. 오디세이가 인수해 개편하거나 매각한 것은 이름만 들어도 알 만한 기업과 은행들이었다. 조 단위의 딜도 있고, 한 나라의 금융 판도를 재편한 딜도 있었다.

동물적 사냥 본능. 소름 돋는 베팅. 전례 없는 파격. 하진이 성사시킨 인수 합병 건들을 훑다가 영채는 절망했다. 이 정도 딜을 성사시키면 보너스로만 몇 백억씩 챙긴다던데. 이런 사람한테 얼마면 생모를 만나게 해주겠냐고 덤볐다니. 서주그룹의 후광을 입고 있다고 해도 그녀 개인 명의의 재산은 하진에게 껌 값으로 보였을 거다.

그녀를 내주지 않고 생모를 만날 수 있는 길이 보이지 않았다. 승조 아저씨는 생모가 죽었다고 했는데. 어느 쪽이 거짓말을 하는 걸까?

영채는 승조에게 전화를 걸어 생모의 생사 여부를 재차 확인하려다 마음을 바꾸어 하진의 번호를 눌렀다.

"생모가 살아 있다는 증거가 필요해요."

— 보내주죠. 편한 시간과 장소를 말해요.

"지금 보게 해주세요."

– 영채 씨 오피스텔 쪽으로 사람을 보내면 되겠습니까?

"네. 여기 주소가……."

– 주소 알고 있습니다. 바로 보내죠. 한 시간 정도 걸릴 겁니다. 혼전 계약서도 갈 거니까, 사인해서 돌려보내요.

권하진은 내 주소까지 알고 있다. 하진의 손아귀에서 벗어날 수 없을 것 같은 예감에 떨며 영채는 전화를 끊었다.

한 시간에서 3분이 모자랐을 때 한 남자가 전화를 걸어왔다. 하진의 법무 대리인이라고 한 그가 오피스텔 근처의 카페에서 만나자고 했다.

영채는 남자가 말한 카페로 나갔다. 그녀를 기다리는 남자는 하진 또래로 세련되고 스마트한 인상의 소유자였다.

"연석영입니다."

남자가 내민 대봉투를 받아들어 열자 유전자 감식 결과 보고서가 나왔다.

홍도희.

영채는 서류 상단에 적힌 이름을 뚫어져라 바라보았다. 이 여자가 그녀의 생모일 가능성이 99.9%라고 서류가 말했다. 99.9%. 25년 동안 단 한순간도, 손톱만큼도 그녀의 삶에 영향을 미치지 않은 어떤 사람이 그녀의 존재 이유일 확률. 너무나 확실해서 믿기지 않는 숫자는 또한 그녀가 권하진의 거래에 응하게 될 확률이 99.9%라고 비웃었다.

"제가 버린 종이컵이라도 주워 가셨어요?"

영채는 떨리는 손으로 서류를 내려놓았다. 서류는 그녀의 신체 일부를 은밀히 확보할 만큼 하진의 손길이 그녀의 삶에 침투했다는 증거이기도 했다.

"머리카락을 사용했습니다."

"제 머리카락은 어떻게 얻으셨는데요?"

"자세한 경위를 밝히는 건 곤란합니다. 저희 쪽 정보 라인을 보호해야 하니까요. 한 가지 알려드리자면……."

석영이 말을 끊었다가 목소리를 낮췄다.

"권 본부장과 제가 숙소로 사용하는 오피스텔에서 도청 장치가 발견되었습니다."

"그래서요?"

"서국철 회장님과 강차연 교수님 중 어느 쪽에서 지시한 작업인지, 서영채 씨가 알고 계시나 해서요."

"저는 모르는 일인데요."

영채는 입술을 깨물었다. 정체불명의 남자가 오피스텔 앞에 두고 간 서주그룹 관련 기사들이 생각났다. 그녀를 둘러싸고 일어나고 있는 일들이 거미줄처럼 얽혀 있다는 예감이 들었지만, 어디서부터 실마리를 읽고 풀어나가야 할지 알 수 없었다.

"참고하시라고 알려드렸습니다. 권 본부장과 접촉하는 걸 집에 알리지 마셨으면 좋겠다는 말씀도 드릴 겸."

석영의 표정은 부드러웠지만 단단했다.

"협박인가요?"

"부탁입니다."

"권하진 씨의?"

"네."

영채는 목덜미에 전율이 일었다.

「비가 그치면, 영채야. 비가 그치면.」

카페에서 그녀를 붙잡던 손이 가슴 시리도록 따뜻했는데. 하지만 하진은 끝내 추억의 그림자를 내비치지 않고 말없이 그녀의 손목만 붙들고 있다가, 빗줄기가 멎자 손을 거두고 일어섰다.

「또 보죠.」

그녀를 남겨두고 일식집을 나서 어둠 속으로 걸어들던 그의 뒷모습이 4년 전을 상기시켰다. 확 트인 강변에 앉아 있으면서도 감옥에 갇혀 있는 듯 가여워 보이던, 노을빛 저녁의 권하진을.

바보! 하진에게서 불쑥불쑥 전해져오는 온기와 떨림은 복수극의 장치일 것이다. 따뜻한 손길도, 아련한 눈빛도, 금방이라도 사랑을 고백할 것 같은 잠긴 목소리도. 추억 따윈 지운 사람을 상대로 헛된 꿈을 꾸었다간 그녀만 만신창이가 될 것이다.

영채는 도도한 표정을 갖추고 석영에게 물었다.

"혼전 계약서는 가져오셨어요?"

석영이 대봉투를 하나 더 내밀었다.

영채는 봉투에서 꺼낸 서류를 읽어 내려갔다. 계약서는 간결하고 명료했다. 6개월 후 그녀가 원한다면 하진은 이혼에 동의할 것이며, 이혼 시 그녀가 하진 명의의 재산 절반을 소유하게 된다는 것이 핵심이었다.

「서영채 씨와 평생을 생각하지 않습니다.」

웃겨. 누가 더 살아달라고 매달릴까 봐.

영채는 신경질적으로 서류를 넘겼다. 하진이 내세웠던 세 가지 조건이 있고, 그 밑에 공란 세 개가 있었다. 원하는 것 세 개를 준다더니. 딜에는 자신이 있다 이거지?

영채는 핸드백에서 꺼낸 펜으로 공란을 채우고 서류 마지막 장 하단에 서명했다.

"제 조건을 수락할 수 있다면 사인하라고 하세요."

서류를 되돌려 받은 석영이 미간을 찌푸렸다.

그래. 권하진이 정상이라면 이 서류에 절대 사인할 수 없을 것이다.

테헤란로에 위치한 오디세이 한국 지역 본부. 15층 전체를 임대해 쓰고 있는 빌딩으로 온 석영은 하진의 집무실로 향했다.

"네 법무 대리인으로서 절대 동의할 수 없어."

하진은 석영이 내놓은 혼전 계약서를 훑었다. 영채에게 준 공란이 모두 같은 단어로 채워져 있었다.

: 권하진.
: 권하진.
: 권하진.

하진은 고개를 뒤로 젖히고 유쾌하게 웃었다.

"지금 웃음이 나와? 야, 너!"

석영은 만년필을 들어 서명하려는 하진의 팔을 잡았다.

"동의 못 한다니까. 영채 씨가 나중에 네 목숨이라도 내놓으라면 어쩌려고 그래?"

"안 그럴 거야."

"어떻게 알아?"

"내가 영채를 알아."

"영채 씨가 네 뒤통수 안 친다는 증거는 어디에도 없어."

"강차연과 서국철의 딸로 크면서도 그자들에게 물들지 않았어. 그거면 충분한 증거가 돼."

"이건 연서가 아니라 계약서야. 사인하면 법적 효력이 생긴다고."

"이건 계약서 아니야. 지금 상황에서 영채가 보여줄 수 있는 최대한의 진심이야. 내가 진심이라는 증거는 어디에도 없는데, 영채는 그 애만의 방식으로 진심을 보여주는 거라고."

하진은 영채의 서명 옆에 거침없이 서명했다.

"이래놓고 나중에 무슨 일 터지면 나더러 수습하라고 할 거잖아, 너."

석영은 양손으로 머리를 감싸 쥐었다. 하진이 가장 중요시하는 건 사람에 대한 감이었다. 서류상으로 완벽한 거래도 상대를 보고 접기도 했고, 서류상으로 구멍 숭숭 뚫린 건도 관계자들을 만나고 와 밀어붙이기도 했다. 그의 원칙 부재를 문제 삼는 직원들도 있었지만, 타의 추종을 불허하는 실적이 모든 수군거림을 덮었다. 하지만 서영채는 리스크가 너무 큰 게임이었다. 지금껏 쌓아올린 하진의 인생이 한 방에 훅 무너질 수도 있는 도박.

"석영아, 걱정하지 마."

하진이 만년필 뚜껑을 닫으면서 말했다.

"네가 다칠까 봐 그러지."

"석영아."

"왜?"

"우리가 지수 구하던 새벽에 본 일출 생각나?"

"생각나."

"그건 내가 살면서 본 해돋이 중에 제일 예뻤거든."

"그런데?"

"영채가 그 해보다 훨씬 더 예뻐."

"그래서?"

"그렇게 예쁜 것에 다치는 건 다치는 게 아니야."

하진의 얼굴빛이 지독히 평화로워 석영은 더 불안했다.

"그놈의 사랑이 멀쩡한 녀석 하나 버려놨네."

"날 구원한 게 아니고?"

"완전히 맛이 갔어. 그나저나 어머니한테는 어떻게 말씀드릴 거야? 결혼하려면 언제까지 숨길 수도 없잖아."

하진도 그게 걱정이 되긴 하는지 한숨을 길게 내뿜었다.

"본 게임 시작하기도 전에 첩첩산중이네."

그날 저녁 미정은 결혼할 사람이 있다는 하진의 전화를 받았다. 미정은 곧장 하진의 오피스텔로 달려왔고, 석영은 약속을 핑계 삼아 외출했다.

둘만 남자 미정은 하진을 거실 소파에 앉혀놓고 질문을 쏟아냈다.

"미국에 있을 때 사귄 거야? 여기 와서 만났어? 나이는? 뭐 하는 아가씬데?"

"엄마. 하나씩 하세요, 하나씩."

들뜬 미정을 보면서 하진은 목구멍에 가시가 걸린 것 같았다.

"좋아서 그러지. 일만 하던 네가 결혼한다니까. 그래, 아가씨 이름은 뭐야?"

"영채요."

"영채. 고운 이름이네."

미정의 눈이 기대감으로 반짝였다.

"사진 있는데, 보실래요?"

하진은 휴대전화를 꺼내들었다.

"그래, 어디 보자."

뉴욕에 있을 때 그가 영채를 먼발치에서 찍은 사진들이 화면에 떴다. 캠퍼스 잔디에 앉아 책을 읽는 영채. 서점에서 책을 고르는 영채. 노변 카페에서 커피를 마시는 영채. 하늘을 올려다보며 햇살에 눈부셔하는 영채.

사진을 넘기면서 미정이 감탄했다.

"인물이 참 좋다, 얘. 어쩜 이리 귀티 나니? 아직 학생이야?"

"대학원생이에요."

"나이는?"

"스물다섯이요."

"너보다 일곱 살 아래네. 하긴 요즘은 띠동갑끼리도 하고 연상연하 커플도 많으니까. 아가씨 전공은 뭔데?"

"영문학이에요."

"나중에 며느리가 재미난 소설책은 많이 골라주겠네."

신나하던 미정이 진지하게 물었다.

"상견례 날짜 정해야 하지 않니?"

"그건……"

"얘, 이제 절차 하나씩 밟아야지. 아가씨 부모님은 뭐 하는 분들이셔? 우리 쪽이 나 혼잔 거는 아셔?"

"엄마."

하진은 심호흡을 하고 미정을 바라보았다.

"영채…… 서 씨예요."

"그게 뭐?"

"그게…….."

머뭇거리는 하진 옆으로 미정이 다가앉았다.

"유명한 사람 몇 대손, 그런 아가씨니? 내가 미리 알아둬야 해?"

"아뇨."

"그럼 집안 형편이 어려워? 얘, 나 그런 건 상관없다."

"풍족한 집안에서 곱게 컸어요."

"그런데 뭐가 문제야? 혹시 친척 중에 이름만 대면 알 만한 범죄자가 있다거나 그런 건 아니지?"

하진은 눈을 감았다 떴다. 고해야 할 진실이 두려워 가슴이 뛰어댔다. 심장 박동을 견디면서, 떨리는 손끝을 내려다보다가, 결국 가시를 토해내듯 고백할 수밖에 없었다.

"영채…… 서국철 딸이에요."

멍하니 있던 미정이 정색했다.

"서주그룹 서국철?"

"네."

"너희 아버지 회사 먹은 서국철?"

"네."

차마 고개를 들지 못하고 있는데, 미정이 황망한 목소리로 물었다.

"그래서 그 작자 딸을 데려다 해꼬지 하려고?"

"그런 거 아니에요."

"무슨 말로 눌러대려고? 내가 그런 눈치도 없을까 봐. 나, 그동안 너 하는 일에 아무 말 안 했어. 졸업하고 미국에 남겠다고 할 때도 너 편할 대로 하라 그랬고, 어느 날 갑자기 들어온다고 했을 때도 그런가 보다 했어. 그런데 이건 아니지. 왜 널 망가뜨리려고 해? 그 아가씨도 그래. 스물다섯이면, 어구, 세상물정 뭘 안다고. 너, 그 아 가씨한테 어떻게 접근한 거야? 네가 서국철 잡으려고 칼 갈고 있는 거 그 아가씨도 아니?"

"네."

"그런데도 결혼을 하겠대? 너, 설마 그 아가씨한테 무슨 짓이라 도 한 거야? 어?"

하진은 고개를 수그린 채 가만히 있었다.

"하진아. 그만둬. 그 아가씨 인생 망치면 너도 서국철이랑 같은 사람 되는 거야."

"엄마가 생각하시는 그런 거 아니에요."

"뭐가 아니야? 서국철 놈한테 복수하면 뭐해? 회사 찾아오면 뭐 해? 네가 망가지는데. 하진아, 나 좀 봐. 이 엄마가 부탁할게. 다 그 만둬. 나는 돈도 필요 없고, 회사도 필요 없어. 너 하나만 행복하면 돼. 너 하나 보고 여지껏 살았는데. 이제는 좋은 날만 있을 줄 알았 는데. 아, 정말……."

미정이 그의 손을 붙들고 안절부절못하다 젖은 한숨을 왈칵 쏟아 냈다. 하진은 미정의 손등을 어루만졌다. 세월과 외로움에 삭은 손이 거칠었다. 이 안쓰러운 손에 가시를 박게 될 것 같아 가슴이 미어졌다.

"엄마. 저요, 영채 좋아해요."

"뭐?"

"4년 전에 소개시켜드리고 싶은 아가씨 있다고 했던 거, 기억하세요?"

"졸업식 때 소개시켜준다더니, 인연이 아닌 것 같다고 했잖아."

"그 아가씨가 영채였어요."

"헤어졌다고 했잖아. 내가 궁금해하니까, 다시는 그 아가씨에 대해서 묻지 말라고 했잖아, 너."

"놓아 보내려고 했는데, 못 했어요. 죄송해요, 엄마."

미정은 환영처럼 아득해지는 하진을 멍하니 보았다. 사지에서 감각이 빠져나가고, 정신이 몽롱한 상태에서 입이 열렸다.

"그러니까 서국철 딸이 좋아서, 진짜로 좋아서 결혼하겠다는 거니?"

"네."

"어떻게 서국철 딸인 걸 알고서도, 좋을 수 있니?"

"한번 만나보세요. 영채, 순수하고 예쁜 아이예요."

"싫다."

미정은 하진의 손을 뿌리쳤다. 남편의 회사를 가로채 돈 삼키는 괴물로 전락시킨 자의 딸. 꽃 같은 아들의 마음에 독기를 심은 자의 딸. 그런 아이를 며느리로 삼으라니.

"어디 여자가 없어서. 만나보고 할 것도 없어. 나는 싫어."

"엄마, 아버지랑 결혼하실 때도 할머니가 반대하셨다면서요. 부잣집에서 자란 여리여리한 서울 아가씨, 농사일도 모르고 내조 제대로 못 할 거라고 할머니가 반대하셨다면서요. 그런데 나중에 할머니가 엄마 얼마나 예뻐하셨어요? 돌아가실 때도 아버지나 숙부보다 엄마를 더 찾으셨잖아요. 영채, 좋은 아이예요. 편견 없이 한번 보세요."

"할머니가 날 반대하신 거랑 내가 서국철 딸 싫다는 거랑 어떻게 같아? 서국철 딸을. 세상에, 서국철 딸을 며느리로 삼으라고. 하진아, 너 제정신이 아닌 거야. 제정신으로 어떻게 그 애랑 결혼한다는 말을 해?"

"예쁜 아이라 그래요."

하진은 슬픈 미소를 흘렸다.

"영채는 참 예뻐요. 고집을 부려도 예쁘고, 도도해도 예쁘고, 통통 튀는 공처럼 굴 때도 예뻐요. 제가 예쁜 걸 너무 잘 알고 있는 것도, 제가 원하는 것만 보는 것도 다 예뻐요. 보고 있으면 불안하고 걱정되는데, 그 시간까지 행복해요."

"사람이 사람 좋아하는 게 원래 마음대로 안 되는 거야. 그 정도는 나도 이해해. 그런데 하진아, 결혼이란 두 사람이 치르는 일 아니야. 그 아가씨랑 결혼하면 네가 서국철 사위가 되는 거야. 그 집안하고 내가 사돈이 돼. 그건 못 해. 생각만 해도 피가 거꾸로 솟아. 그러니까 네가 마음 바꿔. 분명히 말하는데, 나는 그 아가씨 싫다."

"저도 영채가 서국철 딸이라 미운 적 많았어요. 미워하면서도 여전히 그 아일 바라보는 제 자신이 밉고, 절 바보처럼 만드는 그 아이도 밉고. 그 아이를 서국철의 딸로 태어나게 한 세상이 미웠어요. 그런데, 엄마. 그 밉고 원망스러운 아이가 정말 좋아요. 보고 있으면 숨이 쉬어져요."

"하진아!"

"영채는요, 너무 빨리 어른이 되어버린 제가 제게 주는 선물이에요. 제가 누리지 못했던 것들. 되돌아가서 누릴 수 없는 것들. 아무리 돈을 많이 벌어도 살 수 없는 것들. 그걸 영채를 보면서 누려요. 제가 잃어버린 시절, 영채를 통해 누리고 싶어요."

"어떻게 콩깍지를 써도……. 네 사랑만 사랑이야? 나는 어떡해? 그 아이를 집안에 들이면 나중에 네 아버지 얼굴 어떻게 봐? 나더러, 서국철 딸이랑 지은 제삿밥을 네 아버지한테 올리라고? 못 한다. 난 이 결혼 반대야. 정 하고 싶으면 나 죽고 나서 해. 그 아이가 그렇게 좋으면, 나 죽기 기다렸다가 결혼이든 뭐든 네 마음대로 해!"

미정은 모질게 호통치고 일어섰다.

"아버지처럼!"

하진이 그녀의 팔을 잡으면서 무릎을 꿇었다.

"아버지처럼 살고 싶어요, 엄마. 해명만 찾아오면…… 서국철만 죗값 치르게 하면…… 아버지가 엄마랑 행복하셨던 것처럼 살고 싶어요. 제 사람 아껴가면서…… 둘이서 엄마 모시고, 제 아이들 재롱 떠는 것 보면서, 순하게 살고 싶어요. 아버지 기억하면서, 아버지 뜻 기리면서 살고 싶어요. 영채가 옆에 있으면 그렇게 살 수 있을 것 같아요. 그러니까, 엄마……. 엄마가 저 한 번만 봐주세요."

눈물을 뚝뚝 흘리는 하진을 보다가 미정은 그 자리에 주저앉아버렸다.

"어떻게 이럴 수 있어. 네가 어떻게 이래?"

"다음 생에선 절대 그 아이 안 만날게요. 꼭 피해 갈게요. 그러니까, 엄마. 이번 생에선 엄마가 봐주세요."

울음을 꺽꺽 삼키면서, 하진이 빌었다.

"하필이면 서국철 딸을. 하필이면……."

미정은 하진의 등을 때려댔다. 모진 주먹질을 고스란히 받아내며 하진이 흐느꼈다.

"엄마, 저 살고 싶어요. 순하게 살고 싶어요."

들썩이는 하진의 몸을 타고 주먹이 미끄러졌다.

"해명만 찾아오면 숨쉬면서 살고 싶어요. 영채를 보고 있으면 숨이 쉬어져요."

"오죽하면. 네가 오죽하면, 서국철 딸을……. 가여운 것."

미정은 하진을 와락 끌어안았다.

하진 아버지. 이 불쌍한 양반. 당신 이제 원수 딸이 주는 제삿밥 받아먹게 생겼소. 우리 아들이 그 아이를 보면서 숨을 쉰다는데, 아들 숨은 쉬게 해줘야지. 당신처럼은 안 살겠다고 우기던 애가 당신처럼 살고 싶대. 마음에 칼을 품은 애가 순하게 살고 싶대. 거기다 대고 무슨 말을 더 해요? 차라리 세상에서 제일 예쁘고 착한 아이라고 했으면, 그런 마음 얼마 못 간다고 훈계라도 해보지. 미워도 예쁘다는데, 그 마음을 어떻게 접으라고 해?

무정한 양반아, 왜 나 혼자만 남겨두고 가서 이런 꼴을 보게 만들어? 하진이만 보고 살기로 다짐했는데. 서국철 딸을 며느리로 삼으라고.

독해져야겠네, 앞으로. 하진이 옆에 선 서국철 딸 보며 웃으려면 독해져야겠어. 그래요. 내가 독해지면 돼. 우리 아들이 순하게 살

수만 있으면, 나 얼마든지 독해질 거야.

미정은 눈물을 닦고 목소리를 가다듬었다.

"하진아, 울지 마라."

"엄마, 죄송해요. 엄마를 위해서라면 뭐든지 하겠다는 약속 못 지켰어요."

하진의 어깨가 여전히 들썩였다.

"자식은 원래 그런 약속 못 지키는 거야. 이 엄마가 약속 지킬게. 널 위해서라면 뭐든지 하겠다고 안 그랬어, 엄마가?"

미정은 하진의 등을 쓸어내렸다. 다독다독. 아들의 눈물을 달래는 모정의 손길이 밤 깊도록 이어졌다. 다독다독. 빗줄기가 창에 부딪쳐 흘러내렸다. 멈추지 않는 아들의 눈물에, 가슴에 사무치는 어머니의 눈물에, 하늘도 오래 흐느꼈다.

영채는 젊은 여비서의 안내를 받아 서주그룹 회장실로 들어섰다. 책상에 앉아 서류를 검토하던 서 회장이 고개를 들었다.

"네가 회사엔 어쩐 일이냐?"

"드릴 말씀이 있어서요."

영채는 무표정한 얼굴로 책상 앞에 섰다. 서 회장은 책상에서 일어나거나 그녀에게 자리를 권하지 않았다.

회장 서국철.

영채는 책상에 놓인 명패를 내려다보았다.

"권하진 씨에게 가기로 했어요."

기계적으로 흘러나온 그녀의 음성이 낯설었다.

"그 자식이 너한테 연락했더냐?"

"네."

서 회장이 시가 통을 열었다. 영채는 시가에 불을 붙이는 서 회장을 바라보았다. 말도 안 되는 소리! 호통이 날아들길 바라는 동안 시기 연기가 자우룩이 번졌다.

"네가 시간을 벌어주면 좋겠구나. 회사 일이 수습되는 대로 사람을 보내마."

영채는 입술을 깨물었다. 언제요? 제가 권하진의 손에 엉망진창이 된 다음에요? 누굴 보내실 건데요? 언제나 그랬듯이, 승조 아저씨 보내 그럴싸한 말씀 몇 마디 전하시겠죠? 그리고 아무 일 없었다는 듯이 사시겠죠? 그럼 저도 아무 일 없었다는 듯이 살아가야 하나요?

정말 아무 일 없었던 것처럼 제가 연극하면, 세상에서 가장 너그러운 아버지 같은 얼굴을 하고 비싼 장난감을 잔뜩 안겨주실 건가요? 왜 그동안 그것조차 지켜야 할 행복이라고 여겼을까요? 피보다 돈이 더 진한 세상에 속한 분인데. 친딸도 아닌 아이, 언제든 잘라낼 수 있는 분이란 걸 왜 생각하지 못했을까요? 안개 같은 연기 너머에 숨어 계시는 지금, 아버지가 그 어느 때보다 선명해요. 서국철 회장의 딸 서영채, 이렇게 어른이 되나 보네요.

"이번에 집을 떠나면 오랫동안 뵙지 못할 것 같아요. 건강하세요."

영채는 허리 굽혀 인사하고 돌아서서 회장실을 나섰다.

혼자 남은 서 회장은 핏덩이인 영채를 남겨두고 떠난 영채의 생모를 떠올렸다.

「이 아이 잘 키워주세요. 회장님 딸과 같은 돌림자로 이름 지어서 호적에 올려주세요. 좋은 거 먹이고 좋은 거 입혀가며 키워주세요. 좋은 학교 보내주시고, 많이 가르쳐서 어디 내놔도 당당한 아이로 만들어주세요. 이 아이가 곱게 크면, 회장님 비리는 제 무덤으로 가져가죠.」

누구를 통해 알아내는지 도희는 영채의 근황을 귀신같이 파악했고, 영채 신변에 수상쩍은 일이 생기면 연락을 해왔다. 지난 25년 동안, 영채는 욕망했던 여자의 분신이자 그의 비리를 폭로할 수 있는 시한폭탄이었다.

홍도희. 도대체 어디서 어떻게 살기에, 이리 사람 숨구멍을 조이는지. 그 꼴을 하고 사람대접도 받기 힘들 텐데.

시가를 깊이 빠는데 인터폰이 울렸다.

– 회장님, 서주미성 서영빈 상무님 오셨습니다.

서 회장은 의자에 깊이 묻었던 몸을 일으켰다.

"들여보내."

노크를 하고 들어온 영빈은 하얀 실험 가운 차림이었다. 현장 근무도 좋지만 사주 딸이 채신머리없이.

서 회장은 시가를 끄고 소파로 자리를 옮겼다. 맞은편 소파에 앉은 영빈이 허리를 세우고 입을 열었다.

"회장님, 부탁드릴 일이 있습니다."

똑똑 부러질 것 같은 말투에 서 회장은 혀를 끌끌 찼다.

"얼어 죽을 회장님은. 편하게 불러."

"회사에선 직함 부르는 게 더 편합니다."

영빈이 딱딱하게 응대하고 본론을 꺼냈다.

"수석연구원 이성학 이사가 사직서를 제출했습니다."

"이사가 상무한테 사직서를 제출하는 법도 있어? 그만두려면 나한테 와서 말을 해야지."

"회장님을 뵙는 게 껄끄러운 이유가 있으니까 그렇겠죠. 짚이는 거 없으세요?"

"없다."

서 회장은 딱 잘라 말했다. 영빈은 그의 대답을 믿지 않는 눈치였지만, 추궁하지는 않았다.

"미성식품 시절부터 히트 상품 레시피는 전부 이 이사 손에서 나왔어요. 음료 시장에 본격적으로 뛰어들 참인데, 이 이사가 빠져나가면 타격이 큽니다. 경쟁사에서 스카우트 제의라도 들어온 거면 어떡해요? 연륜 있는 분이시니까 회장님께서 직접 만류해보세요."

"연봉 올려달라는 소리 아니겠어. 네 선에서 적당한 금액으로 담판 지어."

"연봉 인상은 이미 제안했습니다. 그런데도 사직하겠다는 의지가 확고하니까, 지원 요청하러 온 겁니다."

"그만두는 이유는 뭐래?"

"평생 일만 했으니 이제 쉬고 싶다고 합니다."

서 회장은 코웃음을 쳤다.

"주제를 모르고. 연구원 나부랭이 돈 벌게 해줬더니."

내 눈 밖에서 살고 싶다? 내게서 벗어나려면 네놈은 죽어야 할 게야.

"회장님."

영빈의 목소리가 상념을 깼다.

"이 이사는 내가 처리할 테니, 그만 나가봐."

서 회장은 소파에서 일어나 책상으로 돌아갔다. 책상에 앉아 시가를 하나 더 꺼내 들도록 영빈이 움직이지 않았다.

"할 말 남았어?"

"아버지, 오빠 좀 말려주세요."

"직함 부르는 게 편하다더니?"

서 회장은 허허 웃으며 영빈을 보았다.

"오빠는 회사 사람으로 대접하고 싶은 생각이 안 들어서요. 이건 집안 문제예요, 집안 문제."

속에서 열불이 난다는 듯, 영빈이 손부채질을 했다.

"또 무슨 일인데?"

"노량진 수산 시장 인수하겠다고 바람 잡고 다니니까요."

"그 건은 내가 브레이크 걸었는데, 아직도 바람을 못 뺐어?"

"오빠는 브레이크로 잡힐 위인이 아닌 거 모르세요? 사업이란 게 200원 벌면 100원 떼어두고 100원을 투자하는 거죠. 그런데 아버지가 공격적으로 그룹 확장하시면서 200원 벌어 200원 투자하셨죠. 오빠는 한술 더 떠요. 벌지도 못하면서 200원 빌려다 사고치고, 그 사고 메우려고 400원 빌려와요. 이러단 우리 그룹 한 방에 가는 수 있다고요."

"너는 걱정이 너무 많아. 서주, 한 방에 갈 만큼 무르지 않다."

"아버지가 그렇게 나오시니까 제가 더 걱정하는 거라고요. 이 회사엔 걱정하는 사람이 아무도 없으니까요."

"무슨 말인지 알아들었어. 나가봐. 그 실험복은 벗고. 너, 그렇게 일만 하다간 평생 시집 못 간다."

서 회장은 영빈을 달래 내보내려 했다.

"오빠한테 따끔히 이르세요."

영빈이 한 번 더 못을 박고서도 못 미더운 표정으로 집무실을 나섰다.

영빈이 물러가자 서 회장은 비서실에서 구승조를 호출했다.

"부르셨습니까?"

회장실로 들어선 승조는 위아래로 검정 슈트에 검은 타이를 매고 있었다. 안색도 어두운 것이 문상이라도 갈 차림이었다.

"오늘 조문 갈 일 있어?"

"아닙니다."

"그런데 옷차림이 왜 그리 칙칙해?"

타박한 서 회장은 승조를 부른 용건을 기억하고 지시했다.

"미성 수석연구원 이성학 있지? 사람 몇 붙이고, 최근 통장 거래 내역 알아봐."

"알겠습니다."

승조가 고개를 조아리고 돌아섰다. 서 회장은 문이 열리기 직전 승조를 불러 세웠다.

"구 비서."

"네, 회장님."

"비서실에 새로 들어온 정하나, 오늘 야근시켜."

문이 조용히 닫히고 승조의 무거운 목소리가 날아들었다.

"회장님, 올가을에 결혼할 사원입니다."

"그래서?"

"행복한 미래를 꿈꾸는 여자 짓밟은 건 도희 하나에서 멈추시죠."

서 회장은 문을 마주한 채 서 있는 승조의 등을 향해 눈썹을 꿈틀거렸다.

"자네, 내가 너무 키웠어. 홍도희의 이름을 내 앞에서 아무렇지 않게 입에 올리고."

"아무렇지 않게 올린 말씀은 아니었습니다."

승조가 돌아서더니 서 회장을 똑바로 바라보았다.

"왜, 강차연이 뭐라고 해? 비서실에 있는 애들 내 손 타지 않게 하라고?"

"교수님 이름 함부로 부르시는 것도 좋지 않습니다. 듣는 귀들이 많은데."

"여기 나하고 자네밖에 더 있어?"

"저도 너무 믿지 마십시오."

저놈이. 오늘이 또 쓴소리 하는 날이구만. 하긴 비상한 머리 옆에 두고 부려먹으려면 쓴소리도 참아줘야지.

서 회장은 신경질적으로 혀를 츳, 찼다.

"그나저나 권기욱한테 사람 붙이라고 한 건 어떻게 됐어?"

"권 이사, 러시아 출장에서 막 돌아왔습니다. 권하진과 특별히 접촉하는 것 같진 않습니다."

"러시아 영해에서 조업 쿼터 늘리는 거 잘됐다고 하더니, 권기욱 작품이었어?"

"해명이 쌓아놓은 국제적 신뢰를 권 이사만큼 효과적으로 활용할 수 있는 사람이 없으니까요."

"해명이 서주 계열사 된 지가 언젠데 아직도 쿼터 따 올 인재 하나 못 키웠어! 앞으로 권기욱이 중요한 협상 맡지 못하게 손써. 언젠가는 버려야 할 패니까. 권하진하고 접촉하는지 계속 주시하고. 미국에 오래 있다 들어온 조카를 안 본다는 게 더 수상하잖아."

"알겠습니다. 더 하실 말씀 없으십니까?"

"자네가 무슨 말을 더 할까 겁나. 나가봐."

서 회장은 귀찮은 파리 쫓듯 손을 흔들었다. 고개를 숙인 승조가 절도 있는 걸음으로 회장실을 나섰다.

서 회장은 장식장에서 위스키 병을 꺼내 열었다. 크리스털 잔에 호박색 액체를 따르는 동안 영빈과 재익과 승조의 얼굴이 차례로 떠올랐다 사라졌다. 나도 인생 헛살았어. 피붙이나, 피붙이 다름없는 것이나, 마음에 쏙 드는 사람 하나 없어서.

「영채 홀대하시면, 회장님 비리 터트릴 거예요.」

도희가 떠나며 남긴 협박을 차연은 웃어넘겼었다.

「떨 것 없어요. 그년이 뭔가를 안다 해도 터지기 전에 막지 못할 스캔들은 없으니.」

사의를 표한 이성학의 얼굴에 도희의 얼굴이 겹쳤다. 서 회장은 잔을 들어 위스키를 들이켰다. 다 같이 죽기를 작정하지 않고서야, 네놈이 감히······. 짜릿한 액체가 목구멍을 태울 듯 흘러내릴 때, 손이 파들 떨렸다.

서주그룹 사옥을 나선 영채는 거리를 점령한 여름 속으로 빨려들었다. 짜랑짜랑한 햇살이 눈을 찌르고, 후끈한 바람이 살갗을 옥죄었다.

햇살 너머에서 파릇하게 반짝이는 나뭇잎들을 보다가 영채는 하진에게 전화했다. 꽤 오래 신호가 갔다. 전화를 못 받는 건지, 그녀를 피하는 건지. 통화 시도를 종료하려는데, 신호음이 끊기고 하진의 목소리가 들렸다.

— 권하진입니다.

균형이 깨진 음성이었다.

"서영채예요."

— 네.

"권하진 씨에게 가겠다고 아버지께 말씀드렸어요. 그러니까 서주그룹은 건드리지 마세요."

— 언제 올 수 있어요?

"짐을 챙기려면 며칠 시간이 필요해요."

— 그냥 와요. 필요한 게 있으면 사줄 테니까.

하진의 제안에 굴욕감이 돋았다.

"어디로 가면 되죠?"

— 당분간 호텔 오아시스 펜트하우스에서 지내도록 해놨어요. 지금 당장이라도, 서영채 씨 편할 때 체크인 하면 됩니다. 혼인 신고 마치는 대로 홍 여사님 뵈러 갈 거예요.

"혼인 신고요?"

— 나한테 오겠다는 건 청혼을 받아들인다는 뜻 아닌가요?

"맞아요."

— 법적으로 부부 되는 절차 밟을 겁니다.

"알겠어요."

— 서영채 씨.

"네."

─ 다치게 하지 않아요. 다른 생각 하지 말고 잘 지내다 나한테 와요.

하진의 목소리가 비현실적으로 다정해 영채는 입술을 깨물었다. 나에게 모든 것을 주고 마음 하나만 달라고 할 사람. 난 이제 그 사람 못 기다려요. 웃기게도, 이렇게 당신에게 가면 그 봄밤의 추억을 배신하는 게 되니까.

"도망갈 생각이었으면 계약서에 사인 안 했어요."

영채는 너덜너덜한 헝겊 인형이 된 기분이었다. 그녀가 여기서 꽁무니를 빼면 서주그룹이 곤란해질 것이다. 생모를 만날 기회도 영영 날아가버릴 테지. 뻗대봤자 달라질 것은 아무것도 없고, 결국엔 하진에게 갈 수밖에 없는 상황이었다.

─ 사흘 줄게요.

하진이 데드라인을 통고했다.

"사흘 후에 호텔 오아시스로 가죠."

영채는 눈물이 왈칵 쏟아질 것 같아 전화를 끊으려 했다.

─ 마음만……

하진의 다급한 숨결이 쨍한 햇살을 뚫고 쏟아졌다.

"네?"

─ 마음만 가지고 와요. 다른 건 필요 없으니까.

나쁜 놈. 이 상황에서 어떻게 추억을 이용할 수 있어? 이 자식의 말이 위로처럼 들리다니. 서영채, 너도 참 미련해.

더운 바람이 살갗을 쓸었다. 여름이었다. 고작 한 계절이 지났을 뿐. 4년하고 한 계절이 지났을 뿐. 그녀의 기억 속에 그 봄밤은 절망스럽도록 선명할 뿐.

영채는 하늘을 올려다보았다. 곧게 내리꽂히는 땡볕에 현기가 일었다. 시간의 흐름이 끈적하게 녹아내리고, 지금과 여기가 희부예졌다.

"권하진 씨."

— 네.

"아직도 멸치 볶음 좋아하세요?"

하진의 숨결이 흔들렸다. 적나라하게 노출된 하진의 동요가 전해져오자 영채는 외려 더 당황했다. 왜 하필이면 그것이 궁금했을까? 빛에 점령당한 이 창백한 오후에, 별들 사이를 나는 은빛 물고기의 이야기가 아름다운 전설처럼 떠오른 것은 무슨 잔인한 마음의 장난이란 말인가?

무안함에 전화를 끊으려는데 하진의 목소리가 귓전을 쓸었다.

— 좋아합니다.

사랑 고백을 받은 것처럼, 가슴이 서걱거렸다. 영채는 가슴팍을 누르면서 힘겹게 숨을 넘겼다.

— 그게…… 궁금했어요?

한참 만에 들려온 하진의 목소리가 잠겨 있었다.

"신경 쓰지 마세요. 아무 생각 없이 한 말이니까요. 사흘 후에 보죠."

영채는 도망치듯 통화를 끝내려 했다.

— 좋아합니다, 여전히.

하진의 속삭임에 힘이 실렸을 때, 가시 같은 햇살이 눈꺼풀에 내려앉았다. 경련하던 눈꺼풀이 내리닫히고 눈물 한 줄기가 스며 나왔다.

통화를 끊은 영채는 손으로 입을 틀어막았다.

'나도. 나도 좋아하는데…… 여전히 좋아하는데…….'

입 밖으로 쏟아내지 못하는 젖은 고백이 햇살보다 쓰라렸다.

"무슨 일 있어?"

하진은 등 뒤에서 들려온 석영의 목소리에 정신을 차렸다.

"아니."

"빨리 들어와."

복도 끄트머리에 선 석영이 재촉했다. 하신은 고개를 끄덕이고 표정을 가다듬었다. 거래 상대와 대화를 나누던 중 영채의 전화를 받고 복도로 나온 참이었다.

하진은 집무실로 돌아가 테이블에 앉았다. 테이블 맞은편에 앉은 중년 남자가 말했다.

"정리를 하면, 서재익에게 자금을 대출해줄 때 채권을 제3자에게 팔 수 있는 조건을 달면 된다는 거죠? 그 채권을 오디세이가 사주는 거고요."

"맞습니다. 서재익이나 서주그룹이 채무 변제를 못 할 경우에도, 선생님께는 리스크가 없을 겁니다. 다만, 오디세이의 존재는 비밀로 해주십시오."

"알겠습니다. 나는 돈으로 돈만 벌면 되니까요."

거래가 성사되자 하진과 남자는 악수를 나누었다.

남자가 떠나자 석영은 서류를 정리하며 다음 수를 계획했다.

"이젠 페이퍼 컴퍼니를 설립하면 되는 건가? 주소지는 어디가 좋겠어? 버진아일랜드 어때?"

창가에 선 하진이 멀거니 하늘만 보고 있었다.

"하진아. 하진아. 본부장님!"

몇 번이나 부르자 그제야 하진이 고개를 돌렸다.

"무슨 생각을 하는데 넋을 놓고 있어?"

"멸치 볶음."

"어?"

"별도 안 떴는데, 왜 멸치 생각을 했을까?"

"뭔 소리야?"

어리둥절해하는 석영에게 슬프게 웃어 보인 하진은 다시 하늘로 시선을 돌렸다. 푸른 하늘을 지배하는 건 이글거리는 태양인데, 그의 마음에선 어느덧 별들이 돋고 있었다. 별들 사이를 유영하는 은빛 물고기의 환시가 말간 구름 너머로 펼쳐졌다.

가면을 쓴 진심으로는 차마 전할 수 없었던 고백이 가슴에서 들끓었다.

좋아합니다, 서영채 씨.

여전히, 아프도록, 좋아합니다.

짐을 챙기는 데는 사흘은커녕 세 시간도 채 걸리지 않았다. 당장 입을 옷가지와 화장품, 전공 책 몇 권을 캐리어에 넣는 것으로 집을 떠날 준비가 끝났다.

영채는 작은 풍경이 걸린 창가에 기대서서 창 밖의 정원을 내다봤다. 우람히 도열한 나무들 사이로 새들이 날아다니며 우짖었다. 나무들을 어루만지고 밀려든 바람에서 배릿한 날콩 냄새 같은 것이 났다. 커튼이 바람을 안고 둥그렇게 부풀어 올랐을 때, 하진의 속삭임이 환청으로 들렸다.

「나와요.」

카페 유리창 너머로 전해져오던 뜨거운 눈빛. 빗속에서, 그녀가 나오길 기다리던 고집. 사흘 내내 왜 그 모습이 눈앞에 아른거리는지 모를 일이다.

「나와요.」

왜 그 한 마디가 자꾸 마음을 휘젓는지.

영채는 풍경을 건드리고 방을 둘러보았다. 대르르릉. 현란한 금속성 화음 속에서, 눈에 들어온 파스텔 톤의 가구들이 신경을 긁었다. 세상이 더 이상 예쁘지 않은데, 동화 속 풍경처럼 단장된 방에 틀어박혀 있다는 것이 혐오스러웠다.

영채는 침대맡 테이블에 놓인 스탠드를 집어 들어 힘껏 내던졌다. 스탠드가 벽에 부딪쳐 사기로 된 천사의 얼굴과 몸통이 산산조각 났다. 파열음을 풍경 소리가 삼켰다. 풍경 소리가 잦아들도록, 하진의 환청이 끈덕지게 귓가에 맴돌았다.

「나와요.」

내 마음이 도대체 왜 이러지? 혼돈의 늪에 잠겨갈 때, 문에서 노크 소리가 들렸다. 영채는 대답 없이 그냥 있었다. 두어 번 더 노크 소리가 나고 문이 열리더니 집사 경선의 목소리가 들렸다.

"교수님께서 부르세요, 아가씨."

영채는 문가로 고개를 돌렸다.

"지하 작업실로 내려가보세요."

경선이 조용히 이르고 문을 조금 더 열어젖혔다.

차연은 견고한 요새 같은 작업실에서 1인용 소파에 앉아 대형 스크린에 그림을 비춰 보고 있었다. 영채는 프로젝터가 뿜어내는 빛줄기를 가로질러 차연에게 갔다.

　　"부르셨어요?"

　　"올 연말에 서주미술관에서 특별 기획전을 하려고 하는데, 전시작들을 결정할 수가 없네. 좀 도와주겠니?"

　　"어떤 전시횐데요?"

　　"'성과 욕망'이란 주제의 기획전이야. 그림을 골라야 컨택을 할 텐데……."

　　차연이 다리를 꼬고 앉으며 리모컨을 눌렀다. 나신의 소녀가 침대에 앉은 그림이 스크린에 떴다. 뭉크의 '사춘기'. 아이 같은 얼굴에 어른의 몸을 한 소녀가 손으로 음부를 가렸는데, 야윈 얼굴에 불안함이 가득했다.

　　"너무 적나라하지 않아요? 슬프기도 하고."

　　영채는 씁쓸한 심경으로 그림을 보았다.

　　"욕망이란 게 원래 적나라하잖니? 그래서 슬픈 거고."

　　차연이 리모컨 버튼을 눌렀다. 침대에 발가벗고 누운 여자와, 그녀의 얼굴을 시트로 가린 남자, 그리고 침대 반대편에서 그들을 지켜보는 다른 남자가 묘한 구도로 배치된 그림이 스크린에 떴다.

　　들라크루아. '부르고뉴 공작에게 자기 정부의 나신을 보여주는 오를레앙 공작'.

　　스크린 구석에 뜬 그림 제목을 보자마자 영채는 속이 메슥거렸다.

　　"남자에게 중요한 건 역시 권력인가 봐. 자기 정부를 전시하면서까지 지배자의 환심을 사려는 걸 보면 말이야. 하긴 딸을 파는 아버지도 있는데, 뭐. 벌거벗은 여자의 얼굴을 가려주는 예의는 있으니, 이건 좀 덜 적나라하지 않니?"

가시로 찌르듯 물은 차연이 그림을 바꿨다.

프라고나르. '빗장'.

침대 옆에 선 여자를 안은 남자의 그림이었다. 남자는 한 손으로 여자의 허리를 감은 채 다른 손으로 문의 빗장을 걸었고, 여자는 남자의 얼굴을 손으로 밀쳐내고 있었다. 그녀의 얼굴을 물들인 공포가 강제로 이루어지는 관계임을 암시했다.

"지금 뭐 하시는 거예요?"

"전시회에 어떤 그림을 가져와야 할지 의견을 묻지 않니? 젊고 신선한 감각이 필요해서."

영채는 차연의 손에서 리모컨을 낚아채 발작적으로 눌러댔다. 어둡거나 환한 색들과 유려하거나 날카로운 이미지들이 획획 스쳐 지났다. 명도와 채도의 도가니 속에서 적당한 그림을 찾았을 때, 영채는 화면을 정지시켰다.

"전 이게 마음에 드네요."

탐스러운 오렌지색 머리카락을 늘어뜨리고 한쪽 젖가슴을 드러낸 여자가 눈을 감은 채 입을 살짝 벌리고 있었다. 여자의 말간 허벅지 사이로 황금빛 비가 체액처럼 흘러내렸다.

클림트의 '다나에'. 사랑의 황홀함을 화려한 색감으로 포착한 그림을 보면서 영채는 턱 끝을 치켜 올렸다.

"사랑에 빠져 좋아 죽는 여자의 모습이거든요. 저처럼."

"너처럼?"

"네. 하진 씨에게 갈 날을 받아놓고 보니 설레서 죽겠어요. 제가 드디어 여자가 되는 거잖아요. 그 사람이 예쁘게 하고 오랬는데, 어떻게 하면 더 예뻐 보일까요? 엄마가 코치 좀 해주실래요? 원숙하고 세련된 감각으로?"

"권하진과 너의 관계에 사랑이란 제목을 붙이는 건 무리 아니니?"

"제가 하진 씨에게 팔려 가는 것 같으세요? 그림 속 여자들처럼 무서워 덜덜 떨다가 짓밟힐 것 같으세요? 하진 씨, 그런 사람 아니에요. 저랑 같이 있고 싶은데 아버지들 악연 때문에 집안에서 반대하실 것 같으니까 수를 쓴 거라고요. 하진 씨가 하버드에서 MBA할 때 저도 하버드에 있었어요. 제가 하버드 대학원 합격해놓고도 왜 뉴욕으로 가겠다고 고집 부렸을까요? 하진 씨가 뉴욕에 있어서였어요. 이제, 그림 나오시죠?"

차연의 눈빛이 격하게 흔들렸다. 즉흥적으로 꾸며낸 거짓말에 속이 후련해진 것도 잠시, 영채는 가슴이 철렁했다.

「권 본부장과 접촉하고 있다는 걸 집안에 알리지 말라는 말씀도 드릴 겸.」

하진의 변호사가 귀띔해준 말이 뒤늦게 뒤통수를 내리쳤다.

차연의 눈동자가 차갑게 가라앉았다.

"서영채, 넌 권하진을 믿니?"

영채는 대답하지 못했다. 다음 수를 계산하는 동안 차연이 소파에서 일어나 작업실 구석의 책상으로 갔다. 차연이 책상에서 집어든 종이뭉치가 그녀 앞에 던져졌다.

영채는 발치에 흩어진 하얀 종이를 내려다보았다.

"이게 뭐죠?"

"읽어봐라."

차연이 의미심장하게 이르고 소파에 앉았다. 영채는 불안한 마음으로 종이를 집어 올렸다.

: 그나저나 영채 씨는 언제 데려오냐?

: 되는대로 빨리. 기다릴 만큼 기다렸으니까 이젠 데려와서 좀 굴려야지.

: 굴려?

: 그럼 데려와서 꽃처럼 모셔두냐? 죽이는 얼굴에 죽이는 몸 굴리면서 재미 좀 봐야지.

: 야, 너 말이 좀 그렇다.

: 뭐가 그래? 젊고 싱싱한 애 데려와서 단물 좀 빨겠다는데. 서 회장 딸이라 빠는 맛이 남다를 테고. 몸이 근질근질해 죽겠다, 진짜. 도도한 애 엎어뜨려서 길들일 생각한 해도 흥분이 돼서…….

: 권하진, 너 미쳤냐?

: 촌스럽기는. 왜 너도 마음이 동하냐? 좀 나눠주랴?

프로젝트 빛을 받고 눈을 찌르는 글자들에 구역질이 날 것 같았다.

"권하진이 그의 변호사와 나눈 대화의 녹취록이다. 권하진은 너를 이용하고 있을 뿐이야. 아버지를 욕보이기 위해 너를 노리고, 너를 데려다 아버지를 찌를 무기로 다듬으려는 거다."

"이건 종이뭉치에 불과해요. 이런 말을 그 사람이 정말로 했다는 증거가 될 수 없어요."

어머니가 중간에서 이 서류를 조작했는지 알 수 없잖아요. 영채는 마지막 생각을 속으로 삼켰다.

차연이 와인을 한 모금 들이켜고 도도한 미소를 흘렸다.

"사랑은 증거를 댈 수 없지만, 배신과 기만은 언제나 증거를 남긴다."

영채는 독한 술을 마신 듯 어지러웠다. 아직도 멸치 볶음을 좋아한다는 그 사람. 그 사람 안에 4년 전의 젊은이가 남아 있다고 믿고 싶었는데. 마음만 가지고 오라는 말에 희망을 걸었던 내가 어리석었던 걸까?

와인 잔을 내려놓고 다가온 차연이 그녀의 팔을 잡았다.

"서영채, 덜 컸네. 아직도 세상을 몰라. 권하진은 거칠게 산 사람이다. 그 사람에게 넌 만만한 사냥감에 불과해. 네게 뭐라고 달콤한 말을 속삭였는지 모르지만, 그걸 믿었다간 너만 상처 입는 거야. 알겠니?"

영채는 물끄러미 차연을 바라보았다.

「영채, 첼로 배우는 거 싫어?」

「엄마가 고른 학굔데, 가기 싫어?」

「널 낳아준 여자를 찾아서 뭐 하려고 했니? 조심해라. 호기심이 고양이를 죽인다는 말도 있잖니?」

엄마가 좋다는 것이 정말로 좋은 적이 없었고, 엄마가 하지 말란 것을 하지 않은 것도 그녀의 의지였던 적이 없었다. 엄마가 하지 말란 것을 기어코 하고 엄마가 조심하란 것들에 뛰어들었더라면 그녀의 삶은 어떻게 달라졌을까?

"제가 하진 씨에게 가는 거 왜 진작 반대 안 하셨어요?"

"회사를 걱정하는 네 아버지를 말릴 수 없었다. 그런데 다시 생각해보니 안 되겠어. 회사에 타격이 가더라도 널 지켜야겠다."

차연이 안타깝다는 표정을 짓더니 영채를 안았다.

"걱정하지 마라, 영채. 엄마가 널 지켜줄 테니."

영채는 귓전으로 밀려드는 차연의 숨결에 소름이 돋았다. 권하진의 진심이 뭔지는 저도 확신할 수 없어요. 하지만 제가 그 사람에게 쉬운 먹잇감이라면, 어머니도 그 사람에게 한 방 먹으셨어요. 권하진은 누군가가 그를 엿듣고 있다는 걸 알고 있었으니까요. 그것도 모르고 이리 자신만만하시다니. 이왕 누군가의 먹잇감으로 전락할 거라면 전 더 강하고 영리한 쪽에 패를 걸겠어요.

어머니, 저를 보면서 늘 그러셨죠. 우리 영채 언제 클까? 시간이 참 더디게 흐르더니 제가 어른이 되기는 될 모양이에요. 어머니가 우아한 가면 아래 감춘 계략이 이제 보이거든요. 제가 큰 만큼 어머니는 나이가 드시나 보네요. 모든 이들을 조종하시던 간계의 가시거리가 한계를 드러내는 것을 보면요.

"어머니 그 마음, 절대 잊지 않겠어요."

영채는 떨리는 목소리를 밀어냈다.

영채의 긴장된 숨결을 감지하며 차연은 표독스럽게 눈을 빛냈다. 서영채. 싫든 좋든 나는 네 엄마란다. 네가 엄마라고 부를 수 있는 유일한 사람. 그런데 미안하게도 말이지, 나는 엄마이기 전에 여자란다. 내 남편을 홀린 여자와 그 여자를 쏙 빼닮은 너를 시궁창에 밀어 넣고 짓이기고 싶은 여자. 그래서 나는, 네가 행복해지기 위해 날아가려 한다면 네 날개를 부러뜨릴 수밖에 없어.

영채를 방으로 올려 보낸 차연은 서 회장의 서재로 갔다. 난을 감상하고 있는 서 회장 맞은편에 앉으면서 차연은 넌지시 말을 건넸다.

"당신은 알고 있었어요? 영채가 우리 몰래 권하진과 연애하는 거?"

난 잎을 쓰다듬던 서 회장의 손길이 얼어붙었다.

"무슨 소리야?"

"무슨 소리인지는 영채한테 직접 물어보세요."

자리를 박차고 일어나는 서 회장을 보면서 차연은 회심의 미소를 흘렸다.

서 회장은 영채의 방으로 들이닥쳤다.

"영채, 너. 권하진하고 눈이 맞았다는 게 사실이냐?"

침대에 앉은 영채가 그를 무심히 올려다보았다.

"그러길 바라신 거 아닌가요?"

"뭐라고?"

"그 사람에게 저를 팔려고 하시잖아요."

서 회장은 침대로 다가가 눈을 부라렸다.

"말 돌리지 말고 똑바로 밝혀. 권하진하고 너, 연애질하는 사이야!"

"그렇다면요?"

영채의 고개가 빳빳해졌다.

"그놈이 내 목에 칼을 겨누고 있다. 그걸 알면서, 그놈 손에 놀아나?"

"최소한 그 사람은 아버지처럼 저열하진 않아요. 절 가지고 놀다 버리면 그만일 텐데, 결혼 제안까지 했거든요."

"그놈이 너한테 결혼하자더냐?"

"네."

"그래서!"

"하겠다고 했어요. 딸의 명예 따윈 안중에도 없는 아버지하곤 달리, 격식은 갖추어주겠다니까요."

짝! 서 회장은 영채의 뺨을 휘갈겼다.

"멍청한 것. 그놈은 네 명예 따위에 관심 없다. 네 주식을 탐내는 것뿐이지. 그거 하나 똑바로 못 보고, 결혼 이야기에 홀랑 넘어가? 당장 그만둬."

"이 모든 것의 시작은 아버지예요. 그 사람 아버지가 운영하시던 회사를 아버지가 꼼수로 가로채셨잖아요. 제가 그 사람이었어도, 아버지 것이었던 회사 되찾고 싶었을 거예요."

"지금 그놈 편드는 게야!"

"절 보호해주겠단 사람이니까요. 제가…… 제가…… 좋아하는 사람이니까요."

영채는 울음을 터트렸다. 이렇게라도 그 사람한테 가서 절 좋아해주면 안 되겠냐고 물어보고 싶으니까요. 아버지들 일은 잊고 둘이서 4년 전 봄으로 돌아갈 수 없는지, 그 사람에게 매달려보고 싶으니까요.

"사리 분간을 못 해도 정도가 있지. 오냐오냐 했더니, 미친 게야. 보호! 보호가 그렇게 좋으면 보호해주마."

영채를 침대에 밀친 서 회장은 씩씩거리며 방을 나섰다. 고성을 들고 달려온 경선과 문가에서 마주친 서 회장은 문을 거칠게 닫고 지시했다.

"방문 잠그고, 영채 밖으로 못 나오게 해요."

말없이 고개를 숙인 경선은 서 회장이 멀어지자 방문을 어루만졌다.

'영채야, 사흘만 참지. 안전한 곳으로 갈 수 있었는데.'

방문 너머에서 영채의 흐느낌 소리가 들려왔다. 경선은 눈을 감으며 울음을 속으로 삼켰다. 그녀의 감긴 눈 밑으로 스며 나오는 물기를 보는 사람은 아무도 없었다.

그날 밤, 어둠이 깊었을 때 차연은 영채의 방을 찾았다. 어둠에 잠긴 방에서 영채가 침대에 웅크리고 앉아 있었다.

창가의 작은 등을 켠 차연은 침대로 다가가 들고 온 가위를 영채 앞에 내려놓았다.

"네 어리석은 마음을 잘라낼 수 있으면 좋겠구나."

귀머거리에 장님이 된 것처럼, 영채는 꼼짝도 하지 않았다.

"외국으로 보내줄 테니, 가고 싶은 곳을 말해라."

"왜 절 도와주시려는 거죠?"

"집안에서 반대하는 결혼은 비극으로 끝난다는 걸 내가 아니까. 내 전철을 네가 밟지 않길 바란다. 방금 한 제안은 엄마가 딸에게 하는 게 아니다. 여자 대 여자로, 불행한 결혼을 견딘 경험자로서 하는 거야. 영채야, 말해보렴. 어디로 가고 싶은지. 아버지 몰래 보내주마."

'권하진 씨에게 연락하게 해주세요.'

영채는 가슴에서 솟구치는 말을 삼켰다. 차연을 믿지 않았기에, 진심을 털어놓을 수 없었다.

"여기서 나가게만 해주세요. 제 갈 길은 제가 선택하겠어요."

"그 길이 권하진에게 이르는 길이니?"

차연이 손가락으로 가위 날을 쓸었다.

"그렇다면요?"

"딸이 잘못된 길로 들어서는 걸 어떻게 보고만 있겠니?"

영채는 맥없는 미소를 흘렸다.

"마음대로 하세요. 자르든지, 찌르든지."

"뭐라고?"

"더 이상 어머니의 인형으로 살고 싶지 않아요."

차연은 영채의 턱을 모지락스럽게 움켜쥐었다.

"어떻게 해줄까?"

"어머니는 아무것도 못 하실 거예요."

"뭘 믿고 이렇게 기고만장하니?"

"절 찌르면 대가를 치르셔야 하잖아요. 자존심 좀 상했다고 딸을 찌른 여자라니. 충동적인 범죄인으로 전락하기에 어머니는 자신을 너무나 사랑하시잖아요."

고개를 빳빳이 세운 영채의 얼굴 위로 도희의 얼굴이 겹쳤다.

「때를 기다릴 거예요. 이 아이가 어떻게 크는지 지켜보면서, 서주그룹이 파멸하는 때를 기다릴 거예요.」

피는 못 속인다더니. 결정적인 순간에 네 에미 판박이가 되는구나. 발칙한 것.

차연은 가위를 영채의 목덜미에 갖다댔다. 가위 날이 움직이고 탐스러운 머리카락이 싹둑 잘려나갔다.

차연은 나올 때처럼 조용히 침실로 들어갔다. 부스럭거리는 소리에 깬 서 회장이 물었다.

"어디 갔다 오는 거요?"

"영채를 보고 왔어요. 마음을 바꾸라고 해도 도통 말을 들어야죠. 누굴 닮아서 그렇게 독한지."

"당신을 보며 컸잖소."

차연은 서 회장을 노려보다가 걱정스러운 목소리를 꾸며냈다.

"영채를 권 본부장에게 보낼 수는 없어요. 영채를 데려다 무슨 짓을 할지 어떻게 알아요?"

"그렇게만 생각할 것이 아니야."

고개를 저은 서 회장이 다시 이불 속으로 들어가며 중얼거렸다.

"두 녀석이 정말로 좋아한다면, 내가 칼자루를 쥔 거야."

오디세이 한국 본부 본부장실 창가에 선 하진은 테헤란로의 정경을 내려다보았다. 맑은 날이었다. 영채가 오기로 한 날. 영채를 맞아 가슴 가득 안을 수 있는 날.

재킷 주머니에서 꺼낸 사각 케이스를 여니 다이아몬드 반지가 단아한 광채를 뿜어 올렸다. 사흘 전 영채와 전화 통화를 한 후에 준비한 것이었다. 잔인한 연극을 끝내고 영채에게 건넬 그의 진심.

문에서 노크 소리가 났다. 하진은 케이스를 닫아 재킷에 넣고 자리에 앉았다. 석영이 서류 파일을 가지고 들어와 책상에 내려놓았다.

"하나 찍어."

"뭘?"

"페이퍼 컴퍼니 세우려면 회사 주소가 있어야 하잖아. 법인세 안 내는 곳으로 후보지 뽑아봤으니, 하나 고르라고."

하진은 파일을 들춰보지도 않고 공을 석영에게 넘겼다.

"네가 알아서 결정해."

"너, 오늘 왜 이래?"

석영이 책상에 엉덩이를 걸치고 앉았다. 하진은 미간을 찌푸리며 석영을 올려다봤다.

"기분 나쁘십니까, 본부장님? 지금 나는 계급장 떼고 권하진 대연석영으로 말하는 거거든요. 오늘 진짜 왜 이러십니까? 잠 한숨 못 잔 얼굴로 출근해서는, 면도도 안 하고 나와 비서 말 듣고서야 부랴부랴 하고, 아침 회의 때는 멍 때리는 얼굴이더니, 오늘 오후부터 주말 일정은 다 비웠다던데. 아무리 내가 오피스텔에서 나와 부모님께 가 있기로 나사 빠진 티를 너무 내는 거 아니냐고요?"

"비엘 쓰지 말라더니, 너야말로 정도껏 해. 우리 사이에 나사 빠졌다는 소리가 왜 나와?"

"그러니까 왜 그러냐고?"

석영이 책상 위의 파일을 들어 하진의 팔을 툭 쳤다.

"오늘 영채가 와."

"정말 와? 오늘?"

"음. 주말에 연락이 안 돼도 그러려니 해."

"알았어. 나도 집에서 끼워 맞춘 선 자리 있다. 말이 되냐? 연석영 연애 역정은 어디로 가고 선이라니. 촌스럽게."

"그러게 몇 번을 말해. 한 번 보고 예쁜 여자면 끝까지 가라니까."

"야, 너는 한 번 보고 예쁜 여자가 영채 씨니까 그런 말을 할 수 있지. 양심이 있어봐라! 영채 씨 오면 내가 네 사기극의 전말을 낱낱이 까발릴 거야. 4년 전 장미꽃부터 시작해서. 각오해."

"그건 알아서 하고. 너랑 나랑 다음 주에 뉴욕으로 가야 하니까 출장 가는 것처럼 미리 말 흘려."

"오케이."

석영이 책상에서 내려서는데, 책상 위 태블릿에서 새 메일 신호음이 났다.

하진은 메일함을 열다가 제목에 멈칫했다.

서영채.

대용량의 파일이 첨부되어 있었다. 파일을 다운로드하자 영채의 모습이 화면을 메웠다. 핏기 없이 핼쑥한 얼굴을 하고 웅크려 앉은 영채였다. 긴 머리카락이 덮었던 목덜미가 휑하니 드러나 있고, 목덜미 위에서 삐뚤빼뚤 잘린 머리카락이 엉망이었다.

하진은 책상을 탕, 내리치고 서 회장에게 전화를 걸었다.

― 사진을 받은 모양이구나.

"거래를 깨시겠다는 겁니까?"

― 깨기는. 조건을 바꾸자는 것이지. 영채를 데려가고 싶으면 와서 데려가라. 데려가는데, 네가 가진 서주해명 주식 전부 뱉어놓고 데려가.

"오늘 일 후회하실 겁니다."

딸깍. 서 회장이 대꾸 없이 전화를 끊었다. 통화를 종료한 하진은 계약을 맺은 경호 업체로 전화를 걸었다.

"파일에 있는 서주그룹 회장 자택 있죠? 요원들 지금 그쪽으로 집결시켜요."

통화가 끝나자마자 하진은 재킷을 집어 들고 집무실을 나섰다.

"내가 한 시간 내로 연락하지 않으면 경찰에 신고해요. 서주그룹 차녀 서영채 씨, 폭행 피해자로. 장소는 서주그룹 회장 자택."

집무실 밖에 앉은 비서에게 이르니 비서가 얼떨결에 답했다.

"네? 네에."

돌아가는 사태를 짐작하고 뒤늦게 본부장실을 뛰쳐나간 석영은 엘리베이터 앞에서 하진을 따라잡았다. 하진이 빨갛게 깜박거리는 층 번호를 초조하게 보고 있었다.

"같이 가자."

석영은 하진의 손에서 자동차 키를 낚아챘다. 정면을 응시하며 숨을 고르는 하진이 오른쪽 어깨를 떨고 있었다. 녀석이 초조할 때면 나타나는 증상.

석영은 하진의 어깨에 손을 얹었다. 미세한 떨림이 잦아들었을 때, 엘리베이터 문이 열렸다.

엘리베이터에 뛰어 오르며 하진이 나직이 말했다.

"고맙다, 석영아."

한남동 서 회장의 자택 거실에 마주 앉은 하진과 서 회장 사이에 팽팽한 적대감이 흘렀다.

"얄팍한 수로 나를 속이려 들어?"

서 회장이 시가 연기를 내뿜으며 조소했다.

"눈에 넣어도 안 아플 내 딸을 데려다 뭐 하려고 했니?"

"눈에 넣어도 안 아플 딸이라 사내에게 하룻밤 상대로 던지셨나 봅니다."

"나랑 맞서겠다고 고작 생각해낸 것이 결혼이야! 영채 명의의 주식은 단 한 주도 이 집 밖으로 못 나간다."

"영채의 재산에는 관심 없습니다."

"잘됐구나. 네가 원하는 것과 내가 원하는 것이 맞물리니. 주식 내어놓아라. 그럼 나도 영채 내어주마."

"내어놓을 겁니다. 하지만 가격은 제대로 쳐주셔야죠."

"가격이라니? 영채를 데려가는데 뭐가 더 필요해?"

"나야 그렇지요. 하지만 회장님께서 주식 20%를 확보하며 치른 가격이 0원이면, 그게 뭘 의미하겠습니까?"

움찔하는 서 회장에게 하진은 치밀한 눈빛을 내리꽂았다.

"서주해명은 상장사입니다. 내 주식을 0원에 가져가면 회사 가치가 제로라고 광고하는 것밖에 더 됩니까? 기업 가치가 훼손됐다며 주주들이 벌 떼처럼 들고 일어날 겁니다. 그들을 납득시키려면 주식을 넘기는 대가로 다른 것이 오갔다고 발표해야 하는데, 그 다른 것이 회장님 따님이라고 기자 회견이라도 할까요?"

"너, 도대체 뭘 믿고 이렇게 기어올라?"

서 회장이 시가를 든 손으로 삿대질을 했다. 하진은 분을 삭이지 못해 파르르 떠는 서 회장을 보다가 통렬하게 되받아쳤다.

"당신이야말로 뭘 믿고 그렇게 기고만장해?"

"뭐라! 이, 이놈이."

서 회장의 얼굴이 벌게질수록 하진의 표정은 냉연해졌다.

"서국철 회장님, 이제 우리 관계를 이해하시겠습니까? 나는 당신이 돈봉투를 쥐여주던 열여덟 소년이 아닙니다."

"그…… 그래서! 뭘 어떻게 하잔 말이냐? 네 입으로 분명히 말했다. 프리미엄은 영채라고."

"그게 욕심 안 부립니다. 어제 시장 종가로 계산해서 지분 매입해 가시면 됩니다."

"인수 합병설 흘려서 주가를 턱없이 올려놓고 그 가격으로 가져가겠다고? 이런 날강도 같은 놈."

"10분 드리겠습니다. 내가 10분 내에 회사로 연락을 하지 않으면 회장님이 메일로 보낸 파일이 경찰에 넘어갑니다. 오늘 일이 해프닝으로 끝나느냐, 저녁 뉴스에 나가느냐는 회장님께 달렸습니다. 서로 윈윈 하고 이번 일 조용히 마무리 지을 수 있게, 결단을 내리시죠."

서 회장은 이를 갈며 하진을 노려보았다. 분했지만 하진의 수에 맞설 묘수가 떠오르지 않았다.

눈을 내리 감았다 뜬 하진이 일어서서 물었다.

"영채 어디 있습니까?"

서 회장은 굴욕을 삼키는 패장처럼 시가만 빨았다.

거실을 둘러본 하진이 계단 쪽으로 움직였다. 계단 어귀에 서 있던 체구 건장한 사내가 앞을 막아섰다. 하진은 옆으로 비켜섰다. 사내가 또 진로를 막았다. 날랜 동작으로 사내의 팔을 잡고 비튼 하진은 신음을 내지르는 사내를 넘어뜨리고 서 회장을 돌아보았다.

"방문 일일이 열어 뒤질까요?"

"2층 오른쪽 방이다."

시가 연기가 서 회장의 얼굴 앞에 피어올랐다.

"주식 거래는 법무 대리인과 마무리하시죠."

하진은 소파에 앉은 석영에게 눈짓하고 서 회장에게 일렀다.

"한 가지 충고를 드리자면 말입니다, 회장님. 이중 회계 장부 다시 만드실 때 너무 깨끗하려고 애쓰지 마십시오. 완벽하면 그게 더 수상하니까요."

"네 충고 새겨들으마."

서 회장이 경련하는 입술 사이로 시가를 들이밀었다. 분노로 얼룩진 간교한 눈동자가 이내 짙은 연기에 잠겼다.

2층으로 올라간 하진은 경선과 마주쳤다. 경선이 오른쪽 방문을 눈짓하더니, 문 앞에 서 있던 남자 둘을 데리고 1층으로 내려갔다.

하진은 방문을 왈칵 열어젖혔다. 널찍하고 화려한 방 구석에 침대가 있고, 침대에 영채가 무릎을 세운 채 앉아 있었다. 영채에게로 달려가자, 영채가 무릎 사이에 묻었던 고개를 들었다. 야윈 얼굴이 창백하고 부르튼 입술이 갈라져 피가 내비쳤다.

하진은 영채의 얼굴을 감싸며 소리쳤다.

"널 이렇게 만든 사람 누구야?"

퀭한 눈빛으로 그를 보던 영채가 입술을 움찔거렸다.

"너잖아. 날 이렇게 만든 사람."

날카로운 유리 조각이 가슴을 긋는 것 같았다.

"네가 좋다고 했어. 아버지한테 칼 갈고 있어도, 나는 좋다고 그랬어. 그랬더니 너한테 가지 말라잖아."

"서영채. 너, 바보야? 널 협박해서 억지로 데려가려는 놈이 뭐가 좋아?"

"어, 나 바보야. 그 사람에게 가고 싶은 생각밖에 없었어."

영채가 눈물을 두둑 흘렸다.

"4년 전 그 사람한테 가고 싶어. 그런데 그 사람은 없어. 기다려도 안 와. 기다리지 말란 말 무슨 뜻인지 이제야 알았어. 변할 거니까, 그날 밤으로 돌아갈 수 없단 뜻이었어. 그래도 너한테 갈 거라고 했어. 가서 물어보고 싶었어. 우리 만났던 날로 돌아갈 수 없겠냐고. 다시 시작할 수 없겠냐고. 나는…… 내 사랑은…… 안 변했거든."

하진은 영채의 젖은 뺨을 어루만졌다. 그의 손을 뿌리친 영채가 손등으로 눈가를 훔쳤다.

"겉껍데기만 똑같은 너한테는 가기 싫었어. 죽어도 가기 싫었어! 그런데 너 아니면 그 사람 만나게 해줄 사람이 없어. 미운데, 정말 미운데, 널 보고 있으면 그 사람 생각이 나. 너무 다른데 또 닮았어. 그래서 좋아. 별 의미 없는 네 말 한 마디에 가슴이 떨리고 눈물이 났어. 멸치 볶음, 그게 뭐라고. 여전히 좋아한다는 네 말에, 희망이 생겼다고. 바보같이, 멸치 볶음 따위나 궁금해하고……. 그놈의 멸치 볶음, 이젠 정말 지긋지긋해!"

"너 정말!"

하진은 영채를 와락 안았다. 어떻게 이래? 4년 전 하룻밤이 뭐라고, 그 추억에 네 전부를 걸어?

영채가 주먹으로 그의 등을 때리며 퍽퍽 울었다.

"나쁜 놈. 어떻게 이렇게 변해."

"미안해. 정말 미안해."

"나 그 사람한테 가고 싶어. 데려다줘. 보고 싶어 죽겠으니까, 어떻게 좀 해줘!"

사랑받고 있다는 걸 알지 못할 때에도, 사랑하니까 사랑이라고 말하는 것. 용기란 그러한 것. 내 사랑이 지극하다고 자신했을 때 품에 안겨오는 더 고집스러운 사랑. 지순한 사랑은 그리하여 지독한 사랑과 맞닿는 것.

위장된 진심조차 여지없이 찔러 관통하는 나의 작고 예쁜 가시.

영채야.

"그 사람한테 데려다줄게. 가자."

하진은 영채를 안아들고 방을 나섰다. 몸을 동그랗게 만 영채가 그의 가슴에 얼굴을 묻었다. 악마의 요새 같은 저택을 나서는 걸음 걸음, 영채가 쏟아내는 눈물이 그의 가슴을 찔러댔다.

호텔 오아시스 펜트하우스 욕실. 따뜻한 물이 찬 욕조에서 나온 영채는 전신 거울 앞에 섰다. 물기 어린 나신이 창백했다. 요 며칠 새 부쩍 초췌해진 몸이 그녀의 일부가 아니라 조악하게 만들어진 밀랍 인형의 것 같았다.

조금 전 호텔 헤어 숍에서 짧은 단발로 정돈했던 머리카락이 물에 젖어 늘어져 있었다. 귀를 겨우 덮는 머리카락과 고스란히 드러난 목덜미가 생경했다.

머리카락을 손질한 비용은 룸으로 계산을 청구하게 되었다. 하진이 돈을 낼 거란 얘기였다. 룸서비스를 주문해 그녀의 사흘 된 허기를 달랜 것도 하진이었다. 한동안은 그의 이름으로 예약된 이 객실이 그녀의 거주지가 될 것이다.

영채는 욕실 문에 걸린 연하늘색 원피스를 쳐다보았다. 하진이 호텔 부티크에서 직접 골라 산 것이었다. 다음엔 집일 테고, 차일 테고, 남편이라는 타이틀이겠지. 권하진은 소유권을 주장하기 위해 그녀의 손가락 하나 건드릴 필요가 없었다. 그가 가진 재력과 서주그룹의 약점을 이용해 그녀의 일상을 야금야금 점령해 나가면 그만이니까. 그러니 마음만 갖고 오라고 한 거지.

「권하진은 거칠게 산 사람이다. 넌 만만한 사냥감에 불과해.」

차연이 한 말이 떠올라 소름이 돋았다.

「나는…… 내 사랑은…… 안 변했거든. 나 그 사람한테 가고 싶어. 데려다줘!」

한남동에서 하진에게 쏟아냈던 말들이 악몽처럼 귓가를 때려댔다.

극도의 충격과 공포에 시달렸던 지난 사흘. 심신이 약해질 대로 약해진 상태에서 하진의 목소리를 들으니 긴장의 끈이 끊겼다. 어떻게 그랬는지 설명이 안 됐다. 그녀를 안아 올린 하진의 손길이 어찌 그리 든든할 수 있었는지, 어떻게 하진의 품에 안겨 아이처럼 울 수 있었는지, 하진이 운전하는 차를 타고 호텔로 오는 동안 창 밖 세상이 어찌 그리 환했는지, 어느 것 하나 설명이 안 됐다.

사랑이 부끄럽진 않았다. 하지만 사랑을 들키지 말아야 할 사람에게 들키지 말아야 할 방식으로 들키는 건 수치일 수 있었다. 지금 그녀의 사랑을 들키고 싶지 않은 유일한 사람이 있다면, 권하진이었다. 아직도 그를 사랑하니까. 사랑의 대상이, 오래전에 사라져 버린 권하진의 잔영에 불과하대도 추억 앞에 떳떳하고 싶은 욕망은 여전했다.

이 무슨 이율배반적 어리석음이야. 자괴감에 젖어 있던 영채는 한남동에서 몸만 달랑 나왔다는 것을 깨달았다. 짐은커녕 지갑조차 챙길 새가 없었다. 꼼짝없이 하진에게 매인 것 같아 기가 막혔다. 신분증을 새로 만들어야 한다는 것. 은행에 가야 한다는 것. 오피스텔을 가급적 빨리 처분해야겠다는 것. 그런 것들이 절실하게 다가왔다. 우습게도, 하진에게 마음을 넘기지 않기 위해 그녀가 지켜야 할 것들은 지극히 물질적인 것들이었다.

그리고 생모, 홍도희. 아직은 이름 석 자인 여자. 조만간 만날 수 있긴 한 걸까? 혹시 그녀가 서주에 칼을 겨누는 권하진과 한통속은 아닌지.

영채는 한숨을 내쉬고 타월을 집어 들었다. 몸을 닦는데 다리 사이에 끈적한 기운이 느껴졌다. 타월을 다리 사이에 갖다 대니 피가 살짝 묻어나왔다. 생리 예정일이 일주일 넘게 남았는데. 극심한 스트레스에 생체 리듬도 엉망이 되어버렸나.

영채는 급한 대로 화장지를 도톰하게 접어 팬티에 덧대고 옷을 갖춰 입은 후 욕실을 나섰다. 침실 구석에 있는 1인용 소파에 하진이 앉아 있었다. 양손을 깍지 끼어 인중에 대고 정면을 응시하던 하진이 문소리에 고개를 돌렸다.

그녀를 바라보는 하진의 표정을 해독할 수 없었다. 소름 돋도록 진지한 표정은 긴장감인 것도, 당황감인 것도 같았다. 집요한 욕망인 것도, 치밀한 계산인 것도 같았다.

하진과 시선이 마주치자 영채는 얼굴을 돌렸다. 하진이 일어나 침대 쪽으로 다가왔다.

"짐 가져왔어."

침대 옆에 캐리어가 세워져 있고 침대 위엔 그녀의 핸드백이 있었다. 저것들은 언제 챙긴 건지. 분명 나만 안고 그 집을 나왔는데.

자세한 경위는 나중에 묻기로 하고 영채는 핸드백부터 집어 들었다. 침대를 돌아 나오는데 하진이 앞을 막아섰다.

"어디 가게?"

"뭐 좀 사려요."

"필요한 거 있으면 말해. 사다줄게."

"내가 가야 하는 거예요."

"뭔데?"

"그런 게 있어요."

"그런 게 뭔데?"

우물쭈물하던 영채는 하진이 끝내 길을 내주지 않자 절망적으로 쏘아붙였다.

"생리대요!"

하진의 시선이 다리 사이로 향했다.

"이런 것까지 말하게 해, 정말! 비켜요."

볼이 발개진 영채는 하진을 밀쳐내려 했지만 하진이 먼저 그녀의 손목을 잡았다.

"같이 가자."

호텔 오아시스 잠실점은 석촌호수 사거리를 내려다보며 서 있었다. 호텔에서 한 블록 떨어진 대형 마트 지하로 간 영채는 옆에 꼭 붙어 있는 하진이 부담스러워 견딜 수 없었다.

"도망 안 갈 테니까, 여기서 기다려요."

마트 입구에서 말했지만, 하진의 대답은 나란히 맞춘 걸음이었다.

"물건 사서 올 때까지, 여기서 기다려요."

지하로 내려왔을 때도 에스컬레이터 앞에서 부탁했지만, 하진의 대답은 그녀를 향한 곧은 시선이었다. 결국 영채는 하진과 함께 여성용품 코너로 들어섰고, 하진이 지켜보는 가운데 생리대를 골라야 했다.

그녀가 진열대에서 생리대 중형 한 팩을 집어 장바구니에 넣었을 때, 하진이 옆에 있던 같은 제품을 집어 들어 요리조리 살폈다.

"네가 좋아하는 브랜드야?"

포장지에 앙증맞은 토끼가 박힌 여성과 유아용품 전문 브랜드였다.

영채는 하진이 든 생리대를 잡아채 진열대에 되돌려놓았다.

"뭘 그런 걸 물어봐요?"

"중요한 거니까 알아두려고."

"이런 게 뭐가 중요해요?"

"네 몸에 닿는 거잖아."

영채는 멍해져 하진을 보았다. 당신, 왜 이래? 왜 내가 예뻐 죽겠다는 듯이 굴어? 난 헷갈려서 어쩔 줄 모르겠잖아. 가슴이 두근대고 볼이 달아올라 더 당황스러웠다.

"난 그냥……."

하진도 자신이 한 말에 당혹했는지 말을 더듬었다. 영채는 크기가 다른 생리대를 몇 개 더 바구니에 넣으면서 쏘아붙였다.

"자상한 남편 노릇 할 필요 없어요. 우린 계약서 주고받은 사이일 뿐이니까."

하진의 얼굴이 굳었다. 치명타를 입은 것 같은 고통이 하진의 눈에 번지자 영채는 승리감을 느꼈다. 그러다 금세 미안해졌다.

뭐가 미안해. 안 미안해. 안 미안해 할 거야, 절대.

"사실이잖아요."

작정하고 뾰족하게 말하자마자 하진의 손이 그녀의 왼쪽 어깨에 닿았다. 영채는 움찔했다. 흘러내린 원피스 끈을 하진이 올려주었다. 하진의 따뜻한 손이 맨살을 스치는 동안 작은 가시들이 심장을 찔러대는 것 같았다.

원피스 끈을 징돈한 후에도 하진은 손을 거두지 않고 그대로 있었다.

"그때도 이런 옷을 입고 있었는데."

영채는 눈썹을 찡그렸다. 무슨 말인지.

"너는 기억 못 하는구나. 하긴 나도 내가 그날 무슨 옷 입었는지는 기억 안 나니까."

하진이 한 걸음 다가서자, 영채는 숨을 불안하게 들이켰다. 물기 돋은 눈동자로 그녀를 바라보던 하진이 입꼬리를 자조적으로 올렸다.

"계산하고 나가자. 할 이야기가 많아."

영채는 마트 1층에 있는 화장실에서 생리대를 착용하고 나왔다. 화장실 앞에서 기다리던 하진이 그녀가 손에 든 비닐봉지를 가져갔다. 너무나 자연스러운 손길이라 영채는 엉겁결에 봉지를 넘겼고, 행선지를 말해주지도 않고 앞서 걷는 하진을 따라 걸었다.

마트를 나선 하진이 석촌호수로 갔다. 햇살이 등등한 오후, 바람은 따갑지 않았다. 호수를 에워싼 산책로를 걷던 하진이 그늘진 벤치에 그녀를 앉히고 옆에 앉았다.

"미안하다, 영채야."

뜬금없는 사과와 불안할 정도로 다정한 목소리에 영채는 멍해졌다.

"할 이야기가 있는데 들어줄래?"

하진이 정중히 물었다. 영채는 하진을 찬찬히 탐색하다 고개를 끄덕였다.

"듣다가 화나고 내가 미워 죽겠어도, 끝까지 들어줘."

뭔가를 두려워하는 것 같은 하진이 낯설었다.

"무슨 말이든 끝까지 들어보긴 할게요. 듣다가 화가 나는데 참는다고는 약속 못 하고요."

영채는 마음에 빗장을 건 채로 하진의 시선을 받았다. 하진이 슬픈 미소를 짓더니 호수를 향해 앉았다.

"나는 4년 전 우리가 만난 날을 단 하루도 잊은 적 없어. 기다리지 말라고 너를 끊어낼 때도, 뉴욕에서 독하게 살 때도, 다시 만나 네게 모질게 굴 때도, 내 안에 늘 그 밤이 있었어."

거짓말! 영채는 목구멍에서 튀어나온 분노를 하진에게 날렸다.

"날 떼어내려고 작정했으면서! 전화번호 바꿨잖아요. 하루 만에 바꿔서, 연락도 할 수 없게 만들었잖아요. 그래놓고 이제 와선⋯⋯."

"잊으려고 했으니까."

하진이 가시를 토해내듯 고백했다.

"널 잊으려고 했어. 잊어야 한다고 생각했고, 잊을 수 있을 줄 알

앞어. 그런데 사랑이란 게 참 독하고 질기더라."

사랑이라니. 가시덤불 같은 단어에 떨려버린 손을 들키고 싶지 않아 영채는 양손을 얼른 그러쥐었다. 하진이 여전히 호수에 시선을 두고서 말을 이어갔다.

"4년 전 너를 끊어낸 후 뉴욕으로 갔어. 오디세이에 입사해 야망 하나만 가지고 달렸지. 인수 합병 첫 딜을 성사시켰을 때 한 중소기업의 특허권 수십 개가 거대한 다국적 기업에 넘어갔어. 수년간 고생했던 연구원들이 대기업의 부품으로 전락했고, 대기업은 공룡처럼 돈을 집어삼키기 시작했지.

딜에 사인하던 날, 네 꿈을 꿨어. 깜깜하고 추운 겨울밤, 너를 자전거에 태우고 다리를 건너는 꿈. 칼바람에 온몸이 꽁꽁 얼었는데, 네가 바짝 붙어 있는 등만 따뜻했어. 꿈에서 깨어나 생각했어. 내가 다리 하나를 건넜구나. 다시는 되돌아올 수 없는 강을 하나 건넜구나. 이런 식으로 다리를 건너고 강을 건너다보면, 그 끝은 어디일까. 무서웠어. 이가 덜덜 떨릴 정도로 추워서 잠을 잘 수가 없었어.

그대로 날을 새우고 집을 나섰어. 출근을 하던 발걸음이 기차역으로 향했어. 너를 보러 가야겠다고 생각을 한 것도 아닌데, 뭔가에 홀린 것처럼 보스턴행 기차표를 사게 되더라. 표를 사는 동안 생각했어. 너를 바래다주었던 케임브리지의 아파트. 넌 아직도 거기 살고 있을까? 거기에 네가 없다면 어디로 가야 널 볼 수 있을까? 널 볼 수 없다면, 나는 어떡해야 할까?

표를 사서 막막히 대기실로 가던 중에 너를 봤어. 펜 스테이션의 기차 시간표판. 그 거대한 판 아래를 오가는 사람들 속에서 네가 눈에 확 들어왔어. 하늘색 원피스를 입고 하얀 천가방을 어깨에 메고 있었는데, 보는 순간 너란 걸 확신했어.

말이 돼? 하필이면 그때, 그곳에 네가 있었다는 게? 그 많은 사람들 틈에서 내가 널 한눈에 알아봤다는 게? 그런데 말 안 되는 일이 정말로 일어났고, 그 순간 난 다시는 너와 헤어질 수 없다는 걸 알았어. 널 카페에서 처음 봤을 때 사랑에 빠진 것을 알았던 것처럼. 너와 라면집에서 오페라 아리아를 들을 때 결혼하고 싶은 것을 알았던 것처럼.

역 밖으로 나가는 너를 뒤따랐어. 너는 어디로 가야 할지 모르겠다는 것처럼, 거리에서 한참을 우두커니 서 있었어. 그러다 거리 모퉁이에 있는 작은 서점에서 지도를 사고, 어디론가 걸었어. 월스트리트. 브로드웨이. 링컨 센터. 콜럼버스 서클. 5번가에 있는 공공도서관에서 센트럴 파크까지. 뉴욕 시를 한 뼘 한 뼘 헤집을 것처럼 너는 걷고 또 걸었어. 멈춰 서서 지나가는 사람들의 얼굴을 멍하니 보기도 하고, 피곤한지 벤치에 앉아 있기도 하면서 해 질 녘까지 걸었어. 한 번만 뒤를 돌아봤더라면 날 볼 수 있었을지도 모르는데, 넌 앞만 보고 걷더라."

영채는 하진의 말을 믿을 수 없었다.

"그날, 종일 나랑 같이 있었어요?"

하진이 남긴 유일한 실마리인 뉴욕으로 무작정 떠난 날이었다. 하진을 찾을 수 있을 거란 기대는 없었다. 그럼에도 불구하고, 뉴욕에 가야 했다. 뭐라도 하지 않으면 미칠 것 같아서. 무엇이라도 하다 보면 신이 하진과의 우연한 마주침을 선물할지 모른다는 희망에 떠밀려.

"네 뒤에서 걸었어. 계속."

하진의 목소리가 물기를 머금고 갈라졌다.

"어떻게 그럴 수 있었어? 어떻게!"

영채는 하진의 팔을 주먹으로 때렸다. 피할 생각도 않고 맞고 있는 히진이라 더 미웠다. 독한 사람이야, 당신. 잔인한 사람이야. 그날 종일 걸어 아픈 다리를 어루만지면서 내가 호텔방에서 얼마나 울었는데. 세상에서 제일 멍청한 애가 된 것 같아서 나 자신이 얼마나 끔찍했는데.

"내가 서주그룹 사람이라 그런 거죠? 보고 싶었지만 보고 있으니까 밉기도 해서⋯⋯."

하진이 그녀의 손을 잡아 쥐었다.

"미안해. 다시는 너 혼자 두지 않을게."

"그날 나 보고 어디로 갔어요?"

"널 보고는 한동안 괜찮았어. 힘을 키워 영채에게 가면 된다, 그때까지만 참으면 된다, 그렇게 생각하고 다시 독하게 일을 했어. 그러다 어느 날 링컨 센터 근처 서점에 갔는데, 입구 메시지 판에 꽂힌 메모지를 봤어.

: 예의 바른 젊은이, 난 아직도 기다려요. 연락 좀 해요.

겁 없는 아가씨가.

노란 메모지에 까만 펜으로 적힌 메시지였는데, 그걸 보는 순간 심장이 멎는 줄 알았어. 영채는 이런 메모지를 이 도시에 몇 개나 붙였을까? 언제부터 붙이고 다녔을까? 도대체 내가 뭐라고, 영채는 이렇게까지 하는 걸까?

그날 잠을 못 잤어. 나는 더 이상 예의 바른 젊은이가 아니었으니까. 내가 딜을 하나 성사시킬 때마다 공장 단지가 조각조각 쪼개져 팔리거나 수천 명이 실직하는 나날이었어. 화려한 파티를 마치고 회사 밖으로 나오면 거리에서 시위가 벌어지고 있기도 했어. 내가 한 거래 때문에 해고당하거나 손해를 본 사람들의 시위.

네 광고를 보고 나서 며칠 후였어. 시위대를 뚫고 출근을 해야 했는데, 누군가가 던진 토마토가 얼굴을 때렸어. 사무실에 와서 토마토 범벅을 닦아내는데 거울에 비친 내 모습이 끔찍하더라. 겁이 덜컥 났어. 멀리 와버렸구나. 너무 멀리 와버려서 돌아갈 수 없겠구나. 돌아갈 수 없으면, 영채도 만날 수 없겠구나.

그날 뭔가에 쫓기듯이 보스턴엘 갔어. 네 아파트 주변을 무작정 서성이다 자전거를 끌고 나오는 너를 봤어. 근처 공터로 간 너는 자전거 타는 연습을 했어. 넘어지고 깨지면서도 자전거를 어떻게든 타보려고 애쓰더라. 그 안쓰러운 모습이 잊히지 않아서, 그 뒤로 시간이 날 때마다 자꾸 보스턴엘 갔어.

네가 자전거를 타게 되는 데 한 달이 걸렸어. 포기할 만도 한데, 고집스럽게 자전거에 매달리더니 결국은 타게 되더라. 한번 타게 되니까 넌 거침없이 달렸어. 세상에 무서울 것 없는 아이처럼 달려서, 내가 대신 마음을 졸였어.

어느 날 일요일에 아파트를 나선 너는 풍선을 자전거에 매달고 돌아왔어. 빨간 풍선이었는데, 아파트로 들어가면서 구름 위를 걷듯 신나하더라. 어떤 날은 노란 프리지아를 한 다발 사 오기도 하고, 어떤 날은 뭔가로 배낭을 빵빵히 채워 와서는 낑낑대며 자전거를 가지고 아파트로 들어가기도 하고.

그렇게 너를 지켜보는 동안 네가 대학을 마쳤어. 네가 뉴욕에 있는 대학원엘 간다는 기사를 보고 네 강의 일정표를 구했어. 매주 마지막 강의가 끝나는 시간에 맞춰 너를 기다리다가 뒤를 밟으며 너를 훔쳐봤어.

어떤 날은 네가 곧장 도서관으로 들어가버려서 고작 몇 분. 어떤 날은 몇 블록이고 거리를 걸어서 꽤 오래. 공원에 가서 책을 보는 날이면 거의 한나절. 그런 날은 오랜만에 세상이 아주 평화로웠어. 내가 조금도 변한 것 같지 않고, 네게 다가가 말을 걸면 우리가 함께 순수했던 시절로 돌아갈 수 있을 것만 같았어. 그래서 욕심이 나는 날엔…….”

“당신이었지?”

영채는 하진의 말을 잘랐다.

“‘책벌레들의 연옥’에서 날 받아준 사람. 바닥에 트렌치코트 깔아준 것도 당신이었지?”

하진이 고개를 끄덕였다.

“내가 당신 찾는 거 봤어? 우는 것도 봤어?”

얄밉게도 하진이 또 고개를 끄덕거렸다.

“왜 그렇게 숨어서만 봤는데?”

“널 다시 만나면 흔들릴까 봐. 독하게 살기 싫어질까 봐.”

“독하게 안 살면 안 돼?”

“안 돼.”

“내 아버지에게 복수해야 하니까?”

영채는 불안한 마음으로 물었다.

“서 회장과 얽힌 걸 풀기 전엔 제대로 살 수 없을 것 같아.”

"아버지에게 칼을 겨누면서 딸을 좋아한다는 게 말이 돼?"

"돼."

하진의 선언은 단호했다. 망설임이나 의심의 여지가 없는 확신이었다.

"어떻게 돼?"

"나한텐 돼. 너니까 돼."

"아버질 찾아와서 한 이야기는 뭔데? 누가 들어도 의미는 딱 하나였어. 아버지가 날 당신에게 하룻밤 주겠다는 말까지 하게 만들었잖아."

"널 지키려면 어쩔 수 없었어. 영채야, 재수 없게도 말이지, 네 부모는 끔찍한 사람들이야. 서국철은 이익을 위해서라면 자식들마저 이용하고 내버릴 사람. 강차연은 네가 나한테 와서 행복해질 것을 알면 절대 고이 보내주지 않을 사람."

"그걸 당신이 어떻게 알아?"

영채는 지난 며칠간 목격한 아버지와 어머니의 잔혹한 민낯을 떠올렸다.

"널 낳아주신 분에게서 들은 이야기가 있으니까."

하진은 영채가 서 회장의 친딸이라는 사실은 아직 털어놓지 말자 생각했다. 오늘 영채는 충분히 혼란스럽고 아플 테니까. 오늘 감당해야 할 혼란과 아픔만으로도 영채가 너무 가여우니까.

"무슨 이야기를 들었는데요?"

"홍 여사님을 만나면 자세한 걸 알게 될 거야."

영채는 어지러웠다. 눈앞의 풍경이 빙글거리고, 발을 디딘 바닥이 물컹해지는 것 같았다. 서주그룹으로부터 그녀를 보호하겠다던 하진의 말. 다치게 하지 않을 테니 마음만 가지고 오라는 말. 그녀를 지켜보고 변함없이 사랑했다는 말. 그리고 여지껏 들었던 말들보다 훨씬 더 버거울 것 같은, 아직 듣지 못한 말들.

이 사람을 믿어도 좋을까?

믿고 싶었다. 믿고 싶지 않았다. 믿고 싶어지는 마음이 무섭고, 믿고 싶지 않은 마음도 무서웠다.

영채는 하진에게 잡힌 손을 뺐다. 손가락에 엉겨오는 무거운 바람을 견디며 들어올린 손이 하진에게로 다가갔다. 하진의 입술로 향하던 손이 바르르 떨리더니, 바람에 짓눌리듯 툭 떨어졌다.

"영채야."

그녀를 부르는 하진의 목소리가 바람만큼 무거웠다. 영채는 양팔로 가슴을 감싸 안았다.

"보스턴에 살 때요, 아파트에서 한 블록 떨어진 곳에 도넛 가게가 있었어요. 악마 도넛이라고 소문난 도넛을 파는 가게였어요. 하루는 거기서 도넛을 사 먹었는데 너무 달아서 코끝이 찡했어요. 오기스럽게 한 입 한 입 끝까지 먹었는데, 달콤함이 속을 쓰리게 했어요. 그날 알았어요. 뭐가 너무 달면 코끝이 찡하고 속이 쓰릴 수 있다는 걸. 방금 들은 권하진 씨 이야기가 그 도넛 같아요. 너무 달아서 속이 쓰리는 도넛."

어느 맑은 날 하진이 나타나 그녀를 데려가는 꿈을 꾸곤 했다. 그 꿈이 이루어졌는데 행복하지 않았다. 행복해야 하는지. 행복해도 괜찮은지. 안개가 낀 것처럼, 눈앞의 풍경이 부예졌다.

"나는요, 세상에 무서운 게 많지 않았어요. 그런데 요즘 무서운 것들이 많이 생겼어요. 그중에서 제일 무서운 게 권하진 씨예요. 나를 절대 아프게 할 것 같지 않은 사람이 날 가장 아프게 할 수 있다는 걸 배웠거든요."

"영채야."

"지난 사흘 동안 갇혀 있으면서도 이렇게 무섭진 않았어요. 그런데 지금 벼랑 끝에 선 것처럼 아찔해요. 당신 고백이 거짓이면 어떡해요? 복수극에 날 끌어들이려고 날조한 거짓말이면 어떡하냐고요? 지금 당신 말 믿고 좋아했다가 어느 날 갑자기 당신이 다 연극이었다 그러면 어떡해요?"

그때는 정말 죽을 것 같을 텐데.

하진의 어두운 눈동자에 아련한 햇살이 고였다. 영채는 햇살이 비껴가기를 기다렸다가 물었다.

"나, 지금 예뻐요?"

"음?"

"머리 이렇게 잘랐는데도 예쁘냐고요?"

"예뻐."

"얼굴은 어때요? 화장 안 했는데도 예뻐요?"

"예뻐."

"옷이랑 구두는요?"

"그것도…… 다 예뻐."

"다행이네요. 자기가 사랑받는지 확신하지 못하는 여자는 반드시 예뻐야 하거든요."

"그래?"

하진의 눈매가 슬프게 일그러졌다.

"사랑받는 여자는 옷을 대충 입어도, 화장 않고 머리가 부스스해도, 사랑 하나만으로도 빛이 나잖아요. 그런데 난 오늘 정말 사랑받는지 알 수 없어요. 그러니까 스타일이 완벽해야 해요. 예쁘다니 다행이네. 최악은 면했어."

영채는 호수 쪽으로 돌아앉아 웨지 구두 신은 발을 앞뒤로 흔들었다.

"영채야, 미안하다."

하진의 깊은 목소리에 잔 떨림이 일었다. 영채는 팔을 쓸던 손으로 벤치 끝을 짚었다.

"뭐가 제일 미안해요?"

"나한테는 사랑이었는데 너한테는 이별이게 한 거."

"무슨 벌 받을지는 생각해봤어요?"

"아직."

"생각 좀 해봐요."

"그래."

햇살이 길어지고 하진의 얼굴에 오렌지빛 잔광이 드리워졌다.

"권하진 씨."

"음."

"나 보러 보스턴 올 때요, 늘 기차 탔어요?"

"비행기 탈 때도 있었어."

"표는 어떻게 끊었어요?"

"편도."

"비행기표도?"

"음."

"왜요?"

"언제 돌아오고 싶은지 몰랐으니까."

"하지만 언제나 돌아갔죠."

"음."

"그게 제일 미안해 해야 할 거예요. 언제나 돌아갔던 거. 권하진 씨가 속한 세상을 어기지 않고 거기로 돌아갔던 거. 그 세상을 견디기 힘들어졌을 때서야 날 보러 올 생각 한 거. 날 보러 와서, 견딜 만하면 돌아갔던 거."

아무 대꾸도 못 하는 하진을 두고 영채는 일어섰다.

"그만 가요."

하진이 그녀의 손목을 잡았다.

"해 지는 거 보고 가자."

"해 질 때까지 있어도 달라질 거 없잖아요. 권하진 씨는 사랑을 증명할 수 없고, 난 권하진 씨 믿을 수 없고."

"잠깐, 우리 둘만 생각하자. 네 옆에 나. 내 옆에 너. 우리 둘이 같이. 여기. 해가 질 때까지는 그것만 생각하자."

하진의 목소리가 너무 간절해 영채는 멈칫했다. 하진은 다시 사과하고 있는 거였다. 너 하나만 보지 못해서 미안해. 지금도 너 하나만 볼 수는 없어. 그래서 해가 질 때까지만이야. 세상이 어두워지기 전 그 짧은 시간, 네게 온전히 줄 수 있는 건 고작 그것뿐이야. 그래도 함께해줄래?

영채는 팔에서 힘을 빼고 벤치에 앉았다.

"다음 주에 혼인 신고 할 거야."

바람에 실리는 하진의 목소리가 한결 느슨했다.

"그렇게 해요."

"그러고 나면 뉴욕으로 갈 거고."

"뉴욕엔 왜요?"

"홍 여사님이 거기 계셔. 결혼식은 홍 여사님이 보시는 데서 하자."

"그렇게 해요."

"크게는 못 올릴 거야. 준비할 시간이 빠듯해서."

"상관없어요."

"하지만 진짜일 거야."

"두고 보면 알겠죠."

"영채야."

"또 뭐요?"

"널 낳아주신 분, 완벽한 분이 아닐 수도 있어."

"그런 기대는 안 해요. 어떤 사람인지 궁금한 것뿐이에요."

세상이 온통 오렌지 불꽃에 휩싸여 타올랐다. 노을로 물들어 경계를 알 수 없어진 하늘과 호수를 보면서 영채는 그녀에게 절실했던 것이 생모에 대한 그리움이 아니라 하진에게 오기 위한 핑계였다는 것을 깨달았다.

사람은 자기 안에 있지 않은 것과는 사랑에 빠지지 않는다고 믿었다. 혹은 자기 안에 없는 어떤 것에만 빠져든다고. 그런데 하진과 그녀는 서로를 비추었기 때문에 사랑한 것이 아니었을까? 갖지 못한 것들과 갖고 싶은 것들. 상실한 것들과 포기한 것들. 그것들을 서로에게서 보았기 때문에. 호수를 비추는 해처럼, 해를 비춰내는 호수처럼.

"권하진 씨."

"음."

"나도 돌아가곤 했어요."

"어디로?"

"악마의 도넛 가게."

"도넛이 너무 달아서 속이 쓰렸다며?"

"그래도 그 맛이 자꾸 생각났거든요."

"말이 안 된다."

"나한텐 말이 돼요."

하진이 돌아앉아 그녀의 손을 조심스럽게 잡았다.

"달기만 하고 속은 안 쓰리는 도넛, 찾아서 사줄게."

영채는 떨리는 입술을 깨물면서 눈을 감았다. 지금 이 순간. 당신과 나, 둘이서만. 전부를 믿을 수 없고, 아무것도 확신할 수 없어도. 모든 것을 내려놓고, 이렇게, 잠시만. 고작 이것만으로도 달콤한데, 달콤해서 온몸이 쓰라린데, 어떻게 달기만 하고 속을 안 쓰리게 하는 걸 찾아준대.

후텁지근한 바람이 목덜미를 쓸고 갔다. 바람에 흩날리는 머리카락 위로 땅거미가 내려앉았다. 빛을 밀어내는 어둠이 행복에 스며드는 슬픔을 닮았다고 생각할 때, 하진의 손에 힘이 조금 더 들어갔다. 손을 타고 전해지는 미세한 떨림에 그녀의 심장 한 귀퉁이가 소리 없이 균열했다.

붉은빛을 난사하던 해가 기울더니 완전히 졌다. 벤치에서 먼저 일어난 이는 하진이었다. 해가 질 때까지만이라는 약속을 충실히 이행하려는 사람처럼 하진은 망설임 없이 일어났고, 미적댄 쪽은 외려 영채였다.

어둠이 깔린 호수 산책로에 제법 선선한 바람이 불어들었다. 한낮의 열기가 빠져나간 어둠이 밀도 있고 미지근해서 영채는 물속을 걷는 느낌이 들었다.

어느새 가로등에 불이 들어와 있었다. 산책로 인파에 섞여 영채와 나란히 걷던 하진은 가로등과 가로등 사이의 간격이 24보라는 것을 깨달았다. 스물네 걸음. 세려던 것은 아니었는데 세어졌다. 셀 수 있는 것이라면 가질 수 있을 거라 믿어서였을까? 영채와 공유하는 걸음을 수치화시키면 지금 이 순간을 정교히 기억에 아로새길 수 있을 것만 같아졌다.

한 쌍의 젊은 남녀가 그들을 앞질러갔다. 반소매 셔츠가 헐렁할 정도로 마르고 키 큰 남자와 미니스커트를 입은 작달막한 체구의 여자였다. 염색인지 가발인지, 진보라색 단발을 한 여자가 남자의 팔짱을 끼며 재잘거렸다.

"明日、何しようかな。"

남자가 여자의 머리카락을 쓰다듬고 일본어로 속닥거렸다. 여자가 다르르 웃자 바람 속에서 빛의 입자들이 톡톡 터지는 것 같았다.

여자와 남자의 걸음은 빨랐다. 세상 구석구석에 그들의 발자국을 남기려면 서둘러야 한다는 듯이 경쾌하게 조급한 두 사람이었다.

그들이 멀어진 후에 영채가 리듬감 있게, 노래 부르듯, 소곤거렸다.

"아시타 나니 시요우카나."

내일은 뭘 할까? 일본어를 빌어 그에게 묻는지, 음절의 조합이 좋아 그저 따라해보는지 알 수 없었다.

다음 가로등에 조금 못 미쳤을 때 영채가 또 속삭였다.

"아시타 나니 시요우카나."

조금 더 빠르고 조금 더 경쾌하게. 그의 내일이 궁금한 것이 아니라 타인들이 흘리고 간 소리의 조합이 좋았던 모양이다. 역시. 영채는 그가 일본어를 한다는 것을 알지도 못한다.

아시타.

하진은 속으로 되뇌었다. 일본어를 배우기 시작한 건 아버지를 여의고 일본으로 건너갔을 때였다. 이국땅에서, 마음의 동공(洞空)에 밀어 넣은 언어. 그는 아시타와 아나타를 헷갈리곤 했다. 석영은 어렵지도 않은 단어를 뒤섞는 그를 불가사의라고 놀렸다. 그의 뇌세포 중에 덜 발달한 게 있어서 간단한 단어들을 혼동하는 거라고.

사람이 살다 보면 어처구니없는 실수를 반복할 때가 있다. 누구나 다 이해하는 지극히 단순하고 평이한 것들을 끝없이 헷갈려하다가 내 안에 그 실수를 저지를 수밖에 없게 하는 유전자가 있을 거라고 치부해버리는 경우. 그런데 어느 순간 그 실수가 어떤 운명을 위해 준비된 치밀한 시나리오의 일부였음을 깨달을 수도 있을까? 지금처럼.

아시타. 내일.

아나타. 너.

내일과 너.

너와 내일.

영채를 만날 운명을 예견한 어떤 DNA가 그의 안에 있어 일찌감치 두 단어를 혼재한 것이 아닐까?

가시꽃의 이중주 1

영채야. 나에게 내일은 너. 오늘 내 앞에 놓인 사랑이 암울할지라도, 내일의 사랑은 찬란할 거라고 꿈꾸게 하는 너.

"내일, 뭐 할까요?"

영채가 꿈결처럼 물었다.

"너."

하진은 반사적으로 대답을 튕겨냈다. 나는 너를 할 거야, 내일. 사랑을 하든, 원망을 하든 그건 중요치 않아. 절망하거나 욕망하는 것도, 모두 너일 거야. 내 세상에선, 사랑을 하기 위해 네가 필요한 것이 아니라 너와 함께하기 위해 사랑이 존재하거든.

"뭘 할 거냐니까요?"

영채의 목소리가 음계를 벗어난 노래처럼 흔들렸다. 하진은 정신을 차리고 영채를 돌아봤다.

"어…… 넌 내일 뭐 하고 싶어?"

"딱히 하고 싶은 건 없었는데……. 날 좋으면 우리…… 자전거…… 탈래요?"

"그러자. 백화점 가는 쪽에 자전거 대여소 있더라."

가로등 아래서, 순간 영채의 얼굴에 미소가 어렸다.

"나, 이제 안 태워줘도 돼요. 혼자 잘 타거든요."

하진은 영채 혼자 달릴 수 있다는 게 싫었다. 영채가 마음만 먹으면 어둠이든 바람이든 가르고 어디로든 자유롭게 떠나갈 수 있다는 게. 하지만 편협한 소유욕을 들켜선 안 될 것 같아 그저 웃어주었다.

바람이 불어들어 영채의 머리카락이 흩날렸다. 하진은 영채의 얼굴로 손을 뻗었다. 그의 미소를 비추고 있던 영채의 미소가 어둠 속으로 사라져버렸다. 어슴푸레한 허공에서 길을 잃은 그의 손이 애꿎은 바람만 어루더듬었다.

돌계단을 올라 거리로 나온 두 사람은 마을버스 정류장을 지나쳐 건널목을 건넜다. 호텔로 가는 길에 카페들이 늘어서 있었다. 고풍스럽거나 도회적인 분위기의 카페를 몇 개 지나친 하진은 초록색 네온사인 앞에서 걸음을 멈췄다.

카페 재러리.

카페 앞에 선 흑판 메뉴판에 와플과 푸딩, 타르트가 적혀 있었다.

"뭐 좀 먹고 가자."

하진은 영채의 손을 잡고 멈칫멈칫 그를 따르는 영채와 함께 카페로 들어섰다.

커피와 향초 냄새가 어우러진 카페에는 정갈한 여유와 세련된 포근함이 흘렀다. 나무 테이블과 의자들이 널찍한 간격을 두고 배치되었고, 붉은 벽돌들이 드러난 한쪽 벽에 원목 책꽂이들이 선반형으로 설치되어 있었다. 작은 허브 화분들이 옹기종기 늘어선 창가에는 아직도 봄이 흐르는 듯했다.

책꽂이 앞 테이블에 앉은 영채는 하진이 카운터로 가서 주문하는 것을 지켜보았다. 와플과 녹차 푸딩에 커피 두 잔이 포함된 커플 세트를 택하고 테이블로 온 하진이 맞은편에 앉았다.

"와플 구우려면 7분 정도 걸린대."

'내가 와플하고 푸딩 좋아하는 거 알고 있었어요?'

영채는 뉴욕에서 자주 먹던 간식을 떠올리며 물으려다 그저 고개를 끄덕거리고 하진의 어깨 너머에 있는 책장을 보았다. 책장에 듬

성듬성 꽂힌 책들 중에서 '푸치니의 명작들'이란 제목이 눈에 들어왔다.

그녀의 시선을 따라 뒤를 돌아본 하진이 말했다.

"너, 빚 갚아야겠다."

영채는 눈을 동그랗게 떴다. 빚이라니. 뜬금없이.

"그때 라면집에서 너, 그 이야기 안 끝냈잖아."

"무슨 이야기요?"

"벌써 잊었어? 오페라 '투란도트' 이야기. 내가 퀴즈 맞히면 이야기 마저 하겠다고 해놓고선."

하진이 책꽂이에서 크고 두툼한 양장본 책을 끄집어내 테이블에 올렸다.

"마저 해줘."

영채는 순순히 책을 펼쳤다. 목차에서 '투란도트'를 찾는 동안 머리 위로 하진의 시선이 느껴졌다. 한여름날 하늘을 올려다보지 않아도 온몸이 태양의 열기에 잠겨가는 것처럼.

"투란도트 공주가 칼리프 왕자에게 내는 퀴즈 세 갠데, 뭔지 맞혀봐요."

"그래."

"어두운 밤을 가르며 무지갯빛으로 날아다니는 환상. 모두가 갈망하는 환상. 밤마다 새롭게 태어나고 아침이 되면 죽는다."

"서영채."

하진의 오답이 천연덕스러웠다. 영채는 고개를 들고 하진을 봤다.

"답은 희망이에요."

하진이 입술을 길게 늘여 미소 지었다. 영채는 도망치듯 고개를 숙이고 다음 문제를 읽었다.

"불꽃을 닮았으나 불꽃은 아니며, 생명을 잃으면 차가워지고, 정복을 꿈꾸면 타올라 석양처럼 빨갛게 빛난다."

"서영채."

또.

"답은 피라고요."

"나한테는 너야."

"제대로 좀 하죠."

"제대로 하고 있는데."

영채는 입술을 깨물었다가 고개를 들었다.

"'투란도트' 안 봤어요?"

"글쎄."

"뉴욕에 살면서 오페라도 안 보고 뭐 했어요?"

"그러게."

하진의 눈동자가 가라앉으며 촉촉해졌다. 어두운 동공에 번지는 물기가 안쓰러워, 영채는 충동적으로 제안했다.

"마지막 질문은 신경 좀 써요. 맞히면 와플 내가 살게요."

하진의 눈동자에 담긴 물기가 반짝했다. 영채는 코끝이 찡해졌다. 호숫가에서 그녀를 만지려다 손을 거둔 하진을 생각하며 미동도 없이 앉아 있는 동안 하진의 곧은 시선이 그녀에게로 쏟아져들었다.

"나, 언제까지 기다려야 해?"

시선만큼이나 깊은 목소리에 갈증이 고여 있었다.

아. 영채는 손끝을 떨어버렸다.

언제까지 기다려야 하냐면……. 가슴이 울렁였을 때, 구원처럼, 손끝에 서늘한 종이의 감촉이 느껴졌다. 영채는 황급히 고개를 숙이고 종이에 박힌 활자들을 더듬었다.

"그대에게 불을 주며 그 불을 얼게 하는 얼음. 이것이 그대에게 자유를 허락하면 이것은 그대를 노예로 만들고 이것이 그대를 노예로 인정하면 그대는 왕이 된다."

질문이 나간 지 한참이 지나도록 하진은 대답하지 않았다. 길게 이어지는 침묵에 영채는 고개를 들었다. 하진과 눈이 마주쳤을 때, 낮은 목소리가 날아들었다.

"바로 너, 서영채."

하진이 부르는 그녀의 이름이 살갗으로 스며들었다. 모든 숨구멍이 하진의 고백에 잠겨버린 것 같아, 영채는 떨리는 숨결을 다잡아야 했다.

"와플은 이미 계산했는데. 와플 말고 다른 거 상으로 주면 안 될까?"

하진이 의미심장하게 물었다.

"뭐든지 멋대로야."

영채는 하진을 흘겨보고 책을 탁 덮었다. 도망치듯 책꽂이에 책을 돌려놓고 오는데 주문한 음식이 나왔다. 40대 초반쯤으로 보이는, 얼굴이 보얗고 동긋한 주인 여자가 쟁반을 테이블 위에 놓고 갔다.

하진이 와플을 잘라서 그녀 앞에 놓아주었다. 영채는 와플 반 조각을 먹고 스푼으로 푸딩을 퍼 올렸다. 연초록 푸딩을 입에 넣고 달콤쌉싸름한 맛에 잠기는 동안, 하진은 음식에 손대지 않고 그녀만 보고 있었다.

"맛있어?"

"너무 달지 않아서 좋아요."

"테이크아웃 해갈까?"

"이걸 다 먹고 뭘 더 싸 간다고요?"

"맛있다니까."

"또 오면 되잖아요."

별생각 없이 말했는데, 하진의 눈빛이 흔들렸다.

"또, 오는 거다?"

"봐서요."

영채는 대답을 얼버무리고 스푼을 놓았다. 빨리 이 자리를 벗어나는 것이 좋을지, 호텔로 가지 않기 위해 여기 더 머물러야 할지, 혼란스러웠다.

와플에 끼얹어진 시럽이 접시에 흘러내리는 걸 우두커니 보고 있는데 하진이 말했다.

"더 먹지."

영채는 먹다 만 와플 조각을 포크로 집어 올렸다. 시선을 접시에 박은 채로, 와플을 생크림에 찍어 천천히 씹어 먹는데, 와플을 삼킬 무렵 하진이 그녀를 불렀다.

"영채야."

고개를 든 영채는 하진이 테이블 위로 팔을 뻗는 것을 보았다. 긴 손가락이 입가로 다가와 생크림을 닦아냈다. 부드러운 손길이 거침없어, 입술 언저리가 후끈해졌다.

영채는 포크를 놔버렸다.

"왜?"

하진의 건조한 물음조차 공기를 데웠다.

"갑자기 너무 달아서요."

모아 쥔 손가락들 사이로 에어컨 바람이 지나가는데 입술 언저리는 여전히 따끔거렸다. 얌전히 감추고 있는 혀도 후끈해지고 볼마저 홧홧 달뜨는 듯했다.

예전엔 이렇지 않았다. 하진 앞에서 가슴이 두근대긴 했어도 할 말은 다했고 하고 싶은 것들도 거침없이 해댔다. 그런데 이제는 하진과 같이 있으면 문득문득 겁이 났다. 하진이 다가올 때마다, 눈길을 마주쳐올 때마다, 손길을 뻗어올 때마다, 두려움이 치솟았다. 왜 그런지는…… 모르겠다.

애꿎은 손가락을 비트는데, 검정 네일 컬러가 칠해진 왼손 약지 손톱이 눈에 들어왔다. 바슬바슬 벗겨져 나가고 끝도 갈라져, 칠해져 있다기보다는 간신히 남아 있다는 편이 더 정확한 네일 컬러였다.

옆자리로 옮겨 온 하진이 팔을 뻗어 그녀의 왼손을 쥐었다. 깔끔하게 정돈된 하진의 손이 약지를 타고 올라와 그녀의 손톱에 얹혔다. 네일 컬러가 벗겨진 자리에 살짝 내비친 맨 손톱을 하진이 어루만졌다. 그녀가 꼭꼭 여민 마음결 틈새로 엿비치는 진심을 만져보고 싶은 것처럼.

영채는 손을 빼려 했다.

"와플 더 먹을래요."

"나는 이제……."

하진이 그녀의 손을 잡아당겼다. 억센 손길에 놀라 영채는 하진을 바라보았다.

"나는 네가 기억하는 좋은 사람이 아니야. 하지만 변한 것을 후회하지 않아. 이제는 널 지킬 수 있거든. 처음부터 시작해야 한다면 그렇게 할 거야. 처음보다 더 힘든 곳에서 시작해야 한다면 그렇게 할 거야. 그러니까 옆에 있어줘."

하진이 정말로 변했는지, 여전히 좋은 사람인지는 알 수 없었다. 하지만 그가 어른이 되어버린 것은 확실했다. 하진은 그녀를 키워준 자들의 본색을 그녀가 볼 수 있도록 잔인한 연극을 했다. '네 부모는 좋은 사람들이 아니야.'라고 일러주는 대신 비열한 가면을 쓰고서 그들의 민낯을 까발리는 길을 선택했다. 4년 전의 젊은이라면 그처럼 냉정하고 치밀하지 않았을 것이다.

내가 기억하는 그 사람은 이제 없는지도 모른다. 이 사람과 처음부터 시작하려면 추억을 지워야 할지도 모른다. 설령 나를 향한 마음이 진심이라 해도, 이 사람과의 동행은 가시밭길일 것이다. 이 사람의 연극은 나에게 예비된 폭풍 같은 삶의 서막이었을 것이다.

그러니까 이쯤에서 마음을 접는 것이 좋을지도 모른다. 그래, 권하진 없이 사는 것도 분명 선택지 중의 하나다.

그런데…… 그런데…….

아, 미쳐. 이 사람을 거절할 이유를 못 대겠어. 온전히 믿지도 못하면서.

"계약서에 사인했잖아요. 어기고 도망가지 않아요."

"계약이 아니라 진짜일 거라고 했잖아."

하진이 재킷 주머니에서 반지를 꺼냈다. 빛나는 다이아몬드가 그녀의 손을 향해 다가오자 영채는 손가락을 오므렸다.

"이럴 필요까진 없을 것 같아요."

"뭐가 문젠데?"

"이벤트처럼 프러포즈 받는 거 어색해요. 결혼식 때 어차피 반지 교환 할 거잖아요."

"내가 하고 싶어서 그래. 널 다치게 하지 않는 일들 중에서 몇 가지는 해도 되잖아. 그 정도는 허락해줘도 되잖아."

하진의 목소리가 간절했다. 그의 손길을 차마 뿌리칠 수 없어 영채는 가만히 있었다.

"날 믿을 수 없으면, 영채야, 믿지 않아도 좋아. 네 마음을 주는 게 겁나면 주지 않아도 좋아. 하고 싶은 거 해. 하기 싫은 건 하지 말고. 뭘 하건, 하지 않건, 내가 볼 수 있는 곳에만 있어. 그것만 약속하는 거야."

하진의 눈동자가 물기를 머금고 깊어졌다. 혼란스러운 마음으로 하진을 바라보던 영채는 눈가가 시큰해져 고개를 끄덕였다.

그녀의 왼손 약지에 반지가 끼워졌다. 보얀 손가락을 에워싼 다이아몬드가 광채를 뿜어 올렸다. 영채는 그녀의 손을 잡은 하진의 손에서 전해지는 떨림을 감지하며, 네일 컬러가 벗겨진 손톱을 내려다보았다. 진심이 얼룩덜룩해진 그녀와 그녀를 감싸 안는 하진을 보는 것 같아 가슴이 서걱거렸다.

호텔로 돌아온 하진과 영채는 각자 샤워부터 했다. 영채는 침실에 딸린 욕실을 썼고 하진은 거실에 딸린 욕실을 썼다. 샤워를 마친 영채가 거실로 나왔을 때 거실은 비어 있었다.

영채는 하진이 욕실에서 나오길 기다리다가 룸의 인테리어를 감상했다. 고급스러운 가구들 중에서 벽에 가까이 선 옷걸이가 눈에 들어왔다. 옷걸이에 크림색 에코백 두 개가 걸렸는데, 각각의 백에 계산서가 태그처럼 달려 있었다.

계산서 하단에 객실 번호와 공란이 있고, 한글과 영문 안내문이 있었다.

: 원하는 금액을 자유롭게 써주세요.

앞쪽 에코백에는 도시의 풍경을 그린 펜화가 박혀 있고, 뒤쪽 백에는 체스 말 두 개가 기댄 수채화가 물들어 있었다.

영채는 뒤쪽 에코백을 올려 들었다. 백 구석에 그림 제목과 화가의 이름이 있었다.

'사랑'. 우혜린.

영채는 백을 옷걸이에서 빼서 어깨에 걸쳤다. 넉넉한 사이즈에 끈이 튼튼하고 수납공간도 세심하게 디자인된 백이었다. 거울에 비춰 보려고 돌아서는데, 욕실 문이 열리면서 하진이 나왔다.

젖은 머리카락을 대충 빗은 듯한 하진은 흰 브이네크라인 셔츠에 면바지 차림이었다. 말간 얼굴에서 풍기는 스킨 냄새를 맡고서 영채는 하진의 향기가 변했다는 것을 깨달았다. 4년 전에 맡았던 순한 비누 냄새가 아직도 기억 속에 생생한데. 이제 저이는 세련되고 자신만만한 향기를 풍기는 남자가 되어버렸다.

고등학교를 졸업한 이후 그녀는 뉴욕의 조향사가 맞춤 제작한 제품을 쭉 써왔다. 옷차림에 따라 다른 스타일을 연출할 수 있도록 시즌별로 향수 몇 개를 받곤 했는데, 하진을 만나던 날엔 장미 향수를 뿌렸었다. 행여 어디에선가 하진과 스쳐 지날까 하여, 하진이 그녀를 향기로 알아볼까 하여, 4년 내내 고집했던 스물한 살 봄날의 꽃향수.

난 스물하나에 뿌리던 향수를 스물다섯이 되도록 뿌렸다고. 시간과 장소에 상관없이 같은 향수를 고집하는 게 얼마나 촌스러운 일인지 알아? 그건 내가 당신과의 재회를 꿈꾸며 저지른 수많은 촌스러운 짓들 중 하나에 불과해. 그런데 당신은 성공했다고 냄새마저 성공한 사람처럼 나는구나.

인상과 옷차림, 말투마저도 치밀해진 하진을 더 이상 '젊은이'로 스스럼없이 대할 수 없을 것 같았다. 눈앞에 있는 건 분명 하진인데, 첫사랑을 앗아가버린 사람 같기도 하여 유치한 증오심이 모락모락 솟았다.

"가방 보고 있었어?"

하진이 다가와 그녀가 어깨에 멘 백을 살폈다.

"네."

영채는 하진의 다정한 시선을 피했다.

"마음에 들어?"

"그럭저럭."

"원하는 가격을 적어 넣으면 객실료에 포함돼서, 오아시스 재단이라는 곳에 기부되는 거야. 태그 떼고 써. 편한 대로 가격 적어 넣고."

내가 계산서에 얼마를 적어 넣건 군말 없이 지불하겠다는 건가? 눈앞에 번득이는 제로의 행렬에 솔깃했다가 영채는 애써 마음을 다독였다. 미친 짓을 하고 싶진 않았다. 적어도 오늘 밤엔.

"그림이 좋아서 보고 있었어요. 화가를 기억해두려고."

"전업 화가는 아니고 취미로 그리는 분이야."

"아는 사람이에요?"

"아는 형 아내 되는 분."

"아."

어쩜, 하진이 뻐기는 것 같다. 어울리지도 않게. 영채는 떨떠름한 기분으로 백을 옷걸이에 걸었다.

"내가 그분이랑 이 호텔 연결시켜줬는데."

"그래요?"

"이 호텔 대표랑도 형 동생 하는 사이라서. 오아시스 재단 운영하는 호텔 대표 아내와도 친하고."

정말, 점점.

"힘 있는 사람들 많이 알아서 좋겠네요."

영채는 입술을 비죽이다가 하진의 다음 말에 눈을 반짝 뜨고 말았다.

"그림이 마음에 들면 원작을 갖게 해줄 수도 있다고."

"정말?"

고개를 옆으로 기울인 하진이 이를 드러내며 웃었다. 영채는 약이 팍 올랐다. 한 걸음 다가선 하진이 그녀의 어깨를 붙들고 얼굴을 가까이 가져다 댔다.

"내가 협상하는 걸로 먹고살아. 상대가 뭘 원하는지, 뭘 두려워하는지 읽어내는 게 특기고."

네가 원하는 것, 네가 두려워하는 것도 다 알고 있지, 라고 말하는 것 같은 하진을 영채는 확 꼬집어주고 싶었다.

"권하진 씨."

"음."

"오늘 밤에, 나랑 잘래요?"

하진의 얼굴에서 웃음기가 증발했다. 영채는 천연덕스럽게 눈을 치떴다가 고개를 삐딱하게 틀었다.

"아니다. 마음을 닫은 여자를 안고 싶진 않을 거잖아요. 침대 하나 더 갖다달라고 해야겠죠? 이 호텔 대표랑 호형호제하는 귀한 몸이신데, 불편하게 소파에서 잘 순 없잖아요."

그녀가 한 마디씩 내쏠 때마다 하진의 얼굴이 벌게졌다 경직되기를 반복했다. 하진을 똑바로 쳐다보면서 영채는 오기를 부렸다.

"아니면 그냥, 나랑 잘래요?"

일부러 가볍게 툭 내던진 말에 하진의 턱 선이 팽팽해졌다. 쳇. 고작 같이 자잔 한 마디에 긴장할 거면서, 누굴 갖고 놀려고? 영채는 룸 구석에 있는 전화기로 가서 하우스키핑을 연결했다.

"엑스트라 침대 넣어주실 수 있나 해서요. 사이즈는……."

저벅저벅 다가온 하진이 수화기를 뺏어 내려놓았다. 전화기 위에서 그녀의 손을 덮은 손이 뜨거웠다.

영채는 하진을 돌아보며 느릿느릿 물었다.

"나랑 같이 자게요?"

하진의 짙은 눈동자에 격랑이 일었다.

"헷갈리죠? 같은 침대에서 잠만 자자는 건지, 몸도 안 좋은데 섹스를 하자는 건지. 이유도 모르겠죠? 쟤가 왜 뜬금없이 같이 자자고 할까? 날 조금은 믿게 됐나? 옛날 생각이 나서 감상적이 된 걸까? 아님 나를 고문해서 잠 못 자게 하려는 건가? 슬금슬금 유혹해서 날 조종하려는 건가? 한두 가지가 헷갈리는 게 아니죠? 전화를 끊은 걸 보니 마음이 동하긴 하나 보네. 아님, 몸이 동하나?"

"그렇게까지 잔인할 필요는 없지 않아?"

"고작 이런 게 잔인한 거예요? 당신이 4년 동안 한 짓을 생각해야지. 멋대로 바라보고, 멋대로 지켜주고. 그렇게 일방통행 하면서 절절한 사랑을 한다고 자기만족 했겠죠? 나는 지금부터 당신이 지독히 헷갈렸으면 좋겠어. 내가 엄청 헷갈리고 있으니까. 계약이든, 진심이든, 같이 있을 거면 헷갈리는 것부터 같이 하자고요. 나 혼자만 헷갈리는 건 억울하거든. 그리고 다시는 상대를 잘 읽는다고 뻐기지 마요. 얄미우니까."

영채는 잡힌 손을 빼고 하진을 지나치려 했다. 하진과 옷깃이 스친 순간, 그가 손목을 탁 낚아챘다.

"그래, 같이 자자."

심장이 쿵!

"내 마음을 꺼내 보일 수 없으니까, 몸이라도 발가벗겨 보여줄게. 뻐기는 게 얄밉다니까, 네게 날 맡겨볼게. 네가 오늘 밤 원하는 게 노예야, 장난감이야? 날 고문하고 싶다면 내 몸 어디든, 미움이 풀릴 때까지 실컷 고문해봐. 기꺼이 견뎌볼게. 네가 몸만 동하는 거라면, 그것도 상관없어. 헷갈리는 게 싫어 아무 생각 없이 곯아떨어지고 싶으면, 그렇게 해줄 수도 있어. 그러니까, 같이 자자."

영채는 입술을 바르르 떨었다.

"어떻게, 오늘 같은 날······."

"네가 피 흘려도 난 널 안을 수 있어."

하진은 영채의 아랫입술을 엄지로 어루만졌다. 고개를 숙이자, 영채의 불안한 숨결이 고스란히 전해졌다.

"하…… 하지 마."

히진은 키스하는 대신 영채의 볼을 감쌌다. 위태롭게 흔들리던 영채의 눈동자가 짙게 뭉치며 불꽃을 뿜어냈다.

"당신, 바보야? 협박에 떠밀려 온 여자잖아, 나. 그런데 뭐가 그렇게 좋아? 눈치 없어서, 당신 계획 한순간에 물거품으로 만들어버리고, 당신 얘기에 가시만 세우는 내가 뭐가 그렇게 예쁘냐고!"

하진은 시린 미소를 뚝 떨어뜨렸다.

"그래, 나 바보야. 협박에 떠밀려서라도 네가 나한테 온다니까 좋았어. 수년간 세운 계획 깨진 거? 상관없었어. 네가 먼저 진심을 증명해줘서 미치게 행복했거든. 다치고 머리카락 잘린 네 모습도 예뻤고, 가시 세우는 지금도 내 눈에, 너 예뻐. 말이 안 돼야 하는데, 나한텐 돼. 너니까 된다고."

영채의 눈동자에 물기가 차올랐다.

"어떻게 그래?"

"난 네 재산도, 계략도 필요 없어. 네 마음 하나면 돼. 그런데 정말로 마음만 갖고 와줬잖아. 그래서 좋아."

하진은 영채의 얼굴을 들어올리면서 입술을 내렸다. 이미 달아오른 입술이 영채의 숨결을 받고 앓기 시작했다.

"약속했잖아. 내가 원하지 않으면 손가락도 안 건드린다고."

영채가 가시 돋친 목소리로 방패를 세웠다.

"이런 내 마음이 나도 힘들어, 영채야."

하진은 깊게 잠겨 들릴 듯 말듯 한 목소리로 고백했다. 피가 뜨겁게 치달리며 몸을 부풀렸다.

"그러니까, 제발……."

달아오른 몸이 터져버릴 것 같았을 때, 경쾌한 기타 선율이 정적을 갈랐다. 테이블에 놓아둔 그의 휴대전화였다.

흡, 숨을 들이켠 영채가 뒤로 물러섰다. 하진은 영채의 얼굴을 감싼 채로 그녀를 집요하게 바라보았다. 완고한 것은 전화기도 마찬가지였다. 템포가 점점 빨라지는 기타 선율이 격정을 더해갔다.

하진은 한숨을 내쉬고 손을 거두었다. 돌아서서 테이블로 갔을 때 전화기 액정에 '엄마'가 떠 있었다.

하진은 망설이다 전화를 받았다.

"네."

— 하진아. 그 아가씨 말이야. 서 회장 딸. 내가 한 번 만나보고 싶은데.

미정의 목소리가 비현실적으로 차분하고 결연했다.

하진은 정수리를 누르면서 영채를 돌아봤다. 영채는 석상이 되어버린 꽃처럼 서 있었다. 그의 손길을 받지 않으면 영원히 움직이지 않을 것처럼. 혹은 그가 한 걸음만 다가서도 부서져 내릴 것처럼.

08

얼어붙은 강

다음 날, 정오 10분 전 영채는 스위트룸을 나섰다. 하진의 모친과 호텔 한식당에서 만나기로, 전날 약속이 잡혀 있었다.

45층 스위트룸에서 엘리베이터를 타고 한식당이 있는 2층까지 내려오는 동안 초조함의 수위가 차츰 높아졌다. 하진에게 오기로 했을 때 그녀가 본 것은 하진뿐, 그를 통해 연결될 다른 존재들은 미처 헤아리지 못했다. 권하진의 아내가 된다는 생각만 했지, 그의 어머니의 며느리가 될 거란 셈은 못 한 거다. 그러니 하진의 모친이 만남을 제안한 것은 그녀 입장에서 보면 일종의 기습 공격을 당한 셈이었다.

지금 만날 여자는 내 아버지 때문에 남편의 회사를 잃었다. 앞길 창창한 아들이 복수심으로 독해지는 걸 지켜봤다. 서주그룹 회장의 딸이라는 것만으로 나는 미움받을 이유가 충분한 거야.

권하진의 아내. 그의 어머니의 며느리. 두 직함이 겹치지 않을 것 같은 예감에 영채는 심호흡을 했다. 일이 꼬인 건 내 잘못이 아니야. 기죽을 필요 없어. 애써 우겨보아도 마음이 속절없이 움츠러들었다.

하진의 이름으로 예약된 한식당 내실 문 앞에 단화 한 켤레가 놓여 있었다. 발등 부분이 망사로 처리된 연갈색 구두는 조금 낡긴 했지만 깔끔했다. 영채는 신발을 벗으면서 입술을 축였다. 조심스럽게 문을 열자 핸드백을 들고 선 중년 여자가 눈에 들어왔다. 이제 막 도착했는지, 여자는 초조함을 어디다 내려놓을까 고민하는 것처럼, 작은 토트백을 두 손으로 꼭 쥐고서 상 앞에 서 있었다.

키가 크고 호리호리한 여자였다. 단아한 얼굴에 어깨선이 고왔다. 옅은 화장을 한 얼굴에 수심이 가득했지만, 위압적으로 느껴지진 않았다. 앞섶에 작은 리본이 달린 하얀 반소매 블라우스와 무릎 길이의 연보라색 주름치마를 입은 여자. 짧은 펌 머리가 평범하고, 아무 장신구도 착용하지 않아 수수하고 단정한 느낌의 여자. 이 여자가 권하진의 어머니다.

영채는 허리부터 굽혔다.

"안녕하세요? 서영채입니다."

"그래요. 들어와요."

미정은 옆으로 비켜섰다. 방으로 들어선 영채가 양손을 모으고 서 있다. 고개를 꾸벅 숙였다.

"처음 뵙겠습니다."

"앉읍시다."

미정은 방 안쪽으로 들어가 상 앞에 앉았다. 맞은편에 자리한 영채가 쉬이 눈을 맞추지 못했다.

"하실 말씀이 있으시다고요?"

계속 고개를 숙이고 있는 영채를 보면서 미정은 차분히 입을 열었다.

"할 말이라기보다는 내가 물어보고 싶은 것이 있어서요."

취조를 당할까 두려운 표정으로 영채가 고개를 들었다. 미정은 말을 어찌 꺼낼지 고민하다가 단도직입적으로 묻기로 했다.

"우리 하진이 좋아해요?"

"네?"

영채의 얼굴에 당혹감이 번졌다. 미정은 영채를 꼼꼼히 뜯어보며 말을 이었다.

"영채 양도 알겠지만, 그쪽 집안이랑 우리 집안이 고약한 사연으로 엮였잖아요."

"네."

"하진이가 영채 양 상황 대충은 일러줬어요. 본인 의사에 반해서 약혼을 했던 거나, 생모 생사도 모르고 지금까지 산 것에 대해서는 나도 안타까운 마음이에요."

"네."

"그런데 이런저런 상황에 떠밀려서 하진이랑 결혼하려는 거면 다시 생각해봐요."

영채는 아무 대답을 못 했다. 이번에도 그저 네, 라고 할 순 없었다. 그렇다고 하진에 대한 감정을 구구절절 늘어놓을 수도 없는 노릇이었다.

미정이 사기 컵에 물을 따라 한 모금 마셨다.

"영채 양을 봐서 하진이가 서국철…… 영채 양 아버지하고 화해할 거라고 생각한다면, 기대 접어요. 다 잊자는 말을 내가 수십 번은 해봤어요. 하진이 귀에는 안 들리나 봐요. 하진이가 유해 보여도 독한 구석이 있어요. 뭐든지 한다면 하고야 마는 아이라고요."

"네."

다시 기계적인 대답으로 돌아온 영채는 미정의 다음 말에 심장이 쿵, 뛰었다.

"그런데 그 독한 아이가 제 옆에 영채 양이 있어야 된대. 서 회장 딸이어도 상관없대."

어제 들은 하진의 절절한 고백이 이명처럼 울렸다. 하진이 그녀에게 오기 위해서 넘었을 수많은 장애물이 비로소 헤아려졌다.

"나는 반대했어요. 반대했는데, 안 먹히더라고요."

영채는 무슨 말이 이어질지 짐작했다. 하진을 설득하는 데 실패했으니, 하진의 어머니는 그녀가 물러나주길 바라는 것이다. 어젯밤에 그 사람에게 독하게 군 벌을 받나 봐. 무서워서 그랬는데. 너무 늦게 온 게 야속해서 그랬는데. 아프게 할 생각은 없었는데. 그녀 발치에 펼쳐진 것 같던 하진과의 미래가 동강 잘려나가는 기분이었다.

상념에 질척대는 사이, 미정이 물었다.

"그러니까 말해봐요. 우리 하진이 좋아해요?"

네. 좋아해요. 저는, 그 사람에게 진심이에요. 대답을 주저하는 동안 시간이 너무 많이 흘러갔나 보다. 미정이 먼저 하소연하는 것을 보면.

"하진이는 영채 양 아니면 안 된다는데. 영채 양이 같은 마음 아니면 하진이가 너무 가엾잖아요?"

"네."

심장이 뒤틀리는 것 같아 영채는 입술을 깨물었다. 그 사람에게 빼딱하게 군 건 그 사람이 다 받아줄 거라고 믿어서였나 봐요. 믿는 줄도 모르고, 그 사람을 믿고 있었나 봐요. 하지만 이런 제 마음을 말씀드린대도, 믿지 않으시겠죠? 세상에 이런 사랑이 있다고 하면, 누가 믿어줄까요? 어제 그 사람을 의심한 벌을 오늘 제가 받나 봐요.

"영채 양도 당황스럽겠지요. 생전 처음 보는 여자가 앉혀놓고 내 아들 좋아하냐고 물어보니. 그런데 그거 알아요? 나도 예전에 연애해봤고, 양가에서 반대하는 혼사 밀어붙이기도 했어요. 그러니까 정 어려우면, 하진이 엄마다 생각하지 말고, 영채 양보다 조금 더 산 여자다 생각해요. 여자 대 여자로 속내 한 번 보여줘봐요."

미정이 눈물을 글썽거리다 한숨을 내쉬었다.

"내가 오죽하면 영채 양 불러내서 이러겠어요? 내가 요즘 사는 게 사는 게 아니야. 가슴에 가파른 절벽이 하나 들어섰어. 하진이가 절벽에서 떨어지는 환각을 시도 때도 없이 봐요. 어른들 악연에 맘고생 하게 될까 봐 영채 양도 걱정되고. 이런 내 마음을 좀 헤아려주면 좋겠는데……."

영채는 목이 메어 가까스로 입을 틔웠다.

"저는 하진 씨가 미워요."

미정의 한숨이 얼어붙었다. 영채는 미정의 눈치를 살피고는 침을 힘겹게 넘겼다. 다행히 미정은 그녀를 재촉하지 않고 묵묵히 기다려주었다.

"4년 전에 아무 설명 없이 연락 끊은 것도 밉고, 4년 동안이나 절 보면서도 안 나타난 것도 밉고, 하필이면 저희 아버지랑 얽힌 게 있는 사람이라 원망스럽고, 그래요. 4년 만에 불쑥 나타나서 절 좋아한다고 하는데, 그동안 대단하다고 생각했던 제 마음이 아무것도 아닌 것 같아져요. 저도 나름 열심히 살았다고 자신했는데, 그 사람은 제가 이해할 수 없는 세상에서 상상할 수도 없는 일들을 했더라고요. 그 사람을 보니까 제가 소꿉장난 하며 살아온 것 같아져요. 그렇게 절 초라하게 만드는 사람이라 밉고, 미운데 미워하다 보면 미안한 마음이 들고, 그런 제 자신이 한심하고, 그래서 또 그 사람이 밉고, 그래요."

미정은 말문이 막힌 듯했다. 멍하니 영채를 바라보다 한참 만에 위태롭게 부유하는 목소리로 물었다.

"하진이가 사정 설명도 안 해주고 연락 끊었어요?"

"네."

"그런데 영채 양은 하진이 기다렸어요?"

"네."

"정 못 잊겠으면, 연락을 먼저 해보지 그랬어요?"

"연락을 할 수 없었어요. 하진 씨 이름도 모르고, 그 사람이 어디 사는지도 몰랐거든요."

말을 해놓고 보니 참 미련스러웠다 싶어, 영채는 맥없이 웃어버렸다.

물 잔을 쥔 미정의 손이 떨렸다.

"그러니까 하진이 이름도 모른 채로 기다렸다는 거예요? 4년씩이나?"

"네."

"도대체 뭘 믿고?"

"열심히 기다리다 보면 언젠가는 만나질 거라고 믿었어요."

초연한 영채를 보면서 미정은 물 잔을 놓아버렸다. 어깨에서 힘이 털썩 빠졌다. 권민욱 씨. 당신 아들 말이야, 뭘 어떻게 하고 다녔기에 이렇게 멀쩡한 아가씨가 정신줄을 놓았을까? 하진이는 이 아이를 보고 있으면 숨이 쉬어진다더니, 이 아이는 하진이보다 더하네.

이제 어떡해요? 두 아이가 가시밭길을 걸을 게 뻔히 보이는데. 같이 가보라고 축복해줄 수도 없고, 갈라놓자니 벌받을 것 같은데. 이 아이들을…… 이 가엾고 어여쁜 두 마음을 어떡하면 좋아?

미정은 블라우스 앞섶의 리본을 쥐어뜯었다. 아랫입술을 잘근 깨문 영채가 기어들어가는 목소리로 말했다.

"생각해보니까…… 항상 열심히 기다린 건 아니었어요. 잊어보려고 한 적도 있는데, 안 됐어요. 잊기를 포기한 상태로 그냥 있은 적도 있어요. 항상, 열심히 기다렸다고는 할 수 없어요."

풀이 죽어 고해하는 영채를 어찌해야 할지 미정은 혼란스러웠다.

"우리, 밥 먹읍시다."

영채가 놀란 눈빛을 했다. 고운 속눈썹 아래서 차츰 선명해지는 눈동자가 깊었다. 젊은 눈답지 않게 그윽하고 간절했다. 미정은 연연한 미소를 짓고 상에 붙은 벨을 눌렀다.

"사람이 마음이 심란할수록 속을 든든하게 채워야 하는 거야."

잠시 후, 곰탕 두 그릇과 수육 한 접시가 상에 놓였다.

"맛있어 보이네. 어여 먹어요."

미정이 영채 쪽으로 수육 접시를 밀었다.

"네."

영채는 젓가락을 들어 수육을 집다가 멈칫했다. 어떡해? 음식을 먼저 집어버렸어. 다행히 미정은 언짢은 기색이 아니었다.

영채는 젓가락 사이의 수육을 올려 얼른 미정의 개인 접시에 놓았다.

"많이 드세요."

미정은 영채를 찬찬히 보다가 앞에 놓인 수육을 집어 들었다. 고기가 부드럽고 찰졌다. 며칠 만에 음식 맛이 입안에 도는지 모를 일이었다.

영채가 젓가락을 움직이다 놓고, 다시 숟가락을 들었다 놓더니, 떨리는 손으로 이마를 쓸었다. 미정은 수육을 넘기고 곰탕 국물을 한 술 떴다.

"하진이가 말이에요, 어렸을 때 곰탕을 안 먹었어요."

"왜요?"

"곰탕이라니까, 곰고기로 만든 음식인 줄 알았다네."

양손을 모아 쥔 영채가 생각에 잠겼다가 맑은 목소리로 말했다.

"이상해요. 소고기로 만든 음식은 괜찮고, 곰고기로 만든 음식은 안 괜찮게 느껴진다는 게요."

미정은 뒤통수에 벼락을 맞은 것 같았다. 그래요. 사람 마음이 이상하지. 김철수나 이영희의 딸이었으면 아무 문제 안 삼았을 거야. 그런데 서국철 딸이라고 하니까 무작정 싫었어요.

"잘 먹겠습니다."

영채가 고개를 숙이고 숟가락으로 곰탕 국물을 떴다. 국물을 넘기고 또 한마디 했다.

"국물 맛이 깊어요. 맛있어요."

말문과 허기가 한꺼번에 터진 모양이었다. 가지무침은 이래서 맛있고, 매실 장아찌는 이래서 맛있고. 영채는 어미 새를 기다렸던 아기 새처럼 고운 입을 오물거리면서 끝없이 재재거렸다.

점심을 마친 후 미정은 수육 한 접시를 포장 주문해서 영채에게 건넸다.

"영채 양 들어갈 때까지 하진이도 밥 못 먹을 것 같아서. 룸서비스 시키려면 시간 걸릴 테니, 이거 갖다줘요. 영채 양도 더 먹을 수 있으면 먹고."

"네."

영채는 호텔 로고가 박힌 종이백을 받아들었다. 자신의 배를 채울 때 자식이 배곯진 않는지 노심초사하는 것. 그런 어머니의 마음이 생경하게 느껴져 어쩐지 서러웠다.

미정이 고개를 끄덕여 보이고 먼저 방을 나섰다. 재빨리 계산을 마친 미정을 영채는 1층 로비까지 배웅했다.

"오늘 감사했습니다."

"나도 오늘 고마웠어요."

"또 뵙겠습니다."

"그래요. 우리, 또 봐요."

만났을 때보다 한결 살가워진 인사가 오가고, 미정이 돌아섰다. 영채는 로비에 서서 미정이 멀어지는 것을 지켜보았다. 한참 점잖게 걷던 미정은 그녀가 룸으로 돌아갔다고 생각한 모양이었다. 호텔 앞 광장을 절반쯤 가로질렀을 때 미정이 멈춰 서서 하늘을 올려다보았다. 한참을 그러고 있다 눈가를 훔치더니, 어깨 한 번 들썩이고 다시 걸었다.

하늘을 보면서 했을 저분의 생각이. 하늘에 눈물을 들킬까 깊은 숨 한 번 쉬고 마는 저 마음이.

영채는 뭔가에 떠밀린 듯이 미정을 향해 달음질했다.

"저기⋯⋯."

목소리가 너무 작아 들리지 않는지 미정은 계속 멀어져갔다. 영채는 주먹을 불끈 쥐면서 목구멍에 걸려 있던 응어리를 절박하게 쏟아냈다.

"어머님!"

미정이 걸음을 멈추고 놀란 듯 뒤를 돌아보았다.

영채는 미정 앞에 서서 숨을 몰아쉬었다.

"왜요?"

미정이 묻는데, 대답이 떠오르지 않았다. 무슨 말을 어떻게 해야겠다고 작정하고 달려온 것이 아니었으니까.

"저⋯⋯ 어⋯⋯ 성함을 안 여쭤봐서요."

"아, 내 이름. 나는 유미정이에요."

미정의 얼굴에 인자한 미소가 번졌다.

"저는 서영채예요."

"알아요."

"그게⋯⋯ 그러니까 제 말씀은⋯⋯."

영채는 숨을 고르며 미정에게 바짝 다가갔다. 부옇던 마음이 맑아지면서 용기가 차올랐다.

"저는 서주그룹 회장 딸 서영채 아니고, 어머님 아들 권하진 씨 좋아하는 서영채라고요."

천진하게 당당한 영채를 보면서 미정은 눈앞이 뿌예졌다.

하진 아버지. 당신, 지금 하늘에서 뭐 해요? 나는 우리 며느리 될 애 보고 있어요. 예쁘네. 키도 크고 눈 코 입 다 또렷또렷한 것이 배우라고 해도 믿겠어. 이 예쁜 아이가 우리 아들 좋다네. 좋은 시절 하진이 때문에 얼마나 애를 끓였는지, 젊은 아이가 핏기가 없어. 그런데 이 핏기 없는 몸 속에 든 마음이 참 밝개. 아주 고와.

살다 보니 이런 일도 다 있네. 세상에 어디 예쁠 아이가 없어서 서국철 딸이 다 예뻐 보이고. 눈이 침침해졌다고 타박할 거죠, 당신? 그런데 나는 이 아이가 기특하고 짠하고 그러네.

우리 아들이랑 이 아이가 가시밭길을 같이 걸어볼 모양인데, 우리까지 이 애들한테 가시 되지 맙시다. 나중에 이 아이가 제삿밥 올리거든, 당신 군말 없이 들어요. 잘 안 넘어가도 하진이 생각해서 웃어요. 내가 망친 수많은 된장국을 맛있다 해준 그 마음이면, 당신은 이 아이 제삿밥도 들 수 있을 거야.

미정은 영채의 손을 잡아 올렸다.

"살다 보니 이런 인연도 있네. 세상에 이런 인연이 다 있어."

다독다독. 야윈 손 위로 눈물이 기어코 떨어졌다. 푸른 핏줄이 뻗은 젊은 손이 눈물 위로 겹쳐졌다.

맑은 날이었다. 세상 모든 뾰족한 가시들이 숨죽이고, 눈물조차 꽃처럼 피어나는 날이었다.

젊은 것들은 모를 것이다. 어른도 아프다는 걸. 아파도 견딘다는 걸. 내 새끼 힘들까 봐, 심장이 문드러져도 꾹꾹 견딘다는 걸. 내가 견뎌내는 아픔만큼 내 새끼가 덜 아프도록, 삶에 내려앉는 모든 고통을 십자가처럼 짊어진다는 걸. 내 새끼가 꽃밭에서 뒹굴기를 바라면서, 가시관을 기꺼이 화관처럼 쓴다는 걸. 젊은 것들은 정말 그걸 모를 것이다.

― 미정이 다 하지 못한, 언제까지나 가슴에만 묻어둘 이야기 中

영채는 미정을 호텔 근처 지하철역 개찰구까지 배웅하고 지상으로 올라와 석촌호수 산책로로 들어섰다. 돌아가는 길이었지만, 자동차 소음 대신 나무 이파리들이 바람에 나부끼는 소리를 들을 수 있어 좋았다.

선선한 날이었다. 순한 햇살과 가벼운 바람을 즐기면서 영채는 느리게 걸었다. 하진을 향한 진심을 미정에게라도 털어놓고 나니 마음이 평화로웠다. 겨울 땅처럼 얼어붙었던 심장을 밀어내고 보드라운 새순이 움트는 느낌. 살포시 미소가 지어지는데, 야윈 목소리가 날아들었다.

"아가씨."

옆을 돌아보니 등이 구부정한 노파가 장미를 실은 카트를 밀고 있었다.

"꽃 한 송이 사요."

노파가 비닐로 포장된 붉은 장미 한 송이를 내밀었다.

"됐어요."

영채는 고개를 가로저었다.

"지나가다 하도 고와서 불렀어요. 싸게 줄게요. 한 송이 사요."

주름이 자글거리고 검버섯 낀 노파의 손이 집요했다.

"다른 사람한테 많이 파세요."

영채는 재차 거절하고 걸음을 재촉했다. 돌계단을 오르려다 보니 한 남자가 눈에 콕 박혔다. 회색 반소매 셔츠에 흰색 반바지를 입은 남자였다. 러닝화를 신은 것이 운동하러 나온 차림새긴 한데…… 저 남자!

영채는 미정을 배웅하던 상황을 떠올렸다. 개찰구로 들어선 미정에게 인사하고 돌아섰을 때, 개찰구 근처에 저 남자가 서 있었다. 선이 검은 이어폰을 목에 걸고 있어 같은 사람이라는 것을 알 수 있었다.

그녀와 시선이 마주치자 남자가 팔을 휘둘렀다. 워밍업을 하는 태가 급작스럽고 어색했다. 영채는 주변을 살폈다. 거리보다 호수 산책로가 더 붐볐다. 섣불리 거리로 나가 혼자가 되거나 그녀의 동선을 드러내지 말아야겠다는 생각이 들었다.

영채는 계단을 내려와 가장 가까이에 있는 벤치에 앉았다. 핸드백에서 콤팩트를 꺼내 화장을 고치는 척하고 있자니, 수상한 남자가 한 명 더 감지됐다. 호텔에서 지하철역으로 가는 도중 스친 사람이었다. 정장 바지에 흰 드레스 셔츠를 입은 남자. 고급스러운 바지와 어울리지 않는 싸구려 구두를 신은 안목이 가여웠다. 그 역시 선이 검은 이어폰을 귀에 꽂고 있었다.

영채는 두 남자를 번갈아 힐끔거렸다. 운동복 차림의 남자가 바로 옆 벤치에서 러닝화 끈을 고쳐 맸고, 셔츠를 입은 남자는 산책로 나무에 붙은 팻말을 읽고 있었다.

영채는 콤팩트를 닫아 핸드백에 넣고 휴대전화를 꺼냈다.

하진은 호텔 룸 거실에서 TV 뉴스를 보고 있었다.

[영화배우이자 가수인 이은석 씨가 촬영 도중 실신했습니다. 한 예능 프로그램에 출연하여 야외 녹화를 진행하던 중 의식을 잃고 쓰러진 이 씨는 인근 병원으로 옮겨졌으며, 현재는 의식을 회복하여 휴식을 취하고 있는 것으로 알려졌습니다. 소속사는 연이은 해

외 투어와 광고 촬영 등으로 피로가 누적된 것 같다며, 이번 사고를 재충전의 기회로 삼겠다고 밝혔습니다.]

앵커의 보도를 무심코 듣다 채널을 바꾸려던 하진은 다음 뉴스에 멈칫했다.

[익산 인터체인지 부근에서 교통사고가 발생해 운전을 하던 이 모 씨가 중상을 입었습니다. 이 씨는 국내 음료 시장의 판도를 새로 짜고 있는 서주미성의 연구원으로 근무하다 최근 퇴직했으며, 병원 으로 옮겨졌으나 생명이 위독한 것으로 알려졌습니다.]

이은석. 배우. 가수. 서주미성의 광고 모델.

서주미성은 최근 출시한 다이어트 음료와 건강 음료의 마케팅에 공을 들이고 있는데, 젊은 소비자들을 겨냥한 지면과 TV 광고에 이 은석을 모델로 기용했다.

하진은 영채의 생모가 갖고 있다고 했던 서 회장의 아킬레스건을 떠올렸다.

「서 회장의 비밀을 원한다면 영채를 데려와줘요.」

「제가 원하는 건 영채를 데려와서 말씀드리겠습니다.」

서주미성의 광고 모델.

서주미성의 연구원.

실신. 교통사고.

서 회장의 비리.

방금 들은 뉴스가 그에게 핵심적인 퍼즐 조각을 쥐여줬다는 예감 이 들었다. 어떤 그림의 핵심인지 알 수 없는 게 문제. 하진은 TV를 끄고 여지껏 캐온 서 회장의 과거를 되짚었다. 강차연의 악행까지 범위를 넓혀봐도 딱히 짚이는 게 없었다.

막다른 골목과 마주한 느낌이었을 때, 휴대전화가 울렸다.

영채.

액정에 뜬 이름을 보고 하진은 통화를 수락했다.

— 저기, 권하진 씨. 나한테 경호원 붙였어요?

영채의 목소리가 불안하게 떨렸다.

"아니."

— 남자 둘이 날 미행하는 것 같아요.

"확실해?"

— 내가 감시당하는 것에 대해선 좀 아는데요, 확실해요. 미안하지만, 이쪽으로 좀…….

"거기, 어디야?"

— 석촌호수 산책로 벤치에 앉아 있어요. 벤치 정면으로 놀이기구가 보여요. 뒤로는 카페 거리가 있고.

"지금 나갈게. 꼼짝 말고 거기 있어."

하진은 지갑과 카드 키를 챙겨 룸을 뛰쳐나갔다.

영채는 양손으로 움켜쥔 휴대전화를 내려다보았다.

「지금 나갈게.」

신기한 일이다. 솜털이 곤두설 정도로 겁이 났는데, 하진의 목소리를 듣고 나니 마음이 차분해졌다. 그래. 여기 앉아 있기만 하면 그 사람이 금방 올 거야. 4년도 기다렸는데, 몇 분 기다리는 건 일도 아니지.

기다리는 사람 앞에 놓인 경우의 수는 두 가지다. 기다림의 대상에 가닿거나 닿지 못하거나. 기다리는 자는 결의와 인내를 가지고 만남을 향해 나아가기만 하면 된다. 지난 4년 동안 어디에서 어떻게 사는지 모를 하진을 두고 어디서든 어떻게든 만나질 거라고 믿으면서, 추억을 지키고, 견디고, 덧칠했다. 그것은 명료하고 회의의 여지가 없는 사랑의 방식이었다.

하진을 만났을 때, 아이러니컬하게도 그 명료함이 산산조각 났다. 재회는 기다림의 종말이 아니라 더 많은 경우의 수를 야기하는 혼란의 시작이었다. 하진이 정말로 그녀를 사랑하는지, 사랑이라면 받아들여도 좋은지, 그와 사랑만 할 수 있을지. 하진이 그녀를 이용하기 위해 거짓을 속삭이는지, 이용당하지 않기 위해 마음을 걸어 잠가야 하는지, 그의 복수심에 일말의 진심은 없는지. 각각의 경우의 수에서 할 수 있는 것들과 해서는 안 되는 것들의 경우의 수가 파생됐다. 각각의 가정은 어느 것 하나 온전히 아귀가 맞지 않았다. 의문의 늪에서 답은 보이지 않고, 불확실성에 잠겨 허우적대는 느낌이 끔찍했다.

그런데 기습 공격 같던 미정의 출현이 혼란을 잠재웠다. 미정에게 달려가 하진을 좋아한다고 고백한 순간, 수많은 경우의 수들이 한데 어우러져버렸다. 수많은 꽃잎들이 겹치고 엇갈려 한 송이 꽃을 이루는 것처럼.

그 사람을 사랑해. 그냥 사랑하는 거야. 그 사람이 진심이면 같이 사랑하는 거고, 연극을 하는 거면 연극이 막을 내릴 때 나 혼자 죽지, 뭐. 사랑 중독이거나, 사랑 결핍이거나, 어차피 한 번은 죽어. 사랑하다 죽으면 때깔이라도 좋을 거야.

나도 참. 이 좋은 날, 죽는 생각을 하다니. 미행당해 발이 묶인 상황에 어울리지 않게, 웃음이 킥 나왔다.

야윈 그림자가 앞에 드리워졌다.

"아가씨, 또 보네요."

아까 스쳤던 장미 파는 노파였다.

"아, 네."

영채는 건성으로 답했다.

"애인이라도 기다리는 모양인데, 한 송이 사서 줘요."

노파가 카트에서 장미 한 송이를 집어 올려 내밀었다.

"됐어요."

거절해도 노파는 막무가내였다.

"자, 자, 한 송이 값에 두 송이 줄게요, 내가."

하진이 라면집 '푸치니'에서 해준 말이 생각났다.

「몸이 바치는 한 송이. 마음이 바치는 한 송이. 몸 따로, 마음 따로, 머리 따로, 심장 따로 하는 사랑이 아니란 뜻이에요. 이성도 감정도 모두 아낌없이 바치겠다는 절대적 고백일 거예요.」

영채는 이것도 노파의 운이려니 생각하고 핸드백에서 지갑을 꺼내들었다. 노파가 천 원을 받고 장미 두 송이를 주었다.

"고마워요, 예쁜 아가씨. 애인이 좋아할 거야."

주름진 얼굴에 웃음을 가득 머금은 노파가 멀어지자 영채는 장미를 내려다보았다. 비닐에 포장된 장미는 귀퉁이가 말라가고 있었다. 이왕 살 거 싱싱한 걸로 고를걸. 주는 대로 덥석 받았네.

영채는 포장 비닐을 묶은 검은 리본을 손가락으로 건드렸다. 리본의 까슬한 감촉이 못마땅했을 때, 타다닥 발걸음 소리가 들리고 하진이 나타났다.

"괜찮아?"

호텔에서부터 줄곧 뛰어왔는지, 하진은 가쁜 숨을 몰아쉬고 있었다. 머리카락은 헝클어졌고 이마에 땀이 송골송골 맺혀 있었다.

"네."

영채는 하진의 땀을 닦아주고 싶어졌다.

"아무 일 없었어?"

하진이 옆에 앉으며 물었다.

"네."

"미행은?"

"저기…… 어."

영채는 하진 너머를 보다가 얼굴을 찡그렸다. 벤치에서 러닝화 끈을 매던 남자가 보이지 않았다. 나무 앞에 서 있던 남자도 사라지고 없었다.

"분명히 저기에 있었는데. 지하철역이랑 호텔 앞에서도 봤는데."

착시는 아니었다. 과민 반응을 한 것도 아니었다. 하지만 미행당했다는 걸 증명할 수 없게 되어버렸다.

"남자들 인상착의가 어땠는데?"

"한 사람은 운동복 차림. 한 사람은 정장 바지에 셔츠 차림. 둘 다 젊고 몸이 좋았어요."

하진이 주변을 둘러보고 미간을 찌푸렸다.

"여기까지 오게 해서 미안해요. 느낌이 안 좋았어요."

사과한 영채는 망설이다 덧붙였다.

"믿고 연락할 사람이 권하진 씨밖에 생각 안 나서……."

그녀를 돌아보는 하진의 눈동자가 아련했다.

"잘했어."

영채는 어색하게 입꼬리를 올렸다. 하진의 목울대가 크게 흔들렸다.

바람이 살랑 불어들어 머리카락을 헝클어뜨렸다. 하진이 손을 뻗어 그녀의 머리카락을 쓸어주었다. 따뜻한 손이 볼과 귀를 스칠 때, 영채는 어깨를 움츠렸다.

"아, 미안."

하진이 손을 거두어 갔다. 하진의 굳은 입매를 보고 있자니, 미정 앞에서 그랬던 것처럼 심장이 뒤틀렸다. 어젯밤 키스를 하려다 그만둔 후부터 하진은 그녀와 거리를 두고 있었다. 어젯밤엔 그녀에게 침실을 내어주고 소파에서 잤고, 오늘 아침 룸서비스 식사를 하는 동안엔 세심하게 이것저것 챙겨주긴 했지만 멀찌감치 앉아서 묵묵히 커피만 마셨다. 미정과 만나기 위해 그녀가 룸을 나설 때도 마찬가지였다. 기다릴게. 엘리베이터 앞까지 바래다주고 한 마디 건넸을 뿐이었다. 닫히는 엘리베이터 문 사이로 그녀를 바라보는 눈빛은 시리도록 애잔했으면서.

"짧은 머리카락이 낯설어서요."

영채는 사과하듯 설명했다. 하진의 시선이 그녀의 목덜미로 옮겨갔다. 드러난 목덜미를 훑는 시선이 느리고 뜨거웠다.

"이제 가요."

영채는 발딱 일어섰다. 후끈거리는 볼을 숨기려 고개를 숙이고 꽃과 종이백을 챙기는데, 하진이 종이백 안을 들여다보았다.

"뭐야?"

"어머니가 사주신 수육이요."

"꽃은?"

"어떤 할머니한테서 산 건데⋯⋯."

그녀가 말을 맺기도 전에 하진이 장미를 낚아챘다. 꽃잎들을 헤집은 하진은 비닐 포장을 찢고 장미 줄기를 살폈다.

"왜 그래요?"

"이제부터 낯선 사람이 주는 물건은 받지 마."

영채는 차연이 하진을 도청한 것을 기억했다. 도청 장치쯤은 장미에도 충분히 숨길 수 있을 것이다.

"알았어요."

"가자."

하진이 그녀의 손을 잡았다. 영채는 하진에게 손을 그대로 맡기고 걸었다. 걸음이 더해질수록 뻣뻣하던 손에서 힘이 빠졌다. 하진의 체온이 살갗으로 스며들 즈음, 하진의 왼손 검지에 난 생채기가 눈에 들어왔다.

할머니도 참. 꽃을 팔려면 가시부터 다듬든가. 이러니 말라가도록 장미가 안 팔렸지. 사기당했어. 영채는 뒤를 돌아보고 벤치 밑에 흐트러진 장미 꽃잎들을 향해 입술을 비죽였다. 그녀의 눈치를 살핀 하진이 미안한 듯 말했다.

"꽃은 다시 사줄게."

산책로를 빠져나와 거리로 나온 영채는 약국이 보이자 멈춰 섰다.

"잠깐만, 여기서 기다려요."

약국에서 소독약과 반창고를 사 가지고 나와 약국 옆 카페 노변 테이블에 하진을 앉혔다. 그녀가 생채기 난 손가락을 소독하고 반창고로 가는 동안 하진은 아무 말 없이 얌전히 앉아 있었다.

소리와 움직임의 결여가 감정의 결여를 의미하는 것은 아니었다. 하진의 손에 이는 미세한 떨림. 너른 가슴에서 배어나오는 열기. 긴장한 팔 근육과 흔들리는 목울대. 그런 것들에서 영채는 하진의 조바심을 읽을 수 있었다. 전해져오는 열기가 바람을 타고 그녀를 에워쌌다가, 다시 하진의 손가락에 오롯이 집중되었다.

반창고를 다 감은 후에도 영채는 하진의 손을 놓지 못했다. 반창고의 말림이 끝난 곳에 손을 얹은 채로, 하진의 강인하고 기품 있는 손을 내려다보면서 조용히 앉아 있었다. 하진의 손을 잡은 것도 아니고 그녀의 손을 거두지도 않은 상태가 얼마간 계속되었다. 가만히 있기는 하진도 마찬가지였다. 손을 빼지도 않고, 그녀의 손을 붙들지도 못한 채로 있었다.

"괜찮아요?"

"음."

"안 아파요?"

"안 아파."

"반창고가 너무 조이진 않아요?"

"아니."

영채는 고개를 들어 하진을 보았다. 맞닿은 시선은 하진이 그녀를 오래 보고 있었음을 말해주었다.

"그냥 좀 찔린 것뿐이야. 정말 괜찮아."

"이왕 찔릴 거 다른 손가락도 찔리지."

"뭐?"

"손잡고 있을 핑계가 너무 빨리 바닥났잖아요."

하진의 눈이 날카롭게 빛났다. 놀람. 희망. 기쁨. 그런 감정들이 한데 뒤엉켜 폭발하는 것 같았다.

"안 변한 것도 있네요. 상대에게 핑계거리 안 주는 거."

영채는 손을 거두고 일어섰다. 테이블에 흩어진 반찬고 포장지를 정리하려 할 참이었다. 굳은 얼굴로 앉아 있던 하진이 갑자기 그녀의 팔을 홱 잡아당겼다. 중심을 잃은 몸이 하진의 무릎에 풀썩 내려앉았다.

"어!"

영채는 숨을 하각 삼켰다. 하진이 그녀의 목덜미를 안고 고개를 숙였다.

"나는 핑계 따윈 없어. 그러니까 그냥 할게."

뜨거운 입술이 그대로 그녀의 입술을 삼켰다. 눈이 감기고, 하진에게 잡힌 팔에서 힘이 스르르 빠져나갔다.

갈급한 키스였다. 영원처럼 긴 키스였다. 모든 걸 내어주겠다고 서약하는 것 같다가, 받아달라고 청하는 것 같다가, 맺힌 응어리를 풀라고 달래는 것 같다가, 내 마음을 보아달라고 조르는 것 같기도 했다. 그런 키스였다. 4년 만에 맛보는 하진의 키스는. 감당할 수 없는 달콤함에 심장이 쓰리려 눈물이 흘렀다.

입술을 뗀 하진이 눈물을 닦아주었다.

"울지 마. 네가 우는 거 이젠 그만 보고 싶어."

영채는 하진의 입술에 입술을 대고 꾹 눌렀다.

"보고 싶었어요."

"나도, 이렇게 마주 보고 싶었어."

"조금만 더 빨리 오지."

"미안."

"괜찮아요. 더 늦게 오지 않아서."

"뭐야. 이랬다저랬다."

"나도 찔리는 게 있으니까 그렇죠. 그동안 하진 씨 나쁜 놈이라고 원망 많이 했거든요. 끝까지 못 기다려서 약혼까지 해버리고."

"나쁜 놈 맞지, 뭐."

하진이 슬프도록 아름다운 미소를 지으면서 그녀의 눈가를 쓸었다.

"내가 어제 저녁에 한 말은 다 잊어요. 아프게 하려고 그린 거 아니었어요."

"나도 너 겁주려고 한 말 아니었어."

"겁 안 났는데."

영채는 눈물 사이로 수줍게 웃었다. 하진의 입술이 그녀의 미소를 머금었다. 입술이 열리면서 마음도 활짝 열렸다. 더 깊고, 더 달고, 더 벅찬 키스가 밀려들었다.

긴 입맞춤이 끝나고 영채는 하진의 얼굴을 어루만졌다.

"하진 씨, 어머니 닮았어요."

"외탁했다는 말 많이 듣고 컸어."

"외모도 그렇지만 분위기가. 처음 만났는데도 편하고 믿음이 가는 게, 닮았어요. 따뜻하고 국물 있는 음식 사주는 것도 닮았고."

하진이 그녀의 이마에 흐트러진 머리카락을 쓸어주었다.

"어머니랑 무슨 이야기 했어?"

"너무 많은 걸 알려고 하지 마요. 여자들끼리의 비밀이니까."

하진은 무슨 이야기가 오갔는지 알 것 같았다.

「뭐 하나 물어보려고.」

어제 저녁 어머니는 그랬다.

어머니가 무엇을 물었는지 짐작할 수 있었다. 어머니의 마음으로 궁금했을 단 한 가지의 것. 어머니는 그걸 영채에게 묻고 진심을 보여달라 했을 것이다. 영채가 무어라 답했는지 알 것 같았다. 그에게 내어준 손과 입술에, 그를 담고 웃는 눈동자에, 영채의 답이 깃들어 있었다. 하지만 아는 척을 했다간 영채한테 혼나지 싶다. 영채는 뻐기는 남자를 싫어한다. 어젯밤 비싼 대가를 치르고 얻은 교훈이다.

하진은 영채의 손을 잡고 어루만졌다. 약혼반지를 낀 왼손 약지가 아직도 창백했다. 벗겨지고 갈라진 네일 컬러도 안쓰러웠다.

"보기 싫죠? 다 갈라져서. 어제 지우려고 했는데 깜박했어요."

영채가 멋쩍어하며 손을 오므렸다.

"호텔 가서 스파 예약하자."

하진은 영채의 손을 꼭 붙들었다.

"상관없어요. 오늘은 나, 사랑받는 여자거든요. 스타일 따윈 아무래도 좋아요."

"나는? 스파에 커플 프로그램 있던데. 같이 마사지 받고 중간에 식사도 하는 패키지."

"그런 거 해보고 싶어요?"

"음."

"의외다. 하진 씨, 나름 귀여운 구석이 있네요."

영채가 키득 웃는데, 댕댕 종소리가 났다. 카페 문이 열리고 검은 앞치마를 두른 젊은 남자가 나와 그들을 향해 다가왔다.

"이거 드세요."

남자가 진홍색 아이스 음료가 든 플라스틱 컵을 테이블에 내려놓자 하진은 의아하여 남자를 올려다봤다.

"원래 주문 안 하고 여기서 이러시면 안 되거든요. 사장님이 저러러 자리 비우라고 하시는데, 두 분한테 무슨 사연이 있는 것 같아서요. 딸기 스무디예요. 같이 마시면서 천천히 이야기 나누세요."

제법 큰 사이즈의 컵에 노란색 빨대와 초록색 빨대가 한 개씩 꽂혀 있었다.

하진은 영채를 건너편 의자에 앉히고 지갑을 꺼내들었다.

"얼맙니까?"

"괜찮아요. 제가 사드리는 거예요. 스무디 맛있으면 다음에 또 오세요."

서글서글 웃은 남자가 영채를 힐긋 바라보고 카페로 들어가자 하진은 투덜댔다.

"와, 돈 없어서 안으로 못 들어가는 처지였으면 진짜 서러울 뻔했네."

영채가 다르르 웃더니 스무디를 한 모금 빨았다.

"맛있다. 먹어봐요."

하진과 영채는 이마를 맞대고 스무디를 나눠 마셨다. 점심을 먹지 못했다는 하진의 말에 영채가 수육을 꺼냈다. 하진은 수육 1인분을 금방 끝냈다. 그리고 스무디 한 모금. 스무디 한 모금에 키스 한 번. 키스 한 번에 웃음 하나. 웃음 하나에 손이 맞닿고, 맞닿은 손길을 따라 다시 입술이 겹쳐졌다.

영원히 끝내고 싶지 않던 스무디가 바닥났을 때, 해가 조금 기울어 있었다. 하진은 빈 컵과 빨대를 쓰레기통에 버리고 카페 문을 열어젖혔다.

"여기 사장님이 누구시죠?"

냅킨을 정리하던 깡마른 중년 남자가 그를 쳐다보았다.

"전데요. 왜 그러십니까?"

"그렇게 빡빡하게 살지 마시라고요. 굴러오던 복도 달아나요."

영채가 그만하라는 듯이 그의 팔을 톡 때렸다.

마침 아까 스무디를 사주었던 청년이 주방에서 나왔다. 하진은 카페로 들어가 청년에게 명함을 건넸다.

"덕분에 세상에서 가장 맛있는 스무디 먹었어요. 언제 식사 대접하고 싶은데요."

명함을 받으면서 청년이 눈을 찡긋했다.

"가장 맛있는 키스를 하신 거겠죠. 또 오세요. 제가 근무 중이 아니고 서로 배고플 때 마주치게 되면, 밥은 그때 먹고요."

입구에 서 있던 영채가 청년에게 외쳤다.

"젊은이, 복 받을 거예요."

하진은 청년과 악수를 한 다음, 카페를 나서 영채와 함께 호텔로 걸었다. 카페에서 가로수 두어 개를 지나쳤을 때 쨍한 기운이 뒤통수를 스쳤다.

"영채야, 아무나 젊은이라고 부르지 마."

나름 진지하게 경고했는데, 영채가 그를 돌아보더니 하하 웃었다.

"질투해요?"

"질투라기보다는 얘도 젊은이, 쟤도 젊은이면, 원조 젊은이의 가치가 훼손되다 이거지."

"하진 씨가 원조 젊은이라고 생각해요?"

"뭐?"

"하진 씨 만나기 전에 나한테 젊은이가 있었는지 없었는지 어떻게 아냐고요."

"그거야······."

하진은 말문이 막혀버렸다. 영채가 혀를 날름 내밀었다.

"헷갈리죠?"

"너······."

하진은 약이 팍 올랐다.

"이것 보세요. 4년이나 날 바람맞혀놓고 고작 키스로 넘어가려고요? 어림도 없어요. 지금부터 무슨 벌을 받을지 곰곰이 생각해봐요."

영채가 그의 어깨를 톡톡 두드리고, 그를 지나쳐 걸었다. 하진은 영채를 잽싸게 붙들어 입맞춤했다. 그를 밀어낸 영채가 잰걸음으로 앞서갔다. 영채가 도망가고 그가 영채를 붙잡아 입을 맞추는 것이 두어 번 반복됐다.

마을버스 정류장에 서 있던 노인 두 명이 그 광경에 혀를 끌끌 찼다.

"요즘 젊은 것들은······."

"훤한 대낮에. 채신머리없이."

버스 정류장을 지나친 하진과 영채 앞에 건널목이 나타났다. 건널목 근처에서 보도블록 공사가 진행 중이었다. 바리케이드가 에워싼 공사 현장 한쪽에 '안전제일'이라는 안내판이 붙어 있었다. 하진과 영채는 안내판을 보지 못하고 계속 걸었다. 그들이 건널목에 이르렀을 때, 신호가 초록불로 바뀌었다.

건널목을 건넌 하진은 반 블록쯤 걷다가 꽃집을 발견했다.

미나꽃집.

통유리창에 푸른 차양이 드리워진 아담한 꽃집이었다. 꽃집으로 들어가 장미를 한 송이 사서 나오니, 꽃집 앞에서 기다리던 영채가 꽃을 받고 나서 새침하게 물었다.

"왜 한 송이만 줘요? 난 아까 두 송이 샀는데."

"나 주려고 산 거였어?"

"그럼 또 누구 있어요? 난 꽃 줄 남자 여기저기 키우는 여자 아니거든요."

"난 꽃 필요 없어. 이미 가졌거든."

하진은 양손을 뒷짐 진 채 영채의 귓가에 입술을 가져다 댔다.

"바로 너, 서영채."

나직이 밀어 넣은 고백에 영채가 웃음을 터트렸다. 태양빛의 파동이 강렬해지고, 빛의 입자들이 공기 중에서 부유하고, 마음속에 등 하나가 환히 밝혀지는 것 같았다. 아니, 온 도시의 조도가 높아진 것 같았다. 고작 영채가 웃었을 뿐인데.

하진은 고개를 숙여 영채의 입술을 찾았다. 아랫입술을 살짝 머금었다가 놓아주자 영채가 고개를 수그렸다. 발치만 보면서 미소를 피워 올리다, 앙증맞은 주먹으로 그의 팔을 톡 때렸다.

"사람들이 보잖아요."

"난 너밖에 안 보이는데."

"이러다 감기 걸리겠어요."

"이 여름에?"

"요새 내내 추웠는데, 갑자기 더워요. 온몸이 너무 뜨거워서 앓을 것 같아."

하진은 영채를 끌어안았다.

"덥다니까요."

"어느 추운 날엔 오늘이 그리울 거야. 내가 독감에라도 걸려서 널 안아줄 수 없을 때. 그런 날을 대비해서 지금 많이 안겨둬."

그래도 영채가 그의 품에서 바스락거렸다. 하진은 영채의 목덜미를 감싸 안았다.

"겁낼 것 없어, 아가씨. 내 품에 얼굴 콕 박고 있으면 아무도 네가 누군지 모를 거야. 그리고 영채야, 네 비밀은 안전해. 내가 지켜줄 거거든."

"무슨 비밀?"

"어머니랑 나눈 비밀."

영채가 고개를 들어 그를 올려다봤다. 눈동자에 물기가 차오르도록, 슬픈 듯, 기쁜 듯, 얼어붙은 강을, 혹은 활활 타오르는 불구덩이를 건너온 사람처럼 영채가 그를 한참 보았다.

"하진 씨 비밀도 안전해요."

"무슨 비밀?"

"어렸을 때 곰탕이 곰고기로 만든 줄 알고 안 먹었다는 비밀."

"아, 그 비밀."

"뭐 다른 비밀 또 있어요?"

"많지."

하진은 깊은 한숨을 내쉬며 영채의 목덜미를 안았다. 네 말 한 마디에, 네 몸짓 하나에, 내가 춥고 덥고, 죽을 것 같다가 다시 숨을 쉰다는 비밀. 어제도 네 가시에 찔려 생채기 난 마음을 안고 밤새 뒤척였다는 비밀. 널 꺾지 않기 위해 나를 꺾어야 했다는 비밀. 이렇게 널 안고 있으니까 해가 진 뒤에도 네 곁에 있고 싶다는 비밀. 모른 척하지만 어쩌면 우리가 이미 알고 있는 보석 같은 비밀들. 그리고…….

건널목 너머와 길모퉁이에서 그들을 지켜보는 두 남자가 있었다. 회색 운동복을 입은 남자와 정장 바지에 셔츠를 입은 남자. 젊고 체격이 날렵한 것이 영채가 말했던 미행하는 사람들의 인상착의와 맞아떨어졌다.

하진은 영채를 꼭 끌어안았다. 이 행복한 순간에도, 우리를 훔쳐보는 눈들이 번득인다는 비밀. 전쟁 같은 시간이 다가오고 있다는 비밀. 우리, 앞으로 추악하고 잔혹스러운 이야기들의 숲을 헤쳐 나가야 한다는 비밀. 그 숲을 지나는 동안 네가 끝까지 몰랐으면 하는 거래들. 네가 언제까지나 몰랐으면 하지만 결국엔 알게 될 진실들.

"영채야. 너한테 사람 몇 붙일게."

"그렇게 해요."

"아무 걱정 하지 마. 영채야, 넌…….."

내가 지켜. 생각이 말이 되지 못하고 흩어졌다. 아찔한 현기가 내리쪼여 눈앞이 까맣게 변해갔다. 암전된 세상에 짓눌리며 하진은 영채의 어깨를 붙들었다.

"영채야……."

"하진 씨, 하진 씨!"

영채가 부르는 그의 이름이 죽음처럼 아득했다.

하진이 의식을 잃고 쓰러졌다. 영채는 행인들의 도움을 받아 하진을 택시에 태우고 삼전동에 있는 작은 병원으로 갔다. 특별한 이상 증세를 짚어내지 못한 의사는 하진이 의식을 회복하지 못하자 큰 병원으로 갈 것을 권했다.

영채는 강남구에 있는 제일병원으로 하진을 옮겼다. 대형 종합병원 중에서 서주그룹이 후원하는 의료 기관들을 제외하고 나니 제일병원이 가장 먼저 떠올랐다.

제일병원에서도 비슷한 상황이 반복됐다. 하진을 살핀 의사들은 딱히 다치거나 탈 난 데가 없다며, 하진이 급작스럽게 쓰러졌다는 영채의 말을 토대로 과로 판정을 내렸다.

영채는 입원 수속을 밟아 특실에 하진을 눕히고 하진의 변호사에게 연락했다. 연석영. 하진의 혼전 계약서를 그녀에게 전달해준 사람이었다. 그런 문서를 맡길 정도면 석영은 하진이 믿는 사람일 것이다. 계약서를 전달받던 날 그의 번호를 저장해둔 것이 다행이었다.

전화를 받자마자 석영이 병원으로 달려왔다. 입원 중인 영화배우 때문에 기자들과 팬들이 병원 입구에 진을 치고 있다며, 인파를 뚫느라고 애를 먹었다고 했다.

"언제 깨어날지 알 수 없는데, 한 사람쯤은 알고 있어야 할 것 같아서요. 어머님은 걱정하실 것 같고, 회사에 중요한 일이 있을 수도 있고 해서 연 변호사님께 연락드렸어요. 번거롭게 해드려서 죄송합니다."

영채는 셔츠에 반바지를 입고 나타난 석영의 차림에 미안해졌다.

그녀 혼자 하진을 지키는 상황이 불안해 석영에게 연락을 한 것이 었는데, 주말의 휴식을 방해한 건 둘째치고 필요 이상으로 놀라게 한 것 같았다.

석영이 잠든 하진을 보고 물었다.

"하진이, 어디가 안 좋아요?"

"과로래요."

"과로는 권하진의 세상엔 존재하지 않는 건데."

영채는 석영의 반응이 십분 이해되었다. 하진처럼 건강한 남자가 느닷없이 쓰러져 의식을 잃었다는 건 아무래도 이상했다.

망설이던 영채는 석영에게 경호원들을 고용해줄 것을 부탁했다. 미행 해프닝부터 하진의 상태가 불분명한 것까지 모두 마음에 걸렸다. 호수에서 그녀를 따라붙은 남자들 이야기를 듣고 난 석영이 누군가에게 전화를 걸었다. 개인적으로 아는 사이인지, 형, 형, 하며 상대와 편하게 대화한 석영이 전화를 끊고 말했다.

"하진이가 계약을 맺은 업체에서 사람들이 올 겁니다."

"고맙습니다."

"사람들이 올 때까지 기다리겠습니다."

영채와 석영은 입원실 구석에 놓인 소파에 마주 앉았다. 어색한 고요함 속에서, 병실 특유의 청결한 냄새가 머릿속을 쨍하게 했다.

서먹한 분위기를 깬 것은 석영이었다.

"그때 좀 놀랐습니다."

영채는 석영이 말한 '그때'가 언제인지 알 수 없었다.

"혼전 계약서를 그런 식으로 작성하시는 게요."

"네에."

그 얘기는 왜 꺼낸담.

석영이 소파 팔걸이에 대고 손가락을 톡톡거렸다.

"권하진. 권하진. 권하진. 그렇게 간단하고 복잡한 계약서 다시 보기 힘들지 싶습니다."

"네."

영채는 무심한 대꾸가 석영을 침묵시킬 바랐지만, 석영의 호기심은 집요했다.

"무슨 뜻이었습니까?"

영채는 눈을 치뜨며 석영의 시선을 받아냈다.

"무례하시네요."

석영의 손놀림이 뚝 멎었다.

"계약서에 담은 제 마음은 하진 씨에게만 설명할 수 있는 거예요. 하진 씨랑 얼마나 가까운 사이신지 모르겠지만, 무례하셨어요, 방금."

석영이 당황하는 기색도 없이 씨익 웃었다.

"제가 말발로 먹고사는 놈인데, 한 방 먹었네요."

"공격의 의도는 없었어요. 제 마음을 보호하고 싶었을 뿐이에요."

"그럼요. 숙녀의 마음은 보호받아야죠."

영채는 대화를 일단락지은 것 같아 안도했다. 그런데 한발 물러선 것 같던 석영이 눈을 의뭉스레 빛냈다.

"대학 때 카페에서 노래하셨죠? 하버드 스퀘어에 있는 '연어와 해파리'에서요."

"네."

"그때 장미 두 송이 받은 적 있으시죠?"

영채는 미간을 찌푸렸다. 이 사람이 그걸 어떻게 알지?

"그 장미들에 얽힌 사연을 아십니까? 사랑과 우정. 배신과 비밀. 드라마틱한 사연이 숨어 있는데요."

"혹시 그 장미 주신 분이 연 변호사님이세요?"

"저 같으세요?"

석영이 아리송한 미소를 흘렸을 때, 문에서 노크 소리가 났다.

석영이 미소를 지우고 일어나 문을 열었다. 경호 업체에서 왔다는 남자들이 문밖에 서 있었다. 석영이 문을 닫고 밖으로 나갔다가 잠시 후 다시 들어왔다.

"경호원 두 명이 병실 앞을 지킬 겁니다. 다른 게 필요하시면 저한테 바로 연락하세요."

"고맙습니다. 이제 한결 마음이 놓여요."

"전 이만 퇴장하겠습니다. 하진이가 깨어났을 때 훼방꾼이 없어야 로맨틱한 상황이 연출될 테니까요."

눈을 찡긋하는 석영에게 영채는 뭐라 대답해야 할지 알 수 없었다. 유쾌함과 무례함의 경계를 아슬아슬하게 넘나드는 석영은 하진과는 분위기가 사뭇 다른 사람이었다.

영채는 입원실 밖까지 석영을 배웅했다. 엘리베이터까지의 동행을 거절하면서, 석영이 제안했다.

"오늘은 비긴 걸로 하고, 우리 언제 영채 씨가 계약서에 하진이 이름만 쓴 사연과 제가 아는 장미의 사연을 맞교환해볼까요?"

영채는 미끼에 걸린 물고기가 된 것 같았다.

"수완이 좋으시네요."

"제가 또 협상하는 걸로 먹고사는 놈이라."

입술을 길게 늘여 웃은 석영이 과장되게 고개를 숙여 보였다.

"하진이 잘 부탁드립니다."

뚜벅뚜벅 멀어지는 석영을 보다가 영채는 가슴에 손을 짚었다. 누군가가 그녀에게 하진을 부탁했다. 가벼우면서도 묵직한 설렘이 아지랑이처럼 피어올랐다.

자택 서재에 앉은 서 회장은 손에 쥔 진갈색 병을 들여다보았다. 피부로 스며든다더니, 효과가 있긴 있어. 쓰러져 병원까지 간 설 보면. 목표물이 빗나가는 바람에 일이 꼬이긴 했지만.

하진의 해명 지분을 사들이는 데 실패한 참이었다. 거래를 성사시키기 위해선 막대한 현금이 필요했는데, 하루 이틀 새 마련할 수 있는 금액이 아니었다. 현금고가 바닥인 것만 권하진에게 드러낸 꼴이야, 쯧.

서 회장은 혀를 차고 엇나간 계획을 되짚었다. 영채를 납치해 하진을 압박할 작정이었다. 여차하면 결혼식을 올리고 하진을 사위로 인정하는 쇼라도 해야지 싶었다. 제 아비를 닮았으면 녀석의 아킬레스건은 양심일 터. 장인에게 칼을 겨누는 패륜아가 되기란 쉽지 않은 선택일 것이었다.

그런데 영채 그년이 여우처럼 굴 줄이야. 경호원들 감시 받은 세월 동안 눈치만 늘어서는. 꽃처럼 키웠건만, 제 어미처럼 나를 찌르는 가시가 될 참인가.

서 회장은 갈색 병을 책상 서랍에 넣고 인터폰을 눌렀다.

"김우현 서재로 들여."

잠시 후, 우현이 서재로 들어왔다.

"부르셨습니까, 회장님?"

쭈뼛쭈뼛 인사하는 우현에게 서 회장은 책상으로 다가서라는 손짓을 했다. 우현이 책상머리까지 걸어와 고개를 조아렸다.

서 회장은 짐짓 안타까운 어조로 물었다.

"영채가 집을 나가는 바람에 일자리를 잃었지?"

"아, 예."

어색하게 수긍한 우현이 그의 눈치를 살폈다.

"영채 아가씨는 잘 있습니까?"

"궁금하면 한 번 만나보지 않겠나?"

"예?"

"영채랑 붙어 있었으니 그 아이를 잘 알 거 아닌가. 연락해서 그 애가 잘 가는 곳에서 한 번 만나."

"그건 왜……."

"그동안 든 정이 있을 텐데, 작별 인사는 해야지. 영채 만나고, 이거 가지고 출국하게. 이제 영채 경호 맡을 일은 없을 테니."

서 회장은 책상 서랍에서 흰 봉투를 꺼내 우현 쪽으로 밀었다. 봉투를 바라보는 우현의 눈빛이 흔들렸다.

"영채 아가씨 불러내는 조건으로 주시는 겁니까?"

서 회장은 손사래를 치면서 유들유들한 미소를 밀어냈다.

"사람이 빡빡하기는. 그동안 말썽꾸러기 내 딸 돌보느라 수고했어. 영채 만나 맛있는 거 사 먹어."

"밥값 안 챙겨주셔도 됩니다."

"젊은 사람이 왜 이리 융통성이 없는가? 내 마음이니, 부담 갖지 말고 챙겨 넣어."

한참을 미적대던 우현이 떨리는 손으로 봉투를 움켜쥐었다.

창 밖에 어둠이 깔렸다. 병실에 미등이 켜지고 연황금빛 조명이 내려앉았다. 영채는 침대맡에 앉아서 링거 바늘이 꽂힌 하진의 손을 어루만졌다. 늘 뒤에 있어 못 보게 하더니. 이제 내가 보니까 하진 씨가 눈을 감고 있어요. 이게 뭐야? 얼른 눈 뜨고 나 좀 봐줘요. 마주 보면서 하고 싶은 일들이 얼마나 많은데.

영채는 먹먹해진 가슴을 헤쳐 노래 하나를 끄집어냈다.

수많은 세월 흐른 뒤 자기의 생명까지 모두 다 준
빛처럼 홀연히 나타난 그런 사랑 나를 안았네
미워하는 미워하는 미워하는 마음 없이
아낌없이 아낌없이 사랑을 주기만 할 때
수백만 송이 백만 송이 백만 송이 꽃은 피고
그립고 아름다운 내 별나라로 갈 수 있다네.

하진을 처음 본 날 불렀던 노래. 하진을 위해 강가에서 불렀던 노래. 해가 네 번 바뀌는 동안 이름도 모르는 하진을 그리워하며 부르고 또 불렀던 노래.

아낌없이 아낌없이 사랑을 주기만 할 때

영채는 하진의 입술에 입술을 갖다댔다. 사랑해요. 마음의 속삭

임이 하진에게 가닿았을까? 하진의 입술 사이에서 숨결이 흘러나
왔다.

"영채야."

"어."

영채는 눈을 반짝 떴다. 하진이 희미하게 미소 지었다.

"정신이 좀 들어요?"

영채는 하진의 뺨을 손으로 감쌌다. 늘 깊고 견고하던 하진의 눈
동자가 메말라 있었다.

"놀랐지?"

"의사가 그러는데, 과로래요."

하진이 픽 웃었다.

"과로는. 너 때문에 속 끓여서 그런 거야."

"농담하는 거 보니까 괜찮은 것 같기도 하고."

영채는 하진을 흘겨봤다가 고개를 갸웃했다.

"수육이 상했던 걸까요?"

"글쎄."

"갑자기 쓰러진 게 이상하잖아요. 스무디는 같이 먹었고. 수육이
상했었나 본데, 모르고 먹었나 봐요."

미간을 찌푸렸던 하진이 그녀를 불렀다.

"영채야."

"네."

"어머니가 나중에 물어보시면 바로 호텔로 와서 나한테 수육 줬
다고 말씀드려. 내가 아주 맛있게 먹었다고. 오늘 우리는 맛있는 거
먹고 아무 일 없이 잘 논 거야."

어머니가 걱정하실까 걱정하는 아들의 마음. 당신이 전한 음식을 먹고 탈이 났다면 언짢아하실까, 차라리 거짓을 고하려는 마음. 그녀에게 하진을 좋아하느냐 물으며 눈물을 글썽이던 미정의 마음과 하진의 마음이 맞닿아 있었다.

"무슨 말인지 알았어요. 안 그래도 어머니 걱정하실까 봐 연락 안 드렸어요. 연 변호사한테만 연락했는데."

"석영이 왔다 갔어?"

"네."

"나 자는 거 보고 갔어?"

"네."

"맥없이 쓰러졌다고 앞으로 1년은 그 녀석한테 놀림받겠네."

영채는 하진의 팔을 톡 쳤다.

"지금 그게 중요해요? 내가 얼마나 놀랐는데. 건강한 줄 알았더니 팩 쓰러지기나 하고. 미행 건도 있고. 찜찜해서 연변한테 연락했다고요. 연변이 경호원 불러서 문밖에 세워두니까 안심이 되던데."

"밖에 사람들 있어?"

"네."

"잘했어."

하진이 나직이 대꾸하고 피식거렸다.

"왜 웃어요?"

"석영이가 연변이란 말 질색하거든."

"연변이 어때서요?"

"특이한 변 종류 같다고 싫어해. 스타일에 목숨 거는 녀석이거든."

영채는 픔 웃었다가 물었다.

"그 변호사 하진 씨랑 어떤 사이예요?"

"왜?"

"개인적인 질문을 서슴없이 해서요."

"뭘 물어봤는데?"

"어떤 사이인지 먼저 말해요."

하진은 영채를 지그시 바라보았다.

"너 빼고 내가 가진 것 다 줄 수 있는 녀석."

"그럼 그 사람 하진 씨한테 아무것도 못 받겠네. 권하진. 권하진. 권하진. 하진 씨가 가진 건 이제 전부 내 거잖아요. 난 하진 씨 아무한테도 안 주고 내가 다 가질 건데."

영채는 새초롬하게 입술을 말았다. 하진이 그녀의 손을 잡아 가슴에 얹었다.

"가져줄 거야?"

하진의 눈동자에 뭉치는 열기에 빠져들며 영채는 고개를 끄덕였다.

"언제?"

"언제든지."

하진이 그녀를 끌어당겼다. 영채는 눈을 감았다. 하진의 숨결이 입술을 쓰는데, 문에서 노크 소리가 났다. 어느 쪽이 먼저였을까? 하진의 손길이 느슨해진 것과 그녀가 눈을 뜬 것 중에. 영채는 정신을 차리고 문을 열었다.

차트를 든 간호사가 들어와 링거액을 살폈다. 링거 병은 거의 비어 있었다. 링거 바늘을 뽑은 간호사가 빈 병을 들고 나가자마자 하진이 일어나 침대에서 빠져나왔다.

"왜요?"

영채는 하진의 팔을 부축하며 물었다.

"퇴원해야지."

"쉬어요. 과로라는데."

"과로 아니라니까."

"아니면 더 여기 있어야죠. 밤중에 어디 탈이라도 나면 어쩌려고?"

"나한테 지금 필요한 약은 딱 하나야."

하진이 그녀의 귓가에 대고 속삭였다.

"바로 너."

"아, 그런데…… 지금은…… 알잖아요, 내 몸이…….."

"언제든지라며?"

"그건 분위기에 취해서 한 말인데. 그 말을 곧이곧대로 해석하면…….."

당황해 말을 더듬거리는 그녀를 보며 하진이 환하게 웃었다.

"겁낼 것 없어, 아가씨. 내일 해가 뜰 때까지 내 옆에 있어주기만 하면 돼."

태양보다 찬란한, 온몸으로 흠뻑 잠기고 싶은 미소였다.

영채의 만류에도 하진은 기어코 퇴원 수속을 밟았고, 두 사람은 택시를 타고 호텔로 돌아왔다. 영채는 샤워부터 했다. 급행열차 창밖 풍경처럼 지나간 하루의 끝에서 몸이 땀 기운으로 끈적거렸다.

샤워를 마친 영채는 탱크톱과 반바지를 걸치고 침실로 나왔다.

작은 조명등만 켜진 적요한 침실에서 하진이 침대에 다리를 길게 뻗고 누워 있었다.

영채는 침대로 다가갔다. 눈을 내리감은 하진이 규칙적으로 숨을 내쉬었다 들이마시고 있었다. 길고 고된 여행을 마치고 귀향해 단잠을 자는 사람 같았다. 피곤했나 보다. 난 울어버리기라도 했지. 이 사람은 그저 버티고 있었던 건가 봐.

조명이 어렴풋이 드리워진 하진의 얼굴은 우아하고 견고했다. 반듯한 이마와 정연한 눈썹. 곧게 뻗은 코와 섬세한 인중. 얼굴을 훑은 눈길이 진중한 곡선을 그리는 입술에 머물렀다.

영채는 손가락을 하진의 입술에 얹었다. 하진의 입술이 열리고 깊은 목소리가 올라왔다.

"손이 왜 이리 차?"

"어!"

당황한 영채는 손을 들어올리다 중심을 잃었다. 하진이 그녀의 손목을 탁 잡더니 팔로 그녀의 허리를 감고 굴렸다. 이제 하진은 그녀 위에 있었다. 입술이 맞닿을 정도로 가까이에서 그녀의 시선을 가두고 있었다.

"겁도 없이. 남자의 긴장은 한순간에 끊기는 거라고 아무도 안 가르쳐줬어?"

"자고 있는 줄 알았어요."

"자고 있었으면, 뭘 훔치려고 했는데?"

영채는 무안해서 손목을 잡아 빼려 했다. 하진이 힘을 주는 것 같지도 않은데, 잡힌 손이 꼼짝도 안 했다.

"긴장이 끊기면 남자는 나쁜 짓을 한다는 것도 못 배웠지, 넌."

하진의 목소리가 살갗으로 스며들었다. 영채는 입이 바짝 말랐다. 아무 말도 못 하고 있는데, 하진이 놀리듯 물었다.

"4년 전의 겁 없던 아가씨는 어디로 갔을까?"

"그때는!"

영채는 발끈했다.

"뭐라도 하지 않으면 하진 씨 놓칠까 봐 그랬죠. 영영 못 볼까 봐."

"그때 얼마나 놀랐는지 알아? 이름도 모르는 남자한테 대뜸 나랑 잘래요, 라니."

"놀라라고 한 소리예요. 충격 요법."

"그 충격 요법이 제대로 먹혔었어."

하진은 긴 한숨을 내쉬고는 영채의 입술에 입술을 겹쳤다. 키스가 깊어졌을 때 영채의 입술이 미소를 그렸다.

"이것도 안 변했어."

"뭐?"

"별 키스."

낮은 신음을 흘린 하진은 영채의 볼을 감쌌다.

"별 많이 먹어요, 아가씨."

영채의 촉촉한 입술이 더 큰 미소를 그렸다. 영채의 미소가 커질수록 욕심이 자라났다. 입맞춤 한 번만 하자던 마음이 짙은 갈망에 물들어갔다.

하진은 입술을 거두고 몸을 일으켰다.

"쉬고 있어. 씻어야겠다."

그가 침대를 빠져나가는 동안 영채가 반듯하게 누워 양손을 가슴에 모았다.

"하진 씨 돌아올 때까지 나 꼼짝 않고 있을 거예요. 돌아와서 키
스 안 해주면 저주에 걸려서 계속 잠만 잘 거야."

하진은 영채의 눈을 손으로 감겼다.

"금방 올게. 어디 도망가면 안 된다."

눈을 감은 채로 영채가 피식피식 웃었다.

욕실에서 새어나오는 물줄기 소리가 빗소리처럼 들렸다. 영채는
4년 전 찰스 강변에서 요트에 하진과 함께 숨어 있던 때를 떠올렸
다. 장막을 두드리던 빗줄기. 발간 장막이 드리운 그림자보다 더 발
갛던 마음. 마음의 결을 떨게 하던 하진의 후끈한 숨결. 운명처럼
맞닿아 두근대던 젊은 심장들.

그리고 갑판을 두드리던 발자국 소리.

「아. 어디로 튄 거야?」

우현의 환청이 귓가를 때려 영채는 눈을 화락 떴다. 왜 하필이면.

어슴푸레함이 폐를 짓누르듯 덮쳐들었을 때, 그녀의 휴대전화가
울렸다. 일어나 핸드백에서 전화기를 꺼내보니, 액정에 '우현 오빠'
라고 떠 있었다.

영채는 전화기를 손에 든 채 우두커니 있었다. 전화기의 울림이
집요했다. 우현은, 전화를 거는 이가 정말 우현이라면, 지금 이 순
간 꼭 그녀와 통화를 할 이유가 있는 사람처럼 굴고 있었다.

영채는 욕실 쪽을 돌아보고는 통화를 수락했다.

"여보세요."

— 영채 아가씨?

상대는 우현이 맞았다.

"난데요."

— 괜찮아요? 별일 없는 거죠?

"무슨 일이에요?"

— 방금 회장님 뵙고 나왔는데, 분위기가 이상해요.

목소리를 낮춘 우현이 봇물처럼 말을 쏟아냈다.

— 경호 일은 그만하라면서 아가씨 만나 작별 인사 하라셨어. 돈 봉투를 주셨는데, 1억이 들었어. 밥값이라기엔 액수가 너무 크잖아. 예감이 이상해서 시험 삼아 집을 나서봤는데 미행이 따라붙는 눈치더라고. 아가씨한테 무슨 일 있었는지는 집사님한테 대충 들었어. 회장님이 날 미끼로 아가씨를 유인하려는 것 같은데, 나 이대로 미국으로 뜨려고. 미국 도착하면 다시 전화할게. 그러니까 날 사칭한 사람이 불러내도 나가면 안 돼. 알았죠, 아가씨?

영채는 멍하니 있었다. 머릿속이 뱅글뱅글 돌면서 손이 떨렸다.

— 아가씨, 내 말 들었어요? 아가씨!

우현의 목소리가 찬물처럼 날아들었다.

"어, 어. 알았어요, 오빠. 고마워요."

영채는 전화를 끊고 침대에 무너지듯 앉았다.

아버지……. 당신은 정말…….

서 회장의 얼굴이 떠올라 오소소 한기가 들었을 때, 욕실 문이 열리고 하진이 나왔다.

"꼼짝 않고 있겠다더니?"

하진이 그녀의 머리카락을 쓸면서 놀리자 영채는 고개를 돌렸다. 옆에 앉은 하진이 입을 맞추려다 말고 미간을 찌푸렸다.

"어디 안 좋아?"

영채는 손에 쥔 휴대전화를 들어 보였다. 우현과의 통화 내용을 전해들은 하진이 물었다.

"김우현, 믿을 만한 사람이야?"

영채는 고개를 끄덕였다.

"다치면 네가 마음 아플 사람이야?"

"네."

하진이 그녀의 전화기를 건네받아서 전화를 걸었다.

"김우현 씨, 영채 약혼자 권하진입니다."

영채는 창가로 가서 통화하는 하진을 지켜보았다.

"지금 그쪽으로 사람들을 보낼 겁니다. 오늘 밤 안전한 곳으로 이동할 거고, 원하는 날짜에 출국할 수 있도록 하죠. 조용히 나와요. 짐은 그대로 두고."

우현과의 통화를 끝낸 하진은 그녀에게 전화기를 돌려주고 그의 전화기를 집어 들어 어디론가 전화를 걸었다.

"한남동 서국철 회장 자택으로 사람들 보내세요. 김우현이라고, 젊은 남자가 대문 앞에서 기다리고 있을 겁니다. 일단 안가로 이동시키고, 다음 동선은 그 사람 의사에 따르세요. 필요한 게 있는지 묻고, 뭐든 마련해주세요. 김우현 씨 픽업한 다음 보고 바랍니다."

창 밖 야경을 배경으로 선 하진이 견고한 요새 같기도 하고, 어둠에 몸을 담근 채로 사냥감을 주시하는 맹수 같기도 했다.

영채는 팔로 가슴을 안았다. 통화를 마친 하진이 그녀에게 다가왔다.

"들어서 알겠지만 김우현에게 사람들 보낼 거야. 내가 개인적으로 고용한 사람들이야. 김우현 안전하게 출국시킬 거고, 미국에 도착하는 대로 김우현이 너한테 연락할 거야."

"고마워요."

영채는 고개를 들어 하신을 올려다봤다. 하진이 그녀를 품에 안고서 뺨을 맞댔다.

"고마우면 오늘 밤에 나만 생각해주기."

오늘 밤이라는 말에 코끝이 아렸다. 오늘 밤만이라도, 처럼 들려서. 날이 밝으면 그들을 둘러싼 상황을 여전히 걱정해야 하는 걸 외면하려는 몸부림 같아서.

그래도 이 밤은 달콤하기를. 평화롭고 따뜻하기를.

영채는 하진의 귓가에 대고 속삭였다.

"권하진. 권하진. 권하진. 오늘 밤엔 그게 전부."

하진이 그녀의 턱을 잡고 입 맞췄다. 별처럼 찬란한 숨결이 그녀 안으로 쏟아져들었다.

침대맡 라디오의 시계가 자정에서 3분이 지난 시각을 보여주었다. 영채는 목덜미에 와 닿는 하진의 불안한 숨결에 뒤척였다. 그녀를 품은 채 모로 누운 하진의 숨결이 꽤 오랫동안 위태로운 참이었다.

"하진 씨, 잠이 안 와요?"

"자려고 노력 중이야."

"힘들면 따로 잘까요? 오늘은 내가 거실에서……."

하진이 그녀의 몸을 바짝 당겨 안았다. 영채는 바르작대다 돌아누워 하진을 마주했다.

"내가 재워줄까요?"

수줍게 내민 제안에 하진의 숨결이 얼어붙었다. 팽팽해진 어둠 속에서 하진의 몸이 달아오르는 것이 느껴졌다.

"우리, 지금…… 그거 할까요? 하진 씨가 괜찮다면…… 나는 괜찮을 거 같기도 한데."

"그런 말은 아껴두는 거야, 영채야. 네가 가장 예쁘고 빛나는 순간이 올 때까지. 그 순간이 오면 재워줄까요, 묻지 말고 사랑해주세요, 라고 말해. 당당히 사랑받을 수 있게."

하진이 손을 뻗어 그녀의 눈을 가렸다.

"아, 따뜻해."

영채는 배시시 웃었다.

"우리 처음 만난 날 같아."

손을 치우려던 하진은 움찔했다. 그의 손에 손을 겹치면서 영채가 그를 불렀다.

"하진 씨."

"음."

"나는 하진 씨 이름이 마음에 들어요."

손바닥 아래서 영채의 속눈썹이 파닥거렸다. 애써 다잡은 그의 심장도 함께 파닥거리고 있었다.

"다행이네."

"하진 씨랑 헤어지고 처음엔 이름만 알면 좋겠다고 바랐거든요. 이름만 알면 어떻게든 찾을 수 있을 것 같아서. 그런데 이름을 몰라서 더 절박했나 봐요. 나이 비슷하고 체격 비슷한 사람들이 모두 하진 씨로 보였거든. 어딜 가건, 어느 계절이건 늘 내 옆으로 하진 씨가 지나가는 것 같았어."

하진은 영채를 끌어당겨 꼭 안았다. 다시는 널 외롭게 하지 않을게, 영채야. 어딜 가건, 어느 계절이건, 너랑 함께 할게.

"하진 씨, 4년 전에 날 자전거에 태우고 건넌 다리가 뭐였는지 알아요?"

"매스 브리지. 왜?"

"제대로 기억하나 궁금해서."

"기억하지, 당연히."

"무슨 다리를 건넜는지 기억하면 길을 잃진 않았다는 거잖아요. 돌아갈 수 있을 거예요. 하진 씨가 준비되었을 때, 돌아가고 싶은 곳으로 돌아갈 수 있을 거예요."

가슴 한 귀퉁이가 무너져 내렸을 때, 창에서 두둑 소리가 났다. 밖에서 비가 내리나 보다. 하진은 4년 전으로 시간을 거슬러 올랐다. 영채와 요트 천막 아래 누워 세상의 모든 아픔을 잊었던 그 봄날 오후로.

"영채야, 우리가 요트에 숨었을 때 들었던 빗소리 기억해?"

영채가 그의 품에서 고개를 끄덕였다.

"지금부터…… 가끔 내가 무서워지면 그때를 생각해."

"이제는 하진 씨가 안 무서운데."

영채의 고백이 심장에 가시처럼 박혀왔다.

"오늘 낮에, 호수에서 하진 씨 기다리면서 생각해봤어요. 하진 씨도 속상했을 거야. 4년 동안이나 지켜봤는데 내가 그 마음을 안 믿고 밀어내니까. 나요, 만약 하진 씨가 연극을 하는 거래도 어쩔 수 없다고 생각했어요."

"왜?"

"왜는 왜야? 하진 씨가 좋아 죽겠으니까 그러지."

하진은 영채를 품에서 떼어내고 내려다보았다. 영채가 주먹으로
그의 가슴을 톡 때렸다.

"꼭 이런 말을 내가 먼저 하게 해."

"미안해."

"호수에서 하진 씨 오기만을 기다리는데 지난 4년이 머릿속에 스
쳐 지나갔어. 행복했던 순간은 짧고 슬펐던 시간이 훨씬 길었는데, 돌
아보고 있으니까 그래도 좋았어. 눈물이 나올 만큼 좋아서, 알았어.
슬펐던 시간에도, 기다릴 수 있어서 행복했다는 거. 하진 씨가 변했
다고 생각했을 때도, 다시 만난 것 하나로 가슴 벅찼다는 거. 그러니
까 언젠가 죽을 만큼 아픈 날이 온대도 어쩔 수 없어. 나요, 행복할
수 있는 동안은 마음껏 행복하고 싶어요. 우리 처음 만난 날처럼. 그
때 고작 하룻밤인데 세상을 다 가진 것 같았거든. 오늘 밤, 내일 밤,
그리고 그다음 밤. 나, 그렇게 하루하루 열심히 행복할 거예요."

사랑이야, 영채야. 우리를 갉아먹을 만큼 독해도, 결국엔 사랑일
뿐이야. 그러니까 겁낼 것 없어. 하진은 고개를 숙였다. 영채의 입
술을 머금으려던 순간, 영채가 고개를 돌렸다.

"왜 그래?"

하진은 영채의 턱을 붙들었다.

"하진 씨, 나 부탁 하나 있는데."

영채의 눈에 물기가 그렁그렁했다.

"말해."

"서주그룹……, 그냥 두면 안 돼요?"

하진은 싸늘한 침묵을 떨어뜨렸다. 영채를 붙든 손길에 힘이 들어가는 동안, 영채가 그를 올려다보며 애원했다.

"정말, 도저히, 안 되겠어요?"

"어떻게 그런 부탁을 할 수 있어!"

하진은 영채를 밀어냈다. 영채가 일어나 그의 팔을 잡았다.

"하진 씨가 다칠까 겁나요. 엄마, 하진 씨 도청했어요. 이미 알고 있죠? 오늘 미행도 아빠 아님 엄마가 보낸 사람들일 거야. 그리고 우현 오빠 일까지. 돌아가는 상황이 심상치 않잖아요."

"내가 널 보호할 거야. 말했잖아. 이젠 그럴 힘이 있다고."

"그러다 다치는 게 하진 씨면 어떡해? 나는 하진 씨 보호해줄 수도 없는데. 여기서 다 접어요. 어? 하진 씨 어머니 정말 좋은 분이시더라. 내가 잘할게요. 우리 어머니 모시면서 그냥 행복하게 살아요."

"그건 안 되는 일이야."

하진은 영채의 손길을 뿌리쳤다.

"나는 할 수 있는데. 내가 지금까지 가족으로 지냈던 사람들, 하진 씨가 원하면 다 등지고 버릴 수 있는데."

"그래서 나도 아버지를 등지라고? 아버지를 배반하는 것으로 내 사랑을 증명할 수는 없어."

영채가 울먹이며 고개를 저었다.

"그런 뜻 아니었어요."

하진은 영채의 어깨를 거칠게 잡았다.

"서영채, 잘 들어. 내 가슴엔 얼어붙은 강이 하나 있어. 내 아버지의 기억이 잠든 곳. 그 구역에 발 들이지 마. 얼음이 깨지면, 넌 죽어. 난 널 구할 수 없어. 내가, 바로 내가, 널 집어삼키는 얼음물일 테니까."

"다시는 헤어지지 말자면서요. 떨어져 있는 것만 이별이 아니에요. 다가가고 싶은데 다가오지 못하게 하는 것도 이별이에요."

"영채야, 내가 하는 말 무슨 말인지 몰라? 아버지랑 너를 경계 지으려는 내 마음 정말 모르겠어? 말했잖아. 난 이제 더 이상 좋은 사람이 아니라고. 아버지 한을 풀기 위해서 내가 어떻게 살았는지 넌 몰라. 앞으로 어떤 일들을 할 계획인지도 모르지. 알려고 하지 마."

"하진 씨가 하는 말은, 얼어붙은 강을 뺀 나머지 하진 씨를 사랑해달라는 거잖아. 그건 사랑이 아니잖아."

영채가 그의 가슴에 손을 얹었다.

"가져달라면서요. 뭐가 무서워? 내가 하진 씨 거친 모습 알면 실망할까 봐? 그런 마음이었으면 4년이나 기다리지도 않았어요. 하진 씨 안에 얼어붙은 강이 있다면, 기꺼이 뛰어들 수 있어. 죽음처럼 차가워도 상관없어."

하진은 이를 악물었다. 무연하고 천진한 영채의 눈동자에 겁이 덜컥 났다.

영채가 양손으로 그의 얼굴을 감쌌다.

"권하진 씨, 사랑해요. 당신이 사랑하지 않는 당신까지, 나는 전부 사랑해요. 미워할 사람이 필요하면 날 미워해도 좋아. 그러니까 복수는 잊어요. 우리만 생각해요. 부탁이에요."

기도하듯 애원하는 영채를 하진은 와락 안았다. 영채가, 꽃 같은 그의 영채가 그를 찌르고 있었다. 끝없고 겁 없는 사랑으로, 가시처럼 그를 찔러대고 있었다.

"정말이지, 이런 사랑 다시는 하기 싫다. 서영채, 네가 마지막이야."

누구의 마음에나 얼어붙은 강이 하나쯤 있을 것이다. 그것을 그대로 얼려두는 것이 방치나 포기가 아니라 가장 본질적인 의미의 존중과 배려일 수도 있을 것이다. 하지만 내게 그건 사랑이 아니었다. 내 사람의 가슴에 들어앉은 방어막을 깨고, 차갑고 어두운 영역에 죽음처럼 잠겼을 때, 나와 그가 비로소 온전히 하나 되어 녹아내리는 것. 그것이 내가 권하진을 사랑하고 싶은 방식이었다.

사랑은 시험하지 않는 것. 나는 그 밤 그 계율을 어겼는지도 모른다. 서주그룹을 잊자는 소망은, 하진 씨의 관점에서 보면 응석이었을 것이다. 내가 너에게 오기 위해 버린 것이 있으니 너도 나를 위해 무언가를 버려달라는 거래로 비춰졌을 수도 있었다.

하진 씨가 나와 아버지 사이에 경계를 지은 것은 나를 지키기 위해서였다는 걸 왜 생각하지 못했을까? 다시는 헤어지지 말자 다짐했던 우리. 세상 그 어떤 걸림돌에도 갈라서지 않을 거라 자신했던 우리. 그런 우리를 다시 이별의 낭떠러지까지 밀어 넣을 가시가 그 밤, 움트고 있었다.

— 영채가 다 하지 못한, 언젠가는 하진에게 들려줄 이야기 中

내 안에는 증오와 복수심이 피처럼 흐르고 있었다. 그 파괴적인 감정의 모서리가 영채를 찌를까 두려웠다.

나는 영채에게만은 여전히 따뜻한 사람이고 싶었고, 예의 바른 영혼이고 싶었고, 세상에 닳지 않은 젊음이고 싶었다. 영채가 내 얼음을 깨부수고 냉혹한 남자를 발견하리라는 것이 싫었다.

영채는 변한 나의 실체를 온전히 알지 못했다. 그러니 내가 사랑하지 않는 나까지 사랑한다는 건 진실된 고백이라고 할 수 없었다. 하지만 그것은 거짓도 아니었다. 환상에 불과하리라고 우겨도, 해가 뜨고 별이 뜨듯, 결국 실현되고 마는 예언과도 같은 것이었다.

계약서에 내 이름만 적어 넣은 영채의 마음을 비로소 이해할 것 같았다. 더 이상 따뜻하지 않아도, 순수하지 않아도, 오랫동안 고결한 감정들을 밀쳐내며 살았다 하여도, 영채는 나의 전부를 원하고 있었다.

끝없는 사랑이란 목적 없는 사랑일 것이다. 서국철의 파멸이라는 목적을 달성하면 막을 내리게 될 내 복수극과는 달리, 나의 모든 것을 갖겠다는 영채의 사랑은 그 자체로 목적이기에 엔딩도 한계도 없을 것처럼 여겨졌다.

아름다운 사랑을 하기 위해서 사람은 아름다울 수 없는 것이었다. 상대의 아름답지 못한 것들 속으로 뛰어들 때 사랑이 아름다워지기 때문이다. 사랑이란, 사랑스럽지 못한 모든 것을 공유할 때 비로소 사랑다워지는 것. 내가 사는 동안 영채를 통해 배워갈 사랑이 움텄던 그 밤은 어떤 의미에서 우리의 첫 밤이기도 했다.

그 밤에 영채의 눈동자가 두려웠다. 무연하고 결의에 찬 맑음. 내가 가진 모든 것을 잃는대도 지켜내고 싶은 단 하나의 것이었으므로, 세상 그 무엇보다 영채의 눈동자가 두려웠다.

참된 강이 되라고 내 이름을 '하진'으로 지으셨다는 아버지. 아버지는 자주 이르셨다. 참되게 흐르다 바다에 이르라고. 바다는 가장 불결하고 가장 정결한 곳이니, 정결한 바다를 보기 위해서는 참된 마음으로 흘러야 한다고.

사랑으로 가득한 영채를 품고 흘러 언젠가는 바다에 가닿고 싶었다. 아버지가 그토록 아끼셨다던 바다의 울음소리를 영채와 함께 듣고 싶었다. 그 바다 앞에서, 더 이상 아름답지 못하더라도, 꿋꿋이 참된 삶이고 싶었다.

– 하진이 다 하지 못한, 언젠가는 영채에게 들려줄 이야기 中

09

이렇게라도 우리 사랑할 수 있어서

[본부장님, 10분 후에 JFK 공항에 착륙하겠습니다.]

기장의 안내 방송이 나왔다.

하진은 블라인드를 들어올리고 바깥 풍경을 내려다보았다. 건물들이 다닥다닥 붙은 육지가 퍼즐 조각들이 널려 있는 매트처럼 보였다. 다가오는 시간도 퍼즐처럼 단정히 맞춰갈 수 있다면 얼마나 좋을까? 성심과 인내로 한 조각씩 붙여 세상에서 가장 찬란한 그림을 완성할 수 있다면.

부질없는 소망에 한숨지을 때, 옆자리의 영채가 물었다.

"괜찮아요?"

인태가 파견해준 오디세이 전용기를 타고 서울을 출발한 이후 같은 질문이 족히 열 번은 반복됐다.

영채의 걱정은 사흘 전 아침에 시작됐다. 혼인 신고를 하러 구청에 가는 날이었다. 증인을 서주기로 한 미정과 석영이 호텔에 도착하기 직전, 하진은 명치에 통증을 느끼다 욕실 바닥에 무너져버렸다. 놀란 영채가 그를 병원으로 데려갔는데, 의사가 위경련이라고 했다. 위경련이라니. 그에게 일어나지 않을 일들을 목록으로 만든다면, 그 목록의 윗자리를 당당히 차지할 현상이 아닌가 말이다.

그가 아무리 괜찮대도 영채의 얼굴은 종일 하얗게 질려 있었다.

해프닝에 그칠 수도 있었던 사건은 영채에게 한남동에 감금되었던 때의 공포와 미행당했던 오후의 아찔함까지 상기시킨 듯했다. 그의 몸에 자꾸 탈이 나는 것을 복수극이 비극으로 치달을 전조로 여기는 듯도 했고.

「영채 씨, 실수하신 거예요. 이 녀석, 신체검사부터 시켜보고 결혼에 동의하셨어야죠. 하긴 결혼이라는 무덤으로 걸어 들어가는데 몸이 경련하지 않고 어찌 배기리오.」

석영의 너스레는 상황을 호전시키는 대신 영채의 불안감만 가중시켰다. 위경련에 좋다는 음식을 조사하질 않나, 담백한 음식을 먹어야 한다며 펜트하우스 주방에서 직접 요리를 하질 않나, 밤에는 그가 잠들 때까지 지켜보겠다고 고집을 피우질 않나. 영채는 초조함을 지우기 위해 강박적으로 일거리를 만들어냈다.

덕분에 그는 영채의 자료 정리 실력과 암기력이 뛰어나고, 요리 솜씨가 근사하며, 안고 싶은 여자가 옆에 있을 때 남자가 잠을 자는 게 얼마나 힘든지에 대해 무지하다는 것을 알게 됐다. 영채의 극진한 관심과 간호를 매순간 즐기면서, 그가 심신 건강하고 혈기 왕성한 남자라고 틈이 날 때마다 주지시켜야 했으니까.

"건강 검진 제대로 받아볼 걸 그랬나 봐요."

영채의 눈썹 사이에 작은 골이 생겼다.

"너 때문에 오래 가슴앓이 해서 그래. 앞으로 너만 내 속 안 썩이면 아무 문제 없어."

하진은 영채의 눈썹 사이를 손가락으로 눌렀다. 영채의 미간이 펴지는 대신 입술이 보로통해졌을 때, 휴대전화가 울렸다.

하진은 액정에 뜬 이름을 보고 전화를 받았다.

"음, 석영아."

– 어머니 모시고 잘 도착했다고.

미정은 석영과 함께 그보다 두어 시간 먼저 뉴욕으로 떠났었다.

"불편해하시지는 않았어?"

– 직접 여쭤봐.

석영의 목소리가 멀어지고 미정의 목소리가 들렸다.

– 나다. 너희는 어디쯤 있어?

"저희도 거의 다 왔어요."

– 너 좀 어떠니?

"괜찮아요."

– 영채 양은 잠 좀 잤다니?

"네."

– 네가 아픈 바람에 영채 양이 고생했어, 얘. 호텔에서 하루 세 끼 만들어 먹는 사람은 내가 또 처음 봤다. 수프며 죽이며 척척 만드는 게 보통 솜씨가 아니더라. 공부만 했다더니, 손이 아주 야무져.

아직 영채를 편하게 부르는 것이 어색한지 미정은 영채를 꼬박꼬박 영채 양이라고 호칭했다. 하지만 영채의 이름을 말할 때마다 미정의 음성엔 애틋함이 고였다. 뜻하지 않은 위경련 사태가 불러온 소득이 있다면, 영채가 그의 아내로 미정에게 확실히 점수를 땄다는 것이었다.

하진은 빙그레 웃고 물었다.

"어머닌 컨디션 어떠세요?"

– 석영이가 퍼스트 클래스로 끊어줘서 편하게 왔어.

"그거 제가 돈 내는 거예요. 석영인 생색만 내는 거라고요."

─ 생색 안 냈어. 승무원 아가씨 자꾸 불러서 이것저것 챙겨주게 하고.

　"그거야 작업 걸려고 그런 거고요."

　─ 넌 석영이한테 왜 그리 인색해? 나는 석영이가 싹싹해서 참 좋은데.

　석영이 녀석, 목에 힘주고 있겠네.

　"숙소는 마음에 드세요?"

　하진은 센트럴 파크 근처에 있는 호텔 오아시스 뉴욕점에 미정의 숙소를 잡았다.

　─ 방이 넓고 경치가 좋아. 한국말 하는 직원들이 많아서 그것도 편하고.

　애초에 하진은 미정에게 그의 뉴욕 집에 머물기를 권했지만, 미정이 한사코 호텔로 가겠다고 했다. 이제 법적으로 부부가 된 그와 영채가 신혼의 모든 순간을 마음껏 누리라고 배려하는 것일 거다.

　─ 그만 끊어. 씻고 짐 풀어야겠다.

　"짐 정리는 천천히 하시고, 스파에 가서 마사지부터 받으세요."

　─ 네가 고생해서 번 돈 그렇게 쓰기 싫어.

　─ 어머니, 안 쓰시면 세금으로 다 날아간다니까요.

　석영이 옆에서 끼어들었다.

　"그건 석영이 말이 맞아요. 마사지 받으시고 쇼핑도 하세요."

　─ 내가 알아서 할 테니까 너는 네 일 봐.

　"네. 다시 연락드릴게요."

　전화를 끊은 하진은 영채를 돌아봤다.

　"어머니 도착하셔서 호텔에 체크인 하셨대."

"눈치로 다 알아들었어요."

영채가 대꾸하고는 키득 웃었다.

"어머니도 참. 찹쌀죽하고 브로콜리 수프에 그리 감동하시면 나중에 내 필살기엔 얼마나 놀라시려고."

"그래서 그 필살기가 뭔데?"

하진은 영채가 호텔 주방에서 온갖 요리들을 만들어내는 동안 노래 불렀던 '필살기'의 정체가 궁금했다.

"기다려봐요. 결정적인 순간에 대령할 테니까."

싱그럽게 장담하는 영채를 보면서 하진은 코끝이 찡했다. 뉴욕에 가까워질수록 홍도희와 했던 거래의 그림자가 마음에 짙게 드리워졌다.

「영채를 데리고 오면 주겠어요. 서국철 회장의 아킬레스 건.」

「제가 원하는 건 영채를 데리고 와서 말씀드리죠.」

홍도희는 그가 원하는 것을 내어줄까? 그가 하려는 일이 외려 영채에게 상처를 남기는 것은 아닐까?

아무것도 장담할 수 없는 안개 같은 시간이 다가오고 있었다.

입국 심사를 마친 영채와 하진은 JFK 공항의 도착장으로 들어섰다. 에어컨이 약하게 틀어진 통로를 나서자 수십 명의 사람들이 북적거렸다. 풍선이나 꽃다발을 든 사람도 있고 기다리는 이의 이름을 피켓에 적어 든 사람도 있었다.

"운전사가 나왔을 거야."

하진이 영채에게 이르자마자 젊은 여자의 외침이 날아들었다.

"오빠!"

무릎까지 오는 하얀 원피스를 입은 아담한 체구의 여자가 하진을 향해 달려왔다. 연갈색으로 염색한 머리를 포니테일로 묶고 커다란 선글라스를 머리에 걸친 여자는 20대 중후반쯤으로 보였는데, 플랍플랍이 찰파닥 소리가 나도록 하진에게 달려와 화사한 미소를 날렸다.

"오빠, 왔어?"

하진이 뭐라 하기도 전에 여자가 탐스러운 장미 다발을 영채에게 내밀었다.

"영채 씨, 반가워요."

영채는 꽃다발을 받지 않고 여자를 쳐다보았다.

"누구세요?"

"아, 저요? 날 누구라고 소개해야 하지, 오빠? 이름은 김지수예요. 오빠 보스의 딸이고, 오빠에게 목숨 빚을 진 채무자고, 피가 섞이지 않은 오빠의 여동생이죠. 오늘은 무엇보다 영채 씨랑 친해지고 싶은 사람이고요. 만나서 정말 반가워요, 영채 씨."

하진과 영채를 번갈아 보며 종알거린 지수가 꽃다발을 영채의 품에 덥석 안겼다. 영채는 세련된 스타일과 당당한 태도로 무장한 지수에게 묘한 경계심을 느꼈다.

"권하진 씨한테 여동생이면, 나한텐 시누이잖아요. 반가워해야 하는 거예요?"

지수가 홋 웃었다. 영채는 깐깐하게 지수를 훑어 내렸다.

"지금 이 상황이 우스워요? 나한텐 심각한데."

"예상했던 분위기는 이게 아닌데. 아, 오해는 하지 마세요. 영채 씨가 우스운 게 아니라요, 하진 오빠 표정이 재미있어서요. 하진 오빠는 모든 상황에 답을 갖고 있는 사람이거든요. 그런데 저 얼굴 좀 봐요. 이 상황을 어떻게 해야 할지 모르겠어서 벙 떴다고요. 아우, 흥분된다. 멋진 범죄를 영채 씨와 함께 저지르는 것 같은데요. 증거 남겨야지."

지수가 휴대전화를 꺼내더니 하진을 향해 카메라 렌즈를 쳐들었다.

"저기요!"

영채는 재빨리 휴대전화를 손으로 막았다.

"네?"

"이제 권하진 씨를 찍을 수 있는 여자는 나뿐이거든요."

무안했는지, 당황했는지 지수의 얼굴에 붉은 기가 확 번졌다. 영채는 내 말 틀렸어요, 라고 묻듯 눈썹을 올렸다.

미묘한 시선을 교환하는 두 여자 사이에서 하진이 상황 정리를 했다.

"그건 맞다, 지수야."

하진에게 눈을 살짝 흘긴 것도 잠시, 지수가 까르르 웃었다.

"하진 오빠가 꽉 잡혔어. 영채 씨, 오빠랑 나란히 서세요. 같이 찍어드릴게요."

영채는 인상을 썼지만, 하진이 그녀의 어깨에 팔을 둘렀다. 이 조 랑말 머리 여자 앞에서 쇼를 해야 해? 어깨를 비틀며 항의를 표했는데도 하진이 그녀의 이마에 입술을 갖다댔고 찰칵, 사진이 찍혀버렸다.

"그럼 차량으로 이동하시겠습니다. 앞장서드릴 테니까 두 분은 신혼부부 티 팍팍 내시면서 천천히 오세요."

지수가 휴대전화를 캔버스 백에 넣고 돌아섰다. 지수의 플립플랍이 찰파닥거리며 멀어지자 영채는 하진을 홱 돌아봤다.

  "또 남은 거 있어요?"

  "뭐가?"

  하진이 눈을 가늘게 접었다.

  "헤어졌는데 여전히 친구로 지내는 것 같은 여자가 어디서 튀어나와 시누이처럼 구니까 하는 말이죠. 내가 또 알아두어야 할 비밀이나 과거, 털면 풀풀 날릴 먼지, 기타 등등 그런 거 있으면 당장 자백하라고요."

  영채는 장미다발로 하진의 팔을 툭툭 쳤다.

  "지수랑 사귄 적이 없으니까 헤어진 적은 당연히 없고. 친구라 생각해본 적 없고. 시누이 같다는 말은 맞네. 내가 여동생처럼 생각하니까."

  하진의 논리 정연한 대답이 얄미웠다.

  "첫 만남부터 뜬금없었던 권하진 씨. 내가 그렇게 찾으려 했는데 못 찾은 생모를 알고 있질 않나, 나쁜 자식이 되었나 했더니 4년 동안 키다리 아저씨 노릇 했다 그러고. 시누이인 듯 아닌 듯 시누이 노릇 하려는 여자도 딸려 있고. 더 남은 반전은 정말 없는 거예요?"

  "숨기는 건 없어. 앞으로 네가 만나야 할 사람들이 좀 있긴 하지만."

  하진의 표정이 어두워졌다. 영채는 하진의 얼굴에 드리우는 그림자를 알아채지 못하고 새침하게 돌아섰다.

  "기대하죠."

  몇 발짝 걷다가 장미꽃을 내려다보는데 어느샌가 발을 맞춘 하진이 옆에서 말했다.

"네가 어떤 사람이냐고 지수가 물어보기에 장미 같은 사람이라고 그랬어."

자잘한 물방울을 머금은 붉은 꽃잎이 싱그러웠다. 영채는 4년 전 하진이 장미 두 송이에 대해 했던 말을 기억했다.

"아직도……."

입을 열었는데 목소리가 갈라져 나갔다.

"음?"

하진이 고개를 숙이며 얼굴을 가까이 가져왔다.

"아니에요."

영채는 고개를 흔들었다. 모든 것을 바치는 절대적인 사랑을 하진이 아직도 믿고 있는지 궁금했지만, 어쩐지 물을 수 없었다.

공항 건물을 빠져나가자 불어드는 바람이 꽤 후텁지근했다. 주차장에 있는 벤츠 뒷좌석에 영채와 하진이 타자 지수가 물었다.

"집으로 갈까요?"

하진이 미러에 비친 지수에게 눈짓하고 영채를 돌아봤다.

"5번가에 집이 있어. 서울에 자리 잡아도 자주 뉴욕에 들를 것 같아서 그대로 뒀어."

"홍도희 씨를 먼저 만나고 싶어요. 그분이 준비됐다면요."

영채는 하진에게 부탁했다.

"지수야, 요양 센터로 가자."

하진이 운전석을 향해 말하고 어디론가 전화를 걸었다. 통화하는 분위기로 보아 홍도희의 상태를 확인하는 것 같았다.

영채는 두 손을 모아 쥐었다. 작은 바늘들에 찔린 듯 손끝이 따끔거렸다. 통화를 끝낸 하진이 그녀의 손등에 손을 얹었다.

"그냥 어떤 사람일 뿐이야. 만나고 싶지 않다면, 지금이라도 취소하면 그만이고."

"아파도 만나고 싶은 사람 있잖아요. 만날 수 있어서 다행이라고 생각해요."

영채는 애써 침착하게 답했다. 하진이 그녀의 손을 감싸자 다정한 온기가 꽃물처럼 스며들었다.

한동안 잠잠하던 지수가 차선을 바꾸면서 종알댔다.

"영채 씨, 하진 오빠랑 어떻게 만났어요?"

영채는 하진을 바라보다 슬며시 미소 짓고 말았다.

"하룻밤의 일탈이었어요."

"정말요? 하진 오빠가?"

지수의 목소리가 한 톤 높아졌다.

"네."

우리 둘 다에게요.

"프러포즈는 언제, 어떻게 받았는데요?"

"처음 데이트 한 날에요. 자기 이름 맞혀보라고 하면서 못 맞히면 결혼해야 한다던데요."

"정말요? 하진 오빠가?"

"네."

"석영 오빠가 그랬다면 내가 믿지. 그런데 오빠가? 오빠, 정말이야?"

지수의 호기심이 하진을 겨냥했다. 하진이 당황해 입술을 움찔거리는 것을 보면서 영채는 덧붙였다.

"그래놓고 이 남자는 6개월만 살재요."

"네에?"

그건 또 무슨 소리냐는 듯 지수가 외쳤다.

"내가 원하면 반년 후에 이혼해준다는데요."

"그럼 이 결혼의 칼자루를 영채 씨가 쥔 거네요?"

"아니죠. 6개월 후에 내가 더 살자고 말해야 하잖아요. 권하진 씨는 결정적인 순간에 여자가 매달리게 하는 특별한 재능을 가졌어요."

영채는 하진의 손바닥을 손가락으로 긁었다. 우리가 만난 그 봄 밤에. 당신의 연극 앞에서 눈물로 고백했을 때. 얼음의 강으로 기꺼이 뛰어들겠다 서약해버린 밤에도. 언제나 내가 먼저 보여주고 무너지고 약속하게 만들어, 당신. 아주 미워.

그녀의 손짓에 어린 투정을 읽었을까? 하진의 눈동자에 물기가 돋을 즈음, 지수의 맞장구가 톡톡 날아들었다.

"그 부분에 대해선 내가 좀 알죠. 그래도 영채 씨가 봐줘요. 수많은 뉴욕 미녀들의 대시 앞에서 한눈 안 팔고 지조를 지킨 오빠니까요. 뉴욕 사교계에서 오빠 별명이 뭐였더라? 얼음인간이었지, 아마? 여자들이 파우더룸에서 얼마나 조잘댔는지 알아? 오빠의 거기도 얼음처럼 차가울지…….."

"그만해라, 김지수."

하진의 준엄한 음성에 지수가 까르르 웃었다.

"어느 부위를 말하는지 알고 얼굴이 벌게진대? 입술이야, 입술! 오빠의 키스가 얼음처럼 차가울지 여자들이 떠들어댔다고. 고지식하긴. 석영 오빠는 이런 농담도 다 받아주는데. 영채 씨, 저렇게 폼 잡아도 알고 보면 무지 순진해서 갈 길이 먼 사람이에요. 오빠 잘 키워야 할 거예요."

영채가 삐져나오려는 웃음을 참는 동안 하진의 손에 힘이 들어갔다. 영채는 하진에게 몸을 기울여 속삭였다.

"젊은이, 아가씨가 둘이라고 겁먹었어요?"

고개를 젓는 하진의 얼굴에 정체 모를 슬픔이 드리워졌다.

영채는 고개를 갸웃하며 하진의 손가락을 얽었다. 그녀를 오롯이 담은 하진의 눈동자가 시리게 깊어졌다. 가시를 손질하지 못한 장미를 가져와 내민 연인이라도 된 것처럼. 귀퉁이가 새까맣게 말라버린 꽃송이들이 그가 구해 올 수 있는 유일한 꽃이어서 미안하다는 듯이.

하늘이 청명하고 바람이 잔잔한 오후였다. 맨해튼을 벗어난 지수의 벤츠가 롱아일랜드의 전원적 풍경을 따라 달렸다. 평화로운 침묵을 싣고, 이우는 태양을 향해 미끄러지던 차가 한적한 거리를 지나 육중한 철문 앞에서 멈췄다.

철문 입구에 '시사이드 케어 센터'라는 간판이 붙어 있었다. 문 옆에 붙은 인터폰을 통해 지수가 안내 데스크와 통화한 후 문이 열렸다. 철문을 통과하자 잘 가꾸어진 정원이 모습을 드러냈다. 푸른 잔디가 망망대해처럼 펼쳐진 정원에 꽃과 나무들이 무성했다. 색색의 꽃들은 비현실적으로 화사했고 건강한 나무들은 눈부시게 푸르렀다.

유려하게 뻗은 길을 따라 달린 차가 고풍스러운 석조 건물 앞에 섰다.

"무사히 도착하셨습니다."

지수가 경쾌하게 말하면서 뒷좌석을 돌아봤다. 하진의 시선을 애써 피한 지수의 눈빛이 영채에게 잠시 머물렀다. 영채는 창 밖 풍경을 살피느라 지수의 눈길을 알아채지 못했다. 그렇게 세 사람의 시선이 엇갈렸다.

"고맙다. 가지 말고 기다려줄래?"

지수에게 이른 하진이 영채와 함께 차에서 내렸다.

1층 안내 데스크에서 방문증을 발급받은 영채와 하진은 도희의 병실로 안내됐다. 하얗게 페인트칠 한 청결한 복도를 지나 커다란 문 앞에 선 영채는 숨을 골랐다.

"영채야."

하진은 영채의 어깨에 손을 얹었다. 영채의 어깨에 잔 떨림이 일고 있었다.

"만약에……."

이 문을 지나, 아프게 되면.

하진은 말을 꺼내지 못하고 망설였다.

"왜 그래요?"

"이 문을 지나 무슨 이야기를 듣게 되건 꼭 기억해. 내가 널 많이 사랑한다는 거."

"뭐야, 심각하게. 그런 말을 할 때는 좀 웃어요, 남편님."

영채가 애교 섞인 핀잔을 했다. 하진은 영채의 눈가를 어루만지며 미소 지었다.

"오늘 참 예쁘다."

영채가 그의 손을 꼭 쥐었다 놓고 문을 열었다. 문 안쪽으로 선뜻 들어서지 못하고 뒤를 돌아보는 영채에게 하진은 약속했다.

"기다릴게."

영채는 고개를 끄덕여 보이고 서늘한 공기가 밀려 나오는 방 안으로 들어섰다. 등 뒤로 문을 닫았을 때, 언젠가 하진에게 부렸던 투정이 뇌리를 스쳤다.

「사랑받는지 확신하지 못하는 여자는 반드시 예뻐야 하거든요.」

문손잡이에서 올라온 한기에 손가락이 움찔했다.

정원으로 나온 하진은 벤치에 앉아 있는 지수에게 다가갔다. 휴대전화를 핸드백에 넣으면서 지수가 말했다.

"아버지가 하실 말씀 있다셔, 오빠."

"지금?"

"별장으로 오고 계시대."

"영채에게 기다리겠다고 약속했어."

하진은 도희의 병실 창문을 보았다. 담쟁이 넝쿨이 무성하게 자란 창가에 영채가 내비치진 않았다. 하지만 그의 몸은 지금 이 순간 영채가 감당하고 있을 충격과 두려움의 무게를 고스란히 느낄 수 있었다.

"영채 씨가 그렇게 걱정돼?"

지수가 조심스럽게 물었다. 하진은 입술을 굳게 맞다물고 서 있을 뿐이었다.

"영채 씨 약해 보이지 않았어. 내 오두방정에 대처하는 걸로 봐서 단단하고 심지 곧은 사람이었어. 그러니까 영채 씨를 믿어보는 게 어때?"

지수는 진심 어린 충고를 건넸다. 하진의 시선은 여전히 도희의 병실 창문을 향하고 있었다. 영채를 대신해 아파해줄 수 있는 방법을 찾아내려 애쓰는 눈빛이었다.

지수는 벤치 아래 돋아난 잔디를 발끝으로 툭툭 찼다.

"오빠, 사랑은 차곡차곡 모아두었다가 결정적인 순간에 터트리는 게 좋은 것 같아."

"뭐?"

하진의 시선이 마침내 그녀에게로 향했다.

"언제나 한결같이 조용조용 사랑하면 상대가 몰라볼 거 아니야? 모아두었다가 한꺼번에 쏟아부어야 상대가 복권 당첨된 기분이지."

"무슨 뜻이야?"

"영채 씨가 보지도 않는 곳에서 마음 끓이지 말고, 나중에 영채 씨 마주 보면서 지금 마음 한꺼번에 터트리라고. 그래야 영채 씨가 감동할 거 아니야? 아, 이 남자가 잭팟이구나."

"난 잭팟 싫은데."

"왜?"

"복권에 당첨되길 바라는 마음으로 사랑하면, 당첨된 순간에만 행복할 거잖아. 언제나 한결같이 사랑하면, 언제나 한결같이 행복하겠지. 조용조용. 숨쉬듯이."

평화로운 하진의 얼굴을 보면서 지수는 목구멍에 아릿한 통증을 느꼈다. 하진 너머에 아름드리나무들이 서 있었다. 가지는 튼실했고 햇살을 받아 반짝이는 이파리들이 싱그러웠다. 봄꽃들은 다 어디로 가버린 걸까? 온 세상을 환히 밝혔던 꽃들도 이리 덧없이 사라지는걸. 제대로 피어나지 못하고 질 줄 알았더라면, 내 꽃 같은 마음 차라리 바람에 띄워볼걸. 온몸을 내던져 이 사람의 머리에, 어깨에, 가슴에, 입술에 내려앉아볼걸. 뭐기 그리 겁나서 이 사람이 다가와 꺾어주기만을 기다렸을까.

왈칵, 눈에 물기가 고여 햇살이 부예졌다. 희부연 햇살이 한 올 한 올 눈을 찔러대자 지수는 고개를 숙이고 발치의 잔디를 내려다봤다. 하진이 다가와 그녀 옆자리에 앉았다.

"지수야."

그녀와 하진 사이에는 한 사람이 앉을 수 있을 만큼의 공간이 있었다.

"예전에 내가 얼음의 강 이야기 한 거 기억나?"

"기억나. 오빠 마음속에 얼어붙은 강이 하나 있다고 했잖아."

"그때 네가 그 강 위에서 스케이트를 탈 거라고 했어. 내가 뭐라고 대답했는지 기억나?"

"나랑 스케이트 같이 타줄 좋은 남자가 언젠가는 나타날 거라고 했잖아."

"넌 스케이트 탈 때 참 예뻐. 그런 너랑 어울리는 사람을 언젠가는 찾을 거야."

"그럴까?"

"그럼."

"그 남자가 날 아프게 하면 어떡해?"

"감히 그렇게 못 할걸. 누구든지 내 여동생 아프게 하면 내가 패줄 테니까."

"그래. 꼭 그래줘."

"그러니까 스케이트는 꼭 아이스링크 가서 타. 강은 너무 위험하다."

"그럴게."

지수는 고개를 끄덕거렸다. 뿌옇게 흐려진 잔디에 눈물방울이 톡 떨어졌다. 눈물 머금은 잔디가 애처롭게 흔들리고 눈물이 이내 바람에 흩어져갔다.

잔디를 흔드는 눈물의 무게. 눈물을 스치는 바람의 무게. 그 바람에 고이는 햇살의 무게. 한 사람에게 눈물이고, 바람이고, 햇살이고 싶었던 지난 마음의 무게. 그리는 사람에게 가닿지 못하고 눈물에, 바람에, 햇살에 날려 보내야 하는 지금 이 마음의 무게. 가슴속 저울이 흔들리는 동안 잔디에 땅거미가 깔려갔다.

하늘에 번지는 주홍빛 노을을 보면서 지수는 하진과 함께 바라보았던 후지 산의 일출을 생각했다. 그날 꼭 안았던 하진의 든든한 몸과 아침 해처럼 돋아난 그녀의 연정을. 그녀가 세상에서 보았던 가장 아름다운 태양이, 이제, 떨어지는 꽃잎처럼, 저물고 있었다.

병실로 들어선 영채가 처음 본 것은 벽 쪽에 놓인 대형 침대였다. 하얀 시트가 깔린 너른 침대 한가운데에 자그만 몸이 누워 있었다.

영채는 침대맡으로 다가가 잠든 여자를 내려다보았다. 시트 밖으로 드러난 팔이 앙상하고 시트 위로 솟은 얼굴이 마른 과일처럼 야위었다. 사람이 침대에 누워 있다기보다 고엽이 눈밭에 놓인 느낌이었다.

하진은 도희가 위암 말기라고 했다. 항암 치료조차 더 이상 어찌

해볼 수 없이 암세포들이 온몸에 전이됐고, 합병증이 겹쳐진 상태라고. 죽은 것처럼 살아 있는 이 몸에게 해줄 수 있는 유일한 일은 고통을 최대한 줄여주는 것이라고.

영채는 떨리는 손을 여자의 얼굴로 가져갔다. 참담한 얼굴이었다. 한쪽 눈가가 뭉개져 있고, 눈 밑과 뺨 한쪽은 녹아 흘러내린 살을 붙들어 억지로 밀어 올려놓은 듯했다. 핏기 없이 창백한 얼굴엔 화상인지, 세월의 흔적인지 가늠할 수 없는 주름들이 깊었다. 턱과 목선을 지나 연분홍 환자복 위로 드러난 쇄골까지, 피부가 울퉁불퉁 일어 있었다.

어쩌다. 누가. 무엇 때문에. 마음에서 솟은 의문들이 병든 여자의 몸 위로 흘렀을 때, 여자의 메마른 입술이 열렸다.

"아……."

영채는 흠칫 놀라 한 걸음 물러섰다. 여자가 눈을 뜨면서 힘겹게 말했다.

"네가 왔구나."

일그러진 얼굴 반쪽의 눈은 살에 묻혀 있고, 한쪽 눈만 열렸다. 환자의 것답지 않게 형형한 눈빛이었다. 이미 죽음을 들인 몸에 눈동자 하나만 살아 있는 듯했다.

이 여자가 홍도희. 나를 낳아준 여자.

영채는 머뭇거리다 도희의 손을 잡았다.

"네가 영채구나."

도희의 목소리는 미약했지만 흔들리진 않았다.

영채는 목이 메어 간신히 고개만 끄덕였다.

"와줘서 고맙다."

"어떤 분인지 궁금했어요."

물기가 차오르는 도희의 외눈이 일그러졌다.

"내 모습이 끔찍하지?"

영채는 입술을 깨물었다. 이토록 피폐한 여자의 몸에서 열 달을 지내고 세상으로 나왔다는 사실을 믿을 수 없었다.

"몸이 많이 안 좋으시다고 들었어요."

"그래도 이 몸이 증거가 되어줄 거야."

알 수 없는 말을 흘린 도희가 침대맡에 있는 의자를 눈짓으로 가리켰다.

"앉아라. 네게 남겨야 할 이야기가 있어."

영채는 도희의 손을 잡은 채로 가죽 의자를 끌어당겼다. 그녀가 의자에 앉자 도희가 눈을 깜박이며 메마른 숨을 새근거렸다. 뜨였다 감기기를 천천히 반복하는 외눈에 진득한 물기가 차올랐다.

해가 저문 정원에 어둠이 깔려갔다. 촘촘한 그물처럼 날아든 어둠은 보이던 것들을 보이지 않는 것들로 만들었다. 태양과 구름이 자취를 감추고 청청한 나무와 풀들이 신록을 잃었다. 하지만 또 어둠은 아득한 것들을 생생한 것들로 만들었다. 나무 이파리들의 푸릇한 비린내와 어둠 속으로 난사되는 꽃들의 향기. 모래사장으로 밀려드는 파도 소리와 짭조름한 바다 냄새. 안식처로 돌아가는 새들의 끼룩거림과 물기를 머금은 바람의 질감. 살아 있는 것들의 생동스러움으로 세상은 부풀어 오르는 듯했다.

시야를 점령했던 것들이 사라지고, 존재하는 줄 몰랐던 것들이 죽은 자가 부활하듯 살아나는 시간. 빛과 어둠이 바뀌었을 뿐인데

생멸이 교차하며 세상이 다른 가면을 썼다. 그 교대와 변화의 순간 속에 하진은 홀로 서 있었다.

지수는 해가 완전히 저물기 전 요양원을 떠났다.

「오늘 못 뵙는다고 아빠한테 오빠가 말씀드려. 참, 오빠랑 영채 씨가 지낼 수 있게 별채 준비해놨어. 오늘은 오빠 집으로 가기에 너무 늦었으니까 영채 씨 데리고 거기로 가. 두 사람이 타고 갈 차 보낼게.」

인태의 별장은 요양원에서 멀지 않은 곳에 있었다. 본채와 분리된 별채는 독립성이 보장된 공간이니, 마음이 시친 영채가 하룻밤 쉬어 가기에 나쁘지 않을 것이다.

어둠에 잠겨 있던 하진은 휴대전화로 인태에게 연락했다.

– 서주그룹이 수산 시장 인수전에 기어코 뛰어들 모양이다.

그가 바라던 소식을 인태가 전했지만, 어쩐지 기쁨을 느낄 수 없었다.

"회장님, 오늘은 일을 밀쳐두겠습니다. 오늘은……."

하진은 조금 전에 불이 밝혀진 도희의 병실 창문을 바라보았다.

"더 중요한 일이 있습니다."

진실한 사랑은 뭔가 괴로운 눈물 흘렸네.

헤어져간 사람 많았던 너무나 슬픈 세상이었기에

수많은 세월 흐른 뒤 자기의 생명까지 모두 다 준

빛처럼 홀연히 나타난 그런 사랑 나를 안았네.

4년 전 노을 진 강변에서 영채가 불러줬던 노래가 창가의 빛에서 흘러나오는 것 같았다. 4년 전 그가 도희에게서 들었던 이야기를 지금 영채가 듣고 있을 것이다. 놀랄 것이고, 아플 것이다. 그래서 오늘 밤 영채는 울 것이다.

"다시 연락드리겠습니다."

하진은 통화를 끝냈다. 휴대전화를 주머니에 집어넣으며 보니 오른손 검지에 말린 반창고가 너덜너덜해져 있었다.

하진은 반창고를 벗겨냈다. 아직 아물지 않은 생채기였지만, 쓰라림은 가신 지 오래였다. 이 밤 정말로 쓰라린 것은 무력감에 짓눌린 그의 마음이었다. 그는 무력감을 증오했다. 사랑하는 사람을 위해 아무것도 해줄 수 없다는 것만큼 견디기 힘든 짐은 없었다.

하진은 생채기를 어루만지며 빌었다. 아파라, 영채야. 오늘 밤, 내가 위로해줄 수 있을 만큼만 아파라. 부디, 내가 안으면 괜찮아질 만큼만 아파라. 그러면 네 슬픔이 결코 외롭지 않을 테니.

떨쳐내려 해도 무력감은, 어둠처럼, 그의 어깨에 묵중하게 내려앉았다.

"나 좀 일으켜다오."

도희의 부탁에 영채는 도희를 안아 일으켰다. 헛헛한 몸이 그녀에게 매달렸다가 침대맡에 기대졌다. 무너지듯 헤드보드에 몸을 지탱한 도희가 이야기를 시작했다.

"난 형편이 어려운 집안의 장녀였다. 공장에서 다쳐 일을 할 수 없게 된 아버지에 밑으로 동생이 셋 있었지. 내 어머니는 궂은일을 전전하며 가족의 생계를 책임졌다. 그 와중에도 어머니는 자식들의 교육을 희생하지 않았어. 머릿속에 든 건 아무도 빼앗아갈 수 없다고, 믿을 건 머리뿐이라고 틈만 나면 말씀하셨다. 나는 이를 악물고 공부했고, 우리나라 최고라는 대학에 들어갔지. 그날 어머니랑 부둥켜안고 울었다. 어머니의 눈물을 가슴에 담고 악착같이 공부했어. 공부하며 일하고, 일하며 공부하고. 좋은 성적으로 졸업했고, 서주그룹 비서실에 입사했다.”

영채는 움칠했다. 늘 생모와 양부모를 잇는 끈의 정체가 궁금했었는데.

“입사했을 때 무지개를 보는 것 같았다. 연봉으로 부모님 생계와 동생들 교육을 책임질 수 있었고, 공부했던 것들을 마음껏 펼치는 재미도 있었다. 좋은 사람들도 많이 만났고, 꿈만 꾸던 경험들도 하나씩 해갔다. 이를 악물고 견뎌낸 가난한 시절이 아득한 옛날이야기처럼 느껴졌다. 그리고 사랑하는 사람을 만났어. 그는 강인하고 총명한 사람이었다. 다정하고 든든하고, 나를 위해서라면 뭐든 하겠다는 사람이었어. 회사에서 만났기에 비밀 연애를 했지만, 우린 곧 결혼을 약속했다. 그런데 그 일이 벌어졌어. 내 인생을 망가뜨린 그 끔찍한 일이…….”

도희의 눈동자가 분노로 이글거렸다.

“넌 서국철 회장의 딸이다.”

영채는 도희의 외눈을 망연히 바라보았다.

“넌 서국철 회장의 친딸이야.”

이해할 수 없는 말은 도희의 입이 아니라 눈에서 쏟아지는 것 같았다. 불꽃 같은 분노와 사그라드는 재 같은 허망함에 실려 온 말이 의식을 겉돌았다.

서국철 회장의 친딸. 내가…….

"어떻게……?"

"그날은 내 스물일곱 번째 생일이었다. 약혼자와 저녁 약속을 했는데, 야근 지시가 떨어졌어. 약속을 취소하고 서류를 보고 있는데, 서 회장이 날 부르더구나. 생일 축하한다며 선물을 줬지. 다이아몬드 목걸이였다. 과분해서 받을 수 없다고 하니, 서 회장이 자기 마음을 몰라주냐면서 면박을 주더구나. 그러고는……."

도희의 목소리가 떨리며 흩어졌다. 흩어진 목소리 뒤로 꺽꺽 울음소리가 따랐다. 도희는 손으로 입을 막은 채, 울음을 속으로 꾸역꾸역 집어넣듯 울었다.

"서 회장이 날 덮쳤을 때 애원했다. 결혼할 사람이 있다고. 이러지 말아달라고. 하지만 서 회장은 막무가내였어. 미친 사람처럼, 아니, 너무 말짱한 모습으로 날 짓밟더구나."

"어떻게!"

영채는 비명을 내질렀다. 숨이 턱 막히면서 온몸이 달달 떨렸다.

"어떻게 그래요? 어떻게 그래놓고……."

"한번 짓밟히니까 살 의지를 상실하게 되더라. 꿋꿋이 일어서야 했는데, 그러질 못했어."

도희의 외눈에서 눈물이 주룩 흘렀다.

"나는 내 사랑을 믿지도 못했어. 내가 서 회장에게 유린당한 것을 알면 약혼자가 나를 버릴 거라고 생각했다. 그 사람에게 버림받는 것이 두려웠다. 죽는 것보다, 죽지 못해 사는 것보다, 버림받는 게 더 두려웠어. 그래서 내가 그를 버렸다. 그러지 말았어야 했는데, 내가 버렸어, 그 사람을."

비린 눈물이 치솟아 영채는 손으로 입을 막았다. 그러니까, 나는,

이 세상에, 그렇게 온 거야? 내가 은인으로 알았던 사람이 짓밟은 이 여자의 몸을 통해?

"서 회장은 청승 떨지 말고 자기 품에서 편히 살라고 했어. 죽어야 하나, 생각하고 있는데 너를 가진 걸 알게 됐다. 회사를 그만두었지. 내 약혼자에게 진실을 털어놓은 것도 그때였어. 그는 자기도 회사를 떠나겠다고 했다. 함께 어디로든 가서 아이 키우며 살자고 했다. 그때 그 사람과 떠났어야 했다. 그랬으면 여기까지 오진 않았을 것을. 하지만 네가 내 안에서 자라는 동안 내 안에서는 증오심이 함께 자라버렸다."

목이 말랐는지 도희가 침대맡 테이블 쪽으로 팔을 뻗었다. 영채는 테이블 위에 놓인 물병을 들어 건넸다. 물을 힘겹게 넘긴 도희가 말을 이어갔다.

"서 회장에게 복수하고 싶었다. 너를 낳고 키워서 너에게 서주그룹을 주고 싶었어. 그래서 서 회장에게 안겼다. 그가 준 집에 들어가고, 그가 준 차를 탔어. 그가 주는 돈으로 몸에 좋다는 건 다 먹으면서 다짐했지. 아들이든 딸이든 이 아이를 낳아 키워 서주그룹의 후계자로 만들 거라고. 서 회장에게 웃음을 밀어내고 거짓된 사랑을 속삭였다. 30년이 걸리든, 40년이 걸리든, 내 아이가 서주그룹을 손에 쥐는 걸 꼭 보고 싶었다. 그게 이루어지는 날 서국철을 내 손으로 죽이려 했어."

"왜 그러셨어요? 그냥 사랑하는 사람이랑 떠나시지. 왜 그렇게 자신을 망가뜨렸어요?"

영채는 절규했다.

"복수심이 나를 지탱해줬어. 서국철에 대한 복수심이 아니었으

면 난 무너지고 말았을 거야. 때로는 말이다, 사랑이 구원할 수 없
는 목숨을 증오가 연명해준단다."

"그래서 복수의 도구로 이용하려고 절 낳으셨어요? 낳았으면 잘
키우지, 왜 뺏기셨어요? 어쩌다?"

"내가 아이를 가진 걸 알게 된 강차연은 낙태를 종용했다. 돈을
주며 회유를 했다가, 죽여버리겠다는 협박을 했다가, 내가 끝내 굽
히지 않자, 강제로 낙태를 시키려 했다. 난 간호사의 도움으로 겨우
빠져나왔지만, 널 낳은 직후에 강차연이 사주한 사람들 때문에 이
렇게 돼버렸다."

도희가 얼굴을 돌려 감겨진 눈이 있는 쪽을 보았다. 영채는 떨리
는 손을 뻗어 도희의 얼굴을 어루만졌다.

"그 여자가 도대체 무슨 짓을 한 거죠?"

"염산이었다. 죽지 않은 것이 다행이었지."

도희의 입가에 서글픈 미소가 번졌다 사라졌다.

"내 약혼자가 날 살렸지. 몇 번의 수술 끝에 겨우 수습한 게 이 얼
굴이야. 몸이 회복되자 그 사람이 같이 떠나자고 하더구나. 하지만
그 사람에게 갈 수 없었다. 그렇게 한결같은 사람에게 이 꼴로는 갈
수 없었어. 미안하고 염치없어, 차마 그 사람 손을 잡을 수 없었어.
그래서 강차연의 거래를 받아들였다. 강차연은 내가 죽은 듯이 살
면 아이는 키워주겠다고 했다. 병원으로 들어갔어. 아무도 날 찾을
수 없는 곳으로 가서, 유령처럼 살았어. 병원으로 가기 전에 네 이
름을 영채라고 지었다. 꽃부리 영에 고운 빛깔 채. 고운 빛을 머금
은 꽃 같은 아이로 자라길 바랐지. 널 서국철과 강차연 앞에 내려놓
으며 말했지. 내가 살아 있는 한 서주그룹의 비리가 나와 함께 살

거라고. 내가 죽으면 그땐 서주그룹이 더 위험해질 거라고. 그러니 나 건드리지 말고, 이 아이 잘 키우라고."

영채는 경악했다. 서국철과 강차연을 부모로 두고 그녀가 성장할 수 있었던 이유. 다치거나 내쳐지지 않고 서주그룹가의 일원으로 남을 수 있었던 이유. 한 겹 한 겹 드러나는 진실이 공포스러웠다.

"그 병원에서 어떻게 나오셨어요?"

"권 본부장이 빼내줬어. 어떻게 알고 찾아왔는지, 강차연이 붙여 놓은 감시자들을 따돌리고 미국으로 데려와줬어."

도희가 눈물을 닦고 한숨을 내쉬었다.

"가끔 들러서 네 소식을 전해줬지. 네 사진도 보여주고. 그렇게라도 너를 알아갈 수 있어서 참 좋았다."

"더 일찍 연락하실 수도 있었잖아요."

영채는 도희의 손을 잡았다. 자르르 흘러나온 눈물이 얼굴을 덮고 목줄기를 타고 떨어졌다. 눈물이 살갗에 스며들고 나면 눈에서 또 굵은 눈물이 비어져 나왔다. 그렇게 끝없이 흘러나온 눈물에 온 몸이 잠겨가는 것 같았다.

"연락을 하려 해도 넌 언제나 경호원들에 둘러싸여 있었다. 너와 단둘이 있을 자리를 마련하는 게 쉽지 않았어. 만나도 내 이야기를 믿어줄지 알 수 없었고. 권 본부장이 힘을 키우면 널 데려다주겠다고 약속했다. 그래서 나도 그 사람에게 약속했어. 널 데려오면 서주그룹의 아킬레스건을 주겠다고. 그러니 이제 내가 죽어야겠구나."

"왜 그런 말씀을 하세요? 이제야 만났는데."

"날 사랑하지 마라, 영채야. 나도 널 사랑으로 품지 않았으니."

도희가 서늘하게 이르며 손을 뺐다.

"그러지 마세요."

영채는 도희의 야윈 손을 붙들었다.

"사랑은 헛것이야. 실체 없는 유령이고, 독이 발린 사탕이다. 사랑에 모든 것을 걸지 마라. 사랑에 모든 것을 거는 것만큼 외로운 일도 없다."

도희가 매정하게 손을 거두었다.

"사랑하는 사람이 있다면, 그가 널 사랑하지 않을 수 있는 이유를 언제나 한 가지쯤은 가지고 있어라. 사랑이 네 숨통을 조일 때 그 이유 하나로 사랑을 끊어낼 수 있어야 해. 그렇게 살아야 해. 사랑에 모든 것을 걸면, 사랑이 저물었을 때 아무것도 남지 않잖니. 아무것도 남지 않는 삶을 견디는 건 너무 가혹하잖니. 그 가여운 삶을……. 사랑 때문에 외롭지 마라. 사랑 때문에 아파하지 마."

정신이 혼미해지는지 도희의 독백이 흔들리며 흩어졌다. 영채는 잠에 빠져드는 도희를 붙들고 오열했다.

"어떻게 살았어요? 긴긴 세월, 어떻게…… 이렇게……."

"아가, 울지 마라. 갈 길이 먼데, 벌써 약해지면 안 되지. 서주그룹을 무너뜨리려다오. 내가 증거가 되어줄 테니, 꼭 서주그룹을 무너뜨리려다오."

유언 같은 말을 웅얼거리던 도희가 눈을 감았다. 조금만 힘주어 안아도 바스라질 것 같은 앙상한 몸에 얼굴을 부비면서 영채는 울었다. 눈물이 도희의 몸을 적셨다. 하염없는 눈물에 젖어서도, 도희의 몸은 여전히 강파르고 헛헛했다.

어둠이 깊었다. 별들을 품은 밤하늘이 창 밖에 가득했다. 영채는 그녀가 올려다보는 것이 빛인지 어둠인지 분간할 수 없었다. 빛과 어둠이 본래 구분될 수 없는 것인지, 빛과 어둠을 구분해서는 안 되는 밤이라 그런지 알 수 없었다.

잠든 도희의 얼굴은 그녀가 살아온 신산한 세월의 집약체였다. 깊은 주름에 비통이 가득하고, 창백한 입술에 가시 같은 각질이 일어 있었다. 삶의 희열은 모두 흘려 내보내고 고통만 품고 있는 것 같은 생명체. 영채는 도희의 손을 잡았다가 놓고 일어섰다.

병실을 가로질러 문을 열다가 침대를 돌아보았을 때, 센서등이 하나씩 꺼져갔다. 별빛만 들이치는 창가에 누운 도희가 멀어, 여전히 비통한 얼굴인지 읽어지지 않았다.

「서주그룹을 무너뜨려다오. 내가 증거가 되어줄 테니, 꼭 서주그룹을 무너뜨려다오.」

도희의 애원을 상기하며 영채는 조용히 문을 나섰다. 닫힌 문 너머에서 빛이 사라지는 것이 몸으로 느껴졌다.

도희가 살아온 것이 진정한 삶인지, 영채는 혼란스러웠다. 어둠에 잠겨 누운 도희가 아직도 삶일 수 있는지 혼란스러웠다. 삶다운 삶을 살기 위해 그녀가 앞으로 어떤 길을 걸어야 할지 알 수 없었다. 그 길에서 휘청거릴 때 사랑에 기대야 하는지, 증오에 기대야 하는지도 알 수 없었다. 알 수 없는 것들이 많아 서러운 밤이었다.

요양원 건물을 나선 영채는 정원으로 나갔다. 고풍스러운 등 옆에서 하진이 서성이고 있었다.

"하진 씨."

영채는 하진을 불렀지만, 목이 잠겨 소리가 제대로 나가지 않았다. 그런데도 하진이 돌아섰다. 바람에 묻혀버린 부름이었는데, 그 미미한 숨결 하나에도 하진이 돌아서주었다.

어둠 속에서 하진 홀로 빛났다. 영채는 하진에게로 내달렸다. 몇 걸음 되지 않는 거리가 영원인 것처럼, 숨이 가빴다. 어느 쪽이 먼저였을까? 그녀가 하진을 안은 것과 마주 달려온 하진이 그녀를 안은 것 중에.

두 사람은 어느새 하나로 엉켜 있었다.

"추워."

"따뜻한 데로 데려다줄게."

영채는 하진의 가슴에 얼굴을 묻었다. 지금 이 순간 그녀를 품은 것이 사랑이라는 것을 알았다. 그 확신으로, 빛과 어둠을 분간할 수 없는 밤의 서러움이 조금은 묽어졌다.

벤치에 자전거 한 대가 기대져 있었다.

"웬 자전거예요?"

"지수에게 부탁했어. 보스 별장이 여기서 가깝거든. 오늘은 늦었으니까 거기서 자자. 30분 안에 갈 수 있을 거야."

하진은 자전거 핸들에 걸린 헬멧을 들어올려 영채에게 씌웠다. 눈물 자국이 선연하던 영채의 얼굴에 미소가 번졌다. 하진은 자전거 미등을 켜고 앞자리에 올라 핸들을 잡았다. 영채가 뒷자리에 앉자 자전거가 묵직해졌다. 오늘 밤, 마음껏 울기 위해 어둠이 필요할 영채를 위해서 그가 감당해야 할 무게였다.

전방등의 각도를 조절하자 가늘지만 강한 빛줄기가 어둠을 갈랐다. 페달을 밟아 앞으로 나아가기 시작했을 때, 영채가 그의 허리에 팔을 둘렀다. 요양원을 나서 해변으로 진입하니 순한 바람이 불어 들었다.

달이 높게 떠 있었다. 밤바다의 이랑이 달빛 부스러기를 안고 모래사장으로 다가왔다. 파도는 뭔가를 갈구하는 것처럼 밀려들어 모래를 뒤덮고, 이내 모래에 스며들었다. 그러면 또 다른 파도가 밀려들었다. 또 다른 갈망. 또 다른 교접. 또 다른 소멸. 사랑과 미움이, 만남과 이별이, 삶과 죽음 사이에서 뒤척이는 모든 것들이 높게 일었다 종내는 부서지고 마는 바다의 결처럼 여겨지는 밤이었다.

영채는 짭조름한 바람에 대고 중얼거렸다.

"엄마라고 부르지 않았어."

하진이 아무 말도 하지 않고 자전거 페달만 밟았다. 멀어졌다 다시 가까워지는 파도 소리에 모래를 서걱서걱 헤쳐 나가는 타이어 소리가 섞였다.

"불러야겠다고 생각한 건 아니야. 부르지 말아야겠다고 생각한 것도 아니고. 그냥 엄마라고 불러지지 않았어. 엄마는 그런 거잖아. 엄마라는 말만으로도 가슴이 뭉클하고 따뜻해지는 거. 그런데 그런 게 어떤 느낌인지 난 잘 모르겠어. 어렸을 때 자려고 눈을 감았을 때 불러본 적이 있어. 엄마, 엄마. 동화에서 고아인 주인공들이 친엄마를 그리워하는 것처럼 말이야. 어떤 얼굴도 떠오르지 않았어. 가슴에서 뜨거운 것이 올라오지도 않았어. 엄마, 엄마. 그냥 내 목소리가 어둠에 울리기만 했어. 그래서 몇 번 부르다 그만뒀어. 불러도, 불러도 가슴이 미적지근하니까 힘이 빠졌거든. 그런데 있지, 오늘은 그 반대였어. 뭔가 뜨겁고 뾰족한 게 가슴을 휘저었는데, 엄마라는 말은 끝내 나오지 않았어. 그냥 모든 게 믿기지 않았어. 그 사람이 그렇게 가여운 모습일 줄 몰랐어. 그 앙상한 몸 안에 한때 내가 있었다는 게 믿기지 않았어. 나 있지, 악몽을 꾼 것 같아. 그 사람 손잡고 많이 울었는데, 내가 운 것조차 아득하게 느껴져. 내 이야기가 아닌 남의 이야기에 운 것 같아. 이렇게 있으니까, 모든 게 바람에 실려가버릴 것 같아. 어둠을 벗어나면 나쁜 꿈에서 깨어나는 것처럼 오늘 내가 들은 이야기를 지울 수 있을 것 같아. 차라리, 그랬으면 좋겠어."

영채는 물기 어린 속삭임을 하진의 등에 묻었다. 어둠이 묽어진 것 같았다. 묽어진 어둠 속에서 바람이 여전히 짭조름했다. 파도가 여전히 밀려들었고, 자전거가 모래 위를 서걱서걱 굴러갔다. 페달을 밟는 하진의 몸이 움직일 때마다 포근한 열기가 그녀의 몸을 물들였다.

인태의 별장은 사유지 해변에 접한 대저택이었다. 별채에 도착한 하진은 인태에게 전화를 넣었다. 본채에 있다는 인태는 별채 전체를 비웠으니 편하게 쓰라고 했다. 내일 오전 중에 봤으면 좋겠다는 말도 덧붙였다. 하진은 서울에서 작성해 올린 보고서 때문일 거라고 짐작하며 통화를 끝냈다.

하진이 통화를 하는 동안 영채는 별채를 둘러보았다. 인태가 저택을 구입한 후 증축했다는 별채는 현대적으로 설계된 2층 건물이었다. 정원을 두고 본채와 분리되었는데, 고아한 본채와 달리 단순한 사각 구조에 인테리어가 깔끔했다. 화이트 톤의 가구들이 간결하게 배치되었고, 조도를 조절할 수 있는 조명이 은은한 분위기를 연출했다.

집 안 곳곳에서 커다란 창들을 통해 바다가 내다보였다. 바다는 어둠에 몸을 숨긴 채, 바지런히 모래사장을 적셔댔다. 세상의 끝이라 해도 좋을 고요한 공간에서, 아득한 파도 소리만이 적요함을 비집고 들었다.

서울에서 가져온 하진과 그녀의 캐리어가 거실 구석에 있었다. 지수가 가져다놓은 듯했다. 영채는 캐리어를 열어 화장품들과 옷가지를 꺼냈다. 화장품들을 욕실에 늘어놓고 나니 옷을 옷장에 걸어야 하나 망설여졌다. 이곳에 얼마나 머무를지 하진은 언질을 주지 않았다.

"여기 얼마나 있을 거예요?"

영채는 마침 통화를 끝낸 하진에게 물었다.

"네가 있고 싶은 만큼."

하진이 주인처럼 스스럼없이 굴며 주방으로 갔다.

"꼭 자기 집처럼 말하네요."

영채는 남의 집에서 지극히 편해 보이는 하진의 모습에 입술을 비죽이고 냉장고를 열었다. 대형 냉장고에 과일과 음료수가 차곡차곡 들어차 있었다. 한식 반찬도 보였다. 김치와 나물, 달걀말이와 생선구이. 투명 용기를 살피던 영채는 움칠했다. 멸치 볶음!

선득한 느낌은 냉장고 문에 놓인 캔맥주를 봤을 때 확연한 질투로 변했다. 붉은 별 로고가 박힌 초록색 캔. 하진이 좋아하는 브랜드였다. 친해지고 싶다며 장미다발을 내밀던 지수가 떠올랐다. 그 여자는 어떤 마음으로 이 냉장고를 채웠을까? 그녀가 건넨 장미다발은 정말로 꽃이었을까? 그녀의 싱그러운 미소에 가시가 숨어 있진 않았나?

영채는 맥주 캔 하나를 빼들었다.

"빈속에 술이야?"

하진이 걱정스럽게 물었다.

"마시고 싶어."

영채는 반항적으로 캔을 따고 거실로 나갔다. 프렌치 도어를 열어젖히니 청량한 바람이 불어들었다. 바람 속으로 걸어들어 잔디밭에 있는 흔들 벤치에 앉자 하진이 다가와 물었다.

"춥다면서? 숄 갖다줄까?"

영채는 고개를 저었다.

"아까는 추웠는데, 이젠 속이 들끓어요."

"밤바람이 차다."

거실로 들어간 하진이 기어코 재킷을 들고 나왔다. 4년 전 그들이 처음 만난 날 그녀를 덮었던 그 재킷이었다.

영채는 재킷을 어깨에 걸치고 맥주를 들이켰다. 빈속에 맥주를 마시니 허한 열기가 올라왔다. 벤치 옆자리에 앉은 하진이 맥주를 가져가 한 모금 마셨다. 바람을 삼켰다가 내뱉은 영채는 맥주를 되찾아왔다. 캔의 서늘한 감촉이 입술에 와 닿고 차가운 술이 입안으로 흘러들어갔다.

"오랜만에 마시니까 맛있네."

"너도 쭉 이 브랜드 마셨잖아."

"하진 씨 입술이 닿은 맥주는 4년 만이잖아요."

"그러네. 네 입술이 닿은 맥주는 나도 4년 만이네."

하진이 나직이 중얼거리고 캔을 가져갔다. 그렇게 몇 번 캔이 오가는 동안 바람이 쟁쟁대고 바다가 울어댔다. 술의 향기를 머금은 두 입술이 어둠 속에서 서서히 달아올랐다.

"4년 전엔 네가 맥주 마시고 나랑 자자 그랬는데."

하진이 불쑥 내뱉은 말에 영채는 고개를 돌렸다. 그녀를 바라보는 하진의 눈빛이 깊었다.

"그때 되게 고상한 척하면서 튕겼지?"

"안 튕겼으면 너 정말 나랑 잤을까?"

"당연하지. 난 언행일치하는 아가씨니까."

하진이 캔을 내려두고 그녀의 손목을 잡았다. 손목 안쪽에 내려앉은 하진의 엄지가 그녀의 맥박을 느꼈다.

"튕기고 후회는 안 했어요?"

"아니."

"정말?"

"널 두고 한 결정들 하나도 후회하지 않아. 결국엔 이렇게 우리 같이 있게 됐잖아. 그때는 어리석고 아픈 결정 같았어도, 그게 하나하나 모여서 지금 이 순간이 됐잖아. 우리를 같이 있게 하는 결정이었으면 옳은 결정이었을 거야."

"또 그럴싸한 말로 넘어가려고 하시네. 아무 설명도 없이 연락 끊은 거, 난 아직 용서 안 했거든요."

"아직도?"

"내 관점에선 비겁하기 짝이 없는 이별이었다고요."

영채는 맥주를 홀짝거렸다. 맥주가 금방 동났다. 바다가 울어대고 바람이 흐드러지는데, 어둠은 이토록 밀밀한데, 서로의 입술을 적실 술이 남아 있질 않았다.

한참 동안 어둠을 응시하다 영채는 물었다.

"나는 홍도희 씨 만난 거 후회 안 할까?"

"후회하게 되면, 같이 후회해줄게."

하진이 그녀의 손을 깍지 끼었다. 영채는 눈물이 그렁그렁한 눈으로 하진을 돌아봤다.

"그분은 날 낳은 거 후회 안 했을까?"

"영채야."

"내가 생기지 않았으면 사랑하는 사람이랑 떠났을 거야. 복수 따윈 잊고 새 삶을 시작했을 거야. 끔찍한 일을 당하지도 않았겠지. 내가 너무 쉽게 이 세상에 오는 바람에, 그분은 비틀린 인생을 바로잡을 기회를 날려버린 거야."

"세상에 쉽게 오는 사람이 어디 있어?"

"하긴. 쉽게 온 게 아니지. 그분이 날 어떻게 가졌는지 하진 씨는 알아?"

하진의 굳은 표정에서 영채는 대답을 들었다.

"아는구나."

"음."

하진이 도희를 정신병원에서 꺼내 미국으로 데려온 경위를 들려줬다.

"그분은 서 회장의 아킬레스건으로 알려졌거든. 수소문해서 찾았는데, 미국으로 모셔오고 나서 사연을 듣게 됐어."

하진이 그녀를 보호해온 이유가 그거였구나. 서주그룹을 찌를 가시로 삼으려고.

"그분이 나더러 서주그룹을 무너뜨려달래."

"네 인생은 네 거야. 하기 싫은 일은 하지 않으면 돼."

"모르겠어요? 그분은 서주그룹의 비리를 나에게 넘길 작정인 거예요. 하진 씨가 그분께 공들인 게 물거품이 될 거라고."

"상관없어. 그분 도움 없이도 난 서주를 무너뜨릴 수 있어."

"그럼 날 여기에 데려온 이유가 뭔데요?"

"홍 여사님께 널 데리고 오겠다고 약속했으니까."

"정말 그것뿐이에요?"

하진은 영채의 목소리에서 불안을 감지했다. 그를 향해 세워지는 영채의 불안함이 싫었다.

"널 낳아주신 분께 우리 결혼하는 모습 보여드리고 싶었어."

"예의 바른 건 여전하네."

영채가 쓸쓸하게 웃었다. 하진은 영채의 어깨를 감싸 안았다. 뭘 해서라도 영채의 아픔을 지워주고 싶은데, 고작 안아주는 것밖에는 아무것도 할 수 없었다.

"그분 몸속에서 난 미움과 공포를 먹고 자란 거야. 잔인한 남자의 피가 절반, 그를 증오한 여자의 피 절반. 난 차라리 생기지 말았어야 해."

영채가 흑, 울음을 터트렸다.

"네가 그렇게 말하면 나는 뭐가 돼? 네가 그렇게라도 태어나주어서 다행이라고 생각하는 나는 뭐가 되냐고!"

하진은 돌아앉아 영채를 안았다. 온몸이 눈물로 만들어진 사람처럼 영채가 울었다. 소리 없는 눈물이 타래에서 풀리는 실처럼 흘러 그의 셔츠를 적시고 살갗으로 스며들었다.

"사랑을 믿지 말래. 사랑은 헛것이래. 사랑하는 사람이 있다면, 그가 날 사랑하지 않을 이유를 한 가지는 가지고 있으래. 그래야 사랑이 숨통을 조일 때 사랑을 끊어낼 수 있다고."

"사랑은 헛것이 아니야, 영채야."

하진은 영채의 목덜미를 쓰다듬었다.

"사랑이 헛것이라면 그거 하나 보고 여기까지 온 우리도 헛것이게? 그럴 수는 없는 거잖아."

영채는 대답하지 않았다. 하진은 영채의 이마에 입술을 눌렀다.

"헛것 같아?"

영채가 고개를 저어, 그의 입술이 보드라운 살에 쓸렸다.

하진은 영채의 눈썹 사이에 입술을 얹었다. 그의 숨결이 영채에게 스미도록 기다렸다가 입술을 콧등으로 내렸다. 바람에 영채의 머리카락이 흩날렸다. 영채의 머리카락이 그의 뺨을 쓸 때, 파도 소리가 거세졌다.

하진은 영채의 입술을 머금었다. 영채의 귓불과 목덜미에도 그의 흔적을 새겼다.

"이런 게 다 헛것 같아?"

영채가 고개를 저었다. 하진은 영채의 손을 잡아 그의 가슴에 얹었다. 영채의 손바닥 아래서 그의 심장이 뛰어댔다.

"이건 어때? 헛것 같아?"

"아니."

"그럼 뭐야?"

"권하진."

"사랑이라고 해야지."

"나한텐 그게 그거야. 권하진이 사랑이고, 사랑이 권하진이야."

영채는 기도하듯 고백했다. 하진이 그녀의 턱을 붙들고 얼굴을 가까이 가져왔다.

"아직도 몸이 안 좋아?"

"아니."

"그럼 지금 하자, 사랑."

시린 눈물이 차오르자 영채는 속눈썹을 깜박였다. 하진이 그녀의 이마에 이마를 맞대며 약속했다.

"지금 네 마음. 그 빈자리. 내가 채워줄게."

바람이 오랜 기억들을 몰고 왔다. 하늘을 수놓은 발간 풍선들. 인파를 가르던 다급한 뜀박질. 요트에 숨어든 짙은 몸들. 젊음을 홀린 소나기. 자전거로 가로지른 어두운 다리. 꽃비에 취한 청춘. 비상하던 은빛 물고기들. 별처럼 그녀를 밝히던 입맞춤. 어둠 속으로 사라지던 발간 불빛. 그 봄. 그 강. 그 노을과 그 도시. 그 노래들과 그 입맞춤들.

"영채야."

하진이 다정한 숨결로 그녀를 불렀다.

"나 지금, 4년 전 복수로, 어떻게 고상하게 튕길까 생각 중이야. 생각 중인데……."

울먹임이 후득 터져 나오자 영채는 하진의 가슴에 얼굴을 묻었다.

"속상해, 정말. 하진 씨가 매달리는 거 보고 싶은데. 핑계가 하나도…… 흑, 하나도 없어. 권하진. 권하진. 권하진. 그것밖엔 지금 아무 생각도 안 나."

하진은 양손으로 영채의 얼굴을 감싸 들어 올렸다. 지금 이 순간, 영채의 젖은 눈망울이 세상의 전부였다. 빠져들어 모든 것을, 사랑을 제외한 모든 것을 잊고 싶은.

하진은 침대 옆에 영채를 세우고 침실 구석의 미등을 밝혔다. 긴장한 영채의 시선이 그의 동작을 따랐다.

하진은 영채를 마주 보고 서서 셔츠의 단추를 끌렀다. 셔츠를 벗고 손목의 시계를 끄르고 바지를 벗어 내렸다. 허물을 벗듯 속옷마저 내려놓았을 때 영채의 숨결이 흔들렸다.

영채는 정교하게 빚어진 하진의 나신에 빨려들었다. 그의 눈빛과 손길이 그렇듯, 강인하고 기품 있는 몸이었다.

하진이 한 걸음 다가섰다. 열기가 훅 끼쳐와 영채는 시선을 내렸다. 하진이 그녀의 얼굴을 들어올리고 시선을 붙들었다. 곧은 눈빛 하나에 온몸이 달아올랐다.

"나, 취했나 봐요. 열나고 어지러워."

"벌써 취하면 안 되지."

하진의 낮은 속삭임에서 야생의 기운이 느껴졌다. 눈빛은 더없이 정결한데. 그녀를 응시하는 표정엔 어떤 균열도 일지 않는데.

심연의 단정함이 내비치는 열망에 영채는 전율했다. 하진의 손길이 귓불로 옮겨 갔다. 작은 다이아몬드 귀고리가 달랑거리다 끌러졌다. 고작 귀고리를 내놓았을 뿐인데, 발가벗은 듯 마음이 아슬아슬했다.

침대맡 테이블에 귀고리를 올린 하진이 그녀의 양손을 잡아 내렸다. 하진이 그녀 약지에 끼워진 결혼반지를 지그시 누르는 게 느껴졌다. 영채는 미소를 피워 올렸다. 곡선을 그린 입술이 떨렸을 때, 하진의 입술이 목덜미에 내려앉았다.

원피스 앞섶의 리본이 풀리고 매듭 아래 숨어 있던 작은 단추가 끌러졌다. 그 아래 단추도, 또 그 아래 단추도. 반달 모양 순백의 단추가 구멍을 빠져나올 때마다 하진의 숨결이 흔들렸다.

원피스를 차근히 헤친 하진이 입술을 어깨에 얹었다. 맨살에 낙인이 찍히는 동안 원피스 소매가 흘러내리고 브래지어가 끌러졌다. 드러난 가슴에 와 닿는 공기가 서늘해 영채는 어깨를 움츠렸다. 하진이 가슴 사이 골에 경배하듯 입 맞췄다. 그의 잔 떨림이 심장까지 전해지는 동안 원피스 자락이 다리를 타고 미끄러졌다.

마지막 허락을 구하듯 머뭇거리던 하진이 속옷을 벗겨냈다. 처녀의 숲을 감싸고 있던 얇은 천이 허벅지와 종아리를 타고 내려 발목에 걸쳐졌다. 하진이 무릎을 굽히고 앉자 영채는 발을 살짝 들었다. 얼어붙은 강 위에 선 듯, 조심스럽게 한 걸음 옆으로 옮겼다.

하진이 팬티를 집어 그녀의 옷더미 위에 올려두고 일어섰다. 어둠을 타고 건너오는 하진의 시선이 상기되어 있었다. 영채는 그녀의 몸이 생경했다. 하진의 눈길에 담겼기에, 그의 손길이 닿았기에, 새로이 태어나는 몸이었다.

몸이 침대에 눕혀지고 하진의 손이 다리를 쓸어 올랐다. 손이 지나간 자리에 입맞춤이 내려앉았다. 발등에, 발목에. 종아리와 정강이에. 허벅지와 수풀 언저리에. 열감 어린 손이 스친 곳마다 입맞춤이 내려앉았다. 뜨겁지만 가벼운 입맞춤은 격정으로 물들어와 그녀 안에서 녹아내렸다.

하진은 견디기 버겁게 친밀하고 생생했다. 뜨거운 손이 가슴을 덮었을 때 영채는 떨었다. 불꽃이 놓인 듯 살갗이 지그르르 타올랐다. 온몸의 감각이 곤두서 머릿속이 하얘졌다.

하진이 혀로 봉우리를 톡 건드렸다. 숨이 넘어가며 등이 휘었다. 말랑한 혀가 봉우리를 핥으며 희롱했다. 조심스러운 혀놀림이 유혹적으로 변해가는 동안 저릿한 희열이 뭉쳐 다리 사이에 습기로 차올랐다.

꼿꼿해진 가슴의 정점을 하진이 머금었다. 하진의 입안에서 돌기가 살강거릴 때마다 어깨가 뒤틀리고 신음이 터져 나왔다. 저리던 가슴이 타들어가고, 그녀의 몸은 벌써 백열의 입구에 다다라 있었다.

시선을 옭아맨 하진이 그녀의 다리 사이를 헤집었다. 진득한 체액이 하진의 손가락을 적셨을 때, 그의 눈동자에 물기가 번졌다. 촉촉한 눈동자에 어둠이 빗금을 치고, 그의 중심이 허벅지 안쪽을 스쳐 꽃잎 언저리에 내려앉았다.

뭐라 할까, 이 접촉을. 이리 뜨겁고 연연한 것을. 그녀의 꽃잎과 하진의 가시가 맞닿은 것만으로, 영채는 정신이 혼미해졌다.

하진의 중심이 꽃잎을 문질렀다. 스칠 듯 엇갈렸다, 엇나갔다 만나면서 두 몸이 서로에게 취해갔다. 부풀어 오른 연한 살에서 더운 물기가 스며 나왔다. 열망은 강물처럼 흘러 하진의 몸까지 적셨다.

달아오르며, 단단해지며, 그녀를 탐색하는 동안 하진은 그녀의 손목을 꼭 붙들고 있었다. 영채는 무섭도록 그녀에게 집중한 하진에게 속삭였다.

"힘들어요?"

"아니."

"화났어요?"

"아니."

"벌받는 거 같아. 하진 씨 만질 수도 없고."

"너, 사랑이 헛것이란 말에 흔들렸잖아. 우리가 어떻게 여기까지 왔는데. 고작 그 말에 흔들려?"

하진의 남성이 그녀 안으로 밀려들었다. 황홀한 열감이 온몸으로 번져갔다. 발가락 사이사이, 손가락 마디마디. 뼈와 살갗. 혈관 구석구석, 세포 하나하나. 머리카락 한 올 한 올과 숨의 결결까지, 밀밀한 불꽃이 그녀를 불살랐다.

몰랐다. 사랑을 한다는 게 이런 것일 줄. 수줍은 장막이 욕망에 허물어지는 줄만 알았다. 가시에 찔린 듯 쓰라릴 줄만 알았다. 그런데 사랑이란…… 사랑이란……… 이렇게 절절한 충만함인 것을.

하진이 더 깊이 들어왔다. 가장 은밀하고 연약한 곳을 내주었다 생각한 순간, 한계점이 부서져 내렸다. 만개한 몸을 헤집는 사랑에 끝이 없었다.

영채는 한 송이 꽃이 된 것 같았다. 세상에서 가장 아름다운 꽃으로 피어났다 산산이 흩날리는 것 같았다. 바람에 실려 온 하늘을 물들이는 것 같았다.

정신이 아득해졌다. 몽롱함 속에서 그녀의 몸이 하나의 울림만을 공명해냈다.

권하진. 권하진. 권하진.

바람처럼. 파도처럼. 거역할 수 없는 운명의 부름처럼.

"서영채."

하진이 흘려낸 그녀의 이름이 귓가를 쓸었다.

"나는 네가 그렇게라도 태어나줘서 좋다. 이렇게라도, 우리가 사랑할 수 있어서, 좋다."

오래 삭인 하진의 그리움이 눈물로 넘쳐날 것 같았다. 영채는 하진의 젖은 눈가를 쓸었다. 하진이 눈을 감았다 뜨고 그녀의 손바닥에 입 맞췄다.

"다시는 흔들리지 마."

울먹거리며 영채는 고개를 끄덕였다.

"의심하지 마."

하진이 그녀의 얼굴을 감쌌다. 한쪽 뺨을 받쳐 안은 손이 더없이 다정해, 영채는 웃었다. 다시는 이 사랑 의심하지 않을게요. 이 사랑 하나 품고, 꿋꿋이 나아갈게요.

단단한 돌기가 그녀를 또 파고들었다. 영채는 하진의 등을 어루만졌다. 정련된 몸의 굴곡을 따라 손이 미끄러질 때, 눈물이 흘러내렸다. 더 들어와줘. 더 깊이 들어와 날 차지해줘. 내 피 속의 불순한 것들을 불사르고 사랑으로만 날 채워줘. 그렇게 날 당신의 여자로 만들어줘.

하진이 물러났다가 격하게 밀려들었다. 뜨거운 빛이 그녀 안에서 폭발했다. 풍선이 터지듯. 별들이 빛나듯. 꽃잎들이 휘날리고, 물고기가 춤을 추듯.

영채는 깨달았다. 밤에 사랑을 하는 건 부끄러워서가 아니라는 걸. 발가벗은 몸을 어둠에 숨기기 위해서가 아니라는 걸. 사랑으로, 사랑을 제외한 모든 것을 벗어던진, 사랑만의 사랑으로 암흑을 밝히기 위해서라는 걸.

"괜찮아?"

하진의 속삭임이 뺨을 쓸었다. 송골송골 땀이 맺힌 하진의 몸도 열망 덩어리였다.

"아파."

"미안해."

"사랑이라 그래."

사랑이라 아픈 거야. 헛것이 아니라서, 이렇게 생생히 쓰라린 거야.

하진이 물러나려 했다. 영채는 고개를 저으며 하진의 엉덩이를 바짝 끌어당겼다. 하진이 다시 그녀를 채웠다. 버겁게 단단해진 남성이 그녀를 헤치자 숨이 차오르고 피가 들끓었다. 아아. 아아. 가쁜 숨결이 흩어지고 모든 감각이 팽팽해졌다. 꽃물처럼, 빛이 온몸에 번져갔다. 빛을 안고, 빛이 되어, 세상의 끝까지 날아갈 것 같았다.

그래요. 이런 것이 헛것일 수는 없어요. 이렇게 강렬하고 감미로운 환희가 헛것일 수는 없는 거예요.

두렵지 않았다. 아파도, 두렵지 않았다. 하늘을 향해 날아오르던 발간 풍선들이 생각났다. 검은 물 위로 비상하여 춤추던 은빛 물고기들도. 하진과 그녀가 헤쳐온 모든 순간들이 한데 어우러져 이 밤 위로 쏟아져 내렸다.

그 추억을 붙들고 끝없이 사랑할 수 있을 것 같았다. 이 밤이 저물어도. 또 다른 밤이 찾아와도. 세상의 모든 밤들이 빛을 잃고 죽어간다 해도, 꿋꿋이 사랑할 수 있을 것 같았다.

영채는 얼굴을 들어올리며 입술을 벌렸다.

"키스해줘요."

하진이 길고 깊게 입맞춤했다.

권하진. 권하진. 권하진.

하늘이 무너져 내린 밤, 하늘이 되어준 남자.

견고하고 무연한 하늘이 쏟아내는 이 말간 사랑.

오늘 밤, 나는 빛이다.

어둠을 밝히지 못한대도. 아침까지 깨어 있지 못한대도.

지금 이 순간, 살아 타오르는 빛이다.

"고마워요. 나에게 와줘서."

영채는 눈물로 인사했다.

하진은 영채의 눈물을 삼켰다. 서늘한 물기가 입술을 찔렀을 때,
4년 전 노을빛 강가에 울려 퍼지던 영채의 노래가 시간을 거슬러왔
다.

미워하는 미워하는 미워하는 마음 없이

아낌없이 아낌없이 사랑을 주기만 할 때

수백만 송이 백만 송이 백만 송이 꽃은 피고

그립고 아름다운 내 별나라로 갈 수 있다네.

내리감긴 눈썹이 젖어들었다. 지금 이 순간 세상 어디선가에서
그러할 듯, 그의 안에서 강이 흐르고 노을이 타올랐다. 오래도록 서
럽게 보채던 그의 사랑이 이 밤, 비로소 평화롭게 넘실댔다.

사랑해, 영채야. 내가, 너를, 이렇게, 사랑해.

세상 모든 것이 헛것 같을 때 기억해. 내가 너를 사랑한다는 것
을. 네가 사랑하지 않는 너까지도 나는 전부 사랑한다는 것을.

그러니 너도, 언젠가는. 언젠가는, 사랑해라. 내가 사랑하는 너
를. 나를 사랑해준 너를. 그렇게 우리를 사랑해라. 흔들리지 말고,

의심하지 말고, 사랑만, 사랑만 해라.

　언제나.

　언제나.

　언제까지나.

− 2권에서 계속.